# 我站在一万个故事中间

—— 细数你不知道的美国

张静 —— 作品

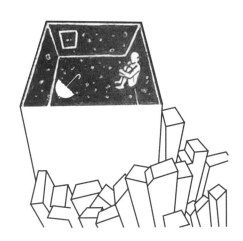

北京联合出版公司
Beijing United Publishing Co.,Ltd.

# 目录 Table of Contents

## Chapter A　总有回家的人，总有离岸的船

1

# B

## Chapter B    遇见你，真美好

Chapter C 心有猛虎，细嗅蔷薇

Chapter D　　热舞在伦敦清冷的夜

Chapter E    左手梦想，右手自由

# Chapter A

## 总有回家的人，总有离岸的船

## 01 从美国得克萨斯州奥斯汀的一间办公室说起

办公室的广播开始刺啦作响，这是有人发布命令的前兆。通常只有两个人会通过这个广播发布命令，一个是通知或真或假火警的大楼物业，另一个就是我们办公室的大管家玫瑰小姐。

玫瑰小姐的座位在办公室一进门，有个高出一截、类似柜台的桌子，那就是她的领地。位置虽然是我们一般说的"前台"，但玫瑰小姐可从来不只是迎个宾、端个茶那么简单。她的名字牌下面赫然标着"Office Manager"（办公室经理），实际职能是办公室行政主管。玫瑰小姐的办公桌上并排放着两台显示器，桌上桌下、桌前桌后、桌里桌外都透着她终日忙碌的痕迹。

广播里传来玫瑰小姐的声音，通知所有人到大会议室临时开个会，我心里不由得一紧。一般被她叫到去开会或说事儿都是凶多吉少，因为她手里还把握着跟人力资源沾边儿的活儿，每当谁要被开了，都是她去通知。当然，她也会为人送去福音，比如当初我从递简历到面试再到套磁儿假客气，都是跟她联系。虽然不能说我有多喜欢她，但是我确实从心底感激她，她在我来到美国五年半以后才找到的这第一份正式工作的过程中起了绝对良性的作用。

抬头看看周围，已经陆陆续续开始有人往会议室走了。我也随手拿了支笔和一个本儿，这些东西虽然不大可能会用到，但每次还是得拿在手里装装样子。

不一会儿，会议室里坐满了人，晚来的都堆在门口。大老板坐在屋子中间，开始发话。据说，这个胖胖的大老板经常在开会的时候睡着，脑袋还一磕一磕的，我没见过，因为我来到这个公司上班四个月以来，这是第三次跟他见面，就是一起在这个房间开会。第一次是办公室聚餐，第二次还是办公室聚餐，每次开吃前他都得说上两句。不过，后来跟几个管理层开过一次会之后，我便深深理解了他为什么那么容易睡着，还真不能怪他。冗长杂乱的会议，想起一出是一出，然后就你一言我一语、有一搭无一搭地商量，在那些事儿跟自己关系不大的情况下，想不睡着也难。

大老板首先跟大家介绍了一下最近办公室各种不大景气的现象，并且声明自己以及众高层正在为尽快走出现状、为大家谋取福利方面做着各种坚持不懈的努力，让大家一定要相信，那些临时中止的项目重点不在"中止"而在"临时"。当然，这句话是我的演绎，原话肯定没有这么直白，你懂的。还说目前办公室大家都不太忙的惨淡景象不会持续多久，总之要对公司有足够的信心。然后话锋一转，终于切入正题：总部今天宣布裁掉一个已经连续几个月不盈利的部门，直接关系到我们办公室三个人被裁，但是大家不要恐慌，这只是总部的管理上的一个决定，与公司稳定与否无关。现在散会。

被裁的这个部门具体是做什么的，其实我也说不太清楚，因为一直跟我的工作没什么直接的关系，似乎跟印刷和图像处理有关。我们办公室三个被裁的员工碰巧都是六十来岁的阿姨，碰巧都坐在通往办公室旁门的通道附近，碰巧生活上都非常依赖这份收入，也碰巧在这个公司干了很多年。上边一句话、一个决定，直接导致的是被裁的员工下个月生活没着落。而且，据说这个公司裁人，一般都是下午通知，因为上午的时候你手里还有没干完的活儿，这就是在资本主义国家为资本家卖命比较悬的一件事儿。美国就是这样一个神奇的国度，很多人指望着这每两星期发一次的工资过日子，经常早早儿地就把下次的工资给计划出去了，然后靠信用卡度日。如果租房子住，失业的直接后果可能是下月房租交不上；买房子住的呢，失业的直接后果可能是住着好好的大房子突然因为交不上月供而被银行没收。

我想起进公司后自己第一次的工资就出了事故。那天吃完午饭回到座位，玫瑰小姐突然跑过来，叫我去小会议室说个事儿，一起去的还有跟我同一天开始上班的土耳其姑娘和一个极瘦的美国小伙子。待大家坐定，玫瑰小姐首先道歉，说第一次工资晚了，但是保证这次真不是她的问题，是总部人力资源搞错了，总之使劲儿把自己往外择，看样子并不是初犯。在这儿，中国人一次工资发晚了一般不会受什么影响，但是旁边的两位看起来就有些着急。玫瑰小姐许诺会跟下次一起发，要等漫长的两个星期。

听一个同事说，三个被裁的阿姨之一手头一直非常拮据，甚至去年她母亲去世，她都买不起一张几百美元的机票去北卡罗莱纳州奔丧。办公室的头儿知道了以后，号召大家为她捐款，这边这种性质的捐款一般也就是个五美元十美元的，谁要能出二十，那都算是多的。可能头儿出得多点儿，反正最后给她凑了几百美元，按说能买机票了吧，结果老人家到最后还是没舍得坐飞机去，自己开车奔了过去，用办公室的这些捐款住了几夜路上的旅馆。怎么说也是两千公里的路，横跨半个美国，一个六十来岁的阿姨因为买不起机票只能开车过去，听着感觉如何？可是平时经常看到她在楼下餐厅里买饭，或者端着一大杯碳酸饮料上来，虽说一顿饭、一杯汽水只不过区区几美元而已，但是如果每天自己带饭，不买汽水而是在办公室喝免费的水和咖啡，时间长了怎么也能稍微省下点儿来吧。要说美国人不知道节省也不客观，超市、商店里经常可以见到付款时捏着一大把各种优惠券的人，每张优惠券其实也就是省个五毛一块的，但是架不住积少成多呀。生活已经不易，平时还是应该在乎这一块半块的，早有这点儿精神，也不至于关键时刻连几百美元都掏不出来是不是？

回到座位上，我心里很不是滋味，虽说跟自己没什么关系，我也并不指望着这份收入糊口，但是毕竟心情会受到影响。有两个阿姨早上还谈笑风生，这会儿已经回家了，只剩下一个，可能还有些收尾工作。周围一拨又一拨的人去找她说话、跟她告别，阿姨这个时候还要强颜欢笑。我没有马上过去，我最怕这种时刻，也最不会在这种时候说话，我又能说什么呢？她现在需要别人的安慰吗？你去安慰她，她还得强打精神跟你寒暄、与你周旋，告诉你，我没事儿，我没那么难过，你不用担心我。

我们这个公司是做本地化和国际化处理的，往更好听了说，就是提供全球商业服务和解决方案的。当然，这是冠冕堂皇的说法，这年头儿流行包装。即使在这儿，一般人在听到"本地化"这个词儿的时候也是云里雾里，不明白到底是干吗的。其实不装的说法就是翻译公司，只要谁家觊觎哪个不说英语的市场，想让人家了解自己公司是干吗的，最好再来点儿业务，捞上点儿钱，那就得来找我们。我们帮助这些想进入别人市场的公司，把它们的网页、资料、广告、文件、信函等一切英文的东西翻译成它们想去的那个地界的人使用的语言，这就算齐活儿了。我这么说，您应该能听明白了，但是我们这个活儿也确实不仅仅是翻译那么简单，现在早已经不是只有白纸黑字的时代，这背后需要很多技术性比较强的环节。比如，怎么把人家的网页先给分解喽，画画的归一堆儿，写字儿的归一堆儿，需要通过不同的专业软件来达到这些目的，等文字部分全都翻译好以后，弄成当地习惯使用的格式，内容符合当地的文化、道德及法律要求以后，还得再把拆开的这些部件还原成原样，然后需要进行各种测试，最后把全部转换好的东西交还给人家才算交差。这个过程中间经常会有反复，比如客户觉得我们哪儿翻得不尽如人意了就会打回来重新改，有些是人家公司自己的习惯用法，让改就改，有些语言在语法方面改得还真是不敢恭维，我强烈建议回到小学重修一下语文课。改正也不是橡皮擦擦掉然后重新补两笔那么简单，总之每个环节都会牵扯到一拨人一块儿使劲儿，官方语言这叫作团队精神。这个转换过程就是个增值的过程，我们通过这个过程把钱挣到手。

与"本地化"相对应的是"国际化"。国际化比本地化简单，一般每个产品只需要做一次国际化，大概的意思就是让这个东西无论在哪儿都能用，而不会受到不同地区的限制。

由于这个行业的特殊性质，再加上托了网络的福，我们可以做到24小时不间断地为客户提供服务。分布在全球五个大洲的90多个办公室真正做到了资源的整合，为各种规模的公司提供170多种语言服务。美洲办公室下班了，项目官可以把手里没完成的活儿交给欧洲办公室；欧洲办公室下班了，还有亚洲办公室顶上。公司除了有在办公室坐班的翻译、项目官和技术人员，还有很多分布在世界各地在家里上班的员工。此外，公司还经常把自己的活儿外包给其他专业公司去做，总之一切都是以节省开支、生产力最大化为准则。这三个阿姨的活儿恐怕就是外包出去了，因为外包出去极有可能比养这个部门要节约开支，而且我觉得很有可能是外包给一家中国的公司。总之，怎么对公司最有利，上层就会怎么来。

我们这个公司在业内还算有些名气，在全世界的本地化公司里也能进得了前五名，要是按照大老板自己的话说，他们家是全球最大的私人翻译公司，哇，听起来好大啊！其实呢，前面还有两三家规模和营业额比他们家壮观很多的上市公司……要是都能加些乱七八糟的限定词，那人人都能当上不同方面的世界第一了吧？！

大老板是个长得还不错的女的，20年前纽约大学的MBA，毕业后跟班里一同学一起创建了这家公司，我也不知道他俩是先开始好上的然后才开始创业的，还是在创业期间迸发了爱情的火花。我猜更有可能是前者，因为创业这件事儿比较艰苦，一般不太容易有心情人为制造些阳春白雪、眉来眼去的事儿。总之，他们俩最后都整到订婚这一步了，也还是没能走到一起。不过，俩人也并未从此成为陌路，依旧一起经营这个公司，可能谁都不愿意因为感情而放弃自己曾经付出努力而得到的胜利果实吧。

　　我感觉自己很有八卦的特质，虽然我从来不关心任何明星的奇闻逸事，但是我对自己身边或者知道的人和事总是比较敏感，并且有着比较强的好奇心。比如这二位这种，我一直都不能理解那种在没有孩子的情况下分手之后还要保持正常联系的关系，真有那个必要吗？不过他俩这种情况确实比较特殊，从另外一个角度来看，也就是能做出这种一般人不太容易做到的事儿的人，才能把公司做成一"全球最大的私人翻译公司"吧。我们的客户有小300个，基本都是一般人耳熟能详的那些公司名字，行业也可以说是无所不包，从高科技到酒店业，从时尚到阀门，从咨询公司到生物医疗，从能源矿业到工业制造，应有尽有。虽然在奥斯汀这个地界混，高科技和金融类的工作比较多见，但是因为我们办公室的规模比较大，各个工种比较齐全，其他办公室发来的活儿也占很大比重。


　　5点半，我收拾东西准备撤。走出办公楼，5月的奥斯汀早已进入盛夏，即使已是傍晚时分，骄阳依然似火。偌大的停车场里车子稀稀拉拉，这帮人，上班没见有多积极，下班倒是够积极的，想起《蜗居》里陈寺福的一句话：都跟那内裤外穿的超人似的，跑得比谁都快。老远看见烈日下的停车场当间儿站着仨人，其中之一就是刚刚被裁的那个阿姨，另外是俩姑娘，一个法国人、一个日本人。看这架势，她俩是准备请阿姨出去爆搓一顿，来个最后的晚餐。我走过去打招呼，阿姨脸上堆满了笑容，说自己还有个小公司，也会看看能不能找到别的公司谋个差事，总之事已至此，也只能这样。我祝她好运，拥抱一下，挥手告别。

　　最近几年来，我渐渐注意到，曾经到过的很多风景名胜区，虽然美好，虽然有的当时没有尽兴，想着以后还有机会再来，但是后来才发现，那很有可能就是我们一生中唯一的一次。我们经常会说，"留点儿念想，下次再去那儿看看""下次再来就住那个酒店""下次再来时一定要尝尝这个"……其实，很多时候再也没有什么"下次"。很多曾经相识的人，以为以后总还有机会再见，却也很有可能就是我们彼此一生中最后一次相遇。你不知道跟谁的哪一顿饭、哪一杯咖啡、哪一回出游、哪一次回眸、哪一个眼神、哪一次擦肩而过就是最后的那一次，从此定格为心中的永恒。

铁打的营盘流水的兵，公司里的人永远来来往往，停不住脚步。几乎每个人的告别信里最后都会来一句诸如"我哪天路过就会上来看你们"，或者"希望在不远的将来，我们还会在这个城市或者这个世界的某个角落再次相遇"。但是我们都知道，这仅仅，仅仅是客套话而已。

## 02 大农村里的幼儿园：是不是每个身在异乡的人都有一部血泪史

《蜗居》里的郭海萍曾经说过：做人要做城里人。

对中国人来说，"城市"这个概念深入人心，尤其是"大城市"，更是多少人一生奋斗的目标。按照中国人的标准，奥斯汀绝对算不上一个有名的城市。好吧，在一般中国人的眼里，这儿可能甚至都不能算作一个真正的"城市"，我自己也是2005年第一次来的时候才头一回听说。其实得克萨斯对中国人来说并不陌生，因为这里有火箭队，有小牛队，有马刺队，还有电锯杀人狂。得州这四大城市里，唯独奥斯汀不衬篮球队，所以自然少了很多中国人的关注。经常有人问我喜欢奥斯汀吗？我从来没说过喜欢，除了北京，我还从来没有在任何一个地方住过这么久，只是时间长了，变成一种习惯，跟喜不喜欢也没多大关系了。

不过现在想来，奥斯汀还是一个比较适合家庭，尤其是孩子居住和成长的地方，除了夏季的时间长点儿、温度高点儿、人少点儿、荒凉点儿，其他方面其实也挑不出什么大毛病。这里文化氛围浓厚，同时又比较开放，更有着"世界现场音乐之都"的美誉，而且还有很多中国人，因此就有配套的大型中国超市，还有不止一家好吃的中国菜馆。比起美国其他很多大城市，可爱之处的确不少。很多人的背心上印着奥斯汀的一句名言：Keep Austin Weird！（让奥斯汀保持怪诞！）我觉得应该把这句话改成：Keep Austin Austin！（让奥斯汀只是奥斯汀！）

今天高鹏有会，来不及接孩子。自从我突然由一名全职家庭主妇变成现在这样，每天都比较忙，接送孩子的重任就变成基本由他来承担，我只偶尔在他有事儿的时候才打打下手。办公室距离幼儿园不远不近，早上不堵，路上只需要不到20分钟，下班高峰时得半个多钟头，不过，花在路上的这点儿时间在北京算个毛啊。

两年多前，我们选幼儿园的时候，前后一共看过大大小小9家幼儿园，共计12次。

主要是家附近的，也有几家离高鹏单位比较近或者在他上班路上的，还有一家离家很远但是公认很不错的。我不敢说美国的幼儿园如何如何，我只能说亲自去看过的这些，不少都与我们想象中或者说一般中国人概念里幼儿园的样子大相径庭，有几家口碑甚至还不错的，进去仔细看也觉得差点儿意思。一直以为自己带孩子已经够糙的了，看过这些幼儿园，头一次觉得自己成了细心的"天使妈妈"。

这些幼儿园里口碑最好的一家，位于奥斯汀的卫星城——乔治城，全名是乔治城蒙特梭利社区学校，已经出了奥斯汀的地界。不堵车的情况下，按照时速100公里的标准，从我家开过去也得40分钟，好像有点儿远。当时，我家老大两岁，电话预约后，准时到达，一位披肩长发头、发花白老太太接待了我们，她大概介绍了一下幼儿园的历史和现状，并详细解释了一下幼儿园名称里"社区"一词的含义。

虽然早就知道"社区"这个概念在美国非常普及，社区大学、社区医院、社区健身房，贯穿着每个普通人的生活，但是直到这时，我才明白幼儿园名字里的"社区"二字远不是一个简单的名称，它还代表着特殊的职能。这家幼儿园在经营和管理上非常依赖社区，具体来说，就是依靠孩子父母的力量，不光是经济上的，还有行动上的。拿咱自己的话来说就是有钱的出钱，有力的出力。一年学费8000多美金，在奥斯汀算不上便宜，但是请注意，第一这只是10个月的学费，暑假没算，如果想上还得额外交钱；其次，这是在每年为学校贡献50个小时劳动力的情况下掏这么多。没空？不想干？那也没关系，再多交几百美元即可。给幼儿园当劳力倒是也没什么复杂的，一般妈妈就是做做行政啊，跟老师一起带孩子搞搞各种活动啊，鼓捣点儿手工啊，给孩子做点儿吃的什么的。

那天去幼儿园登记时，前台就是一个孩子的妈妈，我还看见另外一女的前边挎着一小宝宝在那儿整理文件，估计是家里老大在这儿上幼儿园，自己在家带老二，当时正在那儿给幼儿园当劳动力中。别着急，这儿也有适合爸爸们干的活儿，比如在后院领着小朋友们刨个坑、种个花花草草的呀，房子或者设施之类的哪儿不好使了帮着修修呀，需要搬东西的时候卖个苦力呀，领着孩子踢个球呀。总之，基本上女的要能文、男的要能武，要不然就等着多交那几百块钱吧。这倒好，这幼儿园除了校长再加几个老师，谁都甭雇了，我由衷佩服能琢磨出这么一个十全十美的法子的人来。当然，这种方法也受到很多父母的欢迎，因为他们觉得自己参与学校日常管理和教学的机会多了，在各种决策方面更有话语权，也可以更加直接地了解自己孩子的成长，重在掺和。从这个角度来说，确实挺好，这种模式也正是这所幼儿园最大的特色和卖点，很多人都是每天跨着城、开很远的路把孩子送过来上学，就这，都不是想上交钱就能上的，想交钱还得排半天队呢。

老师领着我们在里面转了一圈，介绍了一下孩子们每天的生活。要说环境，真是没得挑，别误会，我说的环境好完全与高级和现代化不沾边儿——方圆很远只有他们一家，一溜儿小平房，每个教室都有很大的后院，里面不光是花花草草、树木植物、游乐设施，还有鸡妈妈带领鸡宝宝闲庭信步，好一派质朴悠闲的田园风光。听说湾区那些在什么英特尔、谷歌之类高科技公司上班的人现在都时髦，把孩子送到最原始的幼儿园，不要什么现代化的教学设备，就让孩子玩玩儿泥巴的。这人啊，真是应了那句话：人生在于折腾。

当然，我们后来比较来比较去还是没选这家，最最主要的原因是离家太远。我们俩都不是上一代那种能为孩子付出那么多的人，我们选幼儿园的标准，按照重要性由强到弱排列分别为：离家近、干净、便宜、活动场地足够大，要求不算苛刻吧？我对什么教学理念、教学内容、教学资料这一切通通都不在意，尽管每个学校都有花重金设计制作的精美画册，花很大篇幅来介绍这些东西，可是我觉得幼儿园再怎么好的理念，再怎么有学术氛围，也仅仅是个幼儿园而已，起码我不那么在意。最后，根据这几项标准，按照权重给每家幼儿园打分，附近这家韩国人开的蒙氏学校名列第一。

赶到幼儿园，已经是6点了，距离最后通牒时间还差半个小时。最晚6点半接孩子不仅在奥斯汀，我相信在整个美国范围内都已经算是非常宽容了，很多幼儿园最晚6点就得接。您要说怎么控制这个时间呢？我就是赶不到怎么办？好，晚1分钟就要罚款，具体政策因幼儿园而异，有的是头5分钟每分钟1块，过了5分钟加倍，也有的是每分钟1块，最多容许15分钟。罚款这种措施，在全世界范围内应该都是一种比较有效的措施，起码对人的意识是一种制约，不在钱多钱少，但是总会多多少少让你老得惦记着这个茬儿，往外掏钱的时候总是肉疼的。

　　进门正赶上小妞儿班集体大挪移，看样子是要从他们班出发去大体育馆。四五个孩子晃晃悠悠、稳稳当当、东张西望、步伐没一个一致地在楼道里慢慢往前挪着，看上去这个队伍并不好带。一个孩子的鞋带开了，就那样在地上慢慢地拖拉着，每走一步我都替他捏把汗，生怕被绊倒。还有一个孩子的两只鞋穿反了，而且这种现象在幼儿园并不罕见。对此，老师的理论是等到孩子自己觉得难受了他们会自己换过来的。总之，这些都是孩子自己的"私事"，跟老师没有半毛钱关系。每个孩子走路的时候都象征性地背着手，腮帮子鼓起来憋着一口气。自从两年前第一次看到我们家老大这架势在楼道里走路的时候，我就觉得太绝了，是谁发明的这个办法让小朋友们在楼道里走路的时候老老实实、心甘情愿地没法互相叽叽喳喳呢！

　　拎上小妞儿，去她教室拿上午餐盒，看看她的夹子里有什么白天做的手工或者老师给留的小条儿，然后再跑到儿子教室把上面的动作重复一遍，六分钟后，我们仨回到家。从前，"下班"这俩字意味着轻松和惬意，因为下班了就可以去约会了，即使没会好约的那两年，也可以去相个亲什么的，再不济，实在没辙了还可以找个女伴吃吃饭，但是现在这俩字儿让我立马由内到外进入紧张模式。现在，最让我精神愉悦的是星期天晚上俩娃睡着以后，最让我无精打采的时刻就是星期五下班极不情愿地往停车场走的路上。

　　我突然发现自己并不算是一个特别喜欢并善于跟孩子打交道的人，然而很不幸的是，我在有了孩子并且是两个孩子后才意识到这一点。在家待了五年半，带了四年半的孩子，直到把老二送进幼儿园才重新走出家门，个中滋味只有自己最明白，我觉得自己带孩子带得有点儿内伤。有篇文章说，婚姻里的女人什么时候最狼狈？答案是没人能帮你带孩子的时候。这个答案很中肯，我还想再加上两句，特别是带孩子并非出于本意而是没有选择，而且自己还想干点儿自己喜欢的事儿却依然毫无头绪的时候。本来已经有点儿着急了，这时候还得在家里待上几年，那是一种怎样的焦灼却又无能为力。可要是现在没孩子，我又会怎么样呢？我想恐怕也不会那么潇洒吧。我觉得，这个世界上大多数人的选择应该是对的，我只想跟他们一样。这么看，无论有孩子还是没孩子，只是很烦恼和更烦恼的区别吧。当然，这个世界上还有很多从心里真正喜欢孩子的人，他们只有跟孩子在一起才是最快乐的。其实呢，最主要的一点是，我根本没有一辈子不要孩子的勇气。

每天晚饭的时候我都会看一会儿国内新闻，新闻过后，有时候是一档描写海外成功华裔的纪录片。看了几期以后，我发现一个规律，每个人在创业之初都十分惨烈，而且怎么苦怎么写，怎么不幸怎么写，可能只有这样才更能衬托那后来来之不易的成功吧。我无意怀疑报道的真实性，也明白创业确实是件凶多吉少的事儿，最后能成的都是幸运儿，但是这样千篇一律的路子未免太过单一，我比较怀疑这个节目到底能走多远。我们老说比尔·盖茨是如何如何辍学创业的，好像辍学成了他成功创业的必要条件。可是，又有多少人知道其实关键的条件是他亲爱的母亲呢？据说，玛丽·盖茨与一位IBM的高管同是某劝募机构的董事会成员，正是这层关系才给了比尔·盖茨将自己的产品卖给IBM的机会，赚得自己那第一桶金。不过呢，类似的起家之路好像确实不如那些真正通过自己摸爬滚打、白手起家的血泪史上得了台面儿，这么一想，这个节目的路子必须是也只能是这样千篇一律了。

每天真正属于我自己的时间从晚上孩子睡着以后开始，全然不顾那个"孩子睡你也睡"的忠告。这样可以自己一个人独处的时光，稍纵即逝，我舍不得用来睡觉。可是自从一年前开始准备托福和IGRE的考试，紧接着申请学校，到现在上学，我的夜间美妙时光就变成了痛苦时光和费劲时光。回首这五年半的全职主妇生活，我一直都在想一个问题，并且一直也没想明白，那就是我究竟应该做点儿什么，我究竟想做点儿什么。从小到大一路走来，仿佛一切都是按部就班的，完全不需要选择，不需要考虑为什么要这么走，我到底喜欢什么，将来想做点儿什么。当一个人可以重新选择的时候，最痛苦的不是几个备选方案里选哪个，而是脑子里完全没有想法，连个基本的范围都没有，完全不知道自己想干什么，还能干什么。这几年间，我面试过各种公司，碰过各种壁。开始淘宝以后，我还想过做个美国代购，以至于我的淘宝账号都是个极具美代色彩的名字。后来有一阵，处理医疗账单的工作很火，只需要在社区大学上几门课就行，可以在家工作，也着实让我心动了一把。最后，在我觉得自己所有这些想法都不怎么靠谱的时候，我在36岁生日那天，终于下定决心，还是好好地、正正经经地申请个学校，读个学位吧！我根本不是能干个体户的那块料儿，就这么定了。

其实，这并不是我第一次考托福和IGRE，也不是我第一次申请学校，这几样对我来说全部都是二进宫。刚来美国的时候，用当时马上就要过期的GRE成绩申请了一把得州大学奥斯汀分校的传播学硕士，可能因为成绩不够高，也可能因为申请材料完全摸不到门道，其实最主要的原因还是自己并没有全力以赴，当时好像只要把申请交上去就能跟自己和家里交差似的，总之结果就是我被华丽丽地拒了。要说在家待的这些年，恐怕对自己最大的贡献就是，能够让我全心全意、踏踏实实、忘记从前、没有任何不切实际的幻想、不带任何感情色彩地好好准备重新开始，因为我清楚地知道，这就是我最后的机会。我想要改变自己的生活和当时的状态，非常非常想，而大学时候的捷克语专业以及后来做的难民甄别和难民保护工作都太过小众，不太可能成为我重新找工作的优势。这几年下来，我好像也没发现自己有什么独门精到的特殊能耐，比如网上做点儿小生意，自己做点儿针线活儿或者整点儿盒饭汉堡包之类的拿到学校去卖……到头来，念书这个毫无创意的决定还是成了我历时多年、东一榔头西一棒槌之后筛下来的唯一出路，也是我一直以来未能实现的一个愿望。

把老二也送进幼儿园，当时她21个月，断奶3个月，按说还是稍微有点儿早，但是一想到我要是错过今年这拨申请就又得再等一年，还是毫不犹豫地送了，我实在等不了。在家闷了三个月，那是怎样的三个月不多赘述。这种考试对我这样一个从来都不怎么喜欢念书也并不善于考试的人来说，并不是件轻松的事。托福成绩尚可，GRE表现平平，数学成绩差到给中国人丢脸的地步。虽说改革以后变难了，但那也是GRE的数学。在家掐表写了90多篇作文在考场上也没能遇到写过的题目，满分6分只得了4分。

如果说准备考试是扒一层皮，那么申请的过程也好受不到哪儿去，一个专业一个要求，每个专业都要写几篇文章，全都不一样，没有思路，写得要吐血。自己写还远远不够，还得麻烦从前的各种同事和上司写推荐信。五年前找过人家，五年后还得再厚着脸皮找人家，并且向人家保证这是最后一次。我一共报了三个学校的四个专业：得州大学奥斯汀分校的公共政策和MBA、伯克利的公共管理、斯坦福的MBA。很庆幸赶上GMAT跟ETS的20年合同在这一年解约，改革后的GRE可以被MBA接受，否则我就不能同时报MBA和非MBA专业。从这个角度来看，我感觉自己还是非常幸运的。很多人问我要是去加州上学孩子怎么办，我说所以我只报了最好的，因为这样也值得我折腾一下。那个时候，我已经顾不了那么多；那个时候，我觉得自己好最重要。结果证明我的确是想多了，四个专业全军覆没，MBA连一次面试的机会都没捞着。这次失败比五年前的第一次更加华丽丽，因为第一次只收到一封拒信，而这回是四封。最后，得州大学奥斯汀分校商学院的技术市场化专业终于收了我，这对当时攥着一把拒信的我来说，无疑是一根救命稻草，一直让我感激涕零。

## 03　他乡遇闺密——那些嫁出去的姑娘

说到考试和申请学校，不得不提一个人，那就是我在奥斯汀为数不多的好友之一——小枫。2010年9月，我跟这个80后的南方姑娘在回国的飞机上认识，当时她坐在我后面，因为都是中国人，所以很快搭讪成功，相互留了联系方式。她在北京只待一个星期，而我带着孩子待了三个半月，所以回到奥斯汀以后也没有任何联系。我以为就像很多在飞机上偶遇的人一样，回到地面以后便再也不会相遇。我一直相信人与人之间的感应，也可以说是机缘，不光存在于异性之间，同性也不例外。我们几乎一年没有联系，直到2011年8月份的某一天，我突然毫无来由地在MSN上跟她随便打了个招呼，这一随便不要紧，成就了我们接下来好几年的并肩作战以及由此而产生的深厚友谊，直到今天。

不知道是自己性格的问题，还是因为在世界观形成以后才来到美国，抑或是自己拖家带口，思维举止都与从前不同。总之，离开中国多年，最好的伙伴还是从前的那些同学、同事和朋友，我觉得很难在这里结交到亲密程度与之前相媲美的朋友。所以，小枫的出现让我觉得异常欣喜。我与小枫的缘分不仅在于我们的经历非常相像——都是辞掉北京的工作嫁过来。还在于我们不约而同地想在同一年申请同一个学校，虽说她要申请计算机，而我申请的是商科，但考试都是一样的，差别只在申请材料。她准备得早一些，考试时间也都先我一步，这样我就捡了很多便宜，比如直接从她那里拷贝很多已经下好的资料，比如听从她的建议，单词重点背哪几本，其他复习资料上也少走了不少弯路。小枫比我专一得多，只报了一个学校的一个专业，一点儿后路没留。

从申请交上去到发榜差不多有三个月的时间，我们一起等待、一起叹气，听她说去见系里的老师却被气哭，那位短发的女教授盛气凌人地对她说他们专业收的都是北大清华"top5"的学生，你是哪个学校的？我们一起商量要是申请不上该怎么办，一起去社区大学咨询，看看万一落榜还能学点儿什么，颇有些同在异乡的难姐难妹互安慰、相互扶持的凄凉。我的工作也是小枫传递的消息，所以我一直觉得她是我一路走来遇到的众多贵人之一。

这些嫁过来的姑娘是一个特殊的人群。与那些一毕业就出来的留学生不同，她们放弃了国内大城市优越的生活，离开多年的朋友、属于自己的工作和圈子，还有那一大家子最亲近的人，她们离开了自己的一切。她们把自己最心爱的衣服、物件和新新旧旧的照片以及好几十年的积累全部浓缩到两个箱子里，然后非常不安和害怕地等待起飞的那一天，因为她们从来没有离开过爸爸妈妈那么远、那么久。她们擦掉流在脸上的泪，飞过太平洋，降落在一片陌生的土地上，被一个熟悉或者还不那么熟悉的人牵进他的房子，领进他的生活，从此开始真正地相依为命。都说婚姻是一场豪赌，而她们押上的真的是自己的全部。比起结婚后没有离开自己固有环境的姑娘们，丈夫和家庭对她们各方面影响的程度变得无以复加。她们不再能吃到父母做的饭，开始挽起袖子自己做饭；她们没有了每个星期来家里一次的小时工，开始自己趴在地上打扫卫生；她们没有保姆，因为周围的人都没有，开始独自一人带一个两个或三个孩子；她们没有了自己的收入，不好意思再像从前一样潇洒地"月光"，在商店里喜欢什么买什么，什么贵买什么，她们开始变得知道节省，开始走进柴米油盐琐碎得不能再琐碎的生活。几乎就是一夜之间，她们从骄傲的白领变成谁也不是，头衔只剩下某人的老婆。她们需要适应巨大的心理落差，重新调整自己的心态。

可是，她们也都受过良好的教育，曾经有着喜爱的工作和富足的生活，她们嫁过来不光是想做贤妻良母，她们还想做点儿别的，为自己。她们从心底里想找回些从前的理想和感觉，可是，她们虽然不甘心就这样度日，却被身份、专业或者孩子所牵绊，多少有些心有余而力不足的无奈。能按部就班、顺利地读个学位然后找到工作的就算非常幸运，可是，这句话只是表象，只是外人能看到的状态。就这么一句话，便够这些姑娘痛苦、彷徨地折腾上几年，更不要说那些不能按部就班、不那么顺利的情况，申请失败、节骨眼儿上孩子又来了、身份突然有变故……正所谓世事难料，谁都不知道这中间会出点儿什么幺蛾子。

　　我经常希望自己是一个从来没有工作过的没有文化的村妇。我这样说并没有对"从来没有工作过""没有文化"或者"村妇"存在一丝一毫的贬义和不尊重，我时常很羡慕她们，真心的。我觉得她们应该可以踏踏实实、没有任何压力地待在家里，不会有过去的工作或者生活作为标杆，即使有，现在的也全是更好。她们不会那么跟自己过不去，只要守着丈夫和孩子安安静静地度过余生便心满意足。那么，我自己为什么要这样跟自己较劲儿呢？因为过去几年的生活与我离开中国前想象中、计划中的生活不一样，这个差距让我没法心平气和地就这么认了。我觉得自己一路走到现在，成也好，败也好，全都毁在了"不甘心"这三个字上。从前联合国高工资高福利的工作让我不甘心一辈子就这样舒服地度过，我想体会更加多彩的世界；后来终于把自己折腾回家了，倒是有机会享受坎坷了，却又不甘心一辈子在家待着，我依然想体会比先前更加多彩的世界。多么拧巴的一个人，走着多么拧巴的一条路。


　　玫瑰小姐又发飙了！

　　玫瑰小姐经常发飙，频率是平均每周两到三次。她发飙倒不是真的在办公室里嚷嚷，而是以群发邮件的方式进行。如果你觉得邮件是无声无息的，可以看也可以不看那就大错特错了。玫瑰小姐发的邮件就是有这样的魔力，醒目骇人的标题，加上在优先级那里勾上个鲜红色的惊叹号，让你根本没法忽视它的存在，仿佛偷偷有个把这封信拖到垃圾箱里去的想法都会被她知道一样。玫瑰小姐的每封发飙信都是密密麻麻、洋洋洒洒好几大段，一句接一句，都不带喘气儿的。随着向下阅读，她的怒气便以澎湃之势汹涌而来，以至于每次看完她的信后我都有一种劫后余生的幸福感。而她发飙的原因，99%都是她管辖的一亩三分地里的事情。比如，又有人在喝完最后的咖啡后没有重新做上一壶；比如，在冰箱里又发现一盒已经放了好几个星期而无人认领的饭；比如，又有人用微波炉热饭的时候没有盖好，溅得到处都是；再比如，咖啡伴侣没有了，但是没有人通知她，因为她从来不喝咖啡，所以不知道。而今天发飙的原因，是办公室的后门又没锁好，这已经是第N次了，而这种行为存在很严重的安全隐患，可能给办公室带来无法想象的恶劣后果！

　　看完玫瑰小姐的信，我非常需要下楼坐一会儿，以便安抚一下我那受到惊吓的心灵。我在网上给菲莉兹发了个消息，然后起身往后门走去。关门的时候，我特意按了按把手，确认按不下去后才放心离开。

　　我们办公室位于这幢七层办公楼的最顶层，楼下是一家比较有名的出版社，以青少年教材和读物见长。听说这栋楼以前都是这个出版社的，随着互联网的发展，他们家慢慢地把这栋楼从上到下租了出去，现在沦陷到只占据一到四层。楼两边还各有一幢写字楼，都只有五层，有公司、诊所和一家墨西哥的电视台。三幢楼中间围着一个小花园，有花有草，还有一条小水道。不过，最近两年得州因为大旱而限水，早没有了潺潺流水，却并不妨碍它的美丽和可爱。整个花园被树荫所笼罩，所以即便是得州的盛夏，这里满眼的茵茵翠绿也能给人带来一丝清凉。如果分布在四处的木头桌椅被大楼里出来放风的人占满，就只能坐在旁边的假山石头上。

　　我刚刚坐定，便看到菲莉兹款款走来。一如既往，她手里举着不锈钢杯子。不用问，那里面是千年不变的只加牛奶不加糖的咖啡。菲莉兹坐到我对面，跷起二郎腿，从小包里掏出万宝路Lights，"啪"的一声后，她眯起眼睛，下巴轻扬，一缕烟缓缓地向天上飘去。我喜欢她抽烟时的样子。

　　菲莉兹是个土耳其姑娘，跟我同一天入职，之前在苹果公司。她比我大一岁，脸型瘦长，五官精致，目光深邃。一头天然的深棕色细密鬈发，好像永远戴着假睫毛。两年前，菲莉兹结束了一段长达七年的婚姻，没有劈腿和被劈腿，也没有孩子。离婚是她提出来的，也说不上有什么特别具体的原因，就是两个人走着走着就没话了，就累了，然后走着走着就散了。离婚后不久，一个土耳其的朋友给她介绍了现在的男朋友乔，一个长得与她非常像的美国人，比她小两岁。他们认识的时候，乔也刚刚结束了一段感情。就这样，两个同是处在空窗期的人很自然地走到了一起。可能所有伴侣在相遇的开始都是幸福浪漫、充满希望和期待的吧，那会儿，他俩还不像现在这样这么缺钱，就一起去了趟希腊和土耳其度假，菲莉兹经常会把手机里的照片拿给我看。

　　乔跟前女友一起开了一个小公司，经营得一般，分手时将公司给了女友，自己什么也没留。他就像很多只顾享乐、有今天没明天的美国人一样，没有任何积蓄，也不着急再找工作。跑到社区大学注册了几门课，三天打鱼两天晒网地学学建筑工程管理。他搬到菲莉兹租的公寓里，这样，房子问题就解决了。只要把房子解决了，吃饭就不是什么问题了。因为他打起游戏来，根本就不怎么需要吃饭。乔偶尔会帮他妈妈的邻居或者邻居的邻居干点儿与房子有关的活儿，挣点儿零花钱，但是绝对离养活自己的水平还差得很远。

用咱自己的话说，这应该够得上吃软饭的水平了吧？我曾经提醒过菲莉兹，一个男的，如果单身，又没工作又贪玩儿，没关系，回家找他妈伸手要钱去就可以了。但是如果有了女朋友，就要明白女朋友如果是在自己最困难的时候跟你在一起的，她肯定不是图你别的，只不过想找到一种相互陪伴、被心疼的感觉罢了。暂时找不到工作没关系，也可以搬到她的公寓里，但是是不是应该起码努力地去找工作，而不是每天在家玩游戏？是不是不应该眼高手低？好工作找不着，工资低的看不上，好歹先干着一个能够糊口的活儿，一边干再一边找着啊！是不是应该勤快点儿，每天自己做饭，也给女朋友带个午餐，而不是饿了就打个电话叫张比萨，还得多付几美元小费？是不是应该每天开五分钟车接送女朋友上下班，而不是让她付完房租、水电、酒吧、比萨的费用以后，还得从所剩无几的生活费里再付挺贵的出租车钱……每当说到这个话题时，菲莉兹都会跟我解释，反正没有他我也是要付这个房租的，他快毕业了，毕了业就会找工作……每到这时，我就不再说话了，因为说什么都白搭。恋爱中的女人啊，经常会对眼前的男人爱得没有原则，爱得那么缺心眼儿。我发现最近总能在菲莉兹身上看到自己曾经的影子，有些一闪即过的画面和感觉，会让我觉得那样熟悉。其实，她不是在跟别人解释，她是在跟自己解释，给自己一点点卑微的希望，一个继续跟乔在一起的理由。

菲莉兹一直没说话，她心里肯定有事儿。阳光从树叶的缝隙间透过，照在她小麦色的脸上，闪耀着细腻的光泽。她上周末刚跟乔在公寓的游泳池度过假，故意晒成这个色儿。一阵风吹过，摇摆的树叶打乱了她脸上的光影。此时此刻，乱的又何止这一脸的光影？

一根烟烧尽，她把掐灭的烟头放在桌子上，又点上一根。"我跟乔又吵架了，"

她终于开口说话了，而这句话一点儿都没有出乎我的意料，"不知道这是第几次提到结婚了，每次他都答应，但是完了就完了，看不到一点儿行动，也从来不主动跟我说说对未来的规划，从来没有。还有，他觉得我给他太多压力，他认为每天的生活最重要的就是'have fun'，但是我不行。"这一开始说话不要紧，就像个坏了的水龙头，倾泻而出。"我已经不抱任何希望他能娶我了。"同样的，我也不知道她最近几个月已经说了几次这句话，每次都说不抱希望了，绝对不抱任何希望了，但是谁都知道，包括她自己，这怎么可能呢？

看样子，菲莉兹和乔已经站在了要么结婚、要么分手的边缘。我一直觉得这是一件非常神奇的事情，这样一个俗得不能再俗的套路，为什么可以亘古不变、经久不衰地发生在这个世界上的每一个角落？毫无新意可言。而且，这件事情绝对没有国界。无论主人公是中国人还是其他国家的人，无数姑娘前赴后继、跌跌撞撞地走上这样的道路，又充满纠结、满心伤痕地重返单身生活。而且年龄越大就会越犹豫，伤口就会越深，缓过来的时间可能也会越长。

我一再劝她跟乔分手，虽然我觉得这是一件非常损人品的事儿，但还是忍不住这么说。如果你等不到眼前这个男人的一句话，等得心都凉了，那么就不要没完没了、搭上自己的一辈子去等了，现在等不来的，永远也不会来。如果他就这么拖着，那么你就应该给自己设定一个时间。如果他对你不负责任，你就应该对自己负责任。菲莉兹点头，和我一起起身上楼，她把两个烟头扔到楼门口的垃圾桶里，我们一路无话。我知道她在想什么，其实道理谁都懂，都那么大的人了，又不是十几二十岁的小姑娘，但是真的发生在自己身上，无论年龄多大，终究逃不过还是个女人。我也知道，真决定分手离最后真的分手，也还会有一段时间，他们俩还会和好的，只是不知道要反复多少次。

回到办公室，已经接近午饭时间。看到易多多给我的留言，问我要不要一起吃午饭。我给她回了一个点头的笑脸。刚进这家公司的时候，我对于这种同在一个大办公室也经常要在网上说话的方式有点儿不习惯，好像彼此隔着一层。后来，发现这样说话也不是一点儿好处都没有，一个是可以留下证据，谈公事时发生纠纷有据可查，另一个就是翻译公司需要安静，铺满的地毯可以消灭脚步声，而网上说事儿则可以将各种干扰降至最低。加上现在跟外界联系一般都是电子邮件，办公室的十几部电话一整天也响不了几次，所以，要是有谁稍微大点儿声说话或者聊天儿，全办公室都会洗耳恭听的。

中文组一共三个人：我、易多多和杨娜。杨娜正在中国休假，只剩下我和易多多。我很喜欢她这个名字，上口、好记、含义佳，还不容易撞名儿。易多多来自江南水乡，从长相、外形到言谈举止都流露出那个地方的女孩儿温婉贤淑的特点。她一直到大学毕业都没离开过家，毕业后在当地一家酒店工作。上班不久，就认识了现在的老公，一个当时去中国出差的ABC（America Born Chinese，在美国出生的华裔），住在他们酒店。那是他第一次去中国，也是她第一次谈恋爱。比起菲莉兹，易多多的情感道路顺利得一塌糊涂。她辞掉了中国的工作，嫁了过来。到奥斯汀不久，她就找到了现在的工作，虽说当时公司的规模还很小，在一个半地下室上班，但也只有她一个中文翻译，不管怎么说，她的经历已经是非常顺利了。比起我，易多多的工作道路也是顺利得一塌糊涂，足以让很多嫁过来的姑娘羡慕嫉妒恨了。而且，多年以来，两个人的关系一直很好，经常在我们聚会的时候秀恩爱，让周围的人很是羡慕。我和杨娜经常感慨，都是女人，为什么人和人之间的差距就这么大呢？我对这些根本没办法解释的现象统一解释为：都是命。

## 04 法国大婶儿索菲娅

今天高鹏走得早，因为要赶去办公室参加一个跟印度人的电话会，六点多就跑了。每天早上，从起床到离开家的这四五十分钟时间里，我要叫两个孩子起床，给他们穿好衣服、做早饭。然后，一边看着他们顺利吃到嘴里，一边准备给他们带到幼儿园的午饭。接着，以迅雷不及掩耳之势把自己收拾到可以出门见人的程度。再按照同样标准，给孩子们刷牙洗脸，收拾妥当。几乎每天，我都需要在大呼小叫之中把两个娃、他们的午饭包（周一还得加上被子、床单和枕头）塞进高鹏或者我的车。只有在安全带的金属扣往那个插销里一按，听到"啪"的一声时，我的心才算回到原位。老大四岁、老二两岁，这样的生活已经持续了两年，并且还不知道要继续多少年。

我发现一个规律，每个星期五早上路上的车都很少，平时需要十八分钟的路，这一天一般十三四分钟就能开到，这可能跟奥斯汀集中了众多高科技企业有关，很多人星期五都在家上班。从家到办公室这短短17英里（大概27公里）路，虽然有些荒凉，但集中了好几家大型企业的全球总部和全美运营中心，如果不拐弯，再往前走一点儿，就是戴尔的总部园区之一和占地很大的三星。加州的硅谷早已名声在外，奥斯汀"硅山"的名头却鲜有人知。奥斯汀地处丘陵地带，又集中了众多高科技企业，因此而得名。

最近，公司跟某知名酒店集团新签了一个项目，好几个语种突然新招了不少人。玫瑰小姐发话，下午去会议室开会，所有人都要参加，集中讲一下公司的基本规定。满满一屋子人，由玫瑰小姐主持，介绍了公司的历史、上下班时间、衣着要求等等行政方面的事情。关于穿衣服这件事我觉得最有意思，因为规定上非常详细地罗列了什么样的衣服可以穿，什么样的衣服不能穿，远不止我们通常说的"正装""休闲装"几个字那么简单。今天学了好几个词的新用法，其中Tube（管子）和Spaghetti（意大利面）两个单词最形象，印象也最深。Tube是指没有肩带的背心，仔细想想，咱中文里"抹胸"这个词也够生动且富有画面感，比"管子"更具神韵和内涵；Spaghetti是细吊带背心，这两样当然属于被禁范畴。其他诸如不许穿人字拖鞋，男的不许穿短裤，女的不得穿短于膝盖以上1英寸（2.54厘米）的裙子或者短裤……如此种种，没有最细，只有更细。其实呢，办公室里无论男女，不论新老，除了一个人，其余所有人都穿着正常，符合要求。此人就是属于管理层之一——索菲娅大婶儿。

索菲娅大婶儿原籍法国，是法语组的头儿，即使现在干着管理层的事儿，依然在百忙之中领导着法语翻译的庞大队伍。因为她的业务能力比较强，技术上的事儿也很在行，所以不光是法语组，其他语种的翻译有什么问题也都可以找她。她的办公桌并没有搬到其他领导层每人或者每两人一间的小办公室里，依然固守在大开间众翻译中间，显得非常亲民。法语组是现在全办公室阵容最为强大的语种，一共六人，甚至比西班牙语组还多一个。这六个翻译里有五个是女的，唯一的男士坐在离她们很远的窗户边，倒是离易多多和杨娜很近。大婶儿有一儿一女，都二十多岁，一个已经工作，一个大学还没毕业。据说她只有五十出头，但看上去得有六十出头。她很多年前离了婚，现在跟她的美国男朋友一起生活。她有些胖，那种有些肿的胖。因为胖，所以脖子就愈发显得短。浅黄色的头发有些稀疏，但是不短，总是蓬乱。她的眼睛不大，经常浮肿，略微呈三角状，加上薄薄的嘴唇，不苟言笑，走路时下巴轻微上扬，总是给人有些凌厉的感觉。起码我是这么觉得的，所以从来不会主动去找她。

大婶儿可能是全办公室女的里最能打扮的一个，衣服配件都是饱和度极高的颜色。而且，不管什么颜色，永远都能从头到脚搭配得上。同色系的衣服、鞋和包是她特有的风格。这句话的意思就是，如果她穿了一件翠绿色的上衣，就会穿一条翠绿色的裤子，然后穿一双翠绿色的凉鞋，再背一个翠绿色的包。这么勇敢而富有性格的搭配，在我认识的所有人中无人能及。而且我专门问过她，这都是一套吗？她高兴地说不是，都是分着买完了自己搭配的！当然，我是在由衷地夸奖完她的打扮以后，才问的这个问题。其实，我经常觉得自己也挺虚伪的。

索菲娅大婶儿不仅在配色上有独到的见解和手艺，还有另外一样绝活儿——露得多。夏天基本上就是细吊带背心或者细吊带裙，甚至经常嫌那根意大利面粗细的吊带盖得太多了，干脆就是肩膀上没有任何带子的连衣裙。奥斯汀本来一年里有半年是夏天，加上她特别禁冻，所以一年里得有七八个月她都是热带海滩度假的装束。她的座位斜着面向窗户，背对着走廊，座椅靠背正好挡住多半个后背，所以经过她座位的时候，总是觉得她坐在那儿什么都没穿……

玫瑰小姐发布命令的第二天，大婶儿破天荒地穿了一件短袖上衣和一条长裤，不要说她自己，就连每个看到她的人都觉出了她穿得浑身不自在，好像穿上了别人的衣服。第三天，她又穿上了吊带裙，只不过外面搭了一条披肩，然后，那条披肩在她肩上停留的时间一天比一天短。终于，一个星期以后，我们的大婶儿又回来了！

说到夸奖，想起了一个美国人说话的习惯，那就是small talks，意为寒暄，实际上就是没话找话。美国人很擅长寒暄和搭讪，搭电梯的时候、两个陌生人初次见面，或者任何只有三两个人的有限空间，你觉得应该说点儿什么，但是又没什么正经事儿，可是不说点儿什么还会觉得有些尴尬的时候，就需要三两句的small talks。最常见的就是聊天气，无论天儿好、天儿坏、天儿冷、天儿热，还是下雪、雾霾，永远都可以感慨上两句。女的最常见的就是挑一样对方身上的东西夸，比如耳环、项链、上衣、裙子、鞋和包，总之，只要她不是光着上街，就永远都会有得夸。夸奖的方式可以是某某某真漂亮，也可以是我喜欢你的某某某。如果被夸奖了，只要微笑着说个谢谢就行了，千万不用太当真。刚来美国的时候，我不懂得small talks的真实意义所在。有一次去物业办事儿，刚坐下，物业的姑娘就好像发现新大陆一般，睁大双眼说，你的耳环太漂亮了，在哪儿买的？姐姐我被这突如其来的夸奖整得有点儿反应不过来，正在沾沾自喜，并且特意伸手把耳边的一绺头发别到耳朵后面。就在我脑子里还在认真地想这副耳环到底哪儿来的时候，那姑娘已经低头翻着材料开始跟我说正事儿了。自打那次被调戏以后，我便深刻地领会了small talks的精神。

自从领会了精神，我的进步很快，而且活学活用，使之更加发扬光大。什么耳环、上衣、裙子、包都弱爆了，每当我在知道对方的孩子多大以后，都会感叹这难道是真的吗？！你看起来真不像有那么大孩子的人耶！多年以来，屡试不爽，无一例外的，她们笑靥如花，虽然嘴上都说哪里哪里，但是那种难以掩饰的心花怒放连我都替她们高兴呢！不过，这种方法也是要具体情况具体分析的，如果觉得这样的恭维实在太过违心了，那就还是夸夸她的耳环、上衣、裙子或包吧。

## 05 37岁的研一新生

今天星期五，下午有课。来美国这么多年，一直到现在才知道这里的学校是不分在职和全职的，只要上够了课，成绩达标，修满学分，拿到的文凭就是一样的。所以，全职上一两年研究生和一边上班、一边上学，上个三四年的研究生，毕业时拿到的学位证书是一样的。硕士学位平均每门成绩达到B才能拿到学位，如果没达到，可以用别的A或者A-来找补。我们这个专业学制一年，一共十门课，主要学习怎样评估一项技术是否具有市场潜力，从而决定是否通过商品化的过程将其从实验室引入市场，把一个新概念变成看得见、摸得着的产品拿出去卖。一句话，这能赚钱吗？因此，这个专业最适合的是那些想自己创业的人。

不过，毕竟白手起家从找项目开始是一件比较有难度的事儿，更多的人是想通过这个学位跳槽、转行、扩充自己的人脉，或见识更广阔的世界。我自己呢，这几种想法都有一些。此外，在这儿念书还是我一直以来的心愿。最关键的是，想上的学校没一个要我，姐这不是没得选吗？！杨娜对我这种唯一的救命稻草性质的收获颇为羡慕和赞赏，专业也好，男人也罢，当你只有一个选择的时候，便谈不上选择了，你便会有种断了所有念想的踏实。不像她，无论什么东西，中意的总是有两个以上，偏偏又赶上她性格非常纠结。不过无论是一根稻草，还是选择困难，可能都比啥都没有要欣慰一点儿。

由于专业性质，我们这两个班一共80多个人，绝大多数都有全职工作，还有少数在外地甚至外国工作，每次通过视频远程上课。隔周上一次课，星期五下午4点到8点，星期六早上8点到晚上6点，只在学期开始、中间和毕业的时候集中。我们中间，有的人在达拉斯、圣安东尼奥和新奥尔良，但每次要么开车、要么坐飞机来上课；也有的人就在奥斯汀本地，但是因为工作繁忙或者感冒，或者怕堵车，或者纯犯懒而选择远程。从国籍分，大多数是美国人，小部分是其他国家的人，我是唯一一个中国大陆的学生，说中文的还有两个来自中国台湾的小伙子加一个新加坡小伙子。其他外国人来自加拿大、希腊、哥伦比亚、智利、印度、保加利亚、越南、韩国、墨西哥、伊朗、乌干达和日本等。从性别分，大概10%是女生，可能什么创业、技术的东西，女人都不会太感兴趣吧。从年龄分，大多数集中在28岁到40岁之间，最小的刚过23岁生日，本科刚毕业，还有十几个四五十岁的，最大的六十多。此外，我们班有七八个美军，其中两个女的，陆海空齐全。级别最高的是个将级，具体是什么将我也不知道，别人告诉我我也记不住，总之服役24年，是个很慈祥的大叔。这七八个美军中间，有刚退伍的，也有现役的。他们的学费全报销，也算是一项挺实惠的福利。商学院都比较注重多元化，各方面的多元化，对此，我们这帮人应该已经进行了充分的证明。

　　在很多中国人的心目中，只有那几所如雷贯耳的"常春藤盟校"才称得上名校。其实，美国历史悠久、治学严谨的学校还有很多。得州大学奥斯汀分校建于1883年，是一所规模很大的综合性公立学校，只是没有医学院。研究生院综合排名全美前50名以内，其中工程、会计、市场和计算机等多个硕士专业都是全美前10以内，教育学院、商学院和法学院排名前20以内。学校每年获得的各种捐款和经济资助仅次于哈佛大学。就像一般的美国大学，校园没有围墙，占据了奥斯汀市中心横横竖竖若干条马路，与州议会只隔几个街区。MBA火了这么多年，现在依然属于非常热门的专业。虽然MBA已经几乎成为商学院的代名词，但是除了MBA，一般的商学院还有其他专业，比如市场营销、会计和金融等等。

　　我们的专业并不是每个学校的商学院都有，有这个专业而且排名位于前10名的学校还有哈佛大学、斯坦福大学、密歇根大学、芝加哥大学、西北大学和杨百翰大学等。会计专业是我们商学院的荣誉和骄傲，经常位居全美专业排名第一。我们的会计课就是会计专业的"头号大拿"所授，可惜多数人都没有任何会计专业背景，领略不了他的神奇，只能领略每节课的云山雾罩。这位花白胡子的教授教我们，拿杀鸡用宰牛刀来比喻都太轻。幸好我们班有个热心肠的会计师同学，每次作业都组织大家一起去学校写，不明白的地方耐心讲解，结果就变成了所有地方都需要他的耐心讲解。我欣喜地发现，我这样一个自从高三毕业就再也没碰过数学、只考过两次GRE数学的纯文科生，成绩在全班竟然属于平均水平，偶尔还能给旁边漏了一两步的同学讲讲几个excel的函数公式是怎么列出来的。一起做完两次作业的时候，有一个同学实在不能想象还要上多少门类似难度的课，便在开学仅三周时退了学。

这一年分为三个学期，除了公假没有任何假期。4月底开学。现在距离第一学期结束还有一个月，这学期三门课，市场营销、各上一半的会计和金融以及从商业可行性的角度对技术进行评估。每门课的功课都很重，永远都有看不完的书和文献，永远都在赶作业，除了个人作业，还有小组作业。学期开始，我们被分成若干小组，每组五到六个人，我们组一共五个，一个前面提到的23岁本科毕业生凯文，是个加拿大人，拿的学生签证。别看他年龄最小，块头却是全班最大的，半职业橄榄球运动员，理想是进入NFL（美国国家橄榄球联盟）。他每天需要吃掉数量惊人的食物，才能维持与人抗衡的体重。他的女朋友是美国人，在这儿念法学。28岁的阿尔多是墨西哥裔，爸爸是早年移民墨西哥的华人，所以他姓Loo，中文字应该是"罗"，家里哥儿仨。哥儿几个几年前在奥斯汀最著名的酒吧街6街开了一家酒吧，看尽一切世间繁华和阴暗角落。在那儿，他认识了从墨西哥过来玩儿的女朋友。那姑娘在墨西哥一家医学院上学，还有一年就去当住院医。他大概每两个星期飞一趟墨西哥看女朋友，他们正处在热恋阶段。史蒂夫和丹尼尔与我同龄，史蒂夫是个现役空军飞行员，最喜欢的事儿就是开着飞机满世界转悠。比如开一架B-52在40个小时之内从巴克斯代尔空军基地一路向东，在印度洋上一个叫作迪戈加西亚的小岛稍作停留，然后继续向东，飞到越南再往回折，最后返回路易斯安那的起飞处。史蒂夫有一男一女两个娃，妻子是个小学老师。他是个挺帅的光头，性格温和，很好相处。丹尼尔几乎是史蒂夫的反义词，住在费城的单身贵族，是某个风投公司的合伙人，典型美国商场上混的中年男，超级能说，超级会忽悠。这就是我们第一学期的小组阵容，我们的Team9。

这晚上是四个小时的市场营销课，官方名称：技术创新市场营销。一般四小时的课中间休息两次，每次大概10～15分钟。老师是个威望很高的短发老太太，性格活泼，每节课开始都要提几个上节课的问题，随便抽人回答。这个环节让我觉得久违并且紧张，连她自己都把这称作"cold call"。她经常在上课的时候手舞足蹈，讲着讲着就坐在桌子上，有时候还会把脚也放上去。我本来挺喜欢她的，因为她讲的内容比较喜闻乐见，不枯燥、有生活、容易理解，尤其是与会计课相比。但是，自从上次的作业得了52分（满分100）以后，我对她就再也喜欢不起来了。那次作业是分析四种新产品，分别是做成像奶酪那种一片一片独立包装的花生酱、折叠自行车、好几百美金一套的不规则拼图和一种铺在跑马场跑道上的新型材料。要求写一篇东西，分析哪种产品最有前途，哪种最不好卖，并结合讲课内容说明理由。因为我的母语不是英语，所以每次写作业前，都得把题目看好几遍，确认无误以后才会开始写。这个作业也不例外，翻来覆去看了好几遍，因为这次作业要比其他作业占的分数比例大，所以更是不敢马虎。这个成绩让我非常难以接受，因为我自认为写得还比较满意，再加上没有固定的答案，只要能把自己的理由叙述充分就好，所以更觉得冤枉。因为那次作业全班绝大多数人的成绩都很意外，所以老师专门讲了一下，我们的问题出在没有把每一种产品都分析一遍才下结论，而是只拣最好的和最差的写。

我觉得不服，题目明明只要求写最好和最差两种，并没有说要把每一种都分析一遍。我给老太太写了一封信，想尽量争取一下，信的结尾问她可不可以重新写一遍。写信的时候是夜里，夜里的思维本身就容易极端，情绪容易激动。想到自己白天上班，下班做饭、带孩子，孩子睡觉以后才能开始看书和写作业，每天都要忙到半夜，已经尽了全力，结果还是得了52分，越想越觉得很委屈，哭了半天。一边哭一边也觉得，一个奔四的女人为一次作业不及格而哭鼻子，实在有点儿太过夸张。老太太回信中的态度很好，表示对我非常理解，但是不能让我再写一次，因为这样对其他同学就不公平了，说这只是一次作业而已，不如好好准备期中个人的市场计划和期末小组的市场计划，这两样分数占的比重最大。这件事到此为止。

我们的学费项目包括每周五晚上的茶歇，每周六的早、午餐和上下午两次茶歇。茶歇有咖啡、茶、水、各种汽水、水果和两三种点心。周六早餐是墨西哥式的烙饼卷鸡蛋、肠和奶酪，午餐以三明治居多，偶尔也会有甜味日式烤鸡肉和半生不熟的米饭。课间是大家吃吃喝喝、聊天、跟老师套磁儿、烟民放风的时间。商学院的后门外面是个小花园，庭院不大，错落有致，满是绿茵。聊天的围一堆儿，抽烟的围一堆儿。

艾米是个典型的得州姑娘，在休斯敦苹果公司上班，眼大嘴大胸大嗓门大，两个脸蛋儿一边还有一小片轻微的高原红，说起话来声音沙哑，一听便知抽烟的年头肯定不短。艾米说话的时候和很多美国妞儿一样，表情和手势都异常丰富，仿佛随时都有震惊全世界的事情发生。美国妞儿跟其他人聊天时，最爱挂在嘴边的口头禅就是"I know"，瞬间肯定对方，拉近双方距离，然后怎么聊怎么觉得亲密无间。艾米是围一堆儿抽烟的人里唯一的女性，每次隔很远都会听到从那堆儿传来的有些嘶哑、毫不掩饰的笑声。

艾米28岁，未婚，有男朋友，在苹果公司从事与市场相关的工作。她在第七组，在阶梯教室上课时总坐在我前面一排。艾米留着金黄色的长发，头发不算多，通常不扎起来，自由地披散着，发根有时候是浅棕色。我们从小经常说的金发女郎，其实天生的并不太多，很多靠染。她喜欢围各种围巾，包里必备指甲锉，上课的时候时不时会掏出来锉两下，然后把胳膊伸直，手掌直立，左右来回审视半天，再把指甲锉放回包里。过不了多久，又重复一次这套动作。艾米很用功，市场营销有一个作业是大家把每次看文献的心得体会放到网上班内的论坛里，贴完自己的还不够，还得去看别人的，并对别人的心得进行评价，至少评论三个人的，多了不限。艾米总是最早贴作业的两三个人之一，因此，她的作业就很容易最先有比较多的评论。她课上很爱发言、提问题，他们公司总是各门课上非常容易涉及的话题，她理所当然地成了一手的权威信息和评价来源。让我对艾米刮目相看的就是那次四种新产品的作业，在全班大多数人都不及格的情况下，艾米得了100分，并且轻描淡写地说了一句气死人不偿命的话：我还以为所有人都得了100分。

杨娜从中国休假回来了，带了好多大白兔奶糖到办公室。她跟易多多是同乡，同样是从小到大没离开过家。世界小吧，俩人非得跑这么老远才在地球另外一端的办公室里相遇。虽说同是江南姑娘，杨娜跟易多多从外形到性格都相差甚远，经历也非常不同。她一米七二的个头儿让办公室很多老外都感叹她是自己见过的最高的中国姑娘。杨娜刚刚结束一段四年的感情，说长不长，说短也不短，尤其是对一个33岁的姑娘来说。前男友是个美国人，四大合伙人之一。杨娜属于文艺女青年，在一个读书俱乐部里认识了退伍军人布莱恩，那时他刚从伊拉克战场回来不久，正在一边上班一边准备研究生考试。据说，非得州大学奥斯汀分校的MBA不上，因为学费全额报销，而且就这个他看得上也够得着的专业学费最贵，因此感觉最沾光。民间有一种说法，如果上一个男友或老公是老外，那么下一个一般还会是，转回来找一个中国人的可能性非常之小。我专门跟杨娜探讨过这个问题，她的解释是，一般情况下，老外对于对方的过去不太在乎，也不会问这问那，自己不必做过多的解释和说明，这样交往起来没有什么压力。其实，从严格意义上来说，布莱恩还不算她的正式男友，他俩仍然处在隔着一层窗户纸的状态。我觉得，两个人交往，只有这个状态才是最妙不可言的时刻，因为只有这时，彼此才是最美好的，没有瑕疵。

开学几个月，每天处在被动地赶作业状态中，有种疲于奔命的感觉，让我喘不上气，我打算扭转这个局面。咱不要求自己做到艾米那样刚上完课，在距离下次上课还有一个多星期的时间就把作业传上去，起码也不能老在最后一刻手忙脚乱，虽然我发现班上有严重拖延症的人并不在少数。我开始在白天上班不忙的时候抽空写作业，没有大段的时间就把写作业化整为零，比如有空了就先看书或者资料，没有大块的时间看完一整篇文章，就一段一段地看，每看完一段，就把这段说的是什么记在旁边空白处，这还是复习GRE时养成的习惯，现在尤其有用。因为如果不写下来，过一段时间再回来看可能就忘了，还得从头来。句子下面画道儿这招是最没用的，因为一篇文章读下来，你会发现几乎所有句子都被画上了道儿，可还是一点儿都记不住。在每个段落旁记笔记还有一个好处，就是写作业的时候容易回来找，也就是GRE阅读最讲究的一个词：原文定位。因为有这个习惯，我完全看不了电子版，所有文章都必须打印出来。

自从去年八月开始复习考试到现在，淘宝都逛不尽兴了，这是我最近几年非常重要的娱乐项目之一，尤其在这好山好水好无聊的地界，简直可以称作我的精神支柱了。更何况，又赶上自己被孩子拴在家里这种特殊的阶段。我经常看的是自己的衣服、孩子的衣服和鞋。如果谁到现在都还觉得淘宝上充斥的都是价格低、质量差的地摊货的话，那就说明您简直太神化美国的衣服和鞋、太不了解淘宝了，或者说，您的功课做得太不到位了。当然，前提是不能满世界瞎买，得有固定的地方。小孩儿的鞋不用固定买家，只需要固定牌子即可，美国比较好的童鞋品牌就那么少得可怜的几个，闭着眼睛买就行了，从来没有失败过。总之，淘宝上完全可以买到质地、做工与美国高档百货或者奢侈品店一模一样却不叫"高仿"的东西，而价格完全秒杀他们。

别以为只有生活在国内的人热爱海淘，我们也热爱。女人啊，怎么好像只有海那边的东西才是最好的。现在很多邮局在淘宝上开店，买到东西就都寄给邮局，攒够一拨儿发一次，什么国际快递都有，还可以打折。邮局非常认真负责，安全方便，也不用麻烦家里人。有一家台湾朋友刚刚搬去西雅图，女主人也喜欢淘宝，经常在她先生去中大陆出差的时候，让我帮她在淘宝上给孩子买雨衣、雨鞋之类的东西。她把中意的东西链接通过电子邮件发给我，我帮她买好付了款，收货地址写她先生在大陆出差住的酒店，让店主把发货时间备注好。这个时间需要特别准确，因为他通常只在一个地方停留两三天。我从网上看到什么时候送货，给她打电话，她再告诉她先生，取到以后检查无误后，通知我在网上确认收货，最后她把人民币折合成美元写张支票从西雅图寄到奥斯汀。姐这也算是在做国际贸易了吧？！

## 06 玫瑰小姐的八卦以及我的危机感

"玫瑰小姐怀孕了！"杨娜走过来悄悄对我说，尽管她并不需要悄悄说。翻译公司有这个好处，那就是除了玫瑰小姐，每个人都会两种或者两种以上的语言，互相还都不怎么一样，所以大可当着头儿的面，面不改色心不跳地大声议论他。菲莉兹会四种语言，应该是全办公室最多的，而且不只是"你好、谢谢、再见"以及会数数的那种。她在利比亚出生，爸爸说阿拉伯语，六岁的时候举家搬到英国，后来又搬到土耳其。十几岁时父亲去世，她和妹妹又随母亲搬到瑞士，在那儿住过几年。所以她说阿拉伯语、法语、土耳其语和英语，她把土耳其语称作自己的"Mother language"（母语），管阿拉伯语叫"Father language"（父语）。

玫瑰小姐两年前离了婚，后来跟公司里的一个同事传出办公室恋情，没过多久，她的男朋友跳槽去了一家咨询公司。据玫瑰小姐闺密级的同事——法国姑娘伊琳说，她以为自己这辈子根本就怀不了孕了，因为结婚多年一直都没有孩子，已经绝望，哪儿想到，换了个人没过多久就怀上了。这个振奋人心的消息令玫瑰小姐喜出望外，虽然她到现在还姓着前夫的姓，离婚以后一直都没改过来。我觉得老外一结婚就要改成老公的姓，是一件非常麻烦而且没有什么必要的事儿，护照、驾照、签名习惯都得换，还得通知所有人，让自己和周围所有人适应。现在离婚率这么高，离婚以后无论改回自己的姓还是再嫁，所有这些还得继续改，还得再通知所有人，让自己和周围的所有人继续适应。这么改来改去的，真是没有困难人为地制造困难也要上的节奏。再说了，俩人姓一个姓就真的是一家人了吗？好吧，第一次改的时候，众姑娘可能确实是觉得非常幸福的。菲莉兹也还姓着前夫的姓，刚认识她的时候，我还挺纳闷儿的，怎么一个土耳其人姓了这么一个典型的美国人的姓？尽管已经离婚多年，新的男朋友都交往了好几年，自己的名字里依然清晰可见另外一个男人的痕迹。看来，杨娜说得一点儿都没错，老外确实不怎么在乎对方的过去，即使女友前夫的名字一直在眼前晃来晃去，也可以做到视而不见。

我觉得背后八卦同事是一件很不好的事情，因为在经过玫瑰小姐的办公桌时，被她兴高采烈又有点儿神神秘秘地告诉我她怀孕的时候，我依然得表现出特别吃惊、特别意外的样子。这是个技术活儿，对我来说有点儿难度，还绝对不能演砸。我得向她证明，我们真的没有那么八卦。

最近公司里事情很少，本来经济就算不上已经完全恢复，加上进入夏天，也就是我们的淡季，很多甲方公司员工休假，没工夫更新他们的网页或者开发出新的材料，因此我们也跟着受牵连。这就是本地化这个行业的局限性，有些被动。会计这门课最可怕的考试即将到来，市场营销的个人期中考试也不容易，这个时候上班不忙，可以多看看书、写写作业，这本应是件高兴的事，但是我一点儿也高兴不起来。

就像考GRE和申请学校一样，我考这家公司同样是"二进宫"。大概半年多前，我在一个招聘网站上看到一家本地化公司招聘中文技术翻译，投了简历。后来很快收到回复，才知道正是玫瑰小姐所为，让我试译一篇计算机方面的文章，第二天早上交，并附有非常详尽的格式和翻译要求。我专门在网上查过这家公司的位置，隔壁就是奥斯汀最新建成的卖奢侈品店的高档商业区，离家不远不近，完美至极。不幸的是，考试没过。后来听易多多说，技术类翻译正确率得达到大概97%以上才算通过，我那想在高档商业区隔壁上班的梦想泡汤了。几个月后的一天，小枫问我还想找工作吗。我说当然想啊，想得要死。她说听朋友说有个公司要招中文翻译，如果我感兴趣就把招聘信息转给我。我一看，又是这家公司，可是这次不是技术翻译了，公司新签了一个长期的酒店项目，专门招一个人翻译他们集团旗下全球所有酒店的网页和更新信息，考试也是一篇酒店介绍。这个可比计算机容易多了，也有意思多了。酒店设施、周边景点，翻译起来心旷神怡的。所以啊，好多事，命中注定是你的就是你的，即使晚了几个月，该是你的也跑不了，如果命里压根儿就没有，血吐光了也白搭。

终于，我实现了到Domain隔壁上班的愿望。上了没几个月，新的问题又来了。翻译酒店阳春白雪的设施以及周边风景如画的环境是有意思，但是工作内容太受局限，想轻松舒服是要付出代价的。正所谓人无远虑，必有近忧。比如现在，易多多和杨娜那边做的技术翻译，我虽然也可以做，但总是感觉有点儿名不正、言不顺，不够理直气壮。要是这会儿公司裁员，中文组只裁一个，那肯定是我，绝对跑不了。想到这儿，我觉得这是一个很大的问题，让我受到很多限制，谁知道酒店这个项目哪天突然就停了呢，周围说停就停的项目难道还少吗？我觉得很不爽，这样被动地坐以待毙可不是个事儿。我给头儿发了一封信，申请考技术翻译。这次倒好，比计算机还恶心，给我一阀门和螺丝钉的翻译，我这辈子也没见过这么多花样的阀门和螺丝钉啊，中文我都看不懂是什么意思呀，大叔！但是，两个星期后，我终于可以名正言顺地跟易多多和杨娜一起干技术类的活儿了。

## 07 到底是奥斯汀还是野生动物园？街里街坊

几乎每天上下班的路上都会看到各种动物尸体，最常见的是鹿、黄鼠狼、浣熊和兔子。这里地广人稀，虽然近几年油价上涨，让很多大排量车主有所收敛，但还是有很多人爱开大车。鹿在这里本来没什么天敌，又没什么安全概念，经常随便过马路，结果人和大车就成为鹿的主要天敌。我们小区的后面是连着一大片高尔夫球场的平缓荒地，长满了野草和橡树，信箱就在那里，拿信的时候经常可以看到鹿的一家悠闲地翘首远望。我们家门前有四棵灌木，有一阵子，灌木的叶子经常轮流在前夜没有雨疏风骤的情况下一夜之间蒸发，这正是鹿的杰作。防止鹿的"光临"有各种方法，首先当然是不种鹿爱吃的食品，其次是在它们喜欢的食品外面再种一层它们不吃的东西，再次就是去超市买一瓶药，喷在门口，鹿遇到那个气味就会"闻"而却步。我们首先从最简单的"气味法"开始，结果就是，鹿倒是不来了，人也快不行了。

其实什么鹿啊，黄鼠狼啊，顶多是个不好闻的问题，还不至于觉得可怕。上星期，孩子所在的幼儿园发了一条消息，着实让人有点儿紧张。这个幼儿园挨着一大片原始森林，主要是橡树林。上星期有个妈妈放学接了孩子开车走，多数人通常都会左拐直接上大马路，她那天往右拐，想从幼儿园后面的小路走。结果看到一只山狮趴在林子边儿东张西望。这个消息一出来可是有点儿炸窝，不是别的地方发现了山狮，而是幼儿园的旁边！校长给每个家长写了封信，要求那段时间每天接送孩子的时候都要格外小心，最好抱着孩子走，并且不要在停车场过多停留。孩子们白天的室外活动也暂时全部停止。后来，还有一个爸爸"学术"了一把，仔细查了资料，说那个地界本来就是人家山狮的地盘，它们世世代代都生活在这里，所以人家在自己家门口随便溜达溜达也不算特别过分。

回到家，看到特瑞萨正光着脚站在门口的草地上举着水管浇地。这两年，奥斯汀大旱，已经开始限水，去年还能每星期开两次自动浇水系统，今年改成只能浇一次。所以，很多人这样举着水管偷偷地浇。他们家前院种了很多栀子花，洁白的花朵盛开时美好极了，无论是花瓣还是气味都十分雅致，难怪栀子花那么容易被各种情歌和小说所赞美。特瑞萨家门前有棵橡树夭折了，其实是因为没有及时把支撑的铁丝和柱子拆下来被勒死了。她刚换了棵柳树，风起的时候，曼妙的柳条随风摇曳，特别是在终日满眼四仰八叉、没有什么美感可言的橡树堆儿里，这摇曳的树枝便显得格外动人。

特瑞萨是台湾人，比我大三岁，住在我们家正对门。男主人约瑟夫是个马来西亚华侨，与我同岁。我认识的所有台湾人从小就有正儿八经的英文名字，自我介绍或者平时称呼只用英文名字。特瑞萨是个虔诚的基督徒，年轻时去佛罗里达参加一个教会活动时认识了约瑟夫，后来就嫁了过去。他们十多年前从佛罗里达搬到奥斯汀，有三个娃，据说老三是意外。特瑞萨应该算是一个非主流的台湾女人，无论谈吐、走路还是做事全都风风火火，有种快刀斩乱麻的劲头儿。她无论站在前院便道还是后院草地上，经常是光着脚，并且对我只要一出门就必须得穿鞋的行为评价为"真是大城市来的小姐"。其实何止出门，我在屋里也都得穿着鞋。特瑞萨独自带大三个孩子，老大已经上中学，老三马上就上学前班，应该算是熬出来了。由于特瑞萨不拘小节的性格，让我觉得与她交往毫无压力，完全不需要考虑这么说是不是合适、那么做是不是不太好之类的问题。

其实，我们刚搬来的头两年半，特瑞萨一直在为把我们争取到她们教会聚会而做不懈的努力。那个教会都是中国人，其中有很多台湾人，也有不少大陆来的。女性居多，很多都是与我一样全职在家，还有不少爷爷奶奶辈儿的。就像很多信教的美国人一样，参加教会的活动是一种非常重要的社交方式。特瑞萨她们教会除了每周日在教堂有礼拜，平时还自发地轮流在各家举办学习活动，他们家是家庭教会的主要据点之一。除了学习《圣经》，大家还一起吃饭，小朋友们一起玩儿，大人一起聊聊天，东家长西家短就是在这个时候被传递得越来越远。特瑞萨每次都盛情邀请，让我带着孩子去参加，一次不去，两次不去，架不住次次被邀请。所以，大概一年里我也会去一两次。其余的时候，一看到他们家门口停满日本车就知道又有活动了。我不清楚当大家知道特瑞萨家对门就是个整天在家带孩子的中国人，却见不到她来参加活动时都会怎么想，而且事实证明，确实有人注意到这一点。因为有一次我在她家跟一个新加坡的妈妈聊天时，当我告诉她我的名字和住址的时候，她特别意味深长地看了我一会儿，然后说："你就是张静啊……"从前的工作中，我曾经接触过很多人因为宗教信仰而受政府迫害，被迫逃离家园的，所以宗教对我来说并不陌生。我也非常尊重一切宗教和人们信教的自由，但是我也想说，也请尊重我们不信教的自由。

特瑞萨是教会的主力，一度担任一个职位，还是拿工资的那种。牧师是个台湾人，他的妻子是从大陆来的。据说，牧师的理想就是募集到足够的捐款，建起自己的教堂，等到拥有足够多且相对固定的信徒时，就是他们终于可以闲庭信步的时候。但是，这之前的若干年不但辛苦，还非常清苦，需要有常人难以想象的毅力和耐心。特瑞萨在帮助牧师实现理想的道路中，绝对起到了关键性的作用。在她的努力下，牧师找到了一块免费的地，这可是节约了一笔不小的开支。可也就是从那之后不久，特瑞萨一家突然与之前好得跟一家人似的牧师划清界限，转而去一家美国人的教会，具体原因不详。我猜，好像除了钱上的事儿，也不会再有什么别的事儿能造成这么严重的后果了吧。也就是从那会儿开始，我一直盼望的与特瑞萨一家只保持正常的邻里关系，不掺杂任何其他内容的愿望终于实现了，这场挥之不去又说不出来的躲猫猫游戏，玩儿了两年半，就此终于可以落幕了。

特瑞萨看到我回来，跟我打招呼，我把车停好走过去。特瑞萨跟人说话用不着寒暄，从来都是开门见山，有事儿说事儿，这点我感到非常习惯。"嘿！张静，我刚烤好红豆年糕，等我拿给你。"她一边说一边把水龙头关上，转身往家走。栀子花大片大片白色的花瓣挂着晶莹的水珠，饱满、灿烂而娇艳，看到这花，才明白什么叫作水灵。特瑞萨一手带大三个孩子，还经常喜欢琢磨新的食物，天南地北，哪儿的都有，并且经常不按部就班，自由发挥。她最爱改菜谱，认为这充满了勇敢的创新精神，所以每次给我的红豆年糕都不太一样，总有惊喜。

有一句话我一直记得很清楚，是出自一个同是北京来的男同志之口。他说，当妈的不就是应该每天琢磨着怎么给孩子做点儿好吃的吗？！这其实是一句很平常的话，恐怕连他自己早都忘了，也不会想到还能有人这么在意这句话。可是，很多年过去了，这句话一直让我记忆犹新。简单，却充满了无限的温情。是的，从这一点上来看，特瑞萨的确是个很称职的妈妈。我们整天忙着为孩子挣钱、打扮，给他们买这买那，研究各种早教班、幼儿园；送他们去学钢琴、游泳和画画，摁着他们写作业、看书，关心他们的学习成绩……却经常忽略这件最基本，却会记忆最长久，也最容易让孩子感觉到家的温馨的事。妈妈，天生就是应该会做好吃的。想想我们自己，对儿时的记忆有没有妈妈的一个拿手菜？

特瑞萨出来了，后面是她五岁的小女儿，端着一碗饭跟着跑出来，光着脚站在马路上吃。我喜欢特瑞萨的这一点，因为自己无论如何也做不到给孩子这么大尺度的自由。年糕是热的，细密的蒸汽布满保鲜膜。我换了只手拿，保鲜膜下一小片细细的水滴滚到一起，汇集成一大滴水珠，滑落到盘子的边缘。"今天加了碎核桃和葡萄干，你试试看，我再给露西奶奶送一点儿。"特瑞萨一边说一边蹚过黄得不太均匀的草地。

在我生命的头三十年里，从来都以为夏天的草地一定是绿油油的，是浓密的，直到搬到奥斯汀。特别是这两年，大片大片的草地在盛夏时节被晒得枯黄死去，远不是脑海中一直固有的那幅只属于夏日的茂盛、茁壮的画面。

露西奶奶住在我们家隔壁。五年前我们刚搬来时，那里还是一块野草丛生的荒地。高鹏觉得这样的荒地很容易藏蛇和各种小动物，便给物业写了一封信，没过几天，突突声四起，往外一看，一位老墨正开着一辆剪草车在那片空地上潇洒地画龙，也算每个月30多美元物业费没白交。除了小区公共绿地的维护，物业费还包括使用马路对面的游泳池、篮球场、游乐场、沙滩排球场和几块网球场以及日常维护。得州的地便宜，到处都是豁大的一片，人们都爱住一层，不但方便，还节省能源。两层的房子也不少，三层就是公寓了。在国内的时候，以为美国所有的房子都是所谓的"花园洋房"，怎么也得两层吧。一层不就是一平房吗？！来了以后才发现，相对于两层的房子，一层的确有很多优势。买卖房屋时，按照单位面积来算，一层的房子也比两层的值钱。不过很多人还是喜欢两层，感觉更有私密性，这就是萝卜白菜各有所爱的问题了。很多北方州的房子都有地下室或者半地下室，得州就更罕见了，地面上的地都用不完，谁还需要花那个精力去挖地下室呢？这里的商店大多也是一层的，顶多两层，反正有的是地，可劲儿往外铺就是了。所以从一个地方到另一个地方，通常有点儿远，除了市中心和有限的几片比较集中的商业区，路上几乎没有行人，只要出门就得开车。刚来的时候，对于哪儿都没人这一点，我觉得很不习惯，穿条漂亮裙子都没人看，非常不爽。

有一天，我带着孩子在门口玩儿，一辆车停在路边，下来一对满头银发的老人家。老太太特别慈祥，走过来跟我打招呼，说旁边这块地他们买了，马上就开工。他们一直住在朗德罗克，哪里算是奥斯汀的一个卫星城，离这里不远，开车大概15分钟的样子。房子大概盖了三个月，也是一层，四面红色砖墙，比我们家大一些。这个小区里的房子几乎是一模一样的，有的是红色砖墙，有的是白色或者棕色的石头墙，有的是各种材料拼起来的，但是总体风格一致。如果房子的样子特别突兀，审批的时候也会通不过。总之，不能破坏小区的整体风格，而且临街的房子必须是一层，类似的要求还有很多。

美国几乎所有住宅都是木质结构，即使从外面看是砖头或者石头，也只不过是薄薄一层，以装饰作用为主。从全美范围来看，得州的房子属于价格便宜量又足。在奥斯汀，如果不挑学区的话，二三十万美金就可以买一幢2000年以后建成的二三百平方米的房子，搬进去就能住，一般不需要自己装修，房屋面积不包含两个或者三个车的车库，院子面积六百到九百平方米不等，再往大就没数了，得州衬农场。即使挑学区，独栋大概在三四十万美金的水平，房子可能也会稍微老一些，比如20世纪80年代以后的。不过，这个时期建的房子无论外观还是格局都已经与现在新建的房子非常接近。有一种说法，来到得州，如果不体会两样东西就亏了，一个是住大房子，另一个是玩儿枪。得州对于枪支的管制比多数州都宽松很多，真不好说是件好事还是坏事，在我看来坏事的成分更多一些。得州的合法持枪年龄是18岁，手枪和部分霰弹枪的持枪年龄是21岁，买枪的程序比买棵大白菜的程序复杂不了多少，持枪的规定也非常宽松，充分显示了得州牛仔由来已久的彪悍民风。

20世纪80年代，有位名叫莫伊尼汉的纽约州参议员曾经说过一句话："杀人的不是枪，而是子弹。"并且通过这一观点改变了有关枪支管制的争论。可要是没有枪光有子弹的话，这人能杀得了吗？咳，扯太远了。

几个月后，房子建好，露西和约翰老两口搬了进来。露西和约翰是一对非常经典的美国夫妇，结婚40多年。说经典是因为他们就像我们在美国电影和电视剧里经常看到的老年夫妇那样，从里到外精致考究，心态平和，言语礼貌亲切，时不时还爱开个玩笑。跟特瑞萨一样，我跟露西互相串门也从来不用打电话，直接敲门就是了。他们家有没有人很容易辨别，白天只要家里有人，车库的门就是开着的。任何时候去他们家，家里的状态都比样板间还要整洁干净。他们没有孩子，听特瑞萨说，曾经有过两个女儿，都在一两岁时夭折。我发现他们的墙上有一幅不大的铅笔画，笔道很粗犷，还有些模糊，隐约能看出是个小姑娘的样子，可我从来没敢问那幅画的由来。他们是虔诚的基督徒，只在刚搬来的时候对我说过一句："你们应该跟我们去教会。"看我仅仅说"谢谢"而没有更多主动的反应，后来就再也没有提起过这件事，从此只做亲切、温暖又不会近得让人难受的好邻居，这正是我所需要的。

约翰从前是律师，露西是营养师，超级会做饭。她曾出版过一本富含得州特色的纯美式家传菜谱，从饮料、小吃到开胃菜，从主菜、主食到甜品，一应俱全。菜品全部经过多年的改良和不断完善，是露西的心血之作，也是她送给我的第一件礼物。她时常会做些比糕点店玻璃柜里的糕点还要漂亮美味的点心，然后放在各种不同主题的、铺着镂空花底纸的容器中，送过来给孩子们吃。赶上圣诞节，就会配一个圣诞老人样子的盘子；赶上感恩节，盘子就变成了橘黄色的南瓜；赶上复活节，当然是各种柔柔的粉彩色……看一眼，感觉心都要融化了。

老两口无牵无挂，每隔两三个月有一次远途旅行，以游轮为主。他们最远到欧洲和南美洲，那是30天的旅程。也经常自己开上一两个星期的车，边走边玩儿。虽然生活富足，但是他们没有豪车，一直都是丰田的中档车，房子也没有特别豪华，舒适、整洁、有品位。他们有个在我看来挺有意思的习惯，明明家里有个挺好的咖啡机，还是要在每天上午开车到路口的麦当劳，花上两美元，面对面坐在壁炉旁的沙发上喝杯咖啡，看看报纸，聊上几句，偶尔也会约上一两个好友。都说前世五百次的回眸才能换来今生的一次擦肩而过，像露西和约翰这样的感情，真难想象前世得回眸多少次。

露西和约翰开中档车，住中档的房子，喝一美元的麦当劳咖啡。但是他们非常热心慈善事业，经常给奥斯汀一家在美国挺有名的儿童医院捐款，还帮助过不少患有先天性心脏病又做不起手术的孩子。我觉得他们的精神非常强大，与对物质的需求相比，完全不在一个层面。

露西的头发永远都像刚刚走出理发店那样蓬松整齐，这是四年前第一次见面时我对她的第一印象，也是我每次见到她时都要冒出的一个感觉。以至于有一次我实在忍不住问她，为什么你的头发永远都能这样整齐漂亮？她说已经在同一个理发师那里做了32年头发，平时不去理发馆的时候，就每隔两三天洗一次，每次洗完都要自己整理成这样。正如给我剪头发的台湾姑娘詹妮所说，美国女人大都非常舍得在自己的头发上花钱花工夫，从十几岁开始就非常重视自己的发型，并且一直延续下去。尤其是美国老太太，她们可能有很多皱纹，身材也走样了，但是她们的发型可以永远保持一丝不乱。这正应了中国的那句话，没有丑女人，只有懒女人。在我看来，露西是优雅的。我觉得对女人来说，这是一种非常重要的气质，与相貌、身材和年龄完全无关，那是一种经过多年沉淀而留在骨髓里，并且在举手投足、言谈举止间散发出的感觉，禁得起琢磨，要细细品味。

## 08 我们的五人小组

星期五有课，通常从星期四开始，我们组的几个人就开始轮着给大家群发邮件了。因为作业的截止日期一般是星期四夜里12：00或者星期五下午4：00上课前。通常在网上交作业，也有个别时候需要打印出来在上课前交给老师。发信最多的是阿尔多和丹尼尔，其次是凯文。信就是各种问作业的内容，唯独史蒂夫从来不会问这种问题，在作业这件事上，他属于脑子比较清醒、态度比较认真的同学，完全符合一个飞行员应有的认真细致。阿尔多和凯文问作业，我总结，主要原因是他们都是小伙子，二十多岁的年纪，又都在谈恋爱，正是比较忙的时候，所以能记着还有写作业这么一回事儿就已经很不容易了。而丹尼尔已经进入中年，按说习性怎么也应该与二十几岁的小伙子有些区别，不过事实上也确实不太一样。丹尼尔的信永远都是一个风格："乡亲们啊，你们好吗？我最近忙得已经崩溃了，连着好几天都是晚上9点下班，然后直接去健身房待到11点。最近在谈一个投资项目，很大很大，我的合伙人很给力，但愿这次能够成功，再创佳绩！那个……谁能告诉我这星期的作业是什么啊？祝大家都好！"

丹尼尔最常挂在嘴边的词语之一就是"合伙人"，好像他们公司里除了"合伙人"就再也没有别人了似的，因为从没听他说过"同事"或者"老板"，好像只有说"合伙人"才能让自己显得特别高大上。无论他有没有老板，也无论他们公司到底是个什么规模，都让人觉得，但凡承认自己有个老板就是件很丢人的事儿。跟丹尼尔聊天总会让我有种不明觉厉的感觉。如果你还不知道什么叫作不明觉厉，那就说明你真的是out了！这是新兴的网络成语，意思就是虽然不明白是什么意思，但是觉得很厉害的样子。

丹尼尔很容易给人留下非常好的第一印象，一米八出头的身高，不胖不瘦，能看得出来有常年泡健身房的习惯，长得也没什么毛病。他为人热情周到、彬彬有礼、殷切诚恳，非常健谈，特别善于在与人接触的第一时间就把自己的优点展现出来。刚开学的第一周，全班在商学院的酒店住，集中上课。那会儿，大家都刚认识，小组讨论时，丹尼尔自来熟的性格让他自然而然地担当起小组长的角色。比如第一次讨论，每个人都需要自我介绍一下。丹尼尔先说，然后问谁想第二个发言，主导地位瞬间建立。再比如，每个组每周都要在网上开小组会，每个人需要负责一方面的工作，有召集会议的协调人，有做会议记录的纪要员，会后把重要内容整理出来发给大家的纪要员，竟然还有一个计时的工种，不过这个工种是不是玩笑的成分更大一些？丹尼尔主动担起协调人的重任，可能所有工种里，这个能够决定什么时候开会、开会说什么也最能表现决策者的权力吧。

我们组的五个人里，只有我是一天八小时在办公室电脑前，所以总是能在第一时间看到新来的信。我一般看到有信就会在第一时间打开，然后第一时间回信，不知道这算不算是强迫症的一种。所以对于各种问作业的信，我也总是第一个回。没过几个星期，他们有了什么别的有关学习的问题，就会直接来问我，因为我总是会在最短的时间内告诉他们需要的答案。

丹尼尔属于性格非常外露、自信心超级强大的人，不知道是他的性格促使他进入风投这个行业，还是进入了这个行业以后才更好地发掘并强化了他的性格。这种锋芒毕露、过度自信和在与人初识时就立刻将自己毫无保留地暴露在他人面前的特点，与中国谦虚谨慎，在新环境里多观察、少说话、夹着尾巴做人的文化完全相悖。

这学期，除了市场营销和会计金融，还有一门课叫技术转化为财富。老师是从得州农工大学商学院请来的，专门有一节课讲的是Elevator Pitch（电梯演讲），这也是现在美国各种投资和创业大赛的比赛内容之一。虽然名字叫作Elevator，并不一定非得发生在电梯里，也不太可能真的会在一两分钟内就决定一个投资项目的命运。主要看的是在极短时间内把自己的一项新技术用通俗易懂的语言、全面概括又不乏让人印象深刻的亮点介绍给投资人，让其对这项新事物感兴趣，从而产生想要深入了解的愿望。这样看来，丹尼尔可能真的是电梯演讲的一把好手，他的性格和他的行业是相辅相成的。

电梯演讲这门课需要看一本书，就是哈佛商学院教授克里斯坦森和德勤研究院的雷纳合著的《创新者的解答》（*The Innovator's Solution*），曾被《商业周刊》评为年度十大财经管理好书之一，主要讲的是企业的可持续发展。说每十家公司中最多有一家能够做到持续盈利，并非因为缺乏好点子或者有能力的经理，也不是因为顾客需求太过善变，而是企业领导者总是过于关注其利润最高的业务和客户，却忽视了破坏性创新的悄悄潜入。破坏性创新，简单说来，就是以简单、低价、方便等优越性而挖同行墙脚，比如宜家相对于传统家居店，淘宝相对于大商场，Amazon（亚马逊）相对于BestBuy（百思买）……因此，企业为了保持持续盈利，应该把重心放在创造带来的破坏性上，而不是被别人创造的破坏性事物破坏。这门课平时作业不多，隔几个星期一次，最后也没有课堂闭卷考试，而是需要每个小组去找三项新技术或者新产品，利用课上学到的知识对它们做出是否具有市场潜力的判断。如果选中一个，就会带到下一学期继续在其他课上使用；如果都不行，下学期再接着找。期末要以小组为单位，交给老师对三种技术或产品评估的幻灯片和演讲录音，每个人都要参加。

　　在开学不久的一次小组会上，我们讨论怎样寻找这三种产品时，丹尼尔给我们介绍了他的一个新想法：给全世界每个人都编上号，然后把这些人的基本资料输入系统。这样，无论他们在地球的哪个角落都可以找到。具体方法是创建一个网站，然后大家都去注册。丹尼尔说，正常人都会有一种生怕落后的心理，所以每个人都会尽早注册，拿到一个相对靠前的号。当时我脑子里蹦出来的第一个念头就是：不怕神一样的对手，就怕猪一样的队友。看他的样子也不像开玩笑，并且说得有鼻子有眼的，看这架势，他已经思考了一段时间了。要是照他的说法，那我就不是正常人，因为我既不想去注册拿号，也不怕落在别人后面。找我干吗？我根本就不想被你找到。真难想象，这是出自一个从小没有受过什么资源短缺之苦的人之口，还生怕落后？我的脑海里瞬间出现了一幅画面——小时候大冬天追公共汽车、上车抢座。这位哥哥还真把自己当成世界警察了。

　　我问丹尼尔，给大家编号的目的是什么？一种新技术或者新产品肯定得有用啊！他回答说，可以给那些非盈利组织，比如盖茨基金会。我提醒他，还有联合国的各种组织。丹尼尔说："对，对，没错，比如自然灾害以后他们要给某个地区捐款，这个数据库就可以派上用场了。"我很难想象这个世界在有些美国人的头脑里是什么样子的，还停留在一个什么阶段。他们并不是没有受过教育，也不是目光狭隘的人，他们生活在这个被称为世界第一强国的地方，生活在高度文明、高度现代化的地方。难道盖茨基金会和联合国诸机构这么多年什么都没干，光坐着等您这个超级强大的数据库出台才能开始干活儿吗？盖茨基金会是丹尼尔经常挂在嘴边的另一个词，俗话说不怕贼偷，就怕贼惦记。不知道"盖大叔"在听到这个新想法之后会有何感想。

　　当然，以上这些全部都是我的心理活动，咱从小受的教育是少说话、多吃饭，又是新同学、新队友，按说新想法是要尽量支持、鼓励的，但是这个新事物我实在不怎么看好，不敢恭维。我悄悄地跟坐在旁边的史蒂夫说了一句："没戏！"他笑了笑。我觉得按照年龄和各方面的综合状况来看，这个组的几个人里，我跟史蒂夫的共同语言应该是组里最多的——年龄相仿，都有家、有孩子，思维方式也更加容易一致。但是对这件事的看法，我还真是想错了！史蒂夫好像对丹尼尔的这个网站非常感兴趣，觉得可以一试，征求两个小伙子的意见。凯文也没有马上否认，只是问了几个问题，跟我的问题差不多。阿尔多不置可否，不知道他在琢磨什么，他一如既往地心不在焉。这么看，与他们相比，我倒成了最沉不住气的那个，上来就在史蒂夫那儿把这个想法给否了！当天晚上，我们组的四个人同时收到了一封来自丹尼尔的信，一封带有附件的信。信的内容绕了半天都快绕到姥姥家去了，后来终于绕到中心思想：这个拿号的想法是他的想法，属于机密，不得泄露，附件是一份保密协议，让我们每个人都签字传回。我很同情丹尼尔，我觉得真是难为他了，肯定担惊受怕了大半天，生怕我们当中有谁会在这几个小时内把他这个奇妙的想法给卖出去，抢夺他的胜利果实。我不知道该怎么处理，不签吧，好像我成心打算泄露似的；签了吧，我也成了这个连自己都不相信的滑稽游戏的一分子。最后我决定等一等，第二天再说。

## 09 拿号网站事件软着陆；幼儿园来了一位新老师

我们没有固定的上下班时间，完全弹性制，反正在网上打卡，每周干够40个小时就交差，所以有课的那周，我就会比平时多上会儿班，这样，星期五下午就可以早点儿走。因此，我们办公室从早上六点半开始一直到晚上八九点甚至更晚都有人，时不时还会有人在下午五点多我下班的时候来上班。勤快点儿的可以六点半上班，那会儿路上不堵。这样，早起的鸟儿下午两点半就可以下班了。有些愿意打两份工的也完全安排得开，需要下午接孩子的也不耽误。杨娜属于另一个极端，她是单身贵族，每天必须睡够八个小时，多了不限。所以她从来不上闹钟，每天睡到自然醒，也算实现了一个人生终极梦想。这样一来，她每天到办公室不久就该吃午饭了，不过她也不怎么吃午饭，因为那会儿她刚吃完早饭。

杨娜和易多多的桌子挨着，靠窗，是有风景的位子，与国家仪器（National Instrument）的总部隔街而望。她们离我有点儿远，我一般在去厨房或者进出办公室经过她们座位的时候，总会停下来聊上几句。那天的主题是杨娜的准男友正在张罗着戒烟，同时正式开始复习功课准备考商学院，想以全新面貌开始新的生活。听杨娜说，他刚刚戒了一个星期，桌上的烟头就被零食取代。这位从伊拉克战场归来的战士从来没打过仗，他不吃蔬菜只吃肉，终日依靠各种药片补充微量元素，而这在美国人中并不算少见，这样的习性无论如何都跟战场归来的战士不太沾边儿。

那天快吃午饭的时候，我收到了一封史蒂夫发来的信。这次他没有群发，只发给我一人。他又说了说丹尼尔那个网站的事，可能因为已经知道我的态度，所以话语间也没有特别绝对的肯定。我也觉得没必要非得跟谁过不去，上个学、写个作业而已，虽然我是对事不对人，但是一直坚持反对就会给人对事又对人的感觉，这太影响团结了，完全不是我的风格。最好有一个两全其美的办法，既不会让丹尼尔和史蒂夫下不来台，又不会过于难为我自己。

我给史蒂夫回了一封信，说丹尼尔这个网站的想法过于早期，连个原型都没弄出来，写作业时恐怕会遇到很多困难，因为问题都是实实在在的，都是按照相对成熟的技术或者产品出的题。我觉得应该找三种更加成熟、看得见摸得着的产品，这样材料可能更加丰富、充分一些，也更容易把作业写好，如果最后实在找不到新产品的话，可以用丹尼尔这个网站作为候补。史蒂夫立刻回了信，表示同意。我们几个现在是拴在一根绳儿上的蚂蚱，把作业完成交上去就是胜利，别的都是其次。如果丹尼尔的这个拿号儿网站足够写作业，能把该回答的问题都答上来，并且能把话说圆乎了也行，也是真的没必要太较真儿。

史蒂夫只字没提保密协议的事儿，我也没问。刚关上史蒂夫的回信，就看到邮箱里丹尼尔群发的信，上来照例又是最近如何如何忙晕了头，甚至比以往更忙、更晕，以至于头脑一热给我们四个发了那份保密协议，让我们不要介意，删了就行，就当什么都没发生过。关上信，终于可以松口气，看来我们组的四个人没一个人搭理他这个茬儿，丹尼尔的这一出有点儿演砸了。借着他这封信，我把给史蒂夫发的信的内容又写了一遍，群发给大家，建议大家分头去找新产品，谁找到了就通知一下，再一起商量选哪三个，如果实在找不到更合适的，就拿丹尼尔的拿号儿网站当备用。丹尼尔回信表示感谢，同时主动说自己公司接触的新项目多，看看能不能挑送一些给我们写作业用。信的末尾，他说工作太忙，实在忙不过来，自己又在费城，不在奥斯汀的主场，安排每周的小组会实在有困难，问我能不能接过来，我同意了。看来召集开会这件事儿，丹尼尔已经玩儿腻了。


每个星期五是两个孩子班里Show and Tell的日子，直接翻译过来就是"秀和讲"。这是美国幼儿教育一种很基本和传统的模式，目的是通过为大家展示一样东西来锻炼孩子说话和叙述的能力。对一个两三岁的孩子来说，可能说出一个或者几个单词就够了，年龄越大需要说的话也就越多，最后的目的是能完整地叙述一件事情或者介绍一个事物。老师会提前通知说明要求，比如带一件以"F"开头的玩具，可以带一只青蛙，也可以带一把扇子。当然，如果能说一句话，以这个字母开头的单词越多就越好。别看奥斯汀一年里有大半年是夏天，你却看不到任何人拿扇子，因为没有人在外边走，终日出了一个空调房间再走进另一个空调房间。也不知道对于人类来说，这应该算是进步还是倒退。我们家有一把诸葛亮的羽毛扇，在这儿绝对算是稀有，那次带到幼儿园去，据说引起了不小的轰动。

最近，幼儿园刚刚发生过一场"运动"。三个美国老师被韩国校长给开除了，主要是家长投诉，其中包括儿子班上的老师。新来的老师名叫维多利亚，原籍俄罗斯，不过一点儿口音都没有。维多利亚老师有三个孩子，最小的八岁。她身材娇小，穿着入时又有品位，这种欧洲范儿在美国，尤其是在得州，显得非常与众不同。我最爱看姑娘们脚上的鞋子，维多利亚老师的每双鞋我都非常欣赏，风格很特别。自从维多利亚老师接手这个班，教室和课堂都发生了翻天覆地的变化，再也看不见凌乱的角落，每一处都井井有条，还多了不少精致可爱的小玩意儿和小摆设。

家具全都换了地方，教具摆放得也比以前整齐漂亮了很多，墙角小藤椅上的靠垫是新换的，颜色鲜亮。每个小桌子上都有一个小筐和一个小花瓶，小筐里垫着红白色的格子布，里面装着各种颜色的苹果，花瓶里是几朵开得正艳的康乃馨。维多利亚老师让整个教室鲜活了起来。教室门口贴了一张纸，是号召家长自愿捐物的单子。每周轮流捐一束鲜花是长期行为，4美元那种最简单的就可以，每周一带到班上。小朋友们学学颜色、花朵和插花，还可以享受一个星期的鲜花。最近在学习苹果树和苹果，等学完以后再换别的东西。我觉得，当初找幼儿园的时候，学校印制的那些讲述的与众不同的教学理念都是瞎掰，唯独老师是最重要的。我不需要整天只会教孩子书本知识的那种老师，我觉得老师自身的气质、审美、谈吐和仪态最重要，会对孩子产生一种潜移默化的影响和感染力，这些东西是一点一点渗透的，教不会，学不来，只能通过这种每天的接触慢慢培养。总之，我喜欢维多利亚老师。

当然，像维多利亚这种老师是可遇而不可求的，遇到了实属幸运，没有遇到也没什么关系。学校和老师确实很重要，但是对孩子进行言传身教和渗透更多的，是与孩子一起生活的人和他们所处的环境。

至于三个美国老师为什么被开除，据女儿班里的助理老师——新加坡籍印度老师透露，自己的女儿最近大半年什么长进都没有，连26个字母都还没认全，上课也没教什么正经东西，觉得老师太不负责任，这种认知水平与亚洲人概念里一个三四岁的孩子应该掌握的东西相差甚远。可能还有其他投诉，比如从教室就能看出这位老师不太爱干净，甚至有些邋遢等等，所以校长没有跟她续签新的合同。这才是理念的问题，是美国人的幼儿教育和亚洲人对孩子教育心理期待的差异，我觉得并没有对错之分，只是观念不同。在教育这件事上，我觉得相信哪条路就走哪条路好了，不用跟自己那么过不去。我既不认为美国完全放羊式教育就是对的，也不认为过度的填鸭式教育就是好的。如果能够中和一下更合适，而这个学校中和得就不错。总之，这个学校是个韩国人开的，会按照自己对幼儿教育的理解和大多数家长的期望来引导整个学校的发展，理念不合的老师恐怕待得不会舒服，也不会长久。

另外两位被辞退的老师，一个是前台，因为她从不主动跟家长打招呼，每天见到她就跟欠了她钱还不上似的。还有一位老师我不认识，所以也没有打听。总之，如果我们暂时没法那么自由地选择孩子在哪儿上学，就最好尽量充分利用学校的优势，听来的东西往往是主观、片面的。美国式的教育没有那么完美，中国式的教育也没有那么不堪。而且不光是教育，我觉得现在很多人把美国过于神化，把中国过于妖魔化，其实各有各的优点和不足，哪里都不是天堂。

## 10　可怕的会计考试

转眼到了6月中旬，正是奥斯汀最炎热难耐的季节。周末不上课的时候，除了游泳，我都不知道带孩子去哪儿打发时间。烈日下的城市仿佛被笼罩在一个巨大的烤箱里，让人觉得有些透不过气，而一想起来令人更恐惧、更透不过气的，还有即将到来的会计考试。

虽说会计考试不是课堂闭卷，我们有差不多一个星期的时间来答题，但是这貌似富余的时间对于考试难度来说几乎没有什么帮助。就像给你一篇僧伽罗语的文章，再扔给你一本僧汉字典让你去翻译。当然，后面这件事儿肯定是更难。试题在两个班都上完最后一次会计课的那个星期六晚上八点贴在网上，下载以后就可以开始做了。再下一个周四夜里零点前上传上去，会给五分钟的"Graceperiod"（宽限期）。我管它叫"行行好时间"，也就是说，只要在零点五分之前交卷就不算迟到。这帮人，就那会儿才是分秒必争，要是老师给十分钟的"行行好时间"，他们就能零点十分才上传。

那天晚上不到八点，我就在电脑前坐好，想在第一时间看到题，这样就会有最多的时间考试，我一分钟都不想浪费。眼看着快到八点了，我开始有些紧张，那架势非常像在淘宝网看到非常喜欢的衣服，眼看还差一分钟开拍，衣服又没几件，便开始盯着电脑上的时钟不停地刷屏，刺激极了。现在紧张，倒不是怕来晚了题就抢不到了，怕的是题拿到了，然后看上一个星期，纸上还是这几道题。

考试题终于下载完毕，包括两个文件：一个PDF文件，是一篇叙述一个公司财务状况的文章，要求做这个公司的五年财务预算。还有一个EXCEL文件，里面有两页。第一页是考试规则，包括不许交头接耳、不许查阅外部资料、不得使用以前学生做好的表格模板等等，还有给文件重新命名提交的方式，每一条都有细致描述，最后要填上自己的名字，表示看过、理解并且一定遵守。第二页就是做表的地方，一共包括八部分。从销售计划和预算、购买设备的资本预算和折旧、个人预算到库存和销货成本预算、备考利润表、资产负债表、现金流量表，最后还有俩重新做的备考资产负债表和现金流量表。

好在有上一次作业可以作为参考，只需要按照这篇文章的要求稍做改动，函数公式基本也一样，根据具体情况改一下，照猫画虎就可以了。比我想象中的要容易，稍微松了口气。不过条件得找全，要不然这个账最后肯定做不平。比如我，费了老鼻子劲，花了两天半的时间，终于把所有数都给整理了出来，最后一下子心都要提到嗓子眼儿，结果偏偏就是看不到那个"0"，而是一个与"0"差着十万八千里的数，我感到非常沮丧。

只要在办公室，我就会把手机放在键盘旁边。我的手机几乎从来都是静音状态，连振动都没有，所以通常我都是"看"到有人给我打电话，而不是"听"到有人给我打电话。跟菲莉兹在楼下歇完上楼，刚坐好准备干活儿，手机的屏幕突然亮了起来，显示"克里斯"。

克里斯是"85后"的台湾人，目测好像跟我差不多高。他是个富二代，据他说，他们家做手套的工厂以及做出来的手套全台湾第一，无人能及。不过，最近几年被大陆的工厂和淘宝网搞得越来越被动。作为家族企业唯一的接班人，他肩上的担子确实比较重，希望美国学成之后能够带领他们家的企业进入一个全新的高度。别看他是"85后"，家有娇妻不说，儿子已经一岁半，全都留在台湾妈妈家里，他一个人在这儿全职上学。他租一个一居室的小公寓，虽然只待一年，但还是买了辆新车。不过，对一个富二代来说，克里斯的花销应该算是在合理范围之内。他没有租学校旁边的高档公寓，而是租了一处距离学校一刻钟车程的普通公寓，月租800多，也没有买什么高档车，只是一万多的丰田卡罗拉，而且每天自己做饭吃，只是偶尔下一次馆子。他来的时候，英语没有完全达标，需要上英语课，考试通过才能拿到学位。不过因为平时不用上班，也不用带孩子，一个人无牵无挂，只需要学习就行了，所以也不算特别困难。他跟那个将军一组，时不时会给我打个电话互相聊一下自己组的人和事、作业以及找技术的进度。有时候生活上遇到什么问题也会问我，毕竟都说中文，交流起来比较方便。

　　我拿着电话从后门走出办公室，按下接听键。克里斯问我会计考试做得怎么样，我说做了两遍，还没做平账，不知道问题出在哪儿。他说他的账也没做平，也还在继续检查。我问他，你们组有人商量吗？他说，没有，每个人都特别守纪律，他曾经试探性地问过组里一个与他关系不错、年龄相仿的黑白混血小伙子，一点儿戏都没有。我有一种感觉，他话里话外好像都是在试探我，可能想知道我对于交头接耳是个什么态度，然后才决定接下来的话怎么说。我直接跟他说，如果我的账做平了就告诉你。

　　通常，我们的小组会固定在星期二晚上七点左右，用Google Talk的视频。起初几周，我们用的是丹尼尔公司拨号的电话会，后来发现谷歌的这个功能，互相能看见，还比较好用。我给小组建了一个群，每次到时间就邀请他们四个人进来。最近几次开始，每次会结束以后，我跟史蒂夫都会比别人稍微晚一点儿下，再接着聊一会儿天，比如组里或者班上有什么新动向；比如他们单位最近可能要精简整编，他每周的工作时间会有变动；比如他老丈人和丈母娘要来住上一个星期；比如给我看一看他儿子拿着自己种的胡萝卜……那天的会开得很短，谁都没心思聊什么新技术和自己的新发现，看得出来，屏幕上这几位有的忙工作，有的忙打球，有的忙合伙，好像大家都不太在状态。我也无心开会，满脑子都是那些张牙舞爪的数字和那个让人魂牵梦绕的"0"，所以草草结束。除了我和史蒂夫，那三位还都没有正式开始做题。照例，我没有马上把窗口关上，史蒂夫也没关。他问我开始做题了吗？我说开始了，做了两遍。他问我感觉怎么样。我说还没看见"0"，开完会准备做第三遍。他说他也没看见"0"，问我想不想对对数？那一刹那，我有点儿没反应过来，以为自己听错了。

　　然后，从第一行数字开始，我念每一行的最后一个数字，只要这个数对了，就说明前面的一串儿数也对了，因为后一个数字都是从前一个算出来的。每念一个，史蒂夫就说一声"对"，一直念到第19行的时候，终于跟他不一样了，由此我突然发现自己整个少做了一个办公设备和折旧的表。这一重大发现让我喜出望外，那是一种绝处逢生的喜悦。得了，数也不对了，我问他需不需要看一下我接下来的表，没准儿也能让他有点儿什么重大发现。他说好，非常感谢。跟他说再见，给他发了信，然后赶快把刚刚发现的这一大项加进来，重新算这之后的部分。

我对面的桌子自从一个很投缘的巴西姑娘跳槽到苹果公司以后一直都空着，今天走进办公室的时候，发现伊琳正坐在那儿收拾东西，桌子上放着她的包。我的背后本来就坐着三个法国姑娘，现在对面又来了一个。一不小心，我掉到了法国姑娘堆儿里。翻译这个行业有个规矩，通常情况下，翻译来的语言必须是自己的母语，虽然我们有时候也会中译英，但是比较少。多数都是英译中，其他语种也一样。我们办公室有两个特例，一个德裔美国人，一个法裔美国人，俩人从小在美国长大，母语算是英语，但是另一种语言也与自己的母语无异，伊琳便是其中之一。

不知道为什么这么巧，我们这几个法国姑娘碰巧都是小胖妞，不是中国标准，而是美国标准。她们与我们脑海里法国女人的形象相差甚远，我把这种现象归结为入乡随俗，就像我们这个行业的名称——本地化。几个法国姑娘性格各异，除了伊琳，还有打扮和妆容都非常妖媚的安德莉亚、小眼镜儿夏洛特和被菲莉兹形容为性格"Dramatic"（戏剧性的）姑娘朱丽叶。朱丽叶戏剧性的性格确实很配合她的名字——都与戏剧有关。她曾经跟菲莉兹好得如胶似漆，似乎穿一条裙子，每天一起下楼聊天，却顷刻间视菲莉兹为仇人，从此成为陌路。要命的是，她俩还坐斜对角。好的时候这是个便利条件，只需要稍稍起身、交换个眼神就可以一起出门。可是现在，情况变了。好在桌子有隔板，坐着的时候互相看不见，否则朱丽叶每天都会在办公室上演用犀利的目光杀死菲莉兹的一幕。提起法国姑娘，我总会想起原来难民署的同事珍妮，那是另一种类型的法国姑娘。她最经典的语录就是：Mr.Right没遇见，倒是老遇到Mr.Right Now，多么生动而具有画面感的一句话，多年来一直让我膜拜着。

伊琳的性格很好，明媚而温柔，总是能发现别人身上的亮点并且真心为他们高兴，可能就是因为她的性格太好了，以至于都能成为玫瑰小姐最好的朋友。有个特别会聊天儿的姑娘坐在对面，真是太好了，更加让我觉得每天上班是件特别有意义的事。

跟伊琳聊了几句，我赶快去楼道给克里斯打电话。虽然头天夜里自己的账在加上那个表之后还是没平，但是我想先告诉他一声我的重大发现。果然，他也漏掉了那个特别隐秘的表。至此，我们都很高兴，觉得离那个朝思暮想的"0"又近了一步。

　　眼看已经是星期三，第二天夜里零点交卷，我的账至此已经做了三遍，还是没做对，不禁有些着急。吃过午饭又给克里斯打电话，想问问他从早上到现在有什么进展。他没接，我便给他留了言，问他的账做平了没有。临下班时收到他的邮件，说抱歉没有接到我的电话，当时在忙别的，账已经做好，看见了"0"。我又看了看邮件，没有附件。回家路上，再一次给克里斯打电话，又没接，一直等到进入语音信箱，这次我没留言，直接挂了。我想他可能在上英语课或者做饭吧，结束以后看到未接电话会给我回的。

　　晚上随便吃了两口饭，打发高鹏把孩子带去对面游乐场。我觉得光是检查已经做好的表很难看出问题，所以才一遍一遍从头做，中间也发现了个别出错的地方，可是一直到星期三半夜，这第四遍做完，还是不成功，此时感到有些绝望。克里斯一直都没回我的电话，也没有邮件，隐隐地，我有一种异样的感觉。我觉得已经没必要再找他了，也顾不上再多想什么，还有一天时间，我唯一能做的就是再做最后一次努力。

　　有课前一天的星期四，照例是组里邮件满天飞的日子，这个星期四却有些安静得出奇，反倒让我觉得很不习惯，也不知道他们几个做得怎么样了。早上临走时，我把电脑塞在包里，打算白天有空再做最后一遍。史蒂夫和丹尼尔的信几乎是前后脚，都没有群发。史蒂夫问我做得怎么样，我实话告诉了他，得知他的情况跟我也差不多。丹尼尔不知道是对自己的会计水平超级有自信还是真轻敌了，总之他直到星期四早上才看了一眼题目，顿时有点儿傻眼，问我能不能把表给他看看，并且保证不会照抄。我二话没说，发给他了。杨娜和易多多知道我今天有点儿情况，主动把活儿揽了大半，给我腾出更多的时间。可是，第五遍依然没有发生奇迹。

　　交卷前的三个多小时，丹尼尔一直不停地给我发信，问这问那，他也是好意，一直帮我找问题，因为帮我就是帮他自己。只是，他这门课的水平也不比我强多少，毕竟，我做了五天，做了五遍，而他刚开始就快结束了。卡着点儿把表格上传到网上，就是那个始终没能见到"0"的表，我已经尽力了，没什么遗憾。第二天一大早，我收到了克里斯的信，说他身体不舒服，所以头一天没有接我的电话。

# Chapter B

## 遇见你，真美好

## 01 七十岁的姑娘：对凯文有了全新认识

会计考完，无论结果如何，反正已经那样了，不再去想它。虽然马上还有期中个人市场计划，三项技术也没有最终落实，但总算可以稍微喘口气了。周末包了点儿包子，又蒸了两屉花卷，挑了几个漂亮的给邻居老太太端过去。

约翰给我开的门，我把吃的递给他，还是热乎的。露西走出来，一脸阳光。很难想象这老两口有不快乐的时刻，看到他们的时候，永远平和地微笑着。他们聊了聊刚刚去坐的游轮，露西说下周在休斯敦附近有个同学聚会，自己开车过去，还要住上一晚上。我问约翰不一起去吗，约翰说不去，"It's girls' party！"（这是姑娘们的聚会！）。Girl，这个在中国人看来用途对象非常有限的名词从老头儿嘴里说出来，用在一位古稀之年的老太太身上，却丝毫不让人感觉突兀，不知道这算不算是文化差异。

年龄很有意思，刚出生的孩子，只差几个月，一个只会躺着趴着，另一个却能坐着了；只差几个月，一个只能在地上爬，另一个都能满地跑了；只差几个月，一个只能咿咿呀呀，另一个嘴里却能蹦出一串有意义的词语。再大些，就算差一两岁、两三岁，行为意识的差别也不那么明显了。等到四五十岁的时候，差个四五岁，有时候也看不太出来了。

想起几个月前在商店里试鞋，旁边坐着两位满头银发的老太太，艳丽的妆容、入时的装扮，脚趾上是大红色的指甲油，正在试几双鞋跟不低于8厘米、后跟着地面积1平方厘米左右的细高跟凉鞋，并且左看右看，互相评论着，对于镜中的自己颇为满意。听到约翰说"girls"，那个场景又变得清晰起来。我喜欢Miss Sixty这个名字，虽然这个品牌的初衷是感怀六十年代，但是我总觉得理解为年龄会更加传神。

星期天，吃过午饭，我带着孩子去离家最近的一家健身房视察了一下。那里离家大概两公里，开车五六分钟。我决定挑战一下自己最不喜欢的运动——跑步。

我对健身房没有任何要求，只要有跑步机、能看孩子的就行，但游乐场要大。曾经最痛恨的跑步，现在看起来也不那么痛苦了，因为我正在经历着比这更加痛苦的事情。我可能真是有强迫症，越忙的时候越喜欢挤时间干这干那，真是闲下来有大把大把的时间了，反倒什么都懒得做。也可能是那么多年在家待怕了，总觉得应该尽力找回些什么。

上午跟菲莉兹一起下楼放风，电梯门打开的时候朱丽叶站在门外，我跟她打了个招呼。菲莉兹稍微怔了一下，不过什么都没说，尽量表现得视朱丽叶为空气，径直走了出去。我对两个成年人闹成这样颇有些不能理解，这得多大的冤仇才能产生现在这个结果呢？出门坐定，天色稍微有些阴沉，奥斯汀这样的天气非常少见，一年365天中恨不能有360天都是晴朗的，所以偶尔的多云或者阴天倒让我喜欢得不行。

"你到底怎么招着她了？"我问。菲莉兹一脸冤枉的表情："我也不知道！"这俩姑娘逗吧？一个看上去已被气炸了，另一个竟然还不知道自己究竟做错了什么。"你问过她吗？""问过呀，她说没事儿！"这好像又是一个不分国界的习性，明明生气了，气得不行了，可是在被问到的时候永远说："没事儿！"你就猜去吧，猜不对跟你没完。

我一直以为这种事儿只会发生在恋人之间，没想到同性之间也不例外。能看出来，菲莉兹在努力回忆："我还真不知道哪儿惹着她了，如果有，那只能是有一次坐在这儿聊天，我俩都觉得自己有点儿胖，想一起去健身房。过了两天，我发现一个健身房的促销广告，25美元一个月，就直接贴到社交网络上去了。好像就是从那会儿开始她就不理我了……她是不是觉得我应该首先专门把这个消息告诉她，而不是直接对外公布出去啊？"虽然是一面之词，但是在这件事上，我更倾向于菲莉兹没做错什么，只不过神经大条了一点儿。杨娜也跟我说过，她觉得菲莉兹那个劲儿有点儿像男的。当一个很粗心的人与一个很敏感的人相遇，无论男女，可能时间长了彼此都会有些不太适应吧。

乔的生日快到了，菲莉兹问我有没有什么建议，要求少花钱多办事儿，比送个什么礼物更有意思，因为乔好像也不需要什么东西。我想了想："去圣安东尼奥玩儿一天怎么样？市中心运河那里挺漂亮的，两边都是酒店和饭馆，度假气氛浓郁。就算随便走走也很浪漫，住一晚上也花不了多少钱。"菲莉兹点了点头，觉得我的建议可以考虑。她说，他们俩只是两年前刚认识的时候，去过一趟瑞士和土耳其，后来就再也没离开过奥斯汀，主要是因为没钱。这两年，她一个人挣钱养活俩人，又都不太节省，所以也没存下什么钱。圣安东尼奥不错，乔虽然什么都没有，但好歹还有辆车，开一个多小时就到了，怎么也是到了另外一个城市，也算度假。不用问，菲莉兹对乔还是有感情的，至少是抱有幻想的，觉得他有一天会找到工作，有一天会娶她，有一天会过上自己想过上的日子……虽然她并不知道是哪一天，也不太敢使劲儿想。

好日子过了没两天，市场营销期中考试即将到来，星期六晚上八点发在网上，考试形式与会计类似，一周时间写一个不含附件15页以内的市场计划，要求用上课堂所学的理论和方法。

外面骄阳似火，教室里却冻得让人发抖，以至于我每次上课都需要带一件毛衣，课间大家都需要出去暖和暖和。浪费这件事遍及美国的各个角落，浪费能源就不用说了，浪费食物这件事让我尤其觉得不能忍，明明根本不需要那么多，非得买那么多、吃那么多，以至于有了一种说法叫"Texas size"（得克萨斯规格）。第一次领教得州规格，是2003年去得州一个叫拉伯克的小城看望大学好友。在美国，最高级的饭之一当属牛排，好友一家为尽地主之谊就请我去吃牛排，然后就上来半扇牛，吃去吧亲！所以就产生了一个恶性循环：使劲儿吃，使劲儿长肉，容易出汗，房间里的温度越来越低，然后继续使劲儿吃……

史蒂夫和凯文正在小花园里一边取暖一边聊天，我走过去坐下来。他们正在聊签证的问题，在我看来，加拿大国籍的凯文同学虽然无论从外表还是谈吐都与美国人无异，在这儿却是不折不扣的外国人，还是需要拿F1学生签证和I-20表的。听他们聊天，也不知道他的签证出了点儿什么问题，好像还有点儿麻烦。凯文正在跟史蒂夫解释这件事，看得出来，史蒂夫听得有些云里雾里，虽然他经常满世界乱飞，但是好像从来都不需要担心签证的问题。凯文说，他们家有亲戚让他毕业以后赶快娶了他的美国籍女友，这样自己的身份瞬间搞定，但是他不愿意走这样的路，不愿意让两个人的婚姻从一开始就夹杂着这样一个无关感情的元素。虽然我经常和史蒂夫一起拿凯文开玩笑，说他是我们的"下一代"，甚至连下"一"代都不止，但那次却是我第一次意识到这个比我小14岁、刚刚走出大学校门的小伙子，其实并不是我以为的那样幼稚和玩世不恭。

## 02 全美校园商业计划大赛；市场营销期中考试

每次周六上课时，在中午12点到下午2点间都会安排一个讲座，全班同学一边吃一边听。来演讲的人五花八门，有创业成功和在大公司供职的师兄师姐，有本地商会和政府官员，还有其他创业人士。今天演讲的是自己人，我们专业的老大，一个总是笑眯眯的白胡子、白头发、白眉毛的胖老头儿。老大是哈佛大学的MBA（工商管理学硕士）、斯坦福大学的Ph.D.（博士），今天的讲座算是商业计划大赛的动员会。

全美校园商业计划大赛起源于得州大学奥斯汀分校的商学院。20世纪80年代早期，两名商学院的MBA学生希望借鉴法学院一个名叫Moot Court模拟法庭的成功经验，从而举办商业计划的竞赛，使自己所学的知识不仅限于课堂，而是真正付诸实践。1984年，首届竞赛只有本校MBA专业的学生参加。随着知名度渐渐扩大，从1989年开始，他们邀请了沃顿、哈佛、卡耐基·梅隆、密歇根和普渡等几家全美知名商学院前来参加比赛，成为一个全国性的竞赛活动。

1990年，随着伦敦商学院、里昂商学院和澳大利亚邦德大学的加入，大赛逐渐走向国际化。从那时开始，美国不少其他高校便开始效仿，其中包括麻省理工、斯坦福、哈佛等学校，每年都会举办自己的商业计划大赛。而得州大学奥斯汀分校的商业计划大赛也从"穆特公司大赛"（Moot Corp Competition）更名为"创业实验室投资大赛"（Venture Labsin Vestment Competition），成为迄今为止全美最负盛名的四大创业大赛之一。1992年，老大正式接手负责这项竞赛，进一步使比赛成为真正的国际性大赛。参赛者来自全世界的各个角落，其中不乏亚洲高校。各地通过层层选拔，直到最后四个获胜组。每年5月，他们会到奥斯汀来参加决赛，最终的冠军不光可以赢得丰厚的奖金，还可以获得奥斯汀技术孵化器的各种帮助和支持，从而让自己选中的技术或产品真正走向市场。

　　在这个背景下，1996年，老大创办了我们这个专业，无论是生源、课程还是方向都有别于MBA，更具有创业的针对性。所以，我们第一学期要写市场计划，找三项新技术并且对其进行评估；第二学期写商业计划；第三学期写发布计划。所有课程和时间安排都是围绕这个竞赛的。刚开学第一周集中的时候，我们就参加了今年的全球决赛，只是那时候对这些还完全没有概念，光坐那儿看热闹和帅哥了。最后老大说，初赛就在第二学期，会有一门叫作创建新企业课程的期末考试，初赛会有四组获胜者进入下一轮。别以为很远，现在有就要尽量找到合适的技术，然后带到下学期，希望你们一切顺利，最终走上决赛的舞台。

　　紧张地等来了市场营销的期中考试。老师给了一篇文章，是计划将一种新的血糖和血压检测仪从萨斯喀彻温省引入加拿大医疗设备市场的介绍，要求写一篇正文15页以内的营销计划。因为给出了非常详细的格式要求，包括字体、字号、行间距以及重新命名文件的方式，所以在满足这些条件以后，总字数便不会差到哪儿去。这个考试虽然不像会计考试，没有那么明显的对与错，但是要把那15页纸都写满，并且符合所有要求，也需要费点儿功夫。况且，不光是格式上的要求，还有很多内容上的要求。我把文章打印出来，每天放在包里背来背去，只要有空就看一会儿，翻来覆去看了好几遍，空白的地方被各种颜色的笔迹写满，生怕落了一个细节。那一摞纸很快饱经沧桑，最后一页还被水浸湿了，皱皱巴巴的。

　　这期间，史蒂夫时不时会给我发封信，拿不准的地方互相问一问，商量商量，以便确认自己不是特别离谱，具体的数字倒是不需要一模一样，只要自己能说圆了就行。丹尼尔看来被会计考试伤得不轻，终于吃一堑长一智了，这次倒是没有等到交卷当天才开始动笔，提前好几天就开始问我能不能把写好的部分发给他看看，并且再次保证不会抄我的。经历了会计考试，我感觉与丹尼尔和史蒂夫的关系更近了，有了那么点儿患难见真情的意思，并且再一次感慨与同龄人相处确实要比与20多岁的小伙子相处更加靠谱些，至少到关键时刻能抓到人，指望得上。那两位年轻人让我觉得有些捉摸不透，群发的信经常不知道他俩到底看见没有，一点儿反应都没有，组里的会也时有缺席，不是要打球就是要倒班，谁也说不出什么。咳，想那么多干吗？还是先把手头这个考试搞定再说吧，由他们去吧，别操那么多心了。

自从上次收到克里斯的信，我一直都没有再与他联系。周末上课遇到了，我还是像往常一样跟他打招呼，但是没有再在课间时去找他聊天，他也没有来找我。他打招呼的时候，我们都比之前客气了很多，那种客气一下子让两个人变得疏远。在对一个人有所认识之后，我决定不再想那件事，之后的交往该怎么着就怎么着，一码归一码，不用记仇，也不用缺心眼儿。

跟市场计划较了几乎一个星期的劲，终于在交卷当天中午完成，发给丹尼尔，并且再一次把丑话说在前面，我选的这条路可不一定对。这一个星期，我几乎就没怎么管过孩子，也没怎么做过饭，都是高鹏一人搞定。每天吃过晚饭，我就抱着电脑和各种资料偷偷跑到一个房间，把自己往里面一关，享受片刻安宁，能有一会儿是一会儿。当然，也要随时做好孩子突然想起我时跑来捣乱的准备。在这个没有帮手的地方，一切都得靠自己，倒是也可以正常运转，肯定死不了。不把自己扔到这前不着村后不着店的地方，你就不知道自己会干多少事儿，能干多少事儿。反复看了几遍最后的计划，又核对了一下老师的要求，就在距离交卷时间还差一个来小时的时候，我突然发现一条关于文章前后呼应的要求竟然被我完全忽视了！这一发现不要紧，顿时一身冷汗，努力了一个星期，试图尽量做到面面俱到，没想到还是会有遗漏的地方。重新写已经来不及了，那样文章的结构需要改变，而且字数也会超。算了，就当是个教训吧，看来这门课对我来说真是想说爱你不容易。况且，还有半个学期才结课，看来这个期中考试弥补不了之前的那个52分了，尽量在下学期好好找补吧。

## 03 船上偶遇

　　进入7月的奥斯汀依然酷暑难耐，已经连续两个月滴雨未见，加上完全限制给草地浇水的规定，很多人家门前的草眼看着枯黄死去。只有小区路口四个角的草坪还有茵茵绿色，花圃里的花也鲜艳水灵，那是小区的脸面，浇水用的是我们的物业费，怪不得物业费噌噌噌地往上涨呢。

　　周末在特拉维斯湖有个船上的聚会，一个朋友给儿子过百日，包了一艘两层的船。特拉维斯湖对于奥斯汀的意义就如同密云水库对于北京的意义。那里离我家不远，开车差不多半个小时。听说最近的大旱让湖里的水位下降了不少，以至于湖面出现越来越多的小岛。快接近湖的时候，有一段窄窄的山路，双向都只有单车道，崎岖蜿蜒，瞬间恍若已经离开奥斯汀，让我想起若干年前在四川时往海螺沟走的路。前一天群发给组里叫大家开小组会的信终于陆陆续续有了回应，三项技术必须马上提上日程，再不动手就来不及了。这帮人怎么就不知道着急呢？也不知道是我自己有问题还是他们有问题，以至于我现在一叫他们开会，就有种"你妈叫你回家吃饭"的感觉。

　　下车的时候，已经接近中午，太阳火辣辣地晒下来，没处躲藏。我赶快带着孩子找到那艘船，已经有不少人在上面了。找到朋友，把装了100美元的红包塞给她，我是有多久没有送过别人这么"贵重"的礼物了。刚来美国的时候，请高鹏的一些朋友吃饭，因为当时结婚不久，很多人带着新婚贺礼——有一根包装精美的大蜡烛，有一套放在塑料袋里的塑料首饰，还有一瓶蜜桃味的Bath&Body Works身体乳……总之，各种类似的礼物。后来，渐渐地也习惯了，我发现在这儿就没有"拿不出手"这一说，平时大家一起凑份子，出个十块二十块的是正常水平，一点儿不用担心丢人，如果是五十或者一百的话，那就说明关系已经非常好了。

我给孩子拿了点儿吃的，正想找个地方坐下来，突然有人叫我。我抬头一看，是段琳琳，她的墨镜几乎盖了半张脸，要不仔细看都认不出来。

"这么巧啊，你也来了。"

她回答："是啊，世界真小。"

我突然意识到，她曾经跟我一个朋友在同一家公司，又都是中国人，互相认识并不奇怪。寒暄几句后，我便带孩子到一旁去吃东西。

我应该有两年多没见过段琳琳了。她比我小三岁，老家在河北，身材高挑，气质佳，稍微带那么点儿冷艳的劲儿，算是个美女。我刚生完老大的时候，一个台湾朋友介绍我们认识。那个台湾姑娘曾经也跟段琳琳在一个公司上班，又住在同一个院子里，因为知道我俩都是刚有孩子，所以介绍我们认识。就这样，我们互相串过几次门。当时，她全职在家带孩子。后来，听台湾姑娘说段琳琳当初其实是被公司开了的。她跟"现任丈夫"当时是同事，产生了感情。男的那会儿有老婆，也是美国人，老婆知道以后去公司讲理，把事情闹大了，所以公司便请她走人。男的倒是没有离开，但男的后来确实离了婚，又买了房子。段琳琳搬进去没多久，他俩的孩子就出世了，我也就是那会儿认识的她。更离谱的是，直到现在，孩子都很大了，他们都没结婚，虽然很少人知道这件事，包括她的家人。她"老公"平时跟她一起过，每隔一两个星期就要回到原来的家里，跟前妻生的三个孩子过上一天。他前妻不工作，孩子也都小，按照这儿的法律，他需要一直养着那一大家子人，这点让段琳琳颇为不爽，可是又没有办法。

其实说了这么多，我只是想先介绍一下人物的背景。这年头，结婚与否以及他们制造出的各种复杂关系，早都不新鲜了，我想说的是接下来的这些事。

话说，段琳琳在家待了一阵子，等孩子一岁多的时候又找了一个工作，然后把自己的父母接过来给她带孩子。按说父母来是帮忙的，在这里中国人比较普遍的做法是尽量多带父母出去转转，比如买个菜、吃个饭、逛个街、去公园晒晒太阳，然后陪他们去别的城市或者别的州玩一玩，美国也有大好河山。因为父母语言不通，平时一般也不开车出去，谁也不认识，生活很寂寞，全部都指望着孩子。如果孩子都是中国人还好些，段琳琳的"老公"是美国人，只会说"你好""谢谢"和"姥姥"，跟她父母根本没法交流，所以本来就没什么人说话，无形中又少了一个能聊天的。段琳琳好像一点儿都没这根弦儿，爸妈来了以后，孩子可算是交出去了，自己又恢复了自由身，每天"加班"到凌晨两三点，哪天要是能十点前回家那都是早的，回家还跟爸妈说自己如何如何忙，如何如何累。听说这些，我都替她的公司感到冤枉。她住在我家隔壁院子，我经常在出门或者回家的时候看到她爸或她妈推着一个孩子在便道上走着，目光所及之处，除了他们便空无一人。所以，他们的身影就格外显眼。他们要么是去游乐场，要么是从游乐场往家走，走得很慢、很孤独。

从段琳琳"老公"的各种装备和爱好可以看出，他也不是个勤俭持家过日子的主儿，能在她生日的时候租一辆加长悍马到家，接上光彩照人的"老婆"出去浪漫，反正有老头儿和老太太在家给带孩子。这还不算什么，俩人今天加勒比、明天夏威夷、后天以色列，整天微博晒照片，潇洒得不亦乐乎。一走就是一两个星期，只需要在走之前带上老头儿和老太太去趟中国超市，把菜买够了就可以踏踏实实地走人。段琳琳的爸妈不会开车，可能也是平时太寂寞，所以经常带着孩子参加特瑞萨他们教会的活动。实在有事需要出去的话，还有教会的朋友帮忙。最让人觉得心酸的是，老太太每天带着外孙睡觉，孩子老踢她，加上平时比较劳累，一天夜里腰疼得受不了，就叫段琳琳。她可倒好，不但一点儿不关心，还扔出来一句："你叫我干吗，我又不是大夫！"

按说段琳琳每天那么辛苦地工作，又整天天南海北地潇洒，这得有钱成什么样儿呀？却舍不得带她妈妈到普通的理发馆花上十几二十美元剪个头发，而是去理发学校，那儿剪一次只需要五美元。后来，她妈妈知道教会里有个阿姨会理发，有一天就带着外孙去那个阿姨家剪头发。可能因为怕头发楂子弄得到处都是，收拾起来太麻烦，就坐在车库里剪。剪的时候，外孙自己一边玩儿，那天阿姨的闺女没上班，把车停在车库，段琳琳的儿子玩儿着玩儿着就拿石头把车划得乱七八糟，这下可不得了，段琳琳的妈妈一个劲儿赔礼道歉，说自己一定会负责，该怎么赔怎么赔，头发剪完就带着孩子回家了。

如果是一般人，自己家的孩子在外面闯了祸，又是互相认识的街坊，更应该主动登门道歉赔偿，偏偏这段琳琳两口子都不是一般人。阿姨的闺女和女婿去保险公司做了定损，拿着单子去段琳琳家，结果，别说请进门好好说，连他们家门都没让进。段琳琳"老公"自己出来独当一面，说这是我的孩子，我是他的监护人，我没看见他划了你的车。而且态度非常恶劣，自始至终，段琳琳和她妈都没露面。俗话说，好事不出门，坏事传千里。这种事儿太容易成为特瑞萨教会聚会时的谈资了，牧师和几位教会的骨干也出面做工作。结果，连段琳琳的妈妈也一口咬定不知道，没看见。最后的结果就是，教会没有任何人再去接他们参加活动了，大家都怕自己也摊上类似的事儿，惹不起就躲吧。那件事以后，我跟段琳琳和她爸妈也渐渐没什么来往了，只是依然经常会在出去或回来的时候看到她爸或她妈推着一个孩子在路边走，走得很慢，很孤独。

## 04 纳薇塔登场

　　丹尼尔总算干了件靠谱的事儿，他从自己公司需要考虑是否进行投资的若干项目中找出来一项比较适合我们写作业的技术。这是一种用于海水淡化处理的新型技术，既包括正向渗透，也包括反向渗透。开会说这件事儿的时候，丹尼尔介绍了半天，我竟然没听懂他到底说的是什么，只听明白他好像是在说什么水和水处理的事儿。后来，我私下问了问史蒂夫，原来卡在Desalination（海水淡化）这个词上，不要说英文不懂，就算是中文我也仅限于明白其本身的含义而已，可见对它的了解处于一种什么水平。丹尼尔那儿有对这项技术的详细介绍，会前已经发给大家，我还没顾上仔细看。说实话，就算看了也跟没看区别不大。就这样，这项技术因为看得见、摸得着、有详细的背景资料，以及已经进入等待专利的阶段而全票通过，成为我们三项技术中的第一项，也是最重要的一项。另外两项技术分别选用了凯文找来的橄榄球运动员专用脖套和阿尔多找来的一种绑在腿上、用于膝盖康复治疗的架子。这次，两个小伙子的表现就算很不错了，还真是在什么行业或有什么爱好就会关注什么领域。虽然这个脖套和绑腿架子在技术上不如海水淡化过滤膜成熟——绑腿架子只有个原型，脖套连原型都没有，还处于最初的"经验证的概念"，但至少都是实物。我偷偷地想，总是好过丹尼尔那个让全世界人民拿号儿的主意。

　　自从上次丹尼尔给我们发保密协议却没一个人买他的账之后，他和史蒂夫就再也没提过那件事儿，看上去是不了了之了。尤其在敲定这三项技术以后，我也终于能松口气，实现了当初既不用难为自己、又不用得罪他俩的愿望。接下来，就是我们五个人分工协作的阶段，大家开始着手对每一项技术进行深入、全面的了解。按照要求，每项技术至少采访三位该领域的专家，并请他们从专业角度对新技术进行分析和评价。我找到国家海洋局天津海水淡化所的一位总工程师，请他帮忙进行了分析。这位总工实在是敬业，写了一篇很长的文章，虽然能看出来他已经尽量用通俗易懂的方式评价了这项新技术，可是好多地方我还是看不太懂。我们之间也通过几次电话，我尽量把他的回信做了概括总结并译成英语，算是我对这项技术的贡献。丹尼尔安排接受采访的对象是这项技术的负责人，他在水处理行业拥有三十多年的经验。史蒂夫推荐的第三位被采访人是内部资源——我们班在科罗拉多州政府工作的玉莉，平时总是远程上课，从事与水处理相关的工作。大家分头安排采访时间，然后在商定好的时间用丹尼尔公司的电话召开会议。会后，凯文、丹尼尔和史蒂夫分别总结了会议纪要并且发给大家，我负责把它们整理到最后的文章里。这个过程还算比较顺利和愉快，只有阿尔多稍微显得不积极。他在医院的化验室工作，经常需要值夜班，不过大家也不难为他，能做多少做多少吧。在写作业这件事上，我一直觉得没有吃亏一说。

从开学到现在，我每星期五上课的时候都走35号公路。这是一条贯穿美国南北的州际公路，经过奥斯汀市中心，再往南开不久就到墨西哥了。因为是一条"大动脉"，每个星期五下午，从两三点就开始堵车，正好是我往学校赶的时候，老这么一步一步挪可受不了，得再另寻别的路。

好不容易挨到学校，还好不晚。我停好车，往教学楼走。每次星期五下午来上课的时候，校园里都最热闹。在众多背着双肩包、耳朵上冒出两根白色耳机线的年轻面庞之间行走，也说不上感觉自己到底是变年轻了还是意识到自己确实老了。就像离开校园那么久又重新坐在课堂里，人倒是坐那儿了，也是真的从心里想专心听讲，可总觉得有点儿"树欲静而风不止"的劲头儿，怎么比小时候上课更容易走神儿了呢？这么多年过去了，是可以重新坐在灯火通明的教室里，可心境却变了；这么多年过去了，是可以重新背着一摞书走在校园里，自己却变了。

前面一个背影有些眼熟，仔细一看，是另一个班的伊朗姑娘纳薇塔，快走了几步，叫她的名字。她回头见是我，灿烂的笑容就像这灿烂的天空。我跟纳薇塔说不上有多熟，因为开学一分班我们就不在同一个班，只是偶尔课间或者午休的时候，如果在卫生间或者后院遇到，会随便聊上几句。说一个伊朗姑娘漂亮已经很不错了，可纳薇塔是个不但漂亮还很有风情的伊朗姑娘，她的眼睛尤其美丽。在这儿，她不用裹头巾，也不用穿完全看不出身材的宽大衣服，那种从头巾、袍子和各种条条框框中挣脱出来后才能散发出的奔放和自由，显然形成了纳薇塔身上一种特殊的气质。她也是个富二代，爸爸在德黑兰做小家电生意，经常带着她们姐仨去中国参加广交会。纳薇塔在德黑兰有个贵族幼儿园，当然也是她爸给她开的，她大学毕业以后，就开始管理这个幼儿园，从来没在别的地方工作过。她有个叔叔在奥斯汀，很早就来了，娶了一个美国老婆。后来我才知道，她老称作"叔叔"的这个人，其实是她爷爷一辈儿的。咱们老说英语真不讲究，什么叔叔、舅舅、姨父、姑父，只要是一辈儿的，就全都是一个称呼。

看到这儿，伊朗人笑了，人家不是一辈儿的也一个称呼。纳薇塔从来没在美国长住过，只是来玩儿过一两次，这次来上学却用的是绿卡，让我觉得有些神神秘秘的。这个美国和伊朗，也不知道是什么意思。开学两个多月，我虽然觉得这个姑娘挺不错的，但也只是限于普通同学的那种交往，没有什么特别深的印象。让我对她另眼相看的是会计考试的前一次课，我俩在楼道间遇到了，寒暄之中，她问我害不害怕。我说害怕。她说："姥姥的，我打算雇一个人帮我考。"我突然感到眼前一亮，这姑娘，我喜欢。

差不多就是从那会儿开始，纳薇塔跟我之间的关系开始密切起来。星期六中午吃饭时，她总会跟我坐在一起，我们一边吃饭，一边听讲座，一边悄悄聊天，谈论她组里的各种极品和奇葩。伊朗是穆斯林国家，但是她好像对猪肉也不拒绝。当然，这种事她也不会大声广播。据她说，她家属于不是那么传统的穆斯林家庭，都是她妈妈带的头儿。不过，她的两个妹妹都早早嫁为人妇，其中一个还有了孩子。两个妹妹都不像她思想这么开放，敢一个人外出闯荡。她来美国上学完全是她爸爸授意，可能因为自己家没有儿子，她是老大，并且性格泼辣，所以她爸想将她往接班人方向培养。

她刚来就买了一个一居室的小公寓，不贵，八万多，离我办公室两分钟车程，离她"叔叔"家也很近。虽然这个姑娘比我小九岁，又是伊朗人，但是我们彼此都有种一见如故的感觉。这种感觉就像我跟菲莉兹之间，很多东西只需要一提，完全不用解释就明白。我觉得，从意识上来说，她们与我非常接近。跟大家一起出去玩儿的时候，纳薇塔很喜欢化浓妆、穿有防水台的高跟鞋和浑身亮片儿的夜店装。她的衣服无论是风格还是价格都很跨界，有在迪拜买的路易·威登和香奈儿，也有各种地方买的ZARA。当然，少不了美国著名的"土特产"forever 21，我总觉得那就是个美版的批发货。

## 05 纳薇塔被求婚；身边的形形色色

菲莉兹和乔从圣安东尼奥度假归来，满面春风。女人真是太容易好了伤疤忘了疼。他们在离运河不远的酒店住了一晚，花了八十多美元，然后又吃了几顿饭，看了阿拉莫遗址，手牵着手在河畔散过步，一切不愉快便暂时烟消云散，真是一次能称得上"治愈系的度假"。菲莉兹说这事儿的时候，连抽烟时的神态都变了，没有了时而发呆、时而恍惚的目光，而是像个二十来岁的小姑娘一般，神情激动、眉飞色舞。恋爱中的两个人，谁更依赖对方、更指望对方，谁就更被动。更何况，很多时候，你还不知道对方到底对自己是什么意思的时候，就已经先忙不迭地一猛子扎了进去，并且这一陷就不能自拔。如果菲莉兹不指望乔娶她，也不会这样委屈自己，委屈了还得嘴硬，得说反正自己一个人也是要租一个公寓的。

会计结束，金融登场。上金融课的老师是个非常富态、非常爱美的老太太。她年轻时在得州一个小镇子上的社区大学教书，然后跟随丈夫搬到奥斯汀，开始在这个学校试着上课，慢慢地就留了下来。她的职称是高级讲师，可能因为学历不够格，没有"教授"的头衔。说实话，讲师教我们其实也足够了。她说不喜欢教MBA的学生，说完还撇了撇嘴，这句话不知道有几个意思，也不知道到底是她不喜欢教学生们，还是学生们不喜欢被她教。

课间时碰到纳薇塔，她说头天夜里有人向她求了婚，也是一个伊朗人，在圣安东尼奥一家医学院读书。昨天赶过来跟她吃晚饭，吃完饭往停车场走的时候，那个小伙子突然单膝跪地，并且献上戒指，把她吓了一跳。

"你同意了吗？"她摇头，美滋滋地摇头。

有人求婚总是好的，自己愿不愿意那是另外一码事。与菲莉兹相比，纳薇塔更加善于控制自己的感情。当然，也可能是因为她还没有遇到让自己爱到那么投入、那么被动的那个人而已。太过理智就会很难开始，完全不理智则有可能把自己给搭进去，这个劲儿还真挺难拿的。

幼儿园又到了一年两次的"孝敬老师日"。当然，原话不是这么说的，而是"答谢老师日"。这个学校的做法是把答谢老师安排在有家长会的那一周，家长会都是一对一，每人15~20分钟，主要是老师介绍孩子在校期间的表现。学校有自己的评估表，很全面、很细致，家长也可以提出任何问题。这儿没有全班一起开的那种家长会，很多都是两口子一起去，还穿得很正式，老师的衣服也比平时正式一些，大家都表示对这件事情比较重视。

说起幼儿园老师的着装，想起当初找幼儿园的时候，我们去过一家最早由护士创办、以护理见长的幼儿园，就在现在这家幼儿园旁边。前台是个非常漂亮的年轻姑娘，小黑西装，小黑一步裙儿，十几厘米的细高跟鞋，长鬈发，妆也化得很全，旁边地上放着一个躺在篮子里的小宝宝，可能出了什么状况，暂时在她那儿放一会儿。这是给我印象最为深刻的在幼儿园工作的"老师"，也是最不像在幼儿园工作的"老师"。

给老师送礼的标准是有上限的，家长委员会代表事先发过通知，礼物标准是20美元封顶。我一般都会按照封顶的标准送一家带超市的中档商店的购物卡，这样对我来说比较容易，不用费尽心思琢磨给老师送点儿什么礼物。老师也可以买自己需要的东西，保证礼物不会浪费。每个班两个老师，所以闺女上幼儿园以后，我需要买四张卡，然后在跟老师开会的时候把礼物送出去。这样明码标价地要礼物，时间长了就习惯了，感觉也没什么不好。至少直来直去，尤其适合不会送礼、不会拍马屁的人。每次送礼的时候，老师们都欣然接受，并且表示由衷的感谢，从来不会假装先跟你推托几下才勉为其难地收下。

每次家长会前，老师都会把所有备选时间列出来，贴在教室门上，每一栏15分钟，选上自己想要的时间并签上孩子的名字。一般每天最早和最晚的时间总是最先被占满，这样不用耽误上班时间。这恐怕是维多利亚老师说话最多的几天，一个班二十来个孩子，需要把差不多的内容重复二十来遍。开会的时候，跟老师之间的小桌子一角摆着一小碗薄荷糖，还有一个盛着彩色水的海底小玩具，可以让家长们不用在她临时走开时望着天花板发呆，这里处处透着维多利亚老师的细致心思。

　　尽管没有固定的上班时间，我依然会在每天8：30到9：00之间到办公室，这样才能保证下班以后不会耽误接孩子和做饭。自从伊琳搬到我对面，我就不再是我那一小圈儿里最早上班的了。每天到的时候，她都已经坐在那儿开始干活儿了。伊琳刚刚换了一个职位，不再是法语翻译。办公室想申请国际标准质量认证，向着更加正规的方向发展，所以新设了一个质量控制的职位，伊琳便申请到了这个位子。这会儿，她刚从波士顿培训回来。看来还是她消息灵通，要不是她说，我们根本就不知道办公室还有这么件事儿。我说怎么最近办公室突然出现了一个从总部来的日本人呢，整天板着个脸坐在过道旁的位子上，原来是专门帮助每个申请质量认证的办公室进行准备工作的。伊琳的男朋友是我们办公室一个做技术的土耳其人，两个人刚走到一起不久。看来，办公室确实是个容易滋生感情的地方。她男朋友有个姐姐在加州，他刚在那里找了个工作，想先自己站住脚，然后再接伊琳过去。目前，他俩还处于异地恋状态中。听杨娜说，伊琳家境殷实，父母就在奥斯汀，有男朋友之前，她一直住在自己家里，过着吃喝不愁的日子，工作只是个爱好而已。自从有了男朋友，伊琳便开始打两份工，每周除了在我们这儿上班，还要为另外一家公司工作四到五天，都是利用晚上的时间远程工作。不过，打两份工对伊琳来说似乎也不是那么痛苦，反正没结婚也没孩子，没有经济压力，闲着也是闲着，算是锦上添花。毕竟，她的男朋友有工作，不用她养活。

　　我跟伊琳聊了几句，拿着杯子去厨房。通常，这办公室的第一壶咖啡都是我冲。厨房有两台咖啡机，一台里面是普通咖啡，另一台里面是没有咖啡因的咖啡，只有两三个人喝这一种。冲个咖啡也是众口难调，遇到重口味的同事冲咖啡，喝一口半天都缓不过来，真是逮到不要钱的咖啡了；遇到口味轻的同事冲咖啡，喝了半天还以为自己在喝热水。等咖啡的时候，我忽然发现，微波炉上贴的一张纸上本来写的是："Do not leave your food unattended. It will be thrown."（别不管你的食物的，会被扔掉。）这派头，除了玫瑰小姐不能再有别人。纸上的第二句也不是被谁划掉，而是用记号笔改成："It will be eaten."（会被吃掉。）我觉得改得不错，不知道玫瑰小姐看到自己打的告示被改成这样会有何感想。办公室里，我们也需要一点儿情趣。我想起有个法国小伙子项目经理，发活儿的时候总是在邮件最后来一句："Can you please say yes?"（答应我好吗？）老感觉在求婚似的。

我正对着那张纸笑，杰森进来了，问我在笑什么。我指了指微波炉，他也笑了笑，说："改得好！"杰森就是我曾经说过的办公室两个特例中的另一个，他虽然算是美国人，但是在做德语翻译。他在美国出生，很小就跟随父母到德国，少年时回到美国，然后参了军，再回到德国常住，这一住就是二十多年。他刚刚退了伍，回到美国不久。杰森在德国的时候，娶了一个当地人，有两个女儿，后来离了婚，孩子都已成年，留在德国。他回到美国以后不久，又有了新的女朋友，还没有结婚，只是在一起生活。对方有三个孩子，都是男孩儿，最小的才三岁，大的也只有八岁。我听了以后，只有一个想法，这才是"真爱"！

中午，我约了黛比12：10剪头发，一边把工作赶完交了，一边随便吃了几口饭。饭盒都来不及洗，就抓起包急急忙忙往外跑。这星期有课，而且需要比上课时间早到一个半小时，要开小组会，所以得提前把能干的活儿都干完。

黛比与我同龄，是个台湾人，特瑞萨介绍给我的，是她以前中国教会的。黛比住在奥斯汀的南边，离我们这儿比较远。特瑞萨一直在黛比那里剪头发，有一次聊天提起哪儿头发剪得好，她就把黛比介绍给我。我第一次去找她做头发是老大刚出生不久，那也是我最后一次烫头发。当时，她还在一个商场里的理发店工作，场地很大，得有二十来个位子。过了几个月，我再给她打电话，她说已经不在那个商场上班了，到另外一个私人的小店租了一张椅子，让我去那儿找她。

黛比是个很容易交往的台湾姑娘，可以很愉快地聊天，既不会让你觉得闷，又不会话太多而招人烦。最主要的，她知道我不信教，所以从来不提这件事。她看上去比实际年龄年轻，两个孩子，一男一女。她的第二个孩子要得很坎坷，两次都差点儿没留住，已经被医生宣判死刑了，可她还是没有放弃，终于在第三次保住了，而她两个孩子只差不到三岁。我跟黛比最有共同语言的地方，就是一个人在家带孩子的这段经历，我们都觉得自己经常会变成连自己都很讨厌、受不了的人。所以，她在把老二送进幼儿园以后，就去奥斯汀一所美容美发学校从零开始学理发。剪头发这种事儿是需要一点儿天赋和灵性的，很多时候，你想要的发型样式、出来后的效果和感觉，说是说不明白的，需要理发师的敏锐和悟性。所以，如果跟理发师熟了，就会产生一种心意相通的默契。这种默契会随着时间的推移让理发师越来越知道你想要的样子，难怪很多人只要找到一个满意的理发师就不愿意再换了。黛比就属于这种很有灵性、悟性很高的姑娘，虽然没剪几年头发，但是剪得很好。

付钱的时候，黛比掏出手机，插上一个白色的小玩意儿，说今天可以用信用卡，不用再付现金了，一边说一边向我晃了晃手机。我拿过来仔细一看，这么巧，这不就是丹尼尔昨天小组会里说过的一个新技术吗？名叫Squre的移动信用卡读卡器，专门插在iPhone上刷信用卡的，在手机屏幕上签名，算是一个销售点终端。当时，丹尼尔说要是咱们能弄这么一个类似的东西做一做就好了，没想到昨天刚听到，今天就见到实物了，真是巧合。

自从我跟伊朗姑娘纳薇塔好得就要穿一条裙子以后，便决定拼车上学。这样做的好处有很多，一是可以早点儿开始并且有更多的时间聊天，二是每个人开车的时间减少一半，三是少交一半停车费，四是为奥斯汀的空气质量做出一点儿贡献。每次上课前，她都来找我，不开车的那个把车停在我们办公楼的停车场，下课以后再回来取车。这位从来没有给人打过工的小姐非常不守时，这一点让我感到很抓狂，经常是我都下楼了，她还在家对着镜子各种描画。她说她在自己家开的幼儿园里也是这样，开会从来都是最后一个到，从来都是让别人等。我对她的这种行为表示了由衷的鄙视。她只好表示会改正，答应我尽量不会晚太多。纳薇塔从来都不走35号公路，而是从另外一条路进城，那条路不会堵，只是在进入市区的时候会慢一些，所以，我也开始走这条新路。

又是星期五，晚上是金融课。之前的小组会上说好大家提前一个半小时到学校，汇总一下三项技术的进度，丹尼尔远程参与。我告诉纳薇塔要提前去学校开会，她说跟我一起去，然后可以自己待一会儿。今天轮到她开车，她的车有点儿罕见，倒不是因为克莱斯勒的小跑车Crossfire，而是因为车是手动挡。她刚来的时候买的这辆二手车，手动车在这儿还真不太容易找。这辆车，从后面看跟从前面看绝对不同，有点儿像在路上先看到一个美丽的背影，然后追到前面一回头……你懂的。我每次坐这辆车都感觉是坐在地上，这倒没什么，顶多不太美观罢了，主要是坐在纳薇塔旁边得捏一把汗，比坐新手开的车好不到哪儿去。因为她很忙，不但要跟我聊天儿，脸书上随时有人更新、有人找她，各种即时信息奇怪的通知声音此起彼伏，一会儿鸭子、一会儿青蛙，我都搞不清楚自己到底是坐在哪儿。不仅如此，还经常有电话打进来，然后就听到一声能让人心都融化掉的"Salam"（波斯语"你好"）。按说这么忙，您就老实溜边儿走吧，不，这姑娘开车偏偏是个暴脾气，经常在70英里/小时的速度下跟前车的距离不到五米。所以，通常我坐她车的时候，都要抓紧门上的扶手，然后看旁边的窗户，完全没有勇气向前看。我经常像一个老婆婆一样提醒她慢一点儿，注意安全。每次她都转过脸来，妩媚地冲我一笑，让我放心。所以，我经常在不该我开车的时候也主动要求开车。

上周末，班上有个小个子闷骚型中年男人请全班同学去他的新家玩儿，我没去，问纳薇塔怎么样。她说房子很不错，布置得也很有品位，是她的菜。中年男人有两个孩子，一男一女。纳薇塔没有孩子，所以对孩子的年纪没有任何概念，反正不大。不过，这倒也不是重点，重点是他家里有一个不是我们同学的女的。我问是孩子妈吗？她说不知道，似乎这个中年男离婚了，因为并没有把那个女的以"老婆"的称谓介绍给大家。纳薇塔说就看见那个女的老去找孩子玩儿，对他们特别好，特别有耐心。我说，亲爱的我知道了，那肯定不是他老婆，也不是孩子亲妈，如果是亲妈的话这会儿肯定是忙着招呼客人，哪儿有时间管孩子，更不可能去讨好孩子。她肯定是想跟孩儿爹好，并且尚未成功，仍在努力。纳薇塔大笑着转头看了看我，表示同意。

在楼门口遇到阿尔多，是不是混血都很帅呢？这个28岁的小伙子笑起来尤其帅，就像长了一嘴假牙。其实，平时除了有点儿心不在焉外，阿尔多还应该算是一个好同志。虽然家里哥儿仨，但是很会跟女性打交道，很会讨女人的欢心，属于标准的师奶杀手，老少通吃。我们班有一个25岁的日本姑娘，从一开学就有点儿要跌倒在阿尔多的石榴裤下的意思。那是一次为了让大家更快熟悉起来而举办的酒会，我跟阿尔多站在一个角落聊天，这个姑娘走过来加入我们，我感觉她当时应该是有点儿醉了，看阿尔多的眼神儿都开始迷离，话题也变得有些暧昧。不过后来我才知道，这位姑娘很容易被各种帅哥迷倒，也专门喜欢把自己灌得烂醉如泥。其实，阿尔多对自己的女朋友还是非常专一的。他曾经很认真地跟我说过，他对女朋友非常忠心，是要往结婚的方向发展的。我觉得这应该跟他开过酒吧有关系，因为经历过形形色色的人和事，就不太容易被一时的吸引所迷恋。阅人无数并非坏事，尤其对男人来说，经历过才知道自己想要的是什么。反倒是没有什么感情经历的人，更容易被不一样的风情所吸引，然后难以自拔。

荣登今年榜首的网络语言我觉得说得太好了，是个怎样与异性交往的攻略。女版：如果他情窦初开，你就宽衣解带；如果他阅人无数，你就灶边炉前。男版：如果她涉世未深，你就带她看尽世间繁华；如果她曾经沧海，你就带她坐旋转木马。

我经常想，这么经典的话得是多有生活阅历的人才能总结得出来啊。

我跟阿尔多一起上楼，二层有个天井，很多桌椅和沙发。一圈儿还有好几间隔离开来的房间，可以在这儿吃饭，也可以看书或者开会。我们曾集体写会计作业那会儿，就是在这儿。凯文和史蒂夫已经占了一张桌子，我走过去坐下来，史蒂夫的电脑已经连上了丹尼尔的电脑，大家互相打了个招呼，分别说了说三项技术的进展。其中，海水淡化处理的项目进展最快、最完整，就差做幻灯片和录音了；凯文联系的橄榄球运动员专用脖套进展最不顺利，发明人至今还没有联系上，只找了一些外围的专业人士初步聊了聊；膝盖康复架子居中，找到了目前负责进行推广的人，这个人在杨百翰大学商学院。这所学校位于摩门教的大本营——犹他州，一个在我看来既神秘又神奇的地方。虽然是联系上了，但是感觉对方态度不太积极，可这个时候重新找也来不及了。所以，大家决定把重点放在海水淡化技术上，其他两项只要把作业写完能交差就行，不抱什么希望。

开完会，距离上课还差15分钟。我正往教室走，在楼道里看见纳薇塔在跟日本姑娘聊天，便过去打了个招呼。日本姑娘不喝酒的时候还是很正常的，她在北京语言大学学过两年中文，所以每次都会跟我来几句。纳薇塔和她都是专门过来上学的，又都是单身姑娘，所以经常会在晚上下课以后和别的单身同学一起出去吃饭或者玩儿，日本姑娘经常喜欢买醉也是纳薇塔告诉我的。不过，最近纳薇塔去得比较少了，据说是她感觉到了日本姑娘在态度上的一些微妙变化，具体因为什么，她也说不太上来。

## 06 金融老太；纳薇塔的"准男友"

缘分存在于所有人之间，不仅限于恋人，同学、朋友、同事之间也是有缘分的。当然，还有老师。我感觉自己跟这个金融老师之间就没什么缘分，而且，这种感觉经常是相互的。她讲课的时候喜欢天马行空地扯一些其他的事情，思维非常跳跃。不光是语言的问题，也不光是我对金融没什么兴趣，而是文化背景和三观的差异。我经常不明白她说的与她讲的课有什么关系，经常是其他人笑，而我一点儿不知道她老人家的包袱到底抖在了哪儿。我们班有个有点儿愣头青的小伙子是她的忠实粉丝，每次都坐在第一排。听课的时候，永远把胳膊交叉在胸前，身体后倾，要不是座位是固定的，都不知道他会仰过去多少回。我几乎从来没跟他说过话，看班级手册，他也是大学刚毕业，从来没有工作过，家就在得州，在我从来没听说过的一个小镇，往下看，是他的愿望和理想，我有点儿惊着了，那里赫然写着：成为美国总统。从此，我再也不纠结为什么他那么喜欢金融老太，而我怎么也找不到感觉了。

这位老师不仅课上得与众不同，留的作业也很有个性。比如，给出一串初始投资和每年盈利或亏损情况，要求算出若干年后的现金状况，再算出平均回报率和净现值，最后得出内部收益率。还要求根据算出的数字猜每一种情况分别是什么行业，并且没有给出任何可选的行业，完全自己凭空想。这个计算过程需要使用专门的金融计算器，开学第一节课可以从她那里借。可能对有金融专业背景的人来说，这就是一碟小菜，但是班上大多数人都是从零学起，只通过几次课硬塞进那些专业术语和方法，只知道表面，而不明白内涵，实在摸不着门道。无奈之下，我只能求助在国内银行上班的表弟。他看完也觉得有点儿蒙，搞不清楚这到底是个什么路子，琢磨了琢磨，凑凑合合弄上去了。史蒂夫问我这个作业的时候，我们发现有关行业的答案完全不一样，都不知道应该照着谁的改。后来决定，既然没法改，干脆就不改了，爱谁谁，反正不会写的肯定不仅我们俩。

从第一节课开始到现在，只要两个班上课，就会分别有一个系里的行政人员跟我们一起上课，昵称"小秘"。他负责行政方面的事务，比如打印讲义、发发资料；或讲课老师的电脑连不到屏幕上了去帮忙；对面屏幕上十几个远程的同学哪个发言没声音了去处理；老师想在白板上写点儿东西却找不到笔也可以找他。此外，"小秘"还要根据每科课老师的要求记录考勤，并把所有课程全程录像。我们班的行政人员是个戴黑框眼镜的美国小伙子，每节课都坐在我们组旁边，他的言谈举止总是非常温柔，很多同学说他是同性恋。我注意到，他每次把老师交给他的批好的作业发下来的时候，都是扣着放在每个人的桌子上，谁都看不见别人的成绩，这也属于隐私。在我看来，这是很重要的隐私。自从中学开始，我就一直盼望自己的考试卷子能这样被发下来，而不是跟唱票一样，生怕谁没听见。他们的工作不仅限于课上，课后还有很多其他工作，比如网上论坛和提交作业网页的设置和更新。另外，助教或者老师批好作业以后把成绩登到网上也由他们负责。

克里斯沉寂了几个星期，又开始给我打电话，好像什么都没有发生过，我也像从前一样跟他说话，那件事已经翻篇儿了。他问我金融老师留的作业会不会做。我告诉他我不会做，但是找别人问了问。他又开始哼唧。我发现了，凡是有求于人的时候，他就会这样。我说我可不保证对，他说没关系，只是想看看那些数字算没算对，后面猜行业的不会抄我的，会跟自己组里的同学再商量。放下电话，我把作业给他发了过去。我想了想，要是不给他发这个作业，我好像也没占着什么便宜，发了，应该也不会吃什么亏。

星期六中午的讲座请来了六年前毕业的师兄，他们组毕业后的一项治疗眼睛疾病的技术融到了一大笔投资，已经进入生产的阶段，是他们那一届最有出息的一组。医疗用品比一般的技术和产品更加困难，除了需要对技术或产品本身进行市场验证，还需要经历苛刻、漫长的FDA（美国食品和药品管理局）审批过程。所以，就算利润再可观，如果没有相关背景和破釜沉舟的心理准备，最好就不要碰，我们在找三项技术的时候，也有意避免跟医学沾边儿的。否则调研过程会复杂很多，对我们来说，基本上就是自取灭亡。虽然凯文找来的那个橄榄球运动员脖套稍微跟医学沾点儿边儿，但是阿尔多说还是有可能不算医疗用品而躲过FDA审查的。更何况，现在看来基本上没戏，只写写作业倒是不需要经过FDA的批准。治疗眼睛疾病的新技术就是这位师兄他们组第一学期的三项技术之一。到了第二学期，一共六个人的组，有三个人因为各种原因离开去了别的组，又有一个别的组的人加入他们组。到了第三学期，有一个组员觉得这项技术还是与自己的兴趣不太吻合，还有些关于如何进行下去的分歧，也离开去了别的组，只剩下三个人。毕业的时候，师兄决定自己创业，继续这项技术的市场化，这时就只剩下他一个人，成了"光杆司令"。另外两个同学不愿辞掉工作，也没有勇气放弃当时已拥有的一切，全身心投入这件前途未卜的事情。

讲座结束，一点十分，我赶紧拽着纳薇塔跑出去补交停车费，顺便暖和暖和，再溜达溜达，放放风。自从跟纳薇塔拼车以后，我尽量不把车停在停车楼里。星期六还好，因为很少有人那么早上课，七点多的时候，大街上有很多停车位。星期五下午可是有点儿困难，我每次都得先把大街扫上两遍，实在没地儿了才进楼里，因为街上停车比楼里便宜好几块，所以总是最先被停满。可是停在街边有个问题，最多只能交五个小时的钱，无论几点开始停，一律从八点开始计时，所以到下午一点就必须再跑出来续五个小时，正好到六点下课。所以每次讲座的时候，只要过了一点，如果还没有结束的意思，就开始有人陆陆续续往外跑了，都是怕被校警贴了条。

下午一点多，正是校园里比较热闹的时候。我跟纳薇塔在钟楼前喷泉旁的石凳坐下来，望着熙来攘往的行人，吹吹风，聊聊天，享受午后树荫下的片刻悠闲。与主楼相连的歌特式钟楼名叫惠特曼钟楼，这座高楼是学校的标志性建筑，曾出现在各种介绍画册上。每当学校的橄榄球队获胜，或者有院系获奖，这座钟楼就会亮起来，以示庆贺。可是，正是这样一座具有象征意义的建筑，却有着不太光彩的历史。1966年，一名海军陆战队队员爬到这座28层钟楼的顶层四下扫射，加上上钟楼之前已经杀死的人，一共造成16死、31伤。这一枪击案也被认为是美国校园枪击案的开端。

　　钟楼前的喷泉今天没开，一池碧水，闪亮耀眼，不时在微风的撩拨下泛起阵阵涟漪。我问纳薇塔那个求婚的小伙子上次被拒以后怎么样了，她说还像从前一样痴情，经常给她打电话，每过一阵子就会从圣安东尼奥开车到奥斯汀，就为跟她吃顿饭。她倒是也不拒绝，以好朋友的关系继续跟他交往。虽然我听不懂她在电话里说什么，但是能感觉到她嗲嗲的口气，总会给对方留下一丝希望。这姑娘这一点挺强的，什么事儿都不会做绝了，比我强。她说其实他是个特别好的人，她的家人都认为这是个最适合结婚的对象，她自己也觉得客观条件确实如此，但是只有一条，她跟他怎么都不来电。那是个典型的做学问的人，老实得有些木讷，不会说讨姑娘喜欢的甜言蜜语，也没有多么浪漫的举动，所以纳薇塔一直都觉得他是个比较缺乏生活情趣的人。除此以外，这个人无论是人品、职业还是家庭，全都挑不出什么毛病。我也觉得这件事儿挺矛盾的，虽说爱情和激情迟早会消失的，可是难道连结婚的时候这两样东西也不是必要的了吗？还有，生活情趣好像也挺重要的，本来就是越过越平淡的日子。每个人看中的东西和容忍度都不一样，从这一点来看，纳薇塔好像跟我差不多。

　　那个小伙子马上就要去伊利诺伊州的一家医院当住院医了，到时候可不能再像现在，开上一个多钟头的车就能跟她吃上饭了。见面会变得更加不方便，也可能正是这个原因，他想在离开得州之前把这件事搞定，所以才有了突然求婚那一出。可是，哪儿想得到会那么不顺利。看来，这小伙子还真是有点儿木，按说总得心里有一定程度的把握了才会跪的吧，可是他理解的把握跟纳薇塔的期待相差万里。不过，这事儿也不能全怪他，纳薇塔与他相处的方式也确实容易让人误会。我问她看没看清楚钻戒长什么样儿，她说看清楚了，说实话，不怎么喜欢。这让我想起《欲望都市》里的一幕，要让我总结，就是：如果他买的钻戒不是你的菜，说明这个人也不是你的菜。

　　看看手机上的时间，差不多该往回走了，起身时看到马文从马路对面跑过来，我就跟他打了个招呼。马文是新加坡人，我们这届八十多个学生，一共四个人说中文，他是其中之一。马文不是他的中文名，新加坡人好像中文名三个字居多，这是他的英文名译音。他现在在一家总部位于芝加哥的涂料公司做销售，常驻奥斯汀，平时在家上班，负责奥斯汀和达拉斯两个城市的业务。之前他在中国待过八年，也是做销售，所以在我看来，他就是个中国人。马文个子不高，有点儿瘦，头发总是往后梳着，说一口南方口音的普通话。因为一开学他也被分在纳薇塔的班，所以我们打交道并不算多，只是偶尔有活动或者课间碰到时打个招呼，聊上几句。我们仨一起往教学楼走，马文问我是不是出过一本书，我说对，好几年以前了。他问我能不能借他看一看，我说，下回送你一本。

## 07 安德莉亚掩不住喜悦，菲莉兹黯然神伤

头天刚开过小组会，凯文说终于联系上橄榄球运动员专用脖套的发明人，约好第二天上午通电话。星期三刚吃过午饭回到座位上，看到他给组里群发的信，标题是"坏消息"，我心里不禁一沉。原来，凯文说按照约定的时间与发明人通了话，在介绍了我们的团队以及想法之后，对方突然变得非常警觉，让我们立刻停止一切有关这个脖套的调研工作，并且不要再与他联系。我相信肯定不是因为凯文态度不好，或者说话不谨慎而让对方产生这样的反应。因为他虽然年纪不大，但是通过几个月以来的接触和共事，我发现他虽然平时话不算多，有时候也不会表现得对什么事情都那么热心，但他是个非常聪明、有责任心并且言谈举止很有分寸的靠谱小伙子。

肯定是对方误会了我们，以为我们对他的发明有什么不良企图。我回信谢谢凯文，说只要我们把手头已经有的东西整理出作业交上去就可以了，应该差不多够了，肯定不会违背发明人的意愿真的去继续这项技术，并询问大家想法如何。这次大家的回信倒是都挺快。信发出去，我给菲莉兹发了条短消息，问她要不要下楼去坐会儿。她说好，先去趟洗手间。我去洗手间等她，推门看见正在一边洗手一边对着镜子左照右照的安德莉亚。这个法国姑娘是法语组块头最大的一个，性格外向，总是化着浓妆，左脚脖子侧面有一个黑色蝴蝶的文身，眼角的皱纹让她看上去比实际年龄至少大上五六岁，其实她才28岁。

她坐在我背后，挨着朱丽叶，时不时在一起唧唧咕咕，然后突然爆发出按捺不住的大笑。她业余做化妆品的直销，但是从来没有向我推销过，这点让我对她比较有好感。高鹏办公室原来有个行政，是个阿姨，也在业余时间卖化妆品，把周围一圈儿人都琢磨遍了，不放过任何一个女的。我看她跟我妈差不多年纪，

也不好意思老装傻，就买了她一个粉底，结果一直到现在剩下的两美元都没找给我。话说，谁也不差那点儿钱，她要是立刻找我，我肯定也就不要了，小费也不是这么个挣法。后来，她在戴尔的一次裁员中离开了公司，这也是个指望每俩星期一次支票过日子的阿姨，想想其实也怪不容易的。

安德莉亚是个性格爽快、敢说敢干的姑娘。她家在里昂有一家餐厅。一年多前，她在网上看到美国一家公司招法语翻译，就直接申请，通过了考试，没想到还真成了。于是就来了，具体是以什么身份来的，又是怎么能直接在这儿工作，我一概不知。因为办公室通常不会给员工办工作签证，招人的时候可以合法工作是必要条件，连易多多和杨娜也不清楚，可能只有玫瑰小姐才知道是怎么回事儿。总之，她可能是我们办公室唯一从国外申请工作，然后直接过来上班的人。据说，她过来以后不久，跟当时办公室的一个中国中年男人好了一阵。后来那个男人走了，她还伤心了好一阵儿。再后来，她又爱上了一个比她矮一头的墨西哥小伙子。那个小伙子梳小辫儿，说话和走路都慢吞吞、不慌不忙的，谁都看不出他到底哪儿能吸引安德莉亚。要不为何说安德莉亚是个与众不同的姑娘呢？她说，墨西哥小伙子的眼睛是她见过的全世界最迷人的眼睛。好吧，一个28岁的姑娘，还是有资本、有时间爱上一个男人的眼睛的。

安德莉亚问我最近怎么样。我说特别忙，每天只有上班的时候才能像个正常人一样与人交往，回到家就得跟孩子斗智斗勇、拼体力，都觉得自己神经质、有病。她笑，说有小孩儿多幸福呀，我就最喜欢孩子了，说着走到墙边，拿了两张擦手纸。这时菲莉兹推开门，看到安德莉亚正在擦手，就没关门，跟她打招呼。安德莉亚一边把纸扔在垃圾桶里一边伸出一只脚别住门，然后转过身来，非常感慨地看着我们俩，稍微摇了摇头，脸颊有些潮红，完全不是平时那个风风火火的女汉子形象，"明年三月份，"她指了指自己的肚子，"我也会有孩子了。"我跟菲莉兹都有点儿蒙，脸上的表情僵在原处，我甚至一时间没听懂她这句话，或者说，我不能确认我听对了她这句话，好像她说的根本就不是英语。

通常听到这种消息，标准反应是呈惊喜状，咧着嘴，欣喜地走上前去拥抱一下，以示祝贺。但是那时那地，那个场景，她用一只脚挡着洗手间的门，有个人刚刚从走廊经过……一时间，我有点儿反应不过来到底是应该表示祝贺还是安慰。甭管祝贺还是安慰，反正惊着了是完好地表现了出来。我看到她在微笑着，笑容里蕴含着一种期待，看样子她并不认为这是件需要得到安慰的事，而且都决定生出来了，那应该是件好事。我走上前去，在开着的厕所门那儿，抱了抱她，说恭喜你。

和菲莉兹坐电梯下楼，她不说话，也丝毫没有想说话的意思，一副百无聊赖又若有所思的样子。我一点儿都不介意，只有关系近到一定程度的朋友才会这样，丝毫不用担心冷场而带来的尴尬。我也没有非得想跟她说点儿什么，没话找话挺累的。看着菲莉兹，我想起一本小说里看到过的一句话觉得说得很对，倒霉的人需要的不是别人的安慰，而是身边也有一个境遇跟自己差不多的人。

院子里人不多，菲莉兹兴致不高，不知道是她本来心情就不好，还是安德莉亚这个突如其来的消息让她觉得有点儿受刺激。她也喜欢孩子，很喜欢，可是她比安德莉亚大了十岁。最关键的是，她的男人暂时还指望不上，不要说要孩子，能不能继续下去都还是个问题。有一次闲聊，我说前天晚上没睡好，孩子跑过来找我，我又把她放回到自己的房间，她哭了半天才睡着。结果活活被菲莉兹数落了半天，说我刻薄，说我心太狠。我本来觉得在美国，谁要是没训练过自己的孩子睡觉，那出门都不好意思跟人打招呼，所以跟她说的时候我觉得很正常。被她这么一顿数落，我也开始反省自己，是不是对孩子确实有点儿过分。

回想自己带孩子的这些年，各种滋味一齐涌上心头，都不知道从哪儿说起。都说第一个孩子照书养，第二个孩子照猪养，确实差不多是这个意思。所以才有了训练睡觉这么回事儿，因为所有美国的育儿书籍和儿科医生都会建议训练孩子在自己的房间入睡。加上养老大那会儿没经验，坚持得不太好，所以睡觉一直是个问题，直到他两岁多，我被折磨得实在受不了了才狠下心来训练他睡觉。后来我才明白，孩子跟孩子也不一样，老大好像天生就不如老二爱睡觉，睡眠也没有那么踏实。到了老二，不用再照书养了，美国人那一套，有的好，但是也不都好，可以根据自己的实际情况和接受程度改改再用，一点儿都不用跟自己那么较劲，做不到谁也不能把你怎么着，你是他妈，什么事儿你自己说了算。不过，在睡觉这件事上，因为不想重蹈老大的覆辙，所以我很坚持一定要训练。闺女18个月断奶，顺便训练她自己睡觉，按照书上和医生的标准其实已经很晚了。当时我爸妈还在，我觉得让自己几乎崩溃掉的并不是孩子那撕心裂肺的哭声，而是来自父母的那种无声又无形的压力，他们更听不得持续那么长的哭声。好在最后还是坚持下来了，好多时候，就在感觉几乎马上要垮掉的时候，那个坎儿突然就过去了，所以每到这种时刻，我就会对自己说，坚持一下，再坚持一下。

其实，菲莉兹今天不爽的主要原因是乔的妈妈又跟她闹别扭，并不是因为安德莉亚怀孕，只不过这个消息的确起到了雪上加霜的作用。乔的父母离婚很多年，他妈妈又找了一个男朋友，没有结婚，只是在一起生活。要说菲莉兹最先开始认识乔，还是她的一个土耳其朋友和乔的妈妈一起撮合的，没想到两人交往了没多久，他妈妈就开始老看菲莉兹不顺眼，好像他们家儿子找了菲莉兹吃了多大亏似的。好在乔这方面一点儿都不糊涂，完全站在菲莉兹一边，觉得自己妈不讲理。可是同在一个城市，住得又很近，逢年过节的时候，乔的妈妈总会在叫儿子回家吃饭时，礼节性地邀请一下菲莉兹，一次不去，两次不去，也不可能次次不去，但是没有一次走的时候不添堵的。而且根本就没什么正经事儿，全都是鸡毛蒜皮的小事，中心思想就是她配不上他们家儿子，即使菲莉兹一直替她养着儿子。不过可能跟菲莉兹关系也不大，有的妈妈就是会认为无论什么样的姑娘都配不上自己的儿子。我现在听到这些事儿的时候已经很少发表意见，说什么呢？分手就是唯一的解决办法，可以早点儿开始新的生活，也可能正是因为想到重新开始，或者担心根本就重新开始不了，才会让菲莉兹这样优柔寡断吧。

自从6月份开始去健身房，我尽量做到每个星期去两次，本来想争取能到三次，但是只实现了一回，看来每周两次已是极限，我也觉得没必要跟自己那么较劲，只要尽力就可以了。在健身房开始还去蹦蹦Zumba（尊巴），后来因为孩子的游乐场和做操的教室不在同一个地方，中间还得开车，加上开始的时间太受限制，跳过四五次便放弃了，只在大健身房的跑步机上跑跑步。每次大概5公里，40分钟左右，这对从小到大跑步从来都不及格的我来说已经相当不容易了。本以为大学毕业前的800米就是这辈子最后一次跑步了，谁想得到，若干年以后，没人考试了，我反倒会交着钱去累个半死。主动跑和被动跑还是有差别的，我开始有些爱上那种不顾一切向前奔跑的感觉，爱上那种可以清楚地体会身体运动到极限的感觉。

## 08 出大事了!

《潜伏》里的吴站长有一个比喻,时间就像一头野驴。对我来说,我的时间消逝得像一头正在向猎物狂奔的猎豹。尤其是这两年,越忙的时候就越能体会到时间的飞逝。从小学开始就整天跟着老师念叨光阴似箭、岁月如梭,学习时间是如何如何宝贵,却一直没有任何感觉,一直到最近突然变得忙起来,才懂得这些说的到底是什么。小时候总觉得时间过得太慢,总是希望快点儿长大,现在呢,虽然孩子小,事情多,带起来很不容易,却还是享受这种忙碌的状态,也不怎么盼望他们快些长大。

临近8月,第一学期眼看接近尾声,我也差不多适应了这种生活,不用再像刚开学那样每天写作业到半夜,也不用每天都跟赶场似的那样狼狈。当然也是因为弦绷久了就会有点儿疲惫,有些时候也会偷个懒,混一下。我觉得上班、上学、带娃这三件事,同时做两件刚刚好,要是三件事一起上的话就会有点儿忙,倒是也不会死。怀孕的时候,我的产科大夫是个墨西哥裔美国人,她有四个孩子,还一边上班一边读博士,所以在这儿,你永远都不会是最忙的那一个。三门课的期末考试方式已经出来,市场营销是以小组为单位,两周内写一个将技术转化为财富的市场计划,除了以小组为单位汇报三项技术,每个人还要回答七个问题,相当于一篇论文。金融老太的期末考试分为两部分,第一部分是计算,她带着做一部分,我们自己做一部分,自己这部分可以跟同学商量;另外一部分是案例分析,不可以交头接耳,自己写自己的,也是两周时间。金融课到目前为止已经交过五次作业,虽然多数都很无厘头,但是我的成绩还不错。上次猜行业的作业竟然得了100分,看来老太太虽然看着有点儿刁,判作业的时候倒不算刁。总共五次作业,登成绩的时候却出过三次岔子,不是忘记给我登上,就是登错了,我老得给她发信问。我们班的名单是按照姓氏的字母顺序排列的，我是最后一个，她回信说可能是登到我这儿的时候忘记按回车键了。这个理由，也是醉了。

自从我把几年前出的那本书送给马文以后，我们之间就变得熟悉起来。马文35岁，单身，拿的是L类的美国签证，应该算是个"钻石王老五"。他说去上海之前曾在北京住过三年，当时他的公司在西坝河有个项目，所以对北京还比较熟。正因为如此，我觉得跟马文比跟克里斯更有得聊。他说跟组里的关系不太好，每次开小组会的主要内容就是听另外几个人吵架，所以平时自己的作业也从来不跟他们商量，成绩时好时坏，只在实在躲不开的时候才一起做做集体作业。我告诉他，我们组的关系很融洽，经常在一起讨论作业，小组会也一直都很和谐，他表示非常羡慕，问我可不可以在作业拿不准的时候也互相交流一下，我说没问题，有什么事儿尽管发信。

这个周末是这学期的最后一次课，各种期末考试都会逐渐拉开序幕，又是需要进入打仗状态的两个星期，光是想想这些就会让我不由自主地紧张起来，提前进入备战状态。星期三快下班前，收到凯瑟琳给全班同学群发的一封信。凯瑟琳是我们专业的协调员，负责各种行政和联络事务。她说这个学期即将结束，下个学期马上开始，中间没有任何假期，就是两个星期的间隔。请大家把下学期的小组名单发给她，她要做个统计。因为通常一个学期下来，很多组会有各种不合，可能因为项目，可能因为性格，可能因为发展方向，可能因为就是死活互相看不顺眼，所以很多人都会想换组。也有已经找到比较满意项目的组因为缺乏某方面有特长的专业人员，可以通过这个机会招兵买马，从别的组里挖自己想要的人。而且不仅是小组内，两个班的组也会穿插调换，以便使每个人都有更多的机会和不同的同学一起上课和交流。小组人数原则上是四至六人，自由组合，此外没有其他要求。凯瑟琳请大家把新的小组名单在星期五上课前发给她，最后祝大家考试顺利。

接到信，我立刻给组里群发了一封，告诉大家要是没什么意见的话我就给凯瑟琳回信了。其实，我这句话纯粹是客气，之所以这样自信，是因为我有非常充分的把握我们组根本不会有谁会想换组。几个月以来的合作已经让我们成为一个团结的集体，彼此之间形成了一种默契，虽然每个人多少都会有点儿小毛病，但是完全不影响主旋律。每个人都各有所长，都愿意毫无保留地为组里贡献自己的力量，从来不会有什么怨言，并且都比较注意相互理解，我感觉每个人对这个组都很满意，每封信的字里行间也可以感觉到大家都是这样的感觉。想想纳薇塔，想想马文，我觉得自己能在第一学期就被分到这样一个组很是幸运。

把这封信给大家群发出去，看看表，五点零五分，还有点儿时间。想到今天不用接孩子，直接回家做饭就行，我赶快把给凯瑟琳的回信先写好，存在草稿箱里，等大家都回信确认就直接发出去，以免总得惦记着这件事。给凯瑟琳的回信写得非常快，因为就说了一句我们组没有任何变化，还是这五个人。写完存好以后，我就拿着杯子去了洗手间，做下班前的准备。等从洗手间刷完杯子回到座位的时候就看到了丹尼尔的回信，这家伙，他那边是晚上六点多，应该已经下班了，还能第一个回信，表现真是越来越好。打开一看有点儿蒙，很长的一封，就回个"没变化"至于这么长篇大论地抒情吗？！看这架势，往草稿箱里存回信的不止我一个，这位也是早就写好了的节奏，合着就等着我发信呢。信的第一句：我很遗憾地通知大家，我和史蒂夫已经商量好，我们俩下学期要去另外一个组。

头天晚上刚刚开过小组会，除了阿尔多要上夜班没来参加，剩下的全都到齐了，仔细回想，丹尼尔和史蒂夫两个人无论是神态还是说话都与平常无异。而且开完会，丹尼尔和凯文走了以后，我还跟史蒂夫又多聊了一会儿。他说马上要带全家去一趟俄勒冈，他有个表姐要从挪威去那儿看她妈妈，他从小跟着这一家人长大，所以也借这个机会去看看他们，因为已经有很多年没有团聚过。我问他的考试怎么办，他说没办法，虽然是个特别不凑巧的时间，但是错过了这次就不知道什么时候大家才能再凑到一起了，老太太已经80多岁，尽量快去快回，不会耽误组里的事情。

丹尼尔在信中说，他和史蒂夫受到另外一个组的邀请，他们俩经过深思熟虑后决定接受邀请，并不是因为跟我们合不来才走的，让我们一定不要误会。他说学费太贵，加上有人主动邀请他们，他俩才会离开这个组，以便通过与不同的人合作，让自己拥有更多、更丰富的经验和体会。他保证他们的离开不会对我们正在进行的任何项目或期末考试有任何影响，保证全力以赴，并且希望后面两个学期虽然不在一个组，也依然要像从前一样是好朋友，大家还应该一如既往地互相帮助，共同进步。这口气看着眼熟，就像恋人分手的台词，先发好人卡，然后再声明还要做朋友。不想好就是不想好了，扯这些有什么用。

最后，丹尼尔还解释了为什么自己代表史蒂夫发这封信，说他正忙着要出远门，所以委托他发这封信，也好让我们早点儿再找别人，或者也快点儿张罗寻找新去处。结尾再一次肯定了我们组第一学期的合作和每个人的工作，说这件事如果有谁无论是想一起聊还是单聊，可以再安排一次小组会。

看着丹尼尔的信，我的眼泪止不住地往外冲，虽然还在办公室，周围还有噼里啪啦敲键盘的声音，但是我已经完全顾不了那么多。回想几个月以来的种种，我有一种被愚弄的感觉。看看表已经快六点了，给高鹏发了条短信，说我临时有点儿急事，让他接了孩子回家直接做饭，不要等我。我现在根本没有心思干别的，必须先把这件事解决了。我马上给凯文和阿尔多发了封信，想尽量不要表现出特别的情绪化，现在无论是感慨还是声讨都没用，最主要的是，我突然意识到凯文和阿尔多这俩家伙会不会也突然给我来这么一手，那星期五的名单可要怎么交？

凯文一改往日要么拖上个好几天才回信，要么根本就不回信的作风，马上就给我和阿尔多回了一封信，说自己对丹尼尔和史蒂夫突然离组感到非常震惊，还以为我们大家一直都合作得非常愉快，以为我们的Team9会一直毫无变化地走到毕业。他让我放心，他肯定不会离开我们组的，从来连这个念头都没有动过。他说，虽然少了两个人，但是我们可以加新的人，相信还是会合作得很愉快的。看到凯文的信，我立刻踏实了很多，看看表已经六点半，抓起东西赶快往外跑。

快七点的Parmer大道已经不太堵了，从南往北开，每天下班往家奔的时候，左半边儿脸和胳膊都被晒得火辣辣的，每到这时我就会想起夏日北京街头一道特殊的风景线——很多骑车的姑娘戴着一顶塑料的大黑帽子，帽檐儿放下，整张脸都被遮得严严实实的，很像星球大战里的行头。这个帽子必须搭配白色雪纺的披肩，骑起车来飘逸极了！中国女人真是全世界妇女界注意防晒的典范，影响市容事小，晒黑了绝对不行，我现在好像也需要这么一套。走到eBay路口等红灯的时候，我收到阿尔多的信，很简单，只有一句话："我不会离开，你会吗？"他正在上班，只说了这么几个字，却字字都触及心灵的深处。

这个场景似曾相识，如果连相处三个月，甚至十几年所许下的誓言也可以瞬间一文不值的话，那么，这短短两个小时让我几个月以来的认识和想法完全颠覆又有什么好奇怪的。我一直觉得丹尼尔和史蒂夫是最可以信赖的人，他们总是在我需要的时候出现，处处让我感受到"支持"二字。谁想得到，关键时刻坚定地站在我身边的却是两个曾经觉得那么不靠谱的小伙子。所以啊，我以为的、我相信的、我毫不怀疑的，可能根本就是错觉。熟悉并不一定真的了解，这让我想起曾经看到过的一句话，只是熟人，而不是朋友。

换组这件事儿也不知道是不是个解脱，一时把所有人都搞得神魂颠倒、人心惶惶，也没工夫紧张什么期末考试了。纳薇塔的信和马文的信几乎是同时到来，俩人就跟商量好了似的。这二位都跟自己的组过不下去了，早就盼望这一天的到来。你看，有突然被抛弃的，有遗憾留不住的，还有一直憋着想跑的。平时课间聊天儿，都是你好我好大家好，关系融洽得不行，每个人都是忠贞不二的模范，结果到底是有多少"同组异梦"，关键时刻私底下都绷不住了，原形毕露了吧？怎么看怎么像各种婚姻中的各种两口子，如果过个几年就可以重新选择一次，给你"换组"的机会，你会走吗？

对于马文想来我们组，其实我早就预料到了，只不过他不说，我也不问。毕竟这个组不是我一个人的，而且当时我也根本想不到会有人离开，何况这种事儿，根本不需要主动问，万一人家不想来呢？现在好了，他的加入似乎顺理成章。纳薇塔的信里说不光自己想来，还想带她一哥们儿，说他跟自己组的关系也不好，问我行不行。这个人叫詹姆斯，是个得有一米九的黑人，最早是打篮球的。他跟纳薇塔一个班，我不太熟，只在刚开学的时候跟他说过几句话，因为他也在戴尔，认识高鹏。我跟纳薇塔还不太熟的时候，曾经以为她跟詹姆斯关系很好，因为有一次下课一起往停车楼走，需要先去窗口交停车费然后才去开车，他俩排在我前面。他们只开了一辆车，是詹姆斯的车，他管纳薇塔要停车卡，纳薇塔很自然地从自己包里把卡拿出来递给他。我当时还在想，这女孩儿，倒是挺利索的。跟纳薇塔熟了以后才知道，他俩就是关系很好的朋友。纳薇塔初到美国，人生地不熟的，虽然叔叔家在这儿，但是很多事儿老人家也帮不上什么忙。詹姆斯的女朋友在隔壁的州，平时在奥斯汀就自己一个人，所以没事儿给女同学献献殷勤、帮帮忙也算正常。但是据纳薇塔说，詹姆斯有的时候有点儿过，不知道是根本没有那根弦儿还是觉得已经熟悉到一定程度就不需要了，他不提前打电话就直接去敲纳薇塔公寓的门，而且还不止一次。这种情况下，纳薇塔一律不开门，假装不在家，但是她的车就停在楼下，这是什么意思显而易见。有过这么两次，就把詹姆斯的这个毛病给改了过来。

　　我把三个人都想来我们组的消息告诉凯文和阿尔多。凯文表示没有任何意见，双手欢迎。阿尔多半天没信儿，我拿不准他是因为上夜班所以白天要睡觉还是有什么别的想法。果不其然，过了半天，他才给我一个人回了封信，说别人都没意见，但是咱们一定得要纳薇塔吗？

　　阿尔多的这句话让我感到有些意外，据我几个月以来的观察，我实在想不出他跟纳薇塔能有什么过节，以至于不愿意让这个姑娘来。我们根本就不在一个班，这种远距离的接触更容易让人产生看上去很美的感觉，何况纳薇塔确实是个人见人爱、花见花开的漂亮姑娘，他要是不想让那个日本姑娘来，我倒是觉得可以理解。

　　星期二小组会时，我们说好星期五提前去学校一起准备三项技术的幻灯片和演讲。要是平时，直接去就可以了，这回却跟以往不同，我觉得有必要提前发封信。一是确认一下小组会照常开，不会因为这个突发事件而有什么变化；二是跟凯文和阿尔多统一一下意见，嘱咐一句。我怕这俩小伙子年轻气盛，到时候跟史蒂夫见面让大家尴尬。另外，还要确认一下史蒂夫是否按原定时间从外地回来开会。这回的信不能给全组群发了，给凯文和阿尔多是一个版本，史蒂夫是一个版本，就不用给丹尼尔发信了，他是远程，到时候直接连就行了，那么远，就算尴尬也尴尬不到哪儿去。跟阿尔多和凯文说星期五该干吗就干吗，不需要再讨论这件事，他们并没有跟我们讨论，只是通知了一下，那知道就可以了，再纠结这个没意义。在一起呢，就好好相处，人家要走就祝他们一切都好。其实离开并没有什么，谁都有这个权利和自由，我们介意的不是他俩走，而是离开的方式。凯文和阿尔多说知道了，说他们不能接受的，一是对我们没有应有的尊重，哪怕提前知会一声也是好的，不要等到我去问了才突然来这么一手，结果搞得我们是跟系里同时知道这个消息的；另一个不能接受的是史蒂夫这次像缩头乌龟一样的表现，实在与他一贯的作风和军人的身份不太相符，这么点儿事儿，为什么不能自己站出来说，还得让丹尼尔代言呢？凯文尤其认为史蒂夫这件事办得很不地道。史蒂夫稍晚些回了信，就一句话："星期五早上的飞机，会按时参加小组会。"

与史潘夫面对面：期末来了

　　星期五早上，路上的车照例比平时少。每到这时，我总会想起一个段子，说一个人开车超速，被警察叔叔拦下，赔笑道："对不起，我开得太快了。"警察叔叔答："你不是开得太快，是飞得太低。"并且这段子得用天津话说，效果才能出来。最近，我迷上关淑怡的《难得有情人》。虽然这首粤语歌我是一个字儿也听不懂，但是也丝毫不妨碍自己翻来覆去地听上几个星期，可能还会听上几个月或者几年，就像当初听杨坤的那首《无所谓》。在停车场刚把车停好，还没熄火，音乐声就消失了，有电话进来，低头一看，是克里斯。我一边接电话，一边拔钥匙。拎上大包小包，锁了车之后往楼里走。穿着高跟鞋上坡还是很令人心情愉悦的一件事，就是下班的时候走到这儿就会比较纠结。

　　克里斯问我们组有什么情况，我告诉他有俩人要走，还有仨人想来。他说他们组只有一个同学打算退学，此外没有任何变化。那个要退学的同学是个快六十岁的阿姨，人很好，我时不时会跟她聊会儿天。她在一个石油行业的小公司上班，一直单身，年轻的时候曾经在台湾待过很多年。她有一个搞艺术的台湾男朋友，后来她自己回到美国，跟男朋友也分手了。开学后不久，她就开始犹豫是不是要继续念下去，一个学期过后，她终于做出了决定。看来克里斯的组才叫由里到外真正的团结，不知道是因为将军同学统治有方，还是拥有一种特殊的凝聚力，或者仅仅是一种无形的威慑力。谁跑个试试？小样儿。

　　今天轮到我开车，到学校的时候突然发现对面一辆车要走，我还得去前面掉头才能过去。于是赶快让纳薇塔下车跑去站在那个车位上，在学校里的路边找个车位容易吗？还得把一大姑娘派出去占位子。我停好车往楼里走，看见阿尔多，就给他使了个眼色，他看了纳薇塔一眼，冲我笑，装傻。

　　跟阿尔多一起到二楼天井，人齐了，互相打了招呼。虽然表面上与往常无异，但是我感觉每个人都稍微有那么点儿不自然，不知道是不是我太敏感了。我把幻灯片给大家放了一遍，配上事先分好的演讲，把录音存好，整个过程和往常一样，只不过少了一些开玩笑和打岔的环节。任务完成后，我看看表，还有半个小时上课。此时出现了几秒钟的沉默，史蒂夫坐在我对面，他发了一下呆，然后对我们说："现在想说说换组的事儿吗？"我看了看坐在我左边的凯文，他向后靠在椅子上，双手抱在胸前，表情很严肃，没有说话。

　　丹尼尔说上课前还有点儿事需要处理，已经下线了。在丹尼尔通知大家他俩要换组之后的第三天，史蒂夫终于面对面亲口对大家说出了这件事。他说也是刚收到另一个组的邀请没几天，因为当时忙着准备去外地，丹尼尔又主动请缨代他通知大家，所以就没管。但是后来一想，感觉确实不应该一直不吭声，直到今天才跟大家说这件事。他承认在这件事上的处理方式确实不太合适，感到很抱歉。阿尔多的脸上带着一丝玩世不恭的笑意，他的腿一直在抖，让人闹心，也不知道在琢磨什么。我踢了他一下，他看了我一眼，不好意思地笑了笑，把腿缩了回去。凯文依然保持着一个动作，从他的脸上我也看不出这孩子到底是什么意思。看样子，他对史蒂夫"因为忙而一直没吭声"这个解释有些不满意。也是，凡是以"忙"为理由来解释自己为什么没联系的全都是借口，如果真的看重一件事的话，打个电话或者发条短信需要多久？

　　看样子，史蒂夫该说的也说完了，该道歉的也道歉了，我觉得不应该再纠缠什么了，大家要的不就是这么几句话嘛。我感觉凯文一直在琢磨着说点儿什么。果不其然，他终于开口了，其实也没什么特别的，只不过把我们事先交换过的意见又重复了一遍，不同的只是这些话是史蒂夫第一次听到而已。对于凯文来说，可能把这些话说出来的意义要大于说话的内容，他只是想让史蒂夫清楚地知道我们的不满罢了。除此之外，我们还能把他俩怎么样呢？史蒂夫对于凯文所说的话没有任何意见，全单收下了，并且再次表示了自己的歉意。遇到这样的态度，谁也不会再有什么脾气了。这件事到此为止，结果就算心平气和，大家好合好散。

　　我收拾东西准备去教室，路过一张桌子，看到布兰顿正在写支票。布兰顿就是上半学期那个热心组织并帮助大家写会计作业的同学，是个黑白混血儿。我拍了他一下，问他这是要出什么血。他说是第一学期的学费，我觉得有些不可思议，这第一学期都要结束了竟然还没交学费？他说对呀，这不学校来信催了嘛，实在拖不下去，必须得交了。我突然发现自己怎么那么实在呢？说让交学费就交了，说什么时候交就什么时候交，我是不是也应该学着点儿？看史蒂夫走在最后，我快走了几步追上他。好几天了，其实我一直都很好奇他俩到底是被谁给邀请了，反正今天也都说开了，实在忍不住问了他一句，猛地一听稍感意外，仔细一想，也应该是在情理之中。

金融最后一节课，考题发下来，老太太带着做计算部分，今天连阿尔多都不敢走神儿了，因为一步跟不上就会步步跟不上。好不容易挨到课间，我把阿尔多拽到后院，他也抽烟，只不过平常不怎么跟艾米那一伙人一起放风。我问他为什么不让纳薇塔来，他可能觉得面对面实在再也不能拿一个组五个人正好，六个人就多了这种理由来搪塞我，问我知不知道纳薇塔前几个星期跟她爸去中国，三天花了四千多刀。我说不知道，她花你的钱了？阿尔多笑。我依然觉得他在糊弄我，只不过换了一个理由，而且比前一个更加不着调。我很想知道，我看起来真有这么弱智吗？

第二节课接着做题，老太太讲的差不多了，剩下的就是自己做，有不明白的还可以问。艾米今天穿了件白底深蓝色条纹的T恤，刚刚染过的金发颜色均匀，很少见地梳了一条辫儿，搭在胸前。她做着做着题突然侧过身来，头都没回地斜着身子把一张纸准确地塞到史蒂夫面前。两个人什么都没说，看上去也根本不需要任何语言，这得是熟悉到什么程度才会有的动作？她今天涂了荧光粉的指甲油，与她这个不动任何声色的动作同样夺目。是啊，我早该想到艾米和丹尼尔才应该是同类。至于史蒂夫，我不太确认他与丹尼尔和艾米是否属于一类人，看起来只是一时被丹尼尔牵着鼻子走。他一直生活在一个相对单一的环境里，头脑比较简单，很容易相信别人，这个组里就他们俩是纯美国人，而丹尼尔跟史蒂夫的性格完全相反，正是丹尼尔一流的嘴上功夫让史蒂夫非常欣赏，甚至有些迷恋，动辄天文数字的项目，加上天花乱坠的忽悠，在最恰当的时机为一直在军营世界里生活的史蒂夫打开了一扇通往大千世界的门。丹尼尔让史蒂夫真心感受到外面的世界很精彩。

下课前，凯瑟琳到班里来，说还有几组的名单没有收到，最迟第二天下午下课前一定要交到她手上。我看了一眼阿尔多，他说晚上给我回话。不是我非得要纳薇塔，而是我觉得我们根本没有资格不要她，以为自己是谁呢？

星期六有课的时候，我都会跟纳薇塔约早上7：20到学校停车场，因为我得为她的习惯性迟到留点儿富余的时间。周末早上不堵车，只需要一刻钟就能到学校，再晃悠到教室，不慌不忙地吃个早饭，时间正好。虽然我喜欢在有限的时间里尽量做更多的事，但是我特别不喜欢匆忙，因为那样不太好看。

检查好东西，我拎着包，蹑手蹑脚地开门，生怕弄出一点儿动静把孩子吵醒，直到把车库门关上才算踏实。我喜欢在周末的清晨走在安静空旷的街道上，一切仿佛还在睡梦中，一切仿佛都是崭新的。拐到办公楼前，咦！有一辆开着车灯的车横在我经常停的位子上，真是太阳从西边出来了，纳薇塔竟然已经到了。我用电话晃了她一下，停好车，看到她下车以后后面又蹦出来一个人，是他们班一个叫阿里森的姑娘。要说这姑娘这个比较中性化的名字，当初起得还真应景儿。她开学前刚刚退役，从英国回来，打算读完这个学位就去找工作，同学录上她的照片就是穿着迷彩服的，英姿飒爽。阿里森个子很小，喜欢穿恨天高的高跟鞋和紧身牛仔裤，直发，随便在后面绑一下。阿尔多跟我说过，他觉得阿里森的身材是我们这俩班所有女同学里最好的，而且还说过不止一次。他自己的女朋友也是这种娇小款的，看来阿里森是阿尔多的菜。无论技术有多先进，远程上课的效果也代替不了真实的课堂。阿里森的家在休斯敦，每次上课都搭另一个同学的车过来，然后在各种地方借住一宿，第二天再搭车回去。所以她每次上课都带一个特大的包，大得有些与她的身材不太相称，看来昨晚是借宿到了纳薇塔这里。开车上路，我从后视镜看着阿里森说，你太棒了，竟然能让纳薇塔不迟到。她说她从早上起床就开始不停地催她，生怕晚了。我顿时觉得，纳薇塔也应该去当当兵。

今天课间，大家的话题基本上就是换组，两个班一共十八个组，一半多都有变动，最成功的是本来就实力雄厚的一组又从别的组拉到一个财会方面很牛的同学，填补了他们组的空白，真是几家欢乐几家愁。最夸张的是两个组，都是本来各有五个人，结果都跑了四个人，各剩一人，其中一个被剩下的就是想当美国总统的那位。树欲静而风不止，你不想换组？可架不住其他人都跑光了。这事儿闹的，天要下雨娘要嫁人，只留下这俩孤苦伶仃的孩子。他俩还在班级论坛上开了一个帖子，列出自己的兴趣方向，问谁想要他们，如果想加入也可以，他俩也能就合就合，结果半天都无人响应。听克里斯说，有一个特别不爱说话的韩国大叔加入了他们。虽然原则上一个组应该是四至六人，但是这种实在没辙的，三个人也将就。

几乎是在最后一刻，阿尔多跟我说，如果你想让纳薇塔来那就来吧。我说了谢谢，立刻把已经写好的信从草稿箱里翻出来，给凯瑟琳发出去。无论到底为什么，我都不需要再追问，因为这已经就是我想要得到的答案了。

换组的事儿终于告一段落，也都是按照希望的方向在发展，按说此时此刻我应该感到轻松才对，可是不知道为什么，我一点儿轻松的感觉都没有。仔细想想，这几个人加入我们组并不是因为共同的兴趣和项目本身，而是因为跟自己的组不和。碰巧这时候遇到我们组缺人，就像两个年纪不小又正好都想结婚的人，互相看着也都挺顺眼，就很容易走到一起。纳薇塔和马文主要是因为跟我个人关系不错才会想加入，而詹姆斯完全是不熟悉的，他是因为纳薇塔才过来的。这样的组合让我觉得有些别扭和隐隐的担忧，但是我也想不清楚到底会有什么不好的后果。不管怎么说，也算找齐了人，总比没人强点儿，而且还超额完成了任务。所以，那种隐隐的担忧只在我脑子里划过了一下，很快就被对新小组和新学期的期待所覆盖。有句话我觉得说得特别对：你是什么人，就会遇到什么人；你心里有什么，就会看到什么。所以，对于这样的自由组合，理论上应该是各方面都比较相近的人才会走到一起，哪怕只是因为最初印象让彼此觉得在各方面都比较相近。加上我们六个人都在奥斯汀，平时的小组会还能开好，我觉得这应该算是个加分项。想到这些，我暂时感到了一丝轻松。

期末考试时我吸取了期中考试的教训，不仅要提前开始，更要提前结束，给自己留出充分的时间检查，以免再在最后一刻发现错误也来不及。所以，我突击了两天，把金融考试先赶了出来，并且按照老太太的要求传到了网上，然后紧接着开始技术转化为财富这门课的小论文。市场营销的考试是小组一起写一个市场计划，之前已经分好工。凯文主动挑头负责整个计划，说自己期中考试得了96分，希望期末考试也能为组里做点儿贡献。

## 10 飓风之前

朱丽叶走了。

这是星期二一大早查邮件时首先看到的消息，朱丽叶甚至提前连一封群发给办公室所有人的告别信都没有。信是索菲娅大婶儿发的，很短，只说从今天开始，朱丽叶不在这个公司工作，此外没有任何其他信息。上班几个月以来，这样的信时不时会收到，通常这种通知分两种，如果是按照规定提前两周通知办公室自己要走，并且没犯任何错误的，索菲娅都会在信的最后加上一句对其工作的肯定和感谢，以及类似"我们祝你在新的岗位上/新的生活中一切顺利"这样的祝福；如果突然辞职或者因为工作失误而被办公室开了的，那除了通知某某从哪天开始不在这个公司上班以外，就再也没别的了。看样子，朱丽叶应该是临时通知办公室：姐从明天开始不高兴去你们那儿上班儿了。几个星期前，有一天在厨房碰到她，闲聊中得知她正在社区大学学生物，还报了法律专业的课，这样的混搭听上去有点儿跨界。不过无论是突然辞职，还是生物、法律，反正只要是发生在朱丽叶身上的就没什么好奇怪的，正如菲莉兹给她下的定义：Drama。

朱丽叶的离去让菲莉兹有种如释重负的轻松，虽然她没这么说，但是我能感觉得到。不过，菲莉兹早就顾不上朱丽叶了，自己的一摊子事儿还没捋清楚呢。她有个妹妹一年前刚刚从土耳其移民到加拿大的卡尔加里，妹夫找到工作，妹妹在家带一岁半的闺女，租了一套两居室的公寓，一家三口刚刚站稳脚不久，她妈妈现在正在那儿。菲莉兹在美国原来有老公，离婚后有男朋友，所以虽然家人一直都不在身边，但也算有所依靠，现在眼看男朋友不给力，平时除了跟我关系比较近以外也没什么别的要好的朋友，这种内心的孤独感让她开始动了去加拿大投奔妹妹一家的念头。虽然土耳其是个横跨亚洲和欧洲的国度，但是总体感觉人们的思想和意识更趋于传统。每次菲莉兹跟她妈通完电话都是心情郁闷，也是，一个马上就四十岁的女人，离了婚，没有孩子，自己孤零零一个人在美国待着，工作上也不见什么起色，男朋友也没有什么希望，这些都成了她妈每次电话里数落她的内容，可是她又做不到不给自己妈打电话。没结婚就搬到一起住，老太太开始是完全接受不了的，不过闺女大了，离过一次婚，又离那么远，所以慢慢地也只能默认。后来还时不时会问问她跟乔的关系怎么样、什么时候结婚、将来有什么打算等等。可是，事事戳中菲莉兹的要害，总之几乎每次都会说点儿哪壶不开提哪壶的事儿，每次打完电话，菲莉兹都会觉得有点儿闹心。

从我办公室到Costco（好市多，美国最大的连锁会员制仓储量贩店）开车只需要五分钟，趁上午不太忙，溜过去买几瓶Q10。马文马上要去上海、苏州和台北出差，托他帮我带回去。星期二上午，又不是过年过节的，怎么这么多人不上班啊？这个店的生意火到不行，高鹏老说早几年应该买他们家的股票。Costco的成功之道恐怕就在于同时拥有质高、价低和服务优这几点，仔细想想，能把这三样同时做到极致的店可不算多，很多店能保证做好其中两样就不错了。只是这几年的年费见涨，不知道是不是因为爱贪小便宜的顾客越来越多，滥用自己身为上帝的权利，把年费给拉了上去。比如节日季节开始的时候，使劲儿买大电视，等过完年再退回去。最夸张的是有一次退东西，排在我前面的姐俩儿捧着一把比干花还要干的花打算退，明显买的时候是鲜花，真是没有最过分，只有更过分。我最过分的一次是买了一盒子碧绿碧绿的苹果，以为是什么新品种，心想既然能摆在店里卖，没准儿好吃呢。回家一尝，没有任何惊喜，就是碧绿碧绿的苹果应该有的味道。实在吃不下去，拿回去退了。后来听露西说，那种苹果是用来做饭的，不是直接啃的。

下午马文过来取东西，我下楼拿给他，外面太热，我们就在一楼大厅里聊了会儿。我问他多久回来，他说差不多得十天，本来这次不想去的，期末考试忙不过来，但是客户的一个副总要去，他自己的头儿发话，让他必须得过去全程陪同，实在逃不开。我问他考试题开始做了没有。他说什么还都没开始动，问我怎么样。我说金融的已经交了，另外两个还在写。他问我金融的可不可以借给他看一看，这次被出差搞得实在太紧张，我想都没想就答应了。不要说马上就是一个组的了，就算不是一个组的，我也从来没含糊过。

又是星期二，可是这个星期二没有小组会，该说的都说完了，大家需要好好考试。看来上个星期的小组会就是我们现在组的最后一次会，而当时一点儿都没意识到，更不会想到接下来的一个星期会发生多少事。晚上孩子睡觉以后，我接着写技术转化为财富的小论文，七个题写完了三个，每个都需要重新查课上的幻灯片和这门课老师让看的那本书，还得结合实际论述。书上好多内容都还没看过，只能是需要看哪儿临时抱佛脚。这时候才明白GRE的阅读为什么那么考，因为实际阅读确实需要那种程度的稳准狠，还得加上一个快，只是我到现在也不太能很好地运用这个原则。我写着写着突然想起来还没给马文发金融考试答卷，赶快从电脑里翻出来，用邮件发给他。我无论如何也想不到，这样一个早就习以为常的动作，会对我未来的几个月产生怎样的影响。

我们这三幢办公楼共用一个食堂，就在我们楼，每天供应早饭和午饭。食堂全天都有星巴克的咖啡，是装在压力壶里卖的。三个壶分别装有三种不同苦味程度的咖啡，全自助。也有花式咖啡，但需要去厨房里喊人来做，麻烦点儿，也贵点儿，所以要的人就不多。有一段时间，我每天早上在这儿买一杯中杯的咖啡，两块零六分，后来算了算，一个月下来光咖啡就是四十多美金，太不划算。况且，办公室有免费的咖啡，Costco的咖啡豆，好像味道也没差到哪儿去，就不再在楼下买了。不知道是不是所有中国人在美国待的时间长了都会这样，在北京花几十块钱买杯咖啡也没什么感觉，在这儿两三块美元反倒得算计算计。菲莉兹几乎从来不带饭，尽管她手头不宽裕，还经常跟我说打算带饭，可是很少付诸行动。买饭通常一顿六七美元，钱是一方面，主要是食物和味道。楼下食堂里卖的都是美国人的那一套，要是不想吃那些油重盐多的食物，就只能吃沙拉，这个论斤称。刚来美国的时候，有些以前从来都不生吃的东西，我慢慢地也能生吃了，比如柿子椒、芹菜和菠菜。但是还有一些至今依然不太能接受生吃的菜，比如蘑菇、西蓝花。吃倒是也能吃，只是完全不是那个味道和感觉，怎么吃怎么觉得像兔子或者羊的食物。我带饭的时候比买饭的时候多，什么时候想换换口味才会去楼下的食堂。通常我都会跟菲莉兹一起在办公室吃饭，厨房外面有个小房间，一张餐桌，四把椅子。玫瑰小姐三令五申，所有人只要在这儿吃饭，必须把门关上，因为她的座位就在厨房外面的拐弯处附近，办公室里来自世界各地的风味经常让玫瑰小姐吃不消，何况现在是她的特殊时期，更加闻不得这些乱七八糟的味儿。

菲莉兹端着饭盒走进来，轻轻关上门，我的饭刚热好。昨天没剩饭了，早上现煎了点儿锅贴，是Costco经久不衰的冷冻锅贴。菲莉兹觉得我的锅贴看起来不错，正好是鸡肉馅儿的，她能吃，我便分给她一个。她说你怎么看上去很憔悴的样子，我说可不是嘛，这星期期末考试，每天一两点睡觉。我发现每次提到上学这件事，菲莉兹都有些不屑一顾，总是会说："真搞不懂商学院能学点儿什么，做生意是能学得来的吗？我爸爸从十几岁就开始做生意，从来没上过什么商学院，也做得很好。"每到这时，我都没话好说，因为觉得这样的争论没有任何意义，还会破坏情绪、影响友谊。没错，上个商学院确实不能保证出来以后就一定能干点儿什么，但是今天的世界和她爸爸十几岁时候的世界已经有了天壤之别，我们需要看看别人是怎么做生意的，了解一下他们是怎样处理各种各样的问题和情况的，在这个过程中让自己增长知识和见识，多些思路。总之，商学院没有那么神，但也不是一无是处。

这些话我从来没有对菲莉兹说过，反正说了她也不会认同的，她有自己早已形成的认识。每个人都有自己的想法，完全不需要大家的想法都一样。每到这时，我能做的就是尽快转移话题，并且在以后的交往中尽量避免谈到这个话题。我问她去加拿大的事儿考虑得怎么样了，跟乔说了没有。她说已经说了，乔听了以后的第一个反应就是——这真是一个好主意！不知道潜台词是不是——你自己走真是一个好主意。这种反应非常美式，无论自己到底是什么想法，第一个反应总是令人振奋、鼓舞人心的，然后自己该干吗干吗。其实，菲莉兹当初在决定去加拿大的时候也是把乔算进来的，她说卡尔加里算是个新兴的移民城市，乔学的是建筑管理，在那儿应该好找工作。但是，乔在知道菲莉兹想走之后并没有任何行动和表示，看样子是绝对不可能跟菲莉兹一起走的。不知道这算不算是一个试探，总之是试出来了，结果让菲莉兹很是心寒。你在为未来做打算的时候事事把他考虑进来，可是对方并不领情。

星期五，刚到办公室就收到老大给全班群发的信，说他住院了，要做一个心脏方面的手术，应该没什么问题，祝大家考试顺利，下学期再见。紧接着就是大家伙儿送上的各种祝福，再紧接着就是一封号召大家凑份子一起给老大表示表示的信。当然，这封信的收件人里已经把老大抹去了，打算给他一个惊喜。发信的人在纳薇塔班，我好像除了一开学做游戏的时候互相介绍过自己以外就再也没跟他说过话，平时看着特别不起眼儿，好像也不怎么善于交际，关键时刻还真挺会来事儿的。突然意识到，自己确实是少这么一根弦儿。对于这种倡议，结果是不言自明的，大家都在信中表示无比支持，有股子倾其所有也在所不惜的劲头儿。这种热情洋溢、令人鼓舞的呼声赋予了这位召集的同学无限大的选择自由，好像完全都不用考虑钱的因素，很快就决定送给老大一个亚马逊的阅读器，各种配件和软件全都置办齐全，反正不差钱，好让老大在医院里也能方便地享受阅读的乐趣。

　　这个星期五虽然没有课，我们还是约到学校一起做市场计划。提纲早就列好，放在谷歌上一个可以分享文件的地方，每次我建好后就发给大家，每个人往里面添加内容的时候大家都可以看见。只要在线，就可以看见当时还有谁在线，有人打字时，也能看见对方正在打字的进程。对方停顿一下、后退一下、用这个词代替那个词，全都看得真真切切，甚至能够感觉到他此时正在思考或是犹豫。凯文刚刚集训完，匆匆跑来，没坐一会儿，又匆匆离去。他想进职业队，需要参加各种比赛和活动，最充分地表现自己。现在就有一个比较重要的活动，大概持续一周。他说会负责市场计划，但是到目前为止还没见有任何行动，可能看大家的内容还没填充完，也可能他实在忙不过来，所以我先替他准备着。

　　阿尔多还在写金融，马上就要到时间了，我觉得他患有严重的拖延症，比一般人都要严重，也没准儿就是特意想享受一下那种刺激也未可知。看着他很夸张地按了一下回车键，然后大呼了一口气，使劲儿往后一仰，带着胜利的微笑靠在椅背上，就知道他终于又赶在最后一分钟交了考卷。交完卷子，他还在电脑上鼓捣什么，突然问我这个百分比是多少。我凑过去，看见屏幕上有个表，显示96%，我觉得很奇怪，从来没见过这么个数字，不知道是什么。我赶快打开自己的网页看，发现只有15%。这个差距让我一下子有点儿慌，完全不知道那意味着什么，总之只要是数字，又跟考试有关，那当然是越多越好，怎么也不能只有15%呀。我赶快让史蒂夫查查他的，虽然他也不知道那是什么，但是他那里显示

82%，我问他什么时候交的，他说昨天。

这下可好，虽然阿尔多和史蒂夫让我不要着急，还不知道到底是怎么回事儿呢，急也白急。可是我完全干不下去任何事了，赶快给金融老师发了封信，问这个百分比到底是什么意思，希望她能像平时那样回信快一点儿。信发出去，我又接着弄市场计划，尽管一再告诉自己一定要冷静，还是控制不住地瞎琢磨。这么多年，经历了各种各样的事情，我以为已经不会再有什么事儿能让自己有这种"慌"的感觉了，看来还是修炼得不够。史蒂夫和阿尔多可能看出来我心不在焉，说要不然歇会儿吧，出去买杯咖啡。收拾东西往外走，下到一楼的时候突然看见迎面走来的金融老师。我从来没有像今天这样盼望见到她，有点儿堪比见到亲妈的感觉。我们跟她打招呼，史蒂夫和阿尔多知道我正有事儿找她，示意我他们去门外等我。我急得有点儿语无伦次，老太太皱了皱眉头，她这么一皱眉，我便更加语无伦次。解释了半天，老太太终于明白我是什么意思了，非常轻描淡写地说了一句，那个百分比的意思是你的考卷跟其他人考卷的相似度是多少。我的很低，是因为我很早就交了卷子，当时还没有什么人交，所以没什么人跟我的一样，越往后交，这个百分比就会越高，因为里面已经有越来越多人的考卷。这也就解释了为什么史蒂夫昨天交的卷子，他的百分比是82%，而阿尔多掐着时间交卷，就得到一个96%。

终于弄明白了，真是虚惊一场，我从来都没觉得这老太太这么可爱过。谢过她，我出门跟史蒂夫和阿尔多一边走一边解释，一直走到学生食堂。那儿有个星巴克，买了杯咖啡，找了个桌子坐下，现在可以心无旁骛地继续写市场计划了。我刚把电脑打开，阿尔多踢了一下我的鞋，抬头看见他用眼神示意我往左边看。

远远走来的是日本姑娘和希腊光头，俩人聊得热火朝天，根本就没注意这边已经有人在用八卦的眼神端详他们了。现在是特别流行这个发型吗？欧荻斯高高瘦瘦的，目测不到四十岁，实际年龄四十六岁，在香港有个小咨询公司，之前在南京待过好几年，所以对中国和中国人都很熟悉。他也不在我们班，因为他的姓的第一个字母是A，我是Z，刚开学第一个节目便是所有人互相介绍，我们俩因为在花名册的一首一尾而最先登场，加上他跟中国人打交道那么多，时不时会聊几句。所以我跟欧荻斯虽然不能说有多熟，反正也不算陌生。他过来上学，老婆和两个子女留在希腊，香港的小公司远程遥控。好在一年就毕业，所以他辛苦辛苦来回跑几趟，时间过得也挺快。

直到走得很近了，欧荻斯才发现我们仨，他高兴地走过来，和我们寒暄了几句。日本姑娘只是冲我们这边微笑着点了点头，径直走进店里。我问欧荻斯考试一切可好，他说好着呢，一副成竹在胸、不慌不忙的悠闲模样。看来不用上班，不用管孩子，一个人躲到另一个世界上上学、念念书就是爽，连期末最忙的时候还可以和小女生喝喝咖啡什么的。我看了看表，差不多该走了，史蒂夫和阿尔多也说散了吧，回去接着弄，就此告别。敢情今天来不是弄市场计划的，是来坐过山车的，要是不来，就根本不会知道还有百分比这么回事儿，也不至于白白地着急。

晚上收到马文的信，说他已经在上海住下安顿好，客户的副总也接到了，一切顺利。他问了我家里的地址，打算把药快递过去。我给他回信告诉了他地址，顺便又问了问金融考试怎么样。他说一直忙得连考题的文章都没空看，直到上了飞机才有时间，到上海住下以后借着时差接着写，卡着点儿交的，当时是他那边的凌晨，白天还要连轴转陪客户。


儿子马上就快五岁了，他们学校新开了一个班，面向五到六岁的孩子，相当于学前班。来美国这么多年，头几年因为孩子小，对学校的事完全没有概念。以前在北京上学的时候，"kindergarten"这个词一直是按照"幼儿园"来学的，在美国其实是指孩子五岁时开始上的公立小学"学前班"。不只这个词，一般我们常说的"托儿所"叫"daycare"，看三岁以下的孩子，而三岁以上的孩子上的"幼儿园"叫"preschool"，开始总觉得很别扭，怎么能先上"school"后上"kindergarten"呢？直到自己的孩子慢慢长大，才明白这些名字各自对应的年龄和年级。儿子的生日是九月中旬，各州上学年龄都有限制，得州是9月1日开始卡，所以他今年还上不了公立小学的学前班。他现在学校的学前班名叫"Early Elementary"，年龄卡得没那么死，所以这周开始升到这个班。班上只有六个孩子，一个老师，名叫安娜，五十多岁。她有四个孩子，其中两个儿子已经成人，还有两个十几岁的女儿。她住在一个距离幼儿园五十多公里的镇子上，每天很早就要出门，花在路上的时间比一般人都要长，她的先生在那个镇子上开了一家药店。安娜也是一位由内而外都很优雅的老师，不过与维多利亚老师的优雅又不太一样。她说话时的神态给人一种安静、从容的感觉，还流露着一股含蓄的浪漫，第一印象是我的菜。不知道男性对于女性以及任何事物的审美是天生的多一些，还是从小就会在潜移默化中慢慢形成，我觉得这是挺重要的一件事，因为男孩长大以后与什么样的女性交往，对他一生中方方面面的影响好像都比较大。所以，我希望儿子的老师是平静而优雅的。

打开电脑，有两封让人看了会笑的信。第一封是欣慰的笑，索菲娅大婶儿发的，说大老板要请中文组吃饭，全体高层作陪，问我们想吃什么，商量好告诉她。我赶快跑到易多多那里，问这是什么情况。她刚到，电脑还没打开，我跟她说了一句老板要请客。易多多睁大双眼，也不知道是什么情况，只是说史上头一遭，不要说中文组没有，哪个组都不曾有过。

我们办公室的三个中国人都属于那种特别不会来事儿的。不过不会来事儿也有好处，那就是完全不会受到办公室政治的干扰，正应了时下最流行的一句话：不作死就不会死。我们仨都不会也没有兴趣去作死，每天只是把每一件交到自己手上的事做好就足够，除了这个，我们再也没有别的脑子、精力，也觉得完全没有必要去头儿那里来点儿什么事儿。总的来说，我们仨都是那种在事业上没有什么要求和野心的人，加上业务、做人和处世方面水平都差不多，工作量上也从不计较。无论谁给别人分配活儿，都会主动给自己留得稍微多一些，所以我们一直合作得非常愉快。因为中文组从来不找事儿，客户反馈也从来都是各个语种中最好的，所以才有了大老板请吃饭这一出。那天，当我把这个消息告诉菲莉兹的时候，她也瞪大了双眼。

另一封是无奈的笑，信是那位召集大家给住院做手术的老大买礼物的同学发的。说自己垫了钱买礼物，并且把明细群发给大家，可是目前为止只收到很少的回信问他自己要出多少钱以及怎么把钱交给他，他说自己也不富裕，几百块钱对他也很重要。赶快查了一下发件箱，确认自己已经给他回过信表示愿意凑份子。这种信，我觉得完全没有必要回复所有人，只让他一个人知道就行了，但是不少人在表示自己愿意凑份子的时候都群发给全班所有人。所以说，那些叫得最响的未必是最可靠的。吆喝的好处有很多，不用花钱，还可以露脸。此时此刻，这位同学一定在庆幸自己只买了个阅读器。

　　刚把信关上打算干活，突然发现金融老师的信，这门课怎么这么不让我省心呢？打开一看，就一句话："很抱歉，我一不小心把你的考卷从系统中给删掉了，请你重新上传一次。"一看这封信，我还挺着急的，这个老太太，总共上了没几次课，从头到尾出的错还少吗？到最后还得给我整点儿幺蛾子。于是，我赶快翻出金融试卷的文章，登到校园网，重新提交了一次。

# Chapter C

心有猛虎，细嗅蔷薇

## 01 天塌了

关于在哪儿吃饭，虽然头儿征求我们仨的意见，但毕竟是他发起的，我们权当他在跟我们客气，而且他们人多，还是让他定。没过一会儿，索菲娅来信：中午十二点半，办公室隔壁商业区里的一家新奥尔良风味餐厅——Mimi's Café，作陪的还有另外四个管理层。仔细想来，我好像从来没跟大老板说过话，因为他平时不是每天都去办公室，去了也就是待在办公室或者会议室，我跟他基本上没有任何交集。他是个德国人，来美国的时间不详，说话有口音，大概五十多岁，比较胖，其貌不扬。虽然不能在办公室议论同事的性取向是个一般性的规则，在我们这个办公室尤其要注意，但有几次下班电梯下到一楼时正好碰到他和另一个中年男人等电梯，而且每次都是同一个人。杨娜和易多多也碰上过，所以我们猜测那就是他的男朋友。

易多多怀孕了，我的车就俩门儿，只能把杨娜塞到后座去。我们提前五分钟到达约定餐厅，他们已经在那儿了，桌子也已经准备好。入座的时候，不知道是碰巧，还是她俩有意往后躲，反正最后的结果就是我左边挨着大老板，右边是杨娜，杨娜的右边是易多多。坐好后，我发现她俩不怀好意地冲我笑。行，我知道了，以后吃饭的时候可得学着点儿，不能傻不楞登地走在前边儿。书上说，饭桌上，最引人注意的坐法是面对面，最不引人注意的坐法就是挨着，这么看，我其实坐在了一个正确的位置上，因为我跟这个大老板完全没话说，问题不是他不喜欢女的，仅从客套的角度出发，他都不愿意主动跟我们寒暄一下，反倒是跟坐在我斜对面的大婶儿聊得比较多。索菲娅今天穿了一件吊带背心和一条碎花棉布裙子，话语谦逊，言谈中还带点儿腼腆，我突然觉得她今天很可爱，并不像法语组那几个姑娘说得那么不堪。这种饭局吃起来很累，因为根本就不能闷头吃饭体会美食，脑子需要不停地转动，以至于我对吃了什么一点儿印象都没有。我看，这顿饭只有杨娜吃得最踏实，而且吃得很全乎。

晚上回到家，饭已经做好了，像这样中午有人请吃饭，晚上有人给做饭的日子想想也不错。我招呼孩子们去洗手，把他们安顿妥当，刚要端起自己的碗，手机亮了。随便晃了一眼，原来是金融老师发的信。是不是成绩出来了？我赶快打开信，看完第一句就觉得大脑有点儿空白，以至于高鹏叫了我好几声我都没听见。信里说，金融考试成绩已经出来了，但是你看不见你的成绩，因为你的卷子跟马文的卷子有多处相似，我现在把他的卷子发给你，你看完以后再找我。

饭是完全没法吃了。高鹏走过来问我怎么了，我实话告诉他，让他管孩子，我拿着电话抱着电脑躲进房间。打开马文的文章，刚一看标题我就晕菜了，竟然跟我的标题一模一样，您是不是以为这是老师起的标题啊？！老师根本就没要求一定要有标题，是我自己觉得一篇文章应该有个标题才像样，所以就编了一个。最要命的还不是这个，而是标题中"summary"这个词我拼错了，写成了"summery"，他的也这样错了，我一直觉得新加坡人的母语是英语……再往下看，很多句子都似曾相识，多数都是改写原文提供的信息，问题是既然是改写，也不能改得都这么一致啊。看到最后我都要吐血了，我的结论列了三条，他的也是三条，而且每条的内容都很相似。看完整个文章，我第一个反应就是用不用这么笨啊，活到三十多岁，难道连抄个作业都不会吗？我一直觉得当别人要看你作业的时候，都会主动说一句你放心我肯定不会抄你的，比如丹尼尔、史蒂夫、阿尔多。毕竟，这些都是不言自明的事情。如果你对对方说千万别照抄，这种话简直就是对对方智商和情商的侮辱。所以，那天当我把我的考卷发给马文的时候，什么都没说，我怕显得过于婆婆妈妈，因为连我自己都受不了。可是就算很忙，没有时间考试，抄袭也是有底线、有基本规则的啊！

就在我坐在床上对着电脑发呆的时候，电话亮了起来，是一个不认识的号码，这个时候，不是马文还能是谁呢？接起电话，马文说收到了金融老师的信，问我收到没有，我说收到了。他说你放心，所有责任都由我一个人承担，实在不行我就直接退学，绝对不会连累你。我说你退学也没用，你说一个人承担也承担不了，这种事儿，只要被逮着，俩人就都脱不了干系。退学？第一个学期这么费劲，好不容易念下来了，只为了这么件事儿就退学，就这样轻易放弃吗？既然事已至此，那就扛吧，该怎么办就怎么办，该怎么挨罚就怎么挨罚。我都认了，愿赌服输，我无话可说。马文可能觉得我的态度很坚决，跟我说一切我做主，我怎么说就怎么办。我说先给老太太回信吧，既然决定扛，就只能死不认账了。

挂了电话，我开始给老太太回信，主要强调的是我们俩卷子不一样的地方，比如计算部分，这部分我没跟他一起做，所以数字是不一样的；再比如文章中引用了很多试题文章的句子，所以不光是我们俩，所有人都应该是大同小异的，因为那是我们手里仅有的全部信息。虽然这种狡辩非常无力，但是我也没有别的选择。跟老太太服软？我实在不确定服软的结果，而且从这几个月以来我跟她之间的这种感觉来看，还真是跟她说不出什么请求的话。再说马文，这种时候如果把他踢开不管，他肯定就只有退学一条路了。如果这么做了，即使最后自己没事儿，他退学了，这个结果给我心理上带来的不安恐怕要更甚于死扛到底。这就是名副其实的"常在河边走，哪儿有不湿鞋"的道理。我以前把作业给丹尼尔，给史蒂夫，给阿尔多，他们的母语是英语，分分钟就可以把语言改得面目全非，而且一般不会把我的想法和建议也照抄过去，仅仅是参考一下。还有几次，丹尼尔为了表示平等和好意，主动把他的作业发给我。我只看过头两次，后来就再也没打开过，因为他的语言太花哨，很多意思我根本就看不太懂。马文的中文无论是听说读写都与一般中国人无异，难道是在中国待那么多年，母语都换了？

我将信发出去，又发了一会儿呆。其实我最担心的，是因为这件事被学校开除。我完全没有马文那么潇洒，想上就上，想退就退。这个学，对他来说是锦上添花，对我来说却是雪中送炭，是救命稻草。自己费了那么大劲，挣扎了那么多年，好不容易才得到，它对于我的意义比一般人都更加重要。不要说对不起自己，谁也对不起。这些都抛开不谈，单是就这样被开除，也太丢人了。想着想着，忽然一激灵，赶快给马文发信，让他查一下他提交作业以后显示的百分比是多少。我突然意识到老太太为什么要"一不小心"删掉我的考卷，这完全是深思熟虑的结果。老师就可以随便删掉学生的考卷吗？删掉难道就不能复原吗？这明明就是给我下套儿呢。我又登上校园网，去查重新提交作业以后的百分比，那天光顾着着急了，都忘了这个茬儿，一看，100%，顿时明白了这一切是什么意思。老太太觉得15%摆在那儿看起来很不顺眼，为了更加顺利、理由更加充分地把我给办了，所以让我重新提交一次。我第二次上传的时候已经过了交卷的时间，所有人的卷子都在里面，要是得不了100%才不正常。正在琢磨着，马文回信了，他的百分比是95%，跟阿尔多相近，看来卡着点儿交卷的差不多都是这个数。好，现在这个数字很理想，老太太也可以认为我抄了全班所有人的卷子。可不是吗？白纸黑字，我名字后面写着100%。

眼看第二学期马上就要开始，三门课：市场化战略和创业计划、新企业创建、产品开发和生产管理。书本、日程和作业已经发下来好几天了，翻都还没翻一下。三门课全都留了作业，还挺多，根本没有让人喘息的机会。其中一门是看四篇文章，然后回答八个问题。另外两门课，每门要求看一本书。本来以为考试完毕就意味着第一学期总算活下来了，可是对别人来说是活下来了，对我来说却是生不如死，而且根本不知道这件事什么时候才能结束。两个班的学生在这不到四个月的时间里，大家相继退学，最早退的是开学第一周，最晚退的是期末考试前。退学的原因主要是与自己的兴趣或方向不相符，还有的是上不下去了。有一个光头老美在技术转化为财富那门课的老师那儿找到了一个新工作，去得州农工大学商学院搞研究。行了，学也上不了了，搬家去咯！都找到称心的工作了还上什么学啊，没准儿毕业了还找不到这么满意的工作呢！找工作就跟找对象似的，也都是缘分。

老太太回信了，说现在已经收到你们俩的回信，都不承认抄了对方的考卷，按照程序，需要报到学校处理了。对于我在信中提到的第一次得到的15%，她解释为这个15%只能说明你交的早，而不说明其他任何问题，并且再次强调自己删掉我的卷子是"一不小心"。她说现在她那儿也不是讲理的地方，有什么话直接去跟学生处说好了，他们会联系我的。此时，马文不得不提前结束行程，跟客户的副总道歉，跟自己的老板道歉，从上海赶回奥斯汀。

第二学期第一周也是集中上课，每天早上八点到晚上六点，中午穿插讲座，不过与第一学期开学集中的一周不同，这回不用在学校住了。我早就在办公室把假请好，请假的时候本来还打算踏踏实实在学校待一个星期，好好享受一下校园生活的，没想到现在这么不踏实。

新的学期、新的小组、新的班级，连教室都变了。我们原来的教室在装修，这星期临时用一下多功能厅。这个房间是商学院的脸面，装潢没有多么豪华，但是雅致考究，一面墙的落地玻璃窗，窗外是奥斯汀永远湛蓝的天空和娇艳怒放的百日红。这种桃红色的花朵很适合奥斯汀的气候，即使烈日炎炎，它们依旧可以在枝头繁茂地怒放，而且花期很长，正像它的名字，能够持续绽放好几个月。每次商学院各专业的招生信息发布会都在这儿举行，我报MBA前还来听过一次，仅仅不到一年，当时的心境却与现在天壤之别。

丹尼尔从费城飞来了，待一个星期。再见丹尼尔，陌生要多于熟悉，这中间夹杂着太多的感触。我们还是会客气地打招呼，还是会礼节性地拥抱，但是觉得比几个月前初见时更加陌生。他看上去瘦了很多，有些病态的瘦，腿细得已经与他的身材有些不太成比例。我问他是不是瘦了很多，他说你不知道啊？我前一阵儿得了抑郁症，刚刚开始见好。真难想象，这样潇洒的人也会得抑郁症。

凯瑟琳把两个班的所有组都打乱，重新组合了一下。克里斯的将军组去了另外一个班，希腊光头欧狄斯的组调到我们班。其实我很希望丹尼尔、史蒂夫、艾米和本来就跟艾米一个组的杰瑞和马克去另一个班，可是恰恰没有。虽然不能说尴尬，但是同在一个班上课，低头不见抬头见的多少会有那么点儿异样的感觉。不过后来的事情证明，还是在同一个班比较好。

我们的新组也正式亮相，再见凯文和阿尔多，忽然涌现出一种老友再次相聚的感慨和感动。纳薇塔终于如愿以偿地离开了那个让她一天都不想再待下去的组，她看起来更加快乐，也更加美丽了。看着她与阿尔多亲切地拥抱、热闹地贫嘴，我在想，她永远都不会知道，阿尔多与我之间关于她的对话。又高又壮、走近时仿佛一座山压过来的黑人詹姆斯，也终于因为纳薇塔而正式加入我们组。还有马文，虽然当时隔着太平洋，这几天我们之间的对话已经太多，好像该说的、能说的，已经全都说完了，以至于再见面时都不知道还能再说点儿什么。人熟悉到一定程度就不用老没话找话说了吧？想起这件组里其他人都不知道、可能永远也不会知道的事儿。我突然觉得很疲倦。

## 02　新学期开始，丹尼尔碰壁

新企业创建的老师是位有点儿冷峻的资深帅哥，开学第一周参加商业计划大赛决赛那天，我就见过他，印象特别深。他的头衔一大把，比如得州大学奥斯汀分校商学院管理系委员，全球穆特公司大赛总监兼评委等。他是一位活跃的天使投资人、若干新创企业董事会成员，并与多家风投公司保持密切合作，曾为四十多家公司的并购担任顾问，协助推出的新产品超过一百种。他的足迹不限于商场，还涉足多国的政府事务，为经济发展和国有企业发展提供指导，包括智利、印度、哥斯达黎加、马来西亚、新西兰和泰国等。他还有若干专著，其中一本名为 If you build it, will they come?（《如果你创造了机会，他们会来吗？》）也是这门课的教材，主要讲述如何通过三个步骤测试并验证市场机会。这本书的语言简单易懂，实用性强，说是教科书其实并不太确切，只不过是他把这本书拿到这门课上用而已。书中解释了为什么有高达65%的新产品会失败，很大程度上问题出在市场验证这个环节，而那成功的35%中也有一部分是没有进行充分的市场验证的，它们的成功属于瞎猫碰着死耗子。他形象地把成功的市场验证这个过程比喻为"准备、瞄准、开火"，而把没有经过充分市场验证就直接推向市场的过程比喻为"准备、开火、开火、开火、瞄准"。这让我想起十一年前，有一次，我跟朋友在翠宫饭店地下一层打乒乓球，我的球技被评为"打哪儿指哪儿"，而不是"指哪儿打哪儿"。

第一节课，老师首先明确了一下他这门课的规矩，并没有说不许迟到，而是说迟到的同学要给大家唱一首歌。这句话一出，引起一片笑声。这招不仅能让大家注意自己千万不要迟到，而且非常盼望着每节课都有人迟到。他每次留的作业都是看两篇商业计划，有前几届学生的，也有校外的；有好的，也有不太完美的。看完以后，挑选一篇按照他发下来的一个标准进行分析。标准中列出了他希望看到的各种分析角度，有十二三项，回答你会不会为这个项目投资以及原因。另外，每节课上还会讨论这两个项目，每个人都要用一句话回答自己是否会投资，并说明理由，卡壳了不行，啰唆了也不行，他会把你给打断，让下一个人说。发言计分，分三档，1分、2分和3分，发言次数越多、内容越多、质量越高，分数就会越高，最后会计入这门课的总分。而且不仅是这门课，从这学期开始，所有课的课上发言都要算分的，这让从小学到大学从来都非常惧怕课上发言的我开始紧张。对于这个环节的发言，他建议大家尽量先发言，因为全班好几十个人，大家投资或者不投资的理由很可能相同，如果前面有人回答，后面就不能再说了，得换一个，所以每个人还都得多准备几个理由，以防万一。这老师怎么这么多乱七八糟的怪招呢？这招可以轻松地从根本上保证了所有人都会一起举手踊跃发言，点谁发言的主动权便掌握在他的手里，这种感觉一定很好。

开场白完毕，开始第一次课的主要内容：每个组上去介绍自己的项目，而且必须禁得住他唯一的一个问题：So what?（那又怎么样？）因为每样新产品的产生都是要解决一个或者多个问题的，也就是帅哥总挂在口头的"Pain"（痛处）。通常情况下，只有可以解决人们某方面"痛苦"的新技术或者新产品才能被市场所接受，如果做不到这一点，即使技术再先进，产品再吸引人，也是白搭。如果连你的产品能够解决什么问题都答不上来的话，那基本上就是没戏。这种发言都提前有要求，可以派代表上台发言，组里每个人都必须参加。这次是可以派代表的，我们已经事先商量好，用橄榄球运动员脖套那个项目，虽然发明人不让我们插手，但是仅仅作为作业，在自己班上发个言总是可以的。之所以选这个项目，是因为相对水处理的技术要容易得多，简单易懂，也好回答问题；而相对另一个医用膝盖康复治疗架，我们对于脖套掌握的资料更全面，加上我们组有一个橄榄球运动员，更希望能够充分发挥这一优势。我们商量好让凯文去介绍，不仅因为他是橄榄球运动员，还因为他对整个项目的来龙去脉都最熟悉，三个新成员都不了解这个产品，加上凯文也喜欢上台发言，这样的安排皆大欢喜。

发言顺序是小秘安排好的，我们排第二，之后是史蒂夫和丹尼尔他们组。首先发言的是日本姑娘那一组，是他们从上学期一开始就一直在做的一个项目。虽然已经下了结论：不会继续，可是在找到更加合适的新产品前，也只能先用着这个，因为资料全，各方面情况都比较熟悉。他们介绍的是一种类似验孕试纸的项目，可以检测出多种性病的试纸，其实从上学期开始，大家在技术转化为财富那门课上已经听过不少次每个组的新产品了，只不过对帅哥来说都是第一次。他们这种试纸主要针对的是不想去医院，又怀疑自己患有性病的人群。此外，还有那些去医院不方便的人。帅哥坐在旁边一个类似吧台椅的高椅上，一条腿蹬在椅子腿的横梁上，一条腿踩在地上，双手抱在胸前，眉头紧锁，听得非常专注。他时而提问，有时候还真让人觉得有点儿紧张，好在他们组顺利过关。该我们了，幻灯片是我做的，很容易，只是把上学期已经做好的文件按照帅哥的要求编辑一下就行了。我事先问过凯文要不要我上去帮他一下，他说没关系，他一个人能搞定。事实证明，他是个非常靠谱的人，只要把全部的担子都压在他肩上，再送上全部的信任和希望，他就会承担起一切。看得出来，无论是介绍环节还是各种突袭的刁钻问题，帅哥对凯文的表现都青睐有加。只是，对凯文青睐有加的不止帅哥，还有别人。

　　凯文抱着笔记本从台上走下来，仿佛英勇的战士带着自豪的微笑凯旋。我们向他竖起大拇指，小伙子，好样儿的。重新坐定，丹尼尔和史蒂夫已经在讲台上把电脑连好，等待帅哥示意开始。看来，他俩加入艾米组以后，并没有继续做那一组已有的项目，否则不会只有他俩上台。帅哥示意开始，丹尼尔首先发言："我们想要介绍的是一个全新的网站，全世界所有人都会在这个网站注册，把自己的基本信息输入在内……"虽然开学几个月来，我的神经已经被各种乱七八糟的事情锻炼得一天比一天强悍，可是当我听到这个开场白时还是有点儿惊着了。几乎是同时，我听到了凯文和阿尔多控制不住地"扑哧"两声笑，引得好几个人往我们这边看。他俩仿佛突然发现了什么惊天的秘密，尤其是凯文，他刚从台上走下来，大脑还处在非常兴奋的状态。根本不用互相对词儿，我敢肯定，那一刻，我们仨一定同时彻底明白了丹尼尔和史蒂夫离开我们的根本原因。"有人邀请"只是个幌子，根本原因是丹尼尔一直惦记着他那个全世界人民拿号的网站。我以为那件事早就不了了之了，早就翻篇儿了，看来这个主意在他的心中从来未泯灭，甚至因为有人不看好、有人反对而愈发的莺飞草长了。

　　听了没几句，就在丹尼尔的劲头儿渐强，还没轮到史蒂夫说话的时候，帅哥突然打断他，声音洪亮而凌厉，就俩字儿："So what？"意思是你建了这么个网站又怎么样？丹尼尔稍微有些诧异，他可能没想到帅哥在这么早的时候就开始这样单刀直入地打断他，甚至稍微显得有些不太礼貌。丹尼尔稍微顿了一下，说："建这个网站，让大家来注册。"帅哥又蹦出俩字儿："So what？"（注册了又怎么样？）丹尼尔回答："这样大家就可以把他们的各种信息输入进去，成为一个无比庞大的数据库。"今天是帅哥的第一次课，他俩以前不认识呀……帅哥继续他的两字箴言："So what？"（好多信息又怎么样？数据库又怎么样？庞不庞大又怎么样？？）这时候的丹尼尔已经完全不是上台时的满面春风了，他明显有些慌乱，说话也开始结巴。这是我从来没有见过的丹尼尔，几个月以来，他从来都是以所向披靡、战无不胜的姿态示人的。这时的教室，空气有些紧张，场面有些僵，已经不太像一个教室。不要说丹尼尔和史蒂夫，我都想出溜到椅子下面去，虽然我完全可以以看热闹的心态在下面尽情欣赏，就像此时此刻我旁边那二位看得津津有味、饶有兴致的小伙子。我觉得稍微有点儿过了，还是有些不忍心看到他俩在台上陷入这样的尴尬，尤其是史蒂夫。

就这样，帅哥的头一节课，丹尼尔和史蒂夫的演讲以没有结果而结束。我感觉，起初帅哥发问、丹尼尔接话时，双方都是本着就事论事的态度而进行的，完全对事不对人。但是随着你一言我一语地展开，一股渐渐浓烈的火药味儿烟雾般地开始升腾，弥漫在两个人的对话中间。到了最后，丹尼尔几乎每说一句话，帅哥就给他顶回去一句话，因为丹尼尔的想法实在禁不住帅哥那唯一简单的问题。我敢肯定，这是身为风投公司合伙人、经常参加各种项目评估的丹尼尔从来没有经历过的诘难。本就瘦得只剩下一把骨头的丹尼尔站在台上，仿佛变得更瘦弱了，很无助。整个过程，史蒂夫还没有机会说一个字就被结束了，真不知道应该算是一件好事还是坏事。每个组发言的时间都是有限制的，就这样，帅哥结束了他们组的演讲，宣布休息15分钟，之后继续。纳薇塔问我要不要去洗手间，我说你先去吧，我一会儿去找你。我没有马上起身，看着丹尼尔和史蒂夫在讲台上一边拔线、收拾电脑，一边说着什么，情绪不高，时而无奈地摇头，又必须得控制着。我想了一下，觉得这个时候还是绕着点儿走比较好，因为好像说什么都不太合适。

我跟纳薇塔一起到后院，从树叶间隙透过的阳光明晃晃的，在屋里闷得久了，有点儿睁不开眼睛。老远看见凯文和阿尔多站在灌木丛边聊天，虽然他们并没有什么动作，但是我看出了他们就是在手舞足蹈，根本不用问他们在说什么。看见我们出来了，阿尔多朝我们这边挥手，生怕少一个人、晚一秒钟分享他们充满了幸灾乐祸的喜悦。年轻人，用不用这么直白啊？！走过去，再次夸奖凯文刚才的表现，他攥着拳头在空中顿了一下，很满足又有些羞涩地笑着。我注意到此时的后院有些安静，缺了点儿以往课间的热闹，仔细一想，是艾米没有出来抽烟，不知道跟刚才的发言有没有关系。

看了看表，还差四分钟上课，赶紧拽着纳薇塔往教室跑，我俩都不想给大家献歌。阿尔多手里的烟还剩一小截，留在原地嘲笑我们慌张的样子。演讲继续，希腊光头和他的搭档上场，不仅是帅哥第一次听他们的产品，我们也都是第一次。他们介绍的是一项能够节省大量资金、时间和工作的与石油勘探相关的技术。欧荻斯虽然说话有些口音，但是非常流利，声音洪亮，自信十足。他的搭档斯考特是个美国人，杨百翰大学毕业，摩门教徒，看上去忠厚老实，平时话也不多，与欧荻斯形成鲜明对比。他俩的搭配相得益彰，非常完美，看来底下真没少下功夫。

台上走马灯似地换人，听得我都有点儿困了，阿尔多突然用胳膊肘撞了我一下，让我看台上。是另一个班来的一个组正在发言，问他怎么了。阿尔多面前放着一张纸，那是凯瑟琳发下来的这学期的新组名单。他在丹尼尔新组成员一栏里圈了一个名字，又指了指大屏幕，那上面是所有远程的同学。我看了看屏幕，突然发现屏幕上正在发言的这个人应该是艾米那组的呀！他老是远程，以至于我根本就忘了还有这么一个人。这是什么情况？他怎么跟现在这个组发言呢？扭头看看阿尔多，他笑着冲我不怀好意地挤了挤眼睛，我好像有点儿明白了，不知道这位同学突然换组是不是因为对丹尼尔带来的新想法不满才被迫走的。咱惹不起还躲不起吗？！

中午的讲座由商学院专门负责简历的老师主持。她四十来岁，身材小巧。果然，她介绍自己原籍是阿尔巴尼亚，工作以后才来的美国，先后在多家知名企业的经济和人力资源部门工作，两年前才到现在的岗位。她说已经看了大概一半同学交上去的简历，按照商学院的简历标准，很多地方需要改正，她会把改好的简历陆续发下来，然后讲了一下具体的格式和内容要求，什么不该写，什么一定要写，用哪些动词，什么时态等等，事无巨细。最突出的一个印象就是在写自己的工作经历时，一定要列出各种数字，因为数字很直观，很说明问题。另外，篇幅要控制在一页，人力资源本来就不会一个字一个字仔细看的，长了更不会仔细看了，所以得突出重点。我觉得母语不是英语，却能给多数母语是英语的人改简历是件挺了不起的事儿，就像此时此刻，这位母语是阿尔巴尼亚语的老师正在非常自信地给多数母语是英语的人开讲座，教他们动词和时态，让我这个就算是学习语言出身的人也很是羡慕。

讲座结束，离下午上课还有四十多分钟，跟纳薇塔去校园里溜达。8月下旬的奥斯汀，虽然阳光依然灼热，但是终究已接近夏末，起码心理上感觉会有些盼头儿。我们俩被各种行色匆匆的年轻人超过，这样懒散地在校园里漫无目的的走一走，感觉真好。我们在一片被树荫完全覆盖的小空场坐下，围着石凳坐成了一个圈，开小组会可能挺不错。我拿出手机，本想看看时间，却看到了凯瑟琳发来的一封信，标题是金融考试，心里不由得一紧。马上打开，凯瑟琳说已经接到了金融老师的通知，事情已经进入正式程序，然后就给我解释了一下整个过程会是什么样。首先，我会被学生处的老师请去"喝茶"，然后会根据表现发"一审"结果：如果对这个结果不满意，还可以上诉，申请"复议"；如果还是不满意，接下来就是听证。我觉得这个程序好熟悉，在难民署审那些前来寻求庇护的人时也基本就是这个路子，只是没有听证，复议结果就是最后结果。只是，只有很少一部分人才符合难民资格，多数都是被拒，即使原则上可以申请复议，能翻案的更是凤毛麟角。在学生处受理期间，我可以向一个叫作Ombud的办公室求助和咨询，查了字典才知道这个词是"监察办公室"的意思，这是一个与学校没有任何关系且完全独立的第三方机构，所有信息均严格保密，不会向任何人透露，并且给了我他们的联系方式。结尾，凯瑟琳还说，这件事只有天知、地知、你知、我知、金融老太知、马文知、学生处知，此外不会有任何人知道。

看我盯着手机半天不说话，纳薇塔问我怎么了，抬头看着这个无话不谈、关系最铁的姐们儿。她今天走的是帅气加性感路线，得州牛仔扮相，棕色和红色相间的格子衬衣、牛仔热裤，脚上蹬着一双棕黄色的牛仔短靴，大红嘴唇。要是让我妈看见了，估计问，姑娘啊，你到底是想暖和还是凉快啊？我突然觉得此时此刻，我特别需要把这件事痛痛快快地全都说出来，没有任何顾虑，也不用怕丢人地全都倒出来，而纳薇塔就是最合适的听众。多日以来憋在心里的事情倾泻而出，终于找到了一个可以和盘托出的机会，好痛快。

可是，我倒是痛快了，刚才还是满面春风的纳薇塔，脸上的表情变得越来越凝重。听完整个过程，她呼了一口气，很无奈地说了一声："马文。"如此场景，如此表情，一下子让我想起了《欲望都市》电影中四个人一起吃早饭时，当米兰达告诉三个闺密她老公Steve与别人一夜情并请求她的原谅时，夏洛特也是以同样的表情和语气叫了一声："Steve。"纳薇塔问我最坏的结果会是什么，我说目前来看应该不至于开除。她立刻说，如果你被开了，我也不上了。虽然这不会是真的，但我还是觉得有些莫名的感动。我说最坏的结果应该是重修老太太这门课，能看出来，纳薇塔也松了一口气。她恢复了平日的灿烂，轻松地对我说："重修就重修，so what？！多上几次课而已，没什么大不了的。"同样是"so what"，却与刚才课上的"so what"含义有天壤之别，并且立刻对我起了作用，我也突然觉得轻松了很多，没错，不就是重修吗？So what？！既然事已至此，我也没必要整天拿这件事来折磨自己，自己闯的祸，自己来承担，没有什么过不去的坎儿。

## 03 被误解的"中国制造";一波刚平,一波又起

下午的市场化战略和创业计划老师是一位四十来岁的女老师,很瘦,很利索,充满了温文尔雅的大家闺秀气质。她穿了一条无论款式还是颜色都完全中规中矩的合身连衣裙,裙子刚刚过膝,没有任何装饰的中等高度的高跟鞋,戴手表,只需再加上一顶礼帽,就活脱儿一个美国二三十年代黑白电影里的经典女主角。她从本科到博士一直都在斯坦福大学,毕业后曾在"四大"之一工作多年,之后开始教书生涯。她的嗓音很细,偶尔还稍微有些发颤,仿佛我们是她的第一拨学生。她讲课的风格稍微有些死板,学术气息很浓,不像市场营销的老太太那么热闹,也不像新企业创建的帅哥那般潇洒,她只是静静地往那儿一站,女高音独唱一般,半天不动地方。

从本科到博士一直都在清华大学读的学生有个特殊的名号:三清。那么,让我们暂且把这位女老师称为"三斯老师"好了。三斯老师的课前作业其中有一篇文章,介绍浏阳的烟花爆竹生产和市场,文章后面列了几个问题,比如用波特五力分析模型评估中国烟花爆竹行业;烟花爆竹是夕阳产业还是值得进行长远打算的行业;如果决定对其进行投资,如何成功、有何建议等等,供课上讨论。为了配合这个讨论,老师首先放了一段视频,背景音乐是凄婉的笛子独奏,第一个镜头是淅淅沥沥的阴雨中,一个身着深灰色棉布衣裳的背影,推着一辆独轮小车走在灰蒙蒙的山间小路上,弯弯曲曲,一路向前,一直推到一间低矮破旧的小平房外。推门进去,里面有一个人,面前的桌子上凌乱地堆放着各种工具和材料,他们正在制作爆竹……我丝毫不怀疑这个片子的真实性,因为这个行业的门槛相对较低,所以这种小作坊式的生产厂家肯定很多,但是拿到地球另一端的课堂上给一群绝大多数并不了解中国的人看,他们很容易就会认为这就是"中国"和"中国制造"。不知道这算不算是一种断章取义?

接下来是讨论环节,一个同学首先发言,举了一个有关产品质量的例子,说他

有一次在沃尔玛买了一把钳子，然后强调是"中国制造"，好像紧接着说这把钳子的质量不尽如人意简直就是理所应当的，之后他说的什么我就没太注意听了，因为我开始想怎么来描述这个"中国制造"。我觉得现在很多美国人把"中国制造"作为质量低劣的代名词很不客观，他买到了质量不满意的钳子，或许不是因为这把钳子是中国制造的，而是因为他是在沃尔玛买的。沃尔玛是以大而全和价格低廉而取胜的超市，强调的是性价比，并非高质量。你贪了便宜，就比较容易得到这个结果，然后就去赖中国。为什么有那么多人会觉得"中国制造"的东西质量不好，那是因为美国贪爱便宜的人太多，基数大，所以抱怨就多。我想起《欲望都市》里凯瑞出书前在出版社的办公室与编辑商量她将以什么形象出现在封面上的一幕，编辑建议暴露得多点儿，走性感路线，因为"Sex sales！"在这里是"Cheap sales"。与"中国制造"形成强烈对比的是"意大利制造"，不去商店和网上好好逛一逛，就永远想象不出美国对于"意大利制造"是有多么崇拜，以至于某些轻奢女装和服饰品牌的官网上，只要是意大利生产，就会标明"Made in Italy"（意大利制造），而对"中国制造"一律注明"Imported（进口）"。美国离不开中国制造，却又羞于承认。

　　等"中国制造"同学一闭嘴，我马上举了手，三斯老师示意我可以说了。另外，我也举了一个例子，我说没错，沃尔玛确实绝大多数商品都是中国制造的，但是Neiman Marcus（尼曼，美国奢饰品百货商店）的东西很多也都是中国制造，你们知道吗？去沃尔玛消费的人要远远超过去Neiman Marcus消费的人。说到这儿，阿尔多突然笑了一声，我被他笑得顿了一下，接着说，同样都是中国制造，那差别在哪儿呢？差别不是在"中国"，而是在沃尔玛和Neiman Marcus，你对于质量是个什么标准和要求，肯为这个质量出多少钱，我就按照你的标准和要求给你生产什么质量的东西。所以，同样是"中国制造"，既可以进沃尔玛，也可以进Neiman Marcus。去Neiman Marcus买钳子吧！

　　我说完以后，暂时没人举手，三斯老师说先休息15分钟吧。我第一件事就是给了阿尔多一下，我说你刚才笑什么笑啊？！他笑着说没什么，挺好。小样儿，就你，还好意思有一半中国血统呢！一起走到后院放风，阿尔多刚刚点上一根烟，凯文几乎是一溜小跑儿过来，有点儿乐不可支。也不知道他遇到了什么开心的事儿，他平时很少喜形于色。凯文兴奋地说,刚才丹尼尔找到他,拉他去他们组,并许诺日后要是成立了公司,给他5%的股份。我和阿尔多都觉得很意外,这个丹尼尔,都被帅哥损成那样儿了,还真是精神可嘉。凯文说开始以为他说着玩儿呢,也跟他打哈哈,后来说着说着发现丹尼尔并不是开玩笑,说他们组刚走一个人,就是远程那个,他说跟凯文合作也不是一天两天了,很欣赏凯文演讲和做财务表的能力,他们组现在恰恰缺这样一个人,要是凯文能入伙的话,他们组就完美了。凯文说完,我心里"咯噔"一下,还真有点儿犯嘀咕。论各方面的能力,凯文绝对没话说,如果他走了,我们组还真是损失惨重,剩下的有一个算一个全都顶不上。我问凯文你会去吗?他摇了摇头,说放心吧,我绝对不会离开的,只是觉得丹尼尔这人很好笑,怎么第一学期相处了好几个月竟然没发现呢?!反正闲着也是闲着,逗闷子呗!我这才算踏实了。

今天,三斯老师课堂上的最后一个内容是做游戏。她带来一套名叫"Tinkertoy"的结构玩具,各种木块和塑料条,可以插在一起,比赛哪个组在一分钟内搭的最高,方法不限,开始之前,可以商量一分钟。我们组的设计主力是凯文,本来搭得很顺利,我们有俩大个儿,也不用站在椅子上扶着,结果因为中间一个环节出了问题,刚一撒手就倒了,前功尽弃。丹尼尔他们组本来五个人,走了一个还剩四个,他们采取了先在地上搭,差不多了才扶起来的创新型方法,不过也因为基础不牢而瞬间倒塌,最后的获胜者倒是一组开始看着不起眼,但是一路稳扎稳打,最后撒手半天也岿然不动。所以说,玩个玩具也是要有战略的,而且往往开始想的挺好,但是干着干着就不是那么回事儿了,越是冒进,最后死得就越惨,你都想不到问题会出在哪个环节。

放学后,我跟纳薇塔一起拼车走。路上她问我觉得帅哥怎么样,我说不错,我认识的所有男士里综合排名前三。她也觉得不错,是她的菜,就是老了点儿,要是年轻十岁就好了。帅哥第一节课自我介绍的时候专门说过自己经历过的挫折和失败,商场上的那些就不提了,对我这么八卦的人来说,记得最清楚的一个就是他说自己婚姻失败,一个就是他曾经得过癌症。我当时感觉能把这么隐私的事情拿到课堂上说,也不是人人都能做得到的。纳薇塔说看了他在脸书上的相册,一儿一女已经成人,他目前应该是自己一个人过。我说怎么着,有想法吧?遗憾吧?纳薇塔笑而不语,我也转过头继续开车。其实很多时候并不需要说什么,也不需要真的发生点儿什么,心存好感本来就是一件非常美妙的事情。

　　眼看这周已经过半，我还没收到学生处的召唤。翻出凯瑟琳的信，看了看里面提到的监察办公室，我决定利用一下这个福利，反正闲着也是闲着，交了那么多学费，得好好利用一下各种资源。趁着午休的时候，我在后院找了个没人的角落，按照信里的电话拨了过去，一个听上去五十岁上下的女声接起电话，声音舒缓和蔼，很有亲和力。我先介绍了一下上学期金融考试的情况，我什么时候交的卷，什么时候收到老师让我重新提交考卷的信，以及前后两个不同的百分比，我问她是否听说过老师"不小心"删掉学生考卷的事情，回答没有，她也觉得有点儿奇怪，并表示很同情我的遭遇。对于这种机构，名义上是独立于学校，但也正是因为独立于学校，我觉得也不会有什么实际的权力，更多的作用只是显示公允并且提供一种心理安慰罢了。我对她花时间听我说自己的事表示感谢，她也祝我能够圆满地解决这件事。这样不疼不痒的结果是我打电话之前就已经预料到的，就当是学生处请喝茶前的一次彩排好了。挂上电话，还有三分钟上课，下午还是三斯老师的课。

　　走进教室，发现凯文和阿尔多正在座位上一边嘀嘀咕咕一边笑，好像不是什么好事，我问他俩又有什么好事儿，凯文说丹尼尔给他的股份又涨啦！现在已经8%了，"哎哟，"我作吃惊状，"恭喜恭喜，你真幸运！再抻抻，还得涨！"凯文点头，然后大家一起欢乐。

　　自从欧荻斯来到我们班，他们组总是坐在正对老师的第三排，跟我们组隔一个过道。他很喜欢在课间的时候四处搭讪，尤其喜欢逗纳薇塔。纳薇塔对这种耍贫嘴的搭讪方式很是受用，见招拆招，风情万种。她今天穿了一条特别短的裙子，因为她开车，所以直到到达学校下车的时候我才注意到。她问我是不是太短了，我认真地看了看，说："好像是不太长。"她说她姥姥来了，住在她那儿，临走的时候还专门问过姥姥，姥姥说好，这才放心地走了。看来，这伊朗妇女也不是都必须得浑身裹得像个粽子，缺的只是合适的土壤。我说，你姥姥的话也能信啊，在女性长辈的眼里，凡是年轻姑娘一律都是美得像花儿一样，没有丑的，没有胖的，根本就没有不好的。纳薇塔笑我太刻薄。

　　三斯老师虽然讲课稍显死板，颇有些照本宣科的风格，但是她高雅又有些羞涩的气质还是挺吸引我的。好几个老师在讲到台上演讲时都说过，能给观众留下印象的，演讲的内容只占很有限的一部分，而演讲人的肢体语言和自身气质更重要。反正我听课的时候老走神儿，有个秀色可餐的老师欣赏一下也是很不错的。纳薇塔突然杵了我一下，让我看后排隔了几个人的"中国制造"先生。他正在打盹儿，脑袋一顿一顿的，眼睛半睁半闭，煞白的小脸儿此时更加煞白。这个造型很好笑，我实在忍不住笑了出来，而且越想忍就越是忍不住，招得三斯老师看了我们好几眼。

　　接下来是课堂分组讨论，我跟纳薇塔依然沉浸在刚才的场景中笑个不停。我发现，其实一个人并不会觉得有多可笑的事儿，到了有人一起分享时就会变得特别可笑，要是再赶上周围环境不许笑，就会愈发觉得好笑。阿尔多问我俩笑什么，知道以后对我们无聊的行为表示了强烈的鄙视。大家正在一起开心，突然听到教室的另一个角落传来争论的声音，抬头一看，原来是丹尼尔他们组，声音不大，还没等听清说什么，就看到史蒂夫突然起身，一边往教室门那里走，一边轻轻地摇了摇头，表情严肃而无奈，然后在几乎所有人的注视下开门走了出去，那是一个强忍着愤怒的背影。

　　如果说这个突发事件对别人来说只是路人甲乙丙丁围观一下，打个酱油，看个热闹，对我们组来说可是不一般，这到底是个什么情况？发生了什么事情？我、阿尔多和凯文尤其想知道。三斯老师也注意到了这一切，低头看了看表，说先休息一下吧，15分钟以后回来再继续。

　　这个星期因为用"脸面"房间，茶歇的食物都放在天井旁边的一间教室里。我跟纳薇塔没有马上去吃东西，而是先去后院取暖。学生处的邮件就在这时出现在我的邮箱里，虽然早已有所准备，可看到时我心里还是稍微紧了一下。如果说之前都是猜测，那么现在终于是实打实的了。从小到大，我从来没有得到这么高规格的待遇，做梦也不会想到毕业都那么多年了，还得被学生处提一回，没准儿还不止一回。人生啊，这样一次又一次地完整究竟应该算是坏事儿还是坏事儿呢？

　　时间差不多了，跟纳薇塔去茶歇的教室，她只拿了一个橙子，我倒了杯咖啡。倒牛奶的时候，史蒂夫走了进来。这时，周围的人已经不多了，大家都差不多吃喝完毕，回教室准备上课了。纳薇塔看到史蒂夫进来，跟他打了个招呼，然后跟我说先回教室了，真有眼力见儿。

虽然我很想知道史蒂夫跟丹尼尔之间发生了什么，但我还是觉得不应该表现得那么露骨，在这种时刻，很有幸灾乐祸之嫌。可是，以我跟史蒂夫的关系，完全假装什么都没看见好像也很假，先跟他打个招呼再走着看吧。他看上去还好，虽然没有往常那么有兴致，但也不是完全不想说话的样子。他问我怎么样，还好吗？我说一般，不太好。对于这种标准问题却没有给出标准答案的情况还真是比较少，可是如果我给他标准答案，我们就极有可能会端着咖啡一起回教室了。

话说到这一步，史蒂夫就必须得问候一下我怎么不太好了。我说，你还记得金融考试那个百分比吧？他说当然记得，那天咱们不是一起下楼碰到老太太，已经解释清楚了吗？我说是，但是之后发生的事儿你还不知道。然后我就把老太太让我重新上传，之后得到一个100%的事儿告诉了史蒂夫。我说现在很麻烦，已经捅到学生处去了。对于这件事，我只告诉了他一部分，这部分是能说的真相，还有一部分真相是我还没有勇气告诉其他人的，尤其是在这件事还没有过去的时候。史蒂夫对我的遭遇表示同情，能看出来，他的态度已经比刚进来时缓和了很多，又恢复了一如既往的亲切。看来，"不幸的人需要的不是安慰，而是身边有一个更加不幸的人"非常有道理。

史蒂夫看了看手机上的时间，说已经上课二十分钟了，你要是不着急的话就再聊会儿，我说好。端着咖啡，我们找了俩椅子并排坐下，我不需要主动问，既然他先提出再聊会儿，就肯定有话要说。史蒂夫终于开口了："可能你们也看见了刚才的一幕，我跟丹尼尔之间出现了分歧。我这个人有个原则，不在背后说别人的坏话，今天还是不想违反这个原则，不过我这几天确实发现丹尼尔不太懂得尊重别人的意见和感情，完全一意孤行。""是因为那个网站吗？"我问。"不是，是他待人处世的方式，具体的还是不说了，我还是不太习惯……其实我一直都相信那个网站确实能干点儿什么，只是暂时还没想出来到底能干什么。"都到这时候了，都已经被帅哥在课上打得落花流水了，史蒂夫却还是维护着丹尼尔的那个网站，也不知道他是真的从心里相信，还是不想让自己的面子丢得那么彻底。"我已经决定离开丹尼尔的组了，刚刚通知了凯瑟琳，这一切都是刚刚发生的事情。"虽然我觉得可能有事儿，但没想到会这么严重。他说正在找新的组，让我不用为他担心。"作为军人，我们有一句话："永远不要离开你的团队。'"史蒂夫说，"但是我离开了，不仅离开了，而且还在短短几个星期内离开了两次。我最欠考虑的一件事就是那么轻易地离开了咱们组，这是我做的最草率的一个决定。"说完这句话，史蒂夫沉默了，我也不知道说什么好，我以为上回一起写作业，史蒂夫与我、阿尔多和凯文面对面说清楚那次，这件事就算翻篇儿了，可今天才算是真正的结束。可能说出这些话，史蒂夫也会觉得是一种完整的解释和解脱吧。我们就那样静静地坐着，直到纳薇塔恰到好处地走了进来。她真是该消失的时候消失，该出现的时候出现，完全不用说，可真懂事儿。纳薇塔的肩上背着自己的包，手里拎着我的包："今天提前下课了。"我跟史蒂夫起身，互相说了点儿客套话，都祝对方尽快走出困境，我接过纳薇塔手里的包，跟史蒂夫告别。走出后门的时候，突然发现搭在椅背上的一件衣服纳薇塔没有帮我收起来，让她等会儿，我回去取。进教室时，里面的人都走光了，只剩下欧荻斯和日本姑娘有说有笑，看到我进去，他俩稍微一怔，然后热情地与我打招呼。

我稍微觉得有点儿尴尬，虽然他们只是在说笑，我也不知道自己为什么会有那种感觉。我主动解释忘了东西，便走到座位上拿了衣服跟他们说了声再见就赶快跑了。纳薇塔正站在便道的树荫下等我，看我走过来，问我史蒂夫是不是跟丹尼尔吵架了。我说是，他们已经不在一个组了。纳薇塔突然站住，她吃惊时的样子也很可爱。她今天的车停在钟楼对面小马路的第一个车位，史上最好位置。刚系好安全带，纳薇塔让我看街对面，只见日本姑娘和欧荻斯钻进了同一辆车。我问那是谁的车？纳薇塔说，欧荻斯的。

回去的路上，纳薇塔问我觉得他俩有没有事儿。我说我哪儿知道啊，但是看起来关系确实挺好的。她说第一学期刚开学的时候，经常会在星期六下课以后跟其他几个专门过来上学的同学一起去吃饭，之后一般还会有第二场，去酒吧，其中就有日本姑娘和欧荻斯。纳薇塔天生性格随和，人缘儿好，又不会总是让男的掏钱，这几点都是日本姑娘比不上却又说不出的。这俩姑娘最大的不同之处不是钱多钱少，而是同是年轻的单身姑娘，一个总是上赶着往人身上贴，一个是爱慕者众多但是从来不乱，再吃饭、再求婚、再逛夜店、再怎么玩儿，始终与所有爱慕者保持应有的距离。后来，日本姑娘跟欧荻斯关系比较好后，她对纳薇塔态度的变化就更加明显，也不主动叫纳薇塔去吃饭了。纳薇塔有所察觉后，也自觉地不去掺和。干吗主动去给别人心里添堵呢？

学生处的信我还没有回。信是一个名叫阿曼达的人发的，给了我几个可以选择的时间，分别是一周后的周三早上8：00和周四上午10：00或者11：00。她说如果这几个时间都不合适，还可以再约。给她回了封信，选了周三早上8：00的，这样不会耽误太多上班的时间。信发出去很快收到阿曼达的回复，再次确认了一下时间和地点。

下午帅哥的课，有个美军迟到了，他一进门，全班所有人都异常兴奋，终于又有热闹可看了。帅哥微笑地看着推门而入的美军，什么话都不说，什么话也不需要说，来吧您哪！底下开始东一句西一句地喊歌名儿，敢情还带点歌的哪！美军大大方方地唱了一首同学点的歌，唱得不慌不忙、有板有眼的，让人怀疑他是不是喜欢唱歌，所以故意迟到的？

课间后院放风，马文也跟我们一起，往后院走的时候他问我跟学生处约了吗？我说刚发了信，约到下星期三，他说约了星期二的，比我早一天，他谈完会告诉我什么情况，我说好。虽说想起这事儿来就觉得挺闹心的，但是时间拖得长了，也就有点儿麻木了。

树荫下，阿尔多、凯文还有詹姆斯正站着聊天儿，两个山一样的人把阿尔多夹在中间。看到我、马文和纳薇塔，詹姆斯很夸张地叫我们过去，很有点儿街头说唱杂耍的黑人气质。眼看这周的课马上就要结束，需要商量一下以后每周小组会怎么开。鉴于我们六个人全都在奥斯汀，好像全班没有一个远程的组还真是不多，詹姆斯建议充分利用这个优势，每周小组会尽量开活的，这样开会更方便、讨论更透彻，还有利于加深同学们之间的感情。我心想，还有可能更有利于恶化同学之间的感情呢。不过，这么不利于团结的话再加上是新小组、新开始，我也仅仅是偷偷地想了一下。

说完开会的事儿，凯文问我们知道史蒂夫跟丹尼尔闹翻的事儿了吗？詹姆斯和马文做吃惊状，我说知道了，史蒂夫现在正在找新的组，也不知道找到没有。我问他们，要是他想回到咱们组怎么办？阿尔多笑了笑说肯定不会的，以史蒂夫的性格，这是起码的面子问题，马文和凯文也说肯定不会。虽然他们只是说史蒂夫自己不会回来，但是我觉得阿尔多和凯文的潜台词是：就算他回来，他们也不愿意要他了，颇有些破镜难以重圆的隔阂。其实那天跟史蒂夫谈完，我还真有了这么个念头，想了一下要不要主动问问他想不想重新回到我们组，不过我也不能自己想到就随便去说了，毕竟是一个组的事情，而且万一史蒂夫说想回可是大家不同意怎么办？现在明白了大家的意思，果不其然，那我也就不用去多事了。

正经事儿说完，开始东一句西一句地闲聊。马文说早上下楼等电梯，电梯门打开的时候，看到丹尼尔和日本姑娘在里面，丹尼尔从后面抱着日本姑娘，看到马文的时候才松开。这么八卦的消息却没有让阿尔多有任何反应，他说第一学期刚开学的时候，就是酒会那次，跟我和日本姑娘聊天的时候就看出来了。所以那次和那次以后，对这姑娘的眼神和挑逗都没有任何回应，一直尽量躲得远远的，直到她有了其他目标。看来，这开过酒吧的就是不一样。

## 04 办公室政治；学生处"喝茶"

一个星期的校园生活很快结束了，再回到办公室，突然发现还真有点儿想念大家，想念办公室的日子，好像离开了不止一个星期。就连平时跟菲莉兹下楼放风的时间都提前了不少，这一个星期对她来说可是有质的变化，她终于决定去卡尔加里投奔妹妹了，这就意味着跟乔分开，我从心里替她高兴。

二月份第一天上班，玫瑰小姐把我们介绍给其他同事时，就介绍过这样特殊的两个人：一个是身高两米零六的德国人汉斯，一个是穿上高跟鞋一米五的日本人直子小姐。碰巧，他俩的桌子还在同一个格子间里，背对背。这二位虽然身高悬殊，但性格有些相似——都不大爱搭理人。刚来的时候，易多多和杨娜就跟我说过，这个日本姑娘有些高傲，所以我在厨房或者洗手间遇到她时只是点下头，并不会多说别的。直到有一天早上，我在厨房弄咖啡，直子走进来，刷完杯子却并没有要走的意思，问我来多久了，我说快两个月。她问我喜不喜欢这个公司，我说挺喜欢的。她笑了笑说："你说谎。"后来就趁等咖啡的时候瞎聊，她问我来美国前做什么，我说在难民署搞难民保护，她睁大双眼，她的眼妆化得很完美。对于这样看我好像看一个异类的反应，我早已习惯，一般人在听到这个职业时，多多少少会有些类似的反应。也就是从那时起，我发现直子其实是个很爱说话的姑娘。

直子不仅眼妆化得好，脸上所有部位的妆化得都很好。作为一个土生土长的中国人，我还是觉得这种细腻内敛、毫不夸张的妆容要比欧美那种夸张突兀的浓墨重彩更加容易接受。不仅化妆，直子的衣着也很精致，虽然不高，也不算瘦，但是衣着得体，毫不夸张，看起来很舒服。直子二十七岁，前任老公是美国人，现任男友也是美国人。现任曾在日本待过几年，但是当时直子在美国。他俩在奥斯汀认识，已经相处两年多，还没有结婚的打算。直子的所有家人都在日本，她每年回去一次，想再过个几年就彻底搬回去。她的男朋友支持她回去，也不介意她一个人先回去，这样的想法听上去是完全尊重女方的意见，但是让直子非常抓狂。她经常会跑来跟我唠叨这些，问我她男朋友到底什么意思。我说既然这样，那你就顾自己吧，自己怎么想的就怎么做，怎么爽就怎么计划，根本不要管他。

直子给我的第一印象与其实际风格相去甚远，汉斯则一直都是表里如一的人。有时在厨房或者楼道遇到了，顶多就是跟我点个头，更多时候连看都不会看我一眼，视他人如空气般地走过去，可能因为他比较高，普通人都不能进入他的视野范围，只有办公室的几个头儿才能入他的法眼。不过，他也不是特别针对谁，更多的是一种习惯。他经常穿带有哈雷字样或图案的圆领背心或衬衣、牛仔裤、牛仔靴子，配上桀骜不驯的表情和神态，搞不清楚到底是牛仔还是马仔的气质。他也是未婚，有个女朋友，有一天我去洗手间，出后门的时候吓一跳，他坐在楼道的地上打电话。他这块头、这高度，往地上一坐，楼道几乎被他给拦上了。说是打电话，可是半天也不说话。后来，杨娜说她出门的时候也看到他坐在地上举着个电话，还擦眼泪。

德语组的规模曾经一度比法语组还要壮大，后来，随着一个项目的突然停止，德语组一下子锐减到三个人，除了汉斯和因为找到真爱而有仨后儿子的杰森，还有一个特别漂亮的德国姑娘。不久，德国姑娘怀孕，辞职回家，德语组就只剩下俩大老爷们儿了。不知道从什么时候开始，头儿们开会的时候，汉斯经常出现在会议室里，两只脚搭在桌子上，椅子向后仰着，腿还经常一顿一顿的，表情很拽、很慢地说话。那么大块头，也不怕哪天演砸了仰过去，每次我看到他这姿势时，都替那把椅子捏把汗。

只剩下汉斯和杰森两个人的德语组波澜不惊，和大家一起走过一天又一天的日子。直到有一天，是菲莉兹的生日，正好赶上一个周末，他们组一起为菲莉兹买了一个很像中式蛋糕的墨西哥蛋糕，放在厨房，给全办公室的人群发了一封信，通知大家去吃。杰森马上回了一封信，也是群发给大家，说自己的位子最好，因为离厨房最近，所以近水楼台先吃蛋糕。十分钟后，大婶儿也给全办公室群发了一封信，说杰森已经被公司开除，立刻生效，并且由副总亲自看着他收拾东西，关电脑然后送出办公室，可能怕他带走不该带走的东西。看完信，杨娜立刻出现在我旁边，问我这到底什么情况。我说，我也不知道啊，刚刚还开玩笑呢，几分钟以后就卷铺盖走人了？杨娜说你跟日本妞儿关系好，她可能知道为什么。直子给我的答案就俩字：政治。两天后的星期一，汉斯从直子背后搬走，大大方方地坐到了杰森的座位上，并且继续参加头儿们的会。再后来，又过了一阵子，汉斯也被开了，德语队伍彻底干净了，这恐怕就是对"不作死就不会死"的最好诠释。

老大给全班发了一封邮件，说手术做得很顺利，恢复也快，就快出院了。他和夫人一起感谢大家凑份子送给他的阅读器，说很喜欢，并且刚刚用这个阅读器看完一本书。这一阵儿我想来想去，觉得还是应该自己主动跟老大和凯瑟琳说一下我的事，对于金融老师随便删学生考卷然后设局一事，我觉得应该让他们知道一下。虽然跟事情的处理结果没有关系，我也确实把自己的卷子给了马文，但是一码归一码，这是两件事，现在老大就快出院了，应该也不算让他闹心。凯瑟琳作为我们的行政主管，我觉得也应该让她多了解一些金融老师不会告诉她的事，反正她已经都知道了，也不在乎再多知道一些。我给老大写了一封信，抄送给凯瑟琳，写完以后反复看了几遍，发完就差不多下班了，第二天早上就要见学生处，老大还没闹心，我倒是觉得有点儿闹心。

在厨房刷杯子的时候，碰上安德莉亚，问候了一下她和肚子里的小宝贝儿，她说一切都好。我说，你生孩子的时候谁来照顾你呀？她说谁也不来，她不会把孩子生在这儿。因为小辫儿男，也就是孩子的爸爸不会娶她。而且不但不会娶她，他俩已经没在一起了，准确地说，他们几乎从来没有以男女朋友的关系在一起过。这个长着全世界最迷人的眼睛的男人，只会以这个孩子父亲的身份出现，此外就跟安德莉亚没有半毛钱的关系。对于这种讲在前面的丑话，安德莉亚虽然不爽，但是也并不强求，不会跟小辫儿男闹，更不会打掉这个孩子，而是把这个孩子当作与小辫儿男关系续存的唯一纽带而珍视——得不到他，得到一个他的孩子也是幸福的。安德莉亚的爸妈倒是很给力，在听到这个消息以后，第一反应是兴奋和激动，表示会帮助女儿一起抚养这个孩子。心理这样乐观强大的爹妈让我想起在难民署时，有个伊朗难民因触犯中国法律，判了十年，每个月我都要陪他老婆和儿子去监狱探视，一共持续了四五年时间，直到他们被安置到第三国。有一次探监时，跟狱警闲聊，那是个挺帅的小警察。我说我们这拨完了以后就该吃午饭了吧，他说没有，还有一个比利时小伙子在中国犯了事儿，判了两年，已经服刑一年，他爸妈这次从比利时来看他，说是看他，俩人先去泰国玩儿了一圈儿，然后顺道儿来北京，看看他就回家。

晚上收到史蒂夫的信，说已经找到新组。严格来讲，是找到另外两个也是刚刚跟自己组不爽而突然离开的同学，他们仨完全重新组建了一个新组。那俩一个在圣安东尼奥，一个刚从波士顿搬到奥斯汀。对他们来说，这样的结果恐怕比自己一个人到处询问、加入一个现成的组要好，每个人在心理上都会觉得自己是主人，而不会有新人势单力薄的感觉。看到信，我心里也踏实了，祝他一切都好。史蒂夫的换组风波，到此终于消停了。

虽然已经在谷歌地图上看好学生处的位置，出发前还是把GPS打开，以防万一。一路顺利，我提前二十多分钟就到了，可能因为时间还早，街边停车位只有一辆车。这是一栋米黄色的砖楼，一共四层，汇集了学校的一些行政机构，曾经联系过的监察办公室也在这个楼里。去街边的机器交停车费，选时间时我算了算，觉得一个半小时应该足够了。清晨的街道异常忙碌，每到红绿灯变灯的时候，密密麻麻的人群就会像潮水一般向前涌去，两股潮水在马路中间汇合、交融，流到对岸后又渐渐分散，向各个方向流去。

我坐在车里等，心里盘算着一会儿要怎么说，其实台词早已烂熟于心，无论说还是写，都已经彩排过。昨天马文从这儿出来就给我打了一个电话，大概说了一下都问了些什么，说了些什么，无非就是再把过程叙述一遍，回答一些问题，也没什么特别的。看看表，差七分八点，锁车进到楼里，在目录上找到学生处，上到四楼，围着楼道转了半圈儿。学生处的门有半截是玻璃，百叶窗半开，里面有个前台。推门进去，告诉前台八点约了阿曼达，她瞟了我一眼，毫无表情地让我坐着等一会儿。通常情况下，坐在这个位置上的小姐接客时都面带笑容，非常热情，不过考虑到这里的客人大多都是问题学生，因此用不着给他们什么好脸色。我找了个椅子坐下，开始刷微博，水木上的朋友大多已经转战至此。在突击灌了几年水以后，我已经成功地从一个大水车转型为一名一言不发的大潜水艇。刷了几篇，一个个子不高、面容姣好的姑娘风风火火地走进来，手里抱着一个镜框样的东西，用报纸包着。她一边往里走，一边跟前台说早上遇到交通事故，三条道封了两条，所以来晚了，然后走进一个房间关上门。过了几分钟，门开了，这个姑娘出来走到我身边，问我的名字，并且向我伸出手，说自己是阿曼达。

跟着阿曼达走进办公室，房间很小，靠窗是两张并排的写字台，旁边是两个面对面的三人沙发，中间隔着一张大茶几。阿曼达让我坐在她对面，再次向我介绍了她自己，还有身边一个长脸消瘦的"眼镜男"心理学博士奥立弗，说他们俩会一起与我谈话，解决这个问题。阿曼达倒是挺热情的，说话时一直面带微笑；博士没有那么热情，倒也并不冷淡，眼镜后面是一双正在审视和思考的眼睛，我能感觉到那凌厉而冷静的目光。不知道若干年前的我坐在寻求庇护者对面的时候，是不是也是这副模样。他肯定研究过怎么与犯事儿的学生谈话，就像我们曾经定期学习如何鉴别寻求庇护者讲的故事到底是真还是假。只是，我今天要怎么讲故事没得可选。

谈话正式开始，阿曼达首先介绍了一下整个过程的程序，跟凯瑟琳说的一样，应该是规定程序的一部分。然后说，金融考试使用的那个软件报告显示我的考卷跟九个同学的卷子相似。我问阿曼达，那为什么只把马文揪出来呢？照这个结果，应该把其他这八个人都揪出来才是。她对我的这个建议不予理睬，其实，不是她不理睬我的建议，而是金融老师只把我和马文的报告给了她。阿曼达让我从头到尾把整个事情的经过叙述一遍，我说话的过程中，这二位一直在做笔记，不时打断我，问我一些问题。主要是阿曼达问，博士的问题少一些。他们的问题不光集中在考试本身，还有第一学期和第二学期小组成员、我们俩的工作、马文当时出差前后的细节以及考试那个星期的具体情况等等。我觉得很像自己曾在难民署时使用的提问技巧——通过问很多看似没有关系或者关系不大的问题来从多个角度了解情况，如果有不实信息，在回答不同问题的时候就比较容易出现破绽，互相对不上。一个小时十分钟后，我把车打着，撕掉车窗上贴的停车条，掉了个头，赶去上班。我得快点儿，要不然又捞不着离楼比较近的停车位了。路上想着早上的谈话，最后的结果是，阿曼达和博士说会根据我的"口供"做出"一审判决"，时间应该在两周之内，这期间如果有什么问题，他们还会随时与我联系。

刚在电脑前坐下，就看到菲莉兹的消息，问我要不要下去歇会儿，看样子是有事要跟我说。我这一早上没干别的，光在这儿上楼、下楼和说话了。菲莉兹说本来想着年底辞职去加拿大投奔妹妹，头一天跟伊琳闲聊时无意中提起这个，伊琳说你干吗上来就辞职，为什么不先申请一下短期远程上班呢？好像这个公司也就剩这么唯一一个拿得出手的福利了，因为多数雇员是外国人，回国是常事儿，于是也就有了一条不成文的规矩——可以远程工作，最长不超过三个月。我说这个主意不错，你应该好好利用一下。菲莉兹今天有点儿兴奋，看上去容光焕发，烟都顾不上抽，光夹在手指头上冒烟儿了，就因为突然发现了个两全其美的办法。对于这种没有把握的事情，如果能先去亲身经历几个月，看情况再决定是否完全搬过去，为自己留条后路，这个办法可以说最完美。我为菲莉兹高兴，不光是因为她找到了一个好办法，更主要的是因为她可以为任何一件事情而心情愉悦，而不仅仅是为一个男人。

**05** 新小组正式开张；帅哥作业得1分

　　星期天下午两点，新小组第一次全体大会于奥斯汀NXNW餐厅隆重召开。NXNW是North by North west的简称，不知道与SXSW（South by South west）有什么关系。SXSW是一年一度的奥斯汀音乐节，始于1987年。奥斯汀有"世界现场音乐之都"的美称，音乐节作为奥斯汀的年度盛事，更是汇集了众多来自世界各地的音乐爱好者。而且这里不光有音乐节，还有电影节和互动式多媒体大会等活动。近些年来，随着奥斯汀逐渐成为美国全新崛起的高科技、金融和创业中心，音乐节所包含的内容也越来越多。其中，规模盛大的创业大会越来越成为整个音乐节的一大亮点，吸引了来自于全美甚至世界各地对新创企业感兴趣的人以及各界专业人士。

　　餐厅是詹姆斯提议的，离我办公室很近，他管这儿叫自己的"食堂"。詹姆斯跟他们家老板很熟，老板原来是戴尔公司的雇员，所以很多戴尔的员工喜欢来这儿。这里不光是个餐厅，还有酒吧，墙上挂着转播各种体育赛事的电视。詹姆斯虽然有女朋友，但是两地分居，他在奥斯汀也算是单身，所以老在这儿泡着。这儿的自酿啤酒很有名，新小组第一次开会时，詹姆斯每种叫了一小杯，每个人尝一口。相比啤酒的味道，我更喜欢它们晶莹透亮、深浅不一的颜色，因为所有啤酒对我来说都是一个味儿。除了啤酒，据说这里的饭菜也不错。

　　这种环境给人的感觉与课堂完全不同，每个人都很放松，气氛友好融洽。也是，课堂上大家全都向前坐，不像现在面对面；课堂上没有酒，想说点儿什么八卦还得悄悄传字条，不像现在，有什么说什么，还可以大声喧哗。詹姆斯是一名软件工程师，已经在戴尔混了十几年，他来自非洲一个并不发达的国家，从小生活在孩子众多、经济上也不富裕的家庭，靠打篮球混出来，到现在这个地步已经算是很不容易了。纳薇塔说，他曾经结过一次婚，有两个孩子，好像已经比较大了，不在美国。很多黑人真是一点儿都看不出年龄，不过从纳薇塔的叙述来判断，他应该在四十五岁上下。在大公司混得久了，就算再与世隔绝，脑子里多多少少也会有些"政治"的概念。詹姆斯肯定不属于那种与世隔绝、埋头干活儿的。虽然我不知道他在公司里是什么样子，但是从最近几个星期的接触来看，他应该属于在公司里比较吃得开的那种。他很会跟各种人搭讪、聊天，比欧荻斯还会。跟他在一起，永远都不用担心没有话题，永远都不会冷场。

今天小组会的主要内容有两个，一个是三斯老师的集体作业要讨论一下，然后分工；另一个就是商量一下项目的事情。虽然现在三门课上用的项目是我们从上学期带过来的，但都不是特别理想，加上有了新的小组，最好按照新小组的兴趣和意愿重新找一个大家都比较满意的产品重新开始，这样可能会让每个人更加有参与感和积极性。有了第一学期三个项目的基础，我们对于寻找的方向、目标、哪个阶段的技术有了更多的了解和认识。在网上搜索时，也就更加清晰一些。当然，在找到合适的项目之前，我们暂且还是先用着那个脖套项目写作业。

下午回家收到儿子原来班上老师的信，说助理老师要辞职回家生孩子去了，想为她举办一个小型的Baby Shower，就在附近的冰激凌店，邀请大家都来参加。这个助理老师是个墨西哥人，很瘦、很温柔，怀孕七个多月了也看不太出来。Baby Shower是美国的一个传统风俗，是在宝宝出生前为准妈妈举办的一个聚会，庆祝即将降临的小生命。这个名称比较奇特，跟小宝宝洗澡也没什么关系，意思应该是沐浴在各种礼物和友情所带来的幸福感中。Baby Shower一般在怀孕七八个月的时候由准妈妈的闺密或朋友筹办，要么在闺密的家里，要么在外面找个地方，饭馆儿也好，酒店也好，也可以在准妈妈自己家里举办，主要是为了让大家聚一聚。除了聊天，还会有一些与小宝宝有关的游戏和活动，比如每人发一张长条纸，猜准妈妈肚子的周长，谁撕的纸条最接近，谁就会有奖品；再比如按照客人的人数准备相应的生日卡，每张卡的信封上写一个数字表示年龄，从1开始，比如到15或者18，客人挑选一个数字，然后在生日卡上写上几句话，这张卡就会在孩子多大年龄的生日那天交给孩子。聚会的标配是用尿不湿做的蛋糕，通常是两三层，可以点缀得非常漂亮，具体能有多漂亮要看闺密的手艺。如果不会做也没关系，有专门卖尿不湿蛋糕的商店和网站以供购买。另一个标配就是

Baby Shower蛋糕，这个可得是能吃的。聚会结束时，还需要送给每位客人小礼物。这是比较完整的Baby Shower，可以根据具体情况取舍。Baby Shower严格意义上只请女士参加，但是也没有那么苛刻，主办人通常会邀请全家，当作一个家庭聚会。送礼物也是在这个时候，很多准爸妈都会事先把自己希望得到的礼物在商店登记好，客人可以按照他们给出的单子挑选一两样购买，也可以自己制作或购买其他礼物。助理老师的Baby Shower定在周四晚上六点，我正好接了孩子直接去，也没给登记的礼物。这种时候送钱最好，去商店买一张礼品卡就行了。大家都简单，还比较实用。这个助理老师给我留下印象最深的一次，是有一天下午我去接孩子，她正好上班，当时已经没有几个孩子了，我就跟她闲聊几句，问问孩子最近表现怎么样。她说特别好，然后说她发现所有亚洲的孩子都很有秩序感，她问我为什么。我说，是吗？我倒是没有什么比较。她说跟她妈妈也说过自己的发现，她妈妈说那是因为亚洲人爱吃菜……我好喜欢这个老师和她妈妈以及这个理由。

自从那次阿尔多在我有关"中国制造"的发言时笑了一声之后，经常会问我一些很奇葩的问题。比如，不懂中文的外国人在中国是不是寸步难行？比如，他走在北京或上海的大街上，会不会所有人都追着他看。还有一天，他突然问我苏州在哪儿，说一定要去那儿看看。我觉得很奇怪，一老外，第一次去中国，专门去苏州？他说因为那儿有苹果的工厂，我忘记他是一个"果粉"。阿尔多姓Loo，我问他中文是哪个字，我以为是"陆"或者"鹿"，给他写在纸上，因为英文就是这么个音，后来说了半天才明白，他是姓"罗"。对于类似的奇葩问题，我一律以深深的鄙视回应他。纳薇塔和马文经常去中国，所以也经常跟我一起笑话他。其实，美国人对于中国的不了解就像中国人对于美国的不了解，差别只是美国人把中国想象得过于落后，而中国人把美国想象得过于先进。

看来帅哥让迟到的同学唱歌这一招非常灵验，比起其他课，他的课迟到的人最少。今天第一次看到了史蒂夫的新小组，还是跟我们一个班，与新欢旧爱以及旧旧爱济济一堂也是够难为他的。他的新搭档里奥在圣安东尼奥的一家公司上班，每次上课都亲临现场，精神可嘉。他长着两条蜡笔小新的眉毛，往那儿一站，用不着说话就非常有喜感。他跟我们年纪相仿，有个四岁的儿子。亨利年轻，不到三十岁，带着女朋友刚从波士顿搬过来。他平时不上班，专门来上学。另一位叫亨利，又高又壮，总是笑眯眯的，头发长，微卷，虽然还扎不起小辫儿，但是也超过了一般男士头发正常长度的极限。这仨看起来很搭，对新集体充满了无限的希望和憧憬，我也替他们仨高兴。别看他们是新组，但已经找到了一个新的产品，而且是仨人都满意、都喜欢的东西，发明人也非常配合，这更加难得。今天，帅哥的课上有一个环节是介绍每个组的产品，内容和角度与上次不同。史蒂夫他们组做的是一种神奇的彩笔，这种笔没有任何按键，只需要在写字的时候稍微把笔转动一下就可以换一种颜色，是一位画家发明的，正在等待专利中。原型都有了，广告片也做得很专业，对一件新产品来说，已经算是处于比较成熟的阶段，可以直接进行市场验证了。看得出来，史蒂夫、里奥和亨利信心满满、跃跃欲试。最近十年来，我最喜欢的就是"一切都是最好的安排"，尽管很多时候还是不能做到完全淡定，但是总的来说，我对此一直深信不疑。生命里该发生的，就一定会发生的。所以，无论什么事，都微笑着接受吧。就像他们仨，正是因为有了之前的不愉快，才会走到一起，重新开始，感受喜悦。

这喜悦三人行之后就是丹尼尔他们组，也是三个人。丹尼尔早已回到费城，此时此刻，他正在教室前面的大屏幕上吃东西，帅哥的课对丹尼尔来说，能够远程也真是一种解脱。本来就仨人，还有一个不在现场，艾米和杰瑞只能挑起大梁，一起上阵。杰瑞是一名消防队员，据说这是美国小朋友们心目中最英勇、最完美的职业，也是个光头。他们终于换了一个项目，不知道拿号网站会不会真的就此销声匿迹，没准儿哪天东山再起也未可知。开场白和搭配的幻灯片还是挺震撼的，几张惊心动魄的车祸照片放出来，一下子就把大家的注意力抓住了。然后就是几张拖车斗的照片，再后来我就听不太懂他们到底是想卖什么了。我在纸上写了一句话，推给阿尔多看。阿尔多一边饶有兴致地看着幻灯片，一边瞟了一眼我的问题，然后侧过身小声说："不知道，虚拟的，反正跟上次差不多。"

课间，第一次作业发下来，3分是满分，我得了1分。两页的文章被红笔批改得惨不忍睹。别的倒也罢了，连语言也是个评分标准，好几处给我改的是英语，这点我觉得有点儿不公平，别的课的作业没有一门是因为语言的问题扣分的。转念一想，GRE也不分考生的母语是什么，一律和母语是英语的人一个标准。

第一次的作业是一个名为"Kidsmart"火灾警报器的商业计划，这种报警器是专门为小朋友设计的。着火的时候，不会像一般的警报器那样发出尖厉刺耳的鸣笛，而是播放爸爸妈妈事先录好的话，好让孩子在紧急情况下不要慌张，按照熟悉的声音发出的指令逃生。两页的分析要包括你是否会为这个产品投资以及原因，开门见山，不需要重新介绍产品。我觉得这个产品有点儿好笑，几乎完全没有用处。小朋友根本不会自己在家，如果有火灾，大人干吗吃的，还得等着小朋友自己听广播？大一些的小朋友已经懂事了，用普通的警报器就足够了，不需要非得听见父母的声音，更小的小朋友在那种环境下就算听到广播就知道该怎么办了？可能根本就听不懂什么意思，而且具体情况可能各种各样，怎么可能全都提前录好？！

我觉得这是个典型的想得很好，却完全不考虑实际需要的产品。所以我的分析绝大部分都放在了论述这玩意儿如何如何没用上，连市场需求这个前提都不能满足，因此完全没有必要按照帅哥提出的其他各种角度进一步分析。结果他说我该写的都没写，所以只给我1分。放学后我去找他理论，他说分析就应该按照他列的标准来写，学习的是分析的方法，而跟具体是什么产品关系不大。这一句话把我噎了个结结实实。我拿着伤痕累累的1分作业灰头土脸地回到座位，收拾好东西，跟纳薇塔一起走出楼门。过马路等红灯的时候，等来了也要过马路的帅哥，他跟我们打招呼。身后是一个很大的双肩包，一条背带上还挂着一个专门装饭盒的小包，与课堂上的形象截然不同。我们仨一边往停车场走一边闲聊，要照现在时髦的说法，他就是暖男一枚，感觉很好。纳薇塔经常看他的脸书，对他以及他两个孩子的动向了如指掌。我在想，不知道每个人的一生中要遇到多少次这样不可以多想、也不可以开始的感情。

凯文发来喜讯，说无意中在网上看到一条消息，一个17岁的加拿大小伙子刚刚在一次发明竞赛中获奖。他发明了一种可以将走路时产生的能量收集起来的运动鞋，然后将这些能量通过鞋上的USB端口给手机以及其他电子设备充电。这个小伙子正在上高中，是凯文曾经上过的学校。虽然只是邮件，我却可以清晰地感受到凯文的兴奋。他说会马上与发明人联系，争取能让我们为他的产品进行商业化评估。帅哥这门课最后的考试就是以小组为单位做一个商业计划，以及每个人都必须参加的商业计划演讲，这两项不光是考试，还是下一年我们学校举办的全球商业计划大赛最初的海选。这个消息对现在的我们，无疑就是雪中送炭。我高兴地关上凯文的信打算开始干活儿，又看到阿曼达的信，看来一审的判决出来了，信中她只让我在她提供的几个时间里选一个，要见面宣布，此外没有透露任何信息。我选了一个最远的日期，十天以后，那是个星期二，还是一上班，早上八点钟。

## 06 找到新项目；一审宣判

9月中旬，儿子满五岁，闺女也刚在八月底满了三岁。我给他俩在家附近的一个游泳学校报了名，每周一次，每次半个小时。这是奥斯汀公认最好的游泳学校，经常有人参加国内和国际比赛。这个学校一共有两个校区，一南一北，我们离北边的最近，开车不到十分钟。很多人需要在路上花半个钟头甚至更久，如果是那样的话，我都不知道还会不会去。我觉得比起自己父母那一代，我们为孩子付出的辛苦少得多，这还不需要挤公共汽车，都嫌远、嫌麻烦。正是因为公认最好，所以周末的课根本没位子，我们只能选平时晚上的，下班以后接上孩子随便吃点儿东西，然后去游泳。

最近，幼儿园门口的车多次被盗，因为相对于早上，送孩子的时间比较集中，小偷不容易下手，下午接孩子的时间就很分散，从四点多就开始有人去接了，一直到六点半。通常我去接孩子的时候，停车场很少看到其他人，顶多在来或走的时候遇到一两家，加上天气热，一般人都不会在停车场停留很长时间。另外，绝大多数人接孩子的时候都觉得进去一下马上就出来，所以会把包扔在副驾驶座位上，没想到给小偷创造了可乘之机。不到两个星期，一共有四辆车失窃，幼儿园在大门上贴了告示，校长还给所有家长发了邮件，让大家一定小心，车内不要放包。就这么吆喝着，高鹏一个同事的老婆还是没往心里去，结果不但包被偷了，刚买了几个星期的新车玻璃还被砸了一块。幼儿园这才开始在停车场装上监视器，警察每天也去盯一会儿，虽说亡羊补牢补不上已经发生的损失，但小偷终于还是挪了窝。

凯文的动作很快，第二天就收到了小伙子的回信，说很愿意与我们合作。这也算是个互利互惠的事情，对他们来说，可以白白得到一个商业计划，对我们来说，帅哥这门课最后的考试素材搞定，而且是一个正正经经、看得见、摸得着的项目。另外，简单易懂，有点儿意思，发明人又乐意合作，能满足所有这些条件，实属不易。不光是帅哥的课，另外两门课都是围绕着每个组自己的产品展开的，各个角度，全方位，目的就是真的将一个合适的产品推向市场。我赶快给凯文回信，并抄送给全组，感谢凯文所做的所有工作和付出的努力，顺便把周末的小组会给落实了，就用这个新发明写各科新留的作业。我们需要进一步收集资料，分头完成。

这个名叫"Powersole"的新产品是一种特殊的鞋，鞋底内置线圈和磁铁，穿着者行走时，磁铁在线圈内往复运动，产生电能。位于鞋底前部的超薄电池将运动产生的电能收集起来，然后通过位于鞋底侧面的USB端口给电子产品充电。发明人的初衷主要面向不能随时方便充电的发展中国家，但是我们觉得生活在发达地方、喜欢各种时髦玩意儿的人可能也会感兴趣。这一天在愉悦的心情和无限的憧憬中结束，吃晚饭时看中国新闻，看到一条快讯，介绍了哈佛大学几个学生的一项新发明——能够将动能转化为电能并给小家电充电的足球。还说南美一些欠发达地区的孩子已经踢上了这种足球，配的画面就是一群在草地上踢球的孩子。看到这条消息，我突然有点儿紧张，别好不容易找到的新产品原来是抄别人的。我赶快给全组发信，凯文说会马上给发明人打电话，结果虚惊一场，好像是机制不同，这才放下心来。

自从詹姆斯来到我们组，他就经常给我打电话，这让我觉得稍微有些异样。因为之前无论跟谁同组，有什么事儿都是发邮件或者短信，要么就是小组会时的视频，这样频繁的一对一沟通还真是从来没有，连我跟纳薇塔之间都不怎么打电话，一般都是线上联系。我问纳薇塔，詹姆斯是不是也老给她打电话。她说第一个学期是，最近好点儿，说他这个人就这样，可能就是习惯。詹姆斯给我打电话一般在晚上，有时候是刚下班，有时候是在孩子睡觉以后，多数都是可打可不打的电话，他这人又很爱东扯西扯的，让你觉得跟你很熟的样子。电话内容有时候是作业，有时候是小组会，有时候是组里的同学。有问题，有评论，也有意见和不满。因为我经常把电话设置成静音，所以经常接不到他的电话，看到未接又重新打回去，时间长了总觉得有点儿麻烦。刚看完凯文的信，电话亮了，显示是詹姆斯。接起来，一如既往地闲扯，这时候估计我要是逛会儿淘宝、下个单、付个账什么的，再回来跟他接着说正好。今天的开场白好像比以往更长，听了半天我终于听明白了，他是想说我给组里发的邮件太多，而且不说他自己觉得，用的是"有人反映"。论亲疏，我想不出来剩下这几个人中的哪个会跑到他那儿去反映我的邮件发得太多。不过无论是谁觉得，就算只有他自己，我也应该注意。我告诉他，我会尽量把多件事攒到一封信里说，并且谢谢他的提醒。

十天期限到了，老时间、老地方，这次轻车熟路，连车都停在跟上次一模一样的位置。说实话，跟阿曼达和心理博士的第一次过招，自我感觉那叫一个良好，我觉得凭借自己与来自世界各个角落、有着各种各样或真或假奇异故事的难民和申请庇护者打了六年交道的经历，虽然这次坐在了被告席上，但面对这两位年轻人，我的故事还是编圆了的。除了死活不承认把卷子给马文看之外，故事本身应该找不出任何破绽。虽然美国电影看得不多，但我一直以为在这里还是会发生胳膊拧过大腿的奇迹的。事实证明我错了，虽然各种文学和艺术作品中有那么多奇迹发生，我过的却是实实在在的日子，面对的是吃的盐比我吃的饭都多的金融老太以及哪儿都差不多的学生处。今天只有阿曼达，看来博士的使命已经完成。阿曼达的态度依然很好，说他们根据我第一次谈话的内容，再次仔细对比了我们俩的文章，还是觉得不是简单的巧合，所以一审判决我俩"有罪"，参照金融老太建议的处理办法，这门课F，得重修一遍。如果我对这个结果不服，可以在十四天内申请复议，届时会有另外一个博士参与调查。果然，跟申请难民庇护的程序一样。

拿着阿曼达给我的一审判决书下楼，才八点二十。幸亏刚才只交了半个小时的停车费，我掉头赶快往办公室赶，还有一堆活儿要干呢！上楼时收到三斯老师的助教发来的判好的集体作业，满分10分，我们只得了5.5分，这不就是不及格吗？！虽说这次作业用的是新换的项目，我们完全可以自欺欺人地解释为准备时间太少，但是大家心里都明镜儿似的，说到底还是自己努力不够，投入不够。另外，作业是分工写的，最后统一修改得也很不够，所以有重复，也有遗漏，确实是我们自己的问题更多一些。不过应该也没差到只得5.5分的地步，助教有些地方的评语太过主观，字里行间透着刻薄。

三斯老师的这个助教是MBA专业的一年级学生，墨西哥人，个子不高，偏瘦。老梳个锃光瓦亮的大背头，络腮胡子。我们每次上课时他都到场，全程跟随，很少见到他笑，态度也不太友好。他的工作除了判所有的作业，还包括每节课上记录谁发言了、发言次数以及质量，所以每次大家发言完毕都得盯着他，生怕白说了。刚开学的时候，他对大家的名字还不太熟。有一次，一个同学发完言专门抻着脖子盯着他看，并且主动报上自己的名字，引来哄堂大笑，好像参与课堂讨论完全就是冲着得分一样。有两次我也怀疑他没登上我的发言，课下给他发信问，他好几天都不回复，与其他助教完全不同。我觉得这根本就是态度的问题。我们学校的MBA在美国的排名比较靠前，也不太容易考，所以有些考上的学生就有充分的理由看不上别的专业，并且充满了让你看一眼就会发抖的强大能量，这位助教便是其中之一。我刚把邮件关了，想着到底该不该给组里发封信，电话亮了，是詹姆斯，拿着电话去楼道接。他笑着打哈哈，问我看到助教发的信没有，他觉得应该去争取一下，这个分数太难看，会影响每个人这门课的成绩。我同意，说准备跟大家商量一下。

马文又要去上海，问我有没有什么东西要捎。对于是否退学，一个多月以来，他其实一直有些反复，最主要是不愿意拖累我。可是他即使退了学我也不一定就完全没事儿了，最主要的是我觉得最困难的第一学期都熬过来了，再坚持俩学期就胜利了，即使重修老太太的课，因为只有半门，满打满算七八次课，作业恐怕都是一样的，只为一点儿面子和一时的痛快而影响大局实在不划算。可能看我一直态度坚决，他终于下决心把学上下去，这让我也踏实了不少，感觉自己的挣扎起码换得了一点儿有意义的结果。

周末的小组会还是在上次那个餐厅，马文缺席。这会儿，他已经在上海了，反正有什么分配给他做的，直接给他发信就可以。在开始讨论这周集体作业之前，大家先商量那个5.5分该怎么办。凯文和阿尔多也都觉得我们不应该就这样默认了，起码要争取一下，看看能不能重写一次，反正即使不允许，最坏的结果也是现在这样，万一有用呢？凯文主动请缨给助教写信，我也觉得他写最合适，我们六个人里，只有凯文的语言是最好的，措辞考究，表达得体，虽说给助教写个信犯不着这么讲究，但终归是有求于人，礼多人不怪，在哪儿都适用。凯文根据助教的评语给出了我们自己的解释，并且要求跟他面谈一次，这星期正好有课，时间就定在星期五上课前的半小时。阿尔多和詹姆斯都表示会跟凯文一起见助教，面对面要求重新写一次，比起见不了面的信件交流，当面说会让助教更难拒绝一些。我没说也会参加，我想趁那个工夫找一下凯瑟琳，跟她说说我的事儿，而且有他们仨跟助教谈已经足够了。

这周末轮到纳薇塔开车，我让她早点儿来，这是她为数不多的一次不迟到。她刚刚洗过澡，头发还是湿的，松松地在脑袋后面挽了一个髻，比平时多了几分温婉。路上，她说曾经向她求婚的那个小伙子的母亲从伊朗过来了，想见见她。我问她见不见，她说不知道。好像不见说不过去，毕竟是长辈约她，可是见了就代表会跟她儿子继续发展下去，绝不是见个面、吃个饭那么简单。对于这个从感性上擦不出火花、理性上又是最合适的结婚对象，纳薇塔一直都非常犹豫。别说她了，就连我这个结了婚的人，我也说不清楚到底应该怎样选择才会更加幸福。这是一段无法预测又不能回头的旅程，纳薇塔是个聪明的姑娘，既会理智充分地独立思考，又有"听人劝，吃饱饭"的智慧，不会那么一门心思、不假思索地断了自己所有的后路。

走进教学楼，就在我满世界找凯瑟琳的时候，看见阿尔多、凯文和詹姆斯正站在楼道另一侧，围着三斯老师的助教。助教都快被山一样的凯文和詹姆斯笼罩起来了，显得更加弱小。我不想参加他们的会，我觉得就这么一件事儿，不必全组人都跑去示威。再说，我要找的是凯瑟琳。可是还没等我撒腿溜，就被侧面对着我站的阿尔多看见了，他还以为我急着满世界找他们，连忙招呼我过去。那么多人围在那儿说话，我也不好意思说我根本就不是冲你们来的，只好装作"终于找到你们了，真不好意思还迟到了"，和纳薇塔一起把小助教更加严密地包围在墙角。凯文和詹姆斯主说，凯文说话正经又诚恳，有理有据；詹姆斯属于搞气氛的；阿尔多敲边鼓，利用同对方是墨西哥老乡这一有利身份；我和纳薇塔属于打酱油的。小助教看到这架势，气势上明显不如平日那般不可一世，眼神儿都有点儿虚了。听完我们的要求，说他倒是没意见，但是还得经过三斯老师同意才行，正好一会儿是她的课，让我们直接去跟她说。

放了小助教，看看时间，也该上课了，我还是没找到凯瑟琳，等课间再说吧。进了教室，三斯老师已经优雅笔直地站在讲台前了，凯文和詹姆斯向她走过去，我们去倒咖啡，准备上课。凯文和詹姆斯没跟她说上几句就回来了，这样一位温柔端庄的老师，怎么会不同意我们这样积极向上的请求呢？她说，我们可以跟下次作业一起交，重写的这个因为没法在网上交，打印出来直接给她就行了。真不知道她对大家平时写的作业到底了解多少，不过多数老师都会找个学生助教来判作业，也可以为在校学生创造一些勤工俭学的机会。到目前为止，在判作业这件事上，只有金融老太和帅哥亲力亲为，尤其是帅哥，全专业八十来个人，每次作业、每篇文章都看得非常仔细，判了思路判方法，判了方法判结构，连英语和标点都要改。我觉得，如果一个人在事业上已经站在了比较高的平台上，还可以放下所有的光环，踏踏实实地做最基础的工作，是非常有魅力，并且值得敬佩的。

直到八点下课，我才在另外一个班的教室找到凯瑟琳。我告诉她一审的结果出来了，她表示深深的遗憾与同情。我觉得凯瑟琳是一个比较值得信任的人，她并不是真正意义上的老师，只是一名行政人员。在这件事上，她一直以一个局外人的角度来对待，并且对当事人没有任何主观的判断和看法。我问她觉得应不应该申请复议，如果复议也是同样的判法，惩罚会不会比现在的更加严重。她说看我自己，一般情况下很难扳过来，但是试试也无妨。反正大不了就是现在的结果，肯定不会更坏。我问她这件事对我的其他方面会不会有影响，比如学校会有记录之类的，她说应该不会，去年也有这么档子事儿，重修完了就算翻篇儿。听她这么说，我也踏实了不少。

跟纳薇塔一起走出教学楼，天色已经暗了下来。路灯亮了，昏暗的灯光把黝黑的柏油路照得泛起一片白光。这个时候的校园已经安静下来，时而有一辆自行车匆匆闪过，三两声嘶哑的铃声由远及近，又由近渐远，穿透寂静的夜色。奥斯汀的夏末夜晚应该是一年中最可爱的时节之一，阵阵微风夹杂着已经可以体会得到的丝丝凉爽拂面而来，沁人心脾，令人心神摇曳。楼前的雕像旁聚集着一小堆人，走近一看，是我们同学，日本姑娘也在其中。我问她是不是又要出去玩儿。她说是，一边瞟着纳薇塔一边问我们去不去。面对这样明显只是跟人客气客气的邀请，我必须回答："不了，你们玩儿得高兴点儿。"

十五分钟后，我们把车停在办公楼前的停车场，我跟纳薇塔从车里钻出来，发现偌大的停车场只有两辆车和我们俩。这样美妙的夜晚，这样醉人的天气，空气中仿佛都能闻到轻快的气息，我们都想让这种美好长一些，再长一些。此时的天色已经完全暗了下来，路灯洒下的光芒却比刚才更加明亮，周围的树木错落有致，树叶在晚风的撩拨下婆娑而动，充满了灵气。接近墨色却还辨得出的蓝色天空飘过朵朵流云，形态各异、大朵大朵的白云舞动着、跳跃着、变化着，奔向远方。这样的场景，不肆无忌惮地聊聊天，简直就是极大的浪费。纳薇塔聊完她的医生准男友以及准男友的母亲，说上星期跟她的一圈朋友聚会，一个美国妞儿告诉她中国有一种人造处女膜，还可以做处女膜修复手术，问我是不是真的。我说好像最近几年没怎么看见了，小时候看报纸的时候经常会看到这种小广告。纳薇塔连着问候了好几次老天爷，觉得非常神奇，简直不敢相信，说咱们组应该做做这种产品和技术，然后向伊朗和阿拉伯国家售卖，那里的市场具有广阔的潜力，准火！然后，就是响彻整个停车场的笑声。我喜爱这种忙里偷闲的自由时刻。

马文去上海之前问过我会不会申请复议，我说还没想好，他说如果我申请他也会申请。就在复议申请期限还差两天的时候，我给阿曼达发出了申请，并且告诉了马文。

## 07 乌克兰姑娘奥尔加；伦敦总动员

我每天上下班都要经过一条铁路。美国的铁路系统大多不发达，这条轨道除了偶尔看到有一百多节运货的车厢缓慢地走走停停，几乎就没见过客车经过。前几年，也不知是谁的主意，想把这条铁路好好利用一下，充分发挥它的作用，同时发展一下奥斯汀的公交系统，减轻道路交通的压力。安排了两节轻轨客车，让它们在现成的铁路上运行，连接奥斯汀市中心和北面的几个卫星小城市，全程大概一小时。本来计划通车时间没实现，原因是每个路口自动落杆的感应装置是照着正经火车的重量设计的，这两节轻轨车厢的小身板分量不够，路口的栏杆落不下去，这可是个大问题！然后，他们就再研究怎么才能让那根栏杆在轻轨经过时也能自动落下，终于研制成功，通了车。自从有了轻轨，铁路可是繁忙起来了，每天早上七点四十分左右和下午五点四十分左右都会有火车经过我要走的路口，正好赶上上下班高峰。经常可以看到明明红灯开始闪了却突然加速的车，也不知有什么着急的事儿能比自己的小命还重要。

今天晚上有游泳课，自从我发现铁路旁那个棒约翰比萨店从网上下单非常方便后，孩子一有游泳课我就经常在下班前从网上订一个，然后途中到这儿停一下，取完比萨再接着走，可以省去很多时间、精力和紧张情绪。今天刚在网上订了一个十美元的比萨，还差一步确认订单，高鹏打来电话，说跟同事一起下楼到停车场，同事的车找不着了，刚报了警，得陪他一起，让我自己带孩子去游泳。挂了电话，看看表，已经五点二十了，只有一个小时多一点儿的时间完成全部工作。我立即启动"飞毛腿模式"，而且越是这种时候越不能慌，不能出事儿，也不许出事儿，这就是没有帮手的结果。一切行动精确到分钟，先取了比萨，再去学校接上孩子，回家让他们一边吃着饭，我一边给他们换衣服，该带的检查好，把最后两口替他们吃了，再把他们都赶上车。七分钟后，终于推开游泳池的大门，还差两分钟上课。直到孩子被教练领走，我这心才算落回原位。快结束的时候，高鹏赶来，说他同事的车真丢了，警察分析是被小偷直接开上了35号公路，一路向南，开到墨西哥就立刻被"肢解"了，神不知鬼不觉。他同事开的是辆皮卡，是这一带偷车贼最热爱的款式。高鹏跟他一起做完笔录，把他送回家才赶过来。说起来也真是祸不单行，前一阵子幼儿园门口闹小偷时，新车被砸了块玻璃的就是这个同事的老婆。

自打朱丽叶离开，我背后这张桌子就一直空着，直到有一天早上来上班，突然发现那张桌子前坐着一张新面孔，是新来的俄语翻译，名叫奥尔加，乌克兰人。从我在这儿上班开始，办公室一直都没有俄语翻译，按说这是个大语种，怎么也应该有一个。据说头两年曾经有过一个，后来那女孩想涨工资心切，跑到大老板那儿提要求，结果碰了一鼻子灰。她想玩儿一把横的，给头儿施加点儿压力，说要是不给涨自己就走人，结果老板说那你就走吧。所以啊，想玩儿这招儿的，得首先分析一下自己到底是不是那么稀缺的人才，或者这地方是不是真的离了自己就转不了。如果这两问题都是否定的，要是自己在头儿的心里占相当比重的分量也行，总之得都想清楚了然后才张嘴。像这样的，根本拿不住对方，结果肯定演砸。大老板这招儿一举两得，颇有些杀鸡给猴看的功效，这就是后果。自从那个俄语翻译走后，所有俄语的活儿全都外包出去，最近公司新接了一个大的测试项目，一共二十多个语种，得测三个月，其中包括俄语，所以才招了一个新的。

奥尔加三十四岁，有个四岁的女儿。她身高得有一米七以上，并没有通常意义上生过孩子的"俄罗斯大妈"那样的身材，反倒是比一般人都苗条紧致，而且还不是单纯的那种瘦。奥尔加身材苗条，面容姣好，行动利索，气质优雅，但是看上去的年龄要比实际年龄大几岁，仔细想想，这人的年龄也真是挺神奇的，说不上到底是哪儿能让人感觉到年龄的存在。奥尔加是个很受大家欢迎的同事，她很勤快，自从来到办公室，这儿的第一壶咖啡便经常由她来冲，尽管连我喝着都有点儿淡，更不要说那些口味比我重得多的人。她有一个抽屉专门放各种零食和花花草草茶，而且品种和样式经常更新，时间长了，不光我们附近这一圈儿，连座位很远的同事也常被她邀请来品尝各种好吃的，包括几个好像从来就没来过我们这边的同事和领导。每个人都夸她的零食好吃，询问从哪儿买的，然后满口感谢地离开，气氛空前融洽，看来这"零食外交"还真好用。给我印象最深的是奥尔加吃午饭，非常讲究。她每天都自己带饭，一般人自己带饭的时候端着饭盒会去厨房热一下，然后拿把勺就直接开吃了。奥尔加从来都是把热好的饭菜正正经经地码放在一个漂亮的瓷盘子里，就像饭馆儿里刚刚从后厨端上来似的，然后不慌不忙地端着盘子走到外面的餐桌上，优雅地慢慢享用。我从来没见过奥尔加直接在饭盒里刨饭，不知道每当她看到我端个饭盒不超过五分钟消灭一盒饭时是什么感受。写到这儿，我突然觉得有点儿对不起她。

　　奥尔加上班的时间跟我差不多，都算比较早的，所以我们经常在早上周围人还不多的时候聊会儿天。她老公是个美国人，比她大二十来岁，若干年前去乌克兰出差的时候，奥尔加是他的俄语翻译，当时她才二十来岁，两个人就这样认识，并且一见钟情。男的在乌克兰待了几个星期，然后要去土耳其，想在走之前跟奥尔加结婚，可是外国人在乌克兰结婚手续烦琐，根本来不及。男的自己去了土耳其，当时的通信不像现在这样发达，俩人只能通过一个朋友互相捎信儿。后来奥尔加自己跑到土耳其，具体细节我也忘了，总之俩老外就在土耳其结了婚，然后奥尔加又自己跑回乌克兰，告诉她妈自己已经结婚了，不知道这算不算是一种私奔。又过了一阵儿，她离开乌克兰，来到美国，很多年之后才有的孩子。虽然在难民署时听过各种各样离奇的故事，但我还是觉得奥尔加的故事算是比较精彩的。那个年龄的姑娘是不是都会那样勇敢和疯狂，心里完全没有别的想法，为了爱可以义无反顾、毫无畏惧？

　　进入10月，第二学期不知不觉已经走过三分之一。收到凯瑟琳给全班群发的信，已经开始安排明年一月第三学期开始的国际旅行了。这是课程的一部分，两个星期，中间的周末不休息，目的是让全班同学对"国际化"有些身临其境的感性认识。还别说，班上肯定有从来没离开过美国的同学，要是有从来没离开过得州的也不奇怪。其实，这次国际旅行的目的地英国相对于美国并没有什么"外国"的感觉，我觉得既然想让大家对"外国"有些概念，就应该去那些人文环境与美国完全不同的地方，比如亚洲、非洲，或者南美洲。对美国人来说，这些地方才是真正的"外国"。但是老大有老大的考虑，在过去的若干年里，他们已经与英国的很多金融机构、政府部门以及高校建立了成熟的合作关系，这种积累通过每年一次的实地交流而维系并且不断深化。另外，大家在英国起码没有语言障碍，这样衣食住行会省去很多麻烦。凯瑟琳的信中包含了很多附件，其中包括那两个星期的日程安排和各种提示，我作为班里唯一拿中国护照的，还得去办英国签证。这次国际旅行的行政事务外包给一家专门安排旅行的公司负责，包括签证、酒店、餐饮以及外出活动在内的所有事情都直接与这个公司联系，要不然光凯瑟琳他们几个人可忙不过来。

刚才说到从来没出过得州或者美国，我想起闺女不到一岁的时候想给她办个护照，得照张护照相片。我把她拎到路口的Walgreen，这是一家经营药品、食品和小百货的连锁超市，专门设在居民区和闹市，价格比一般的超市贵一些，但是位置便利。一个身材魁梧的售货员拉下一个卷起来的屏幕，让我侧着端着女儿，后来摆来摆去地发现这样不好照，就找了一张纸，铺在地上，让我把孩子放纸上。售货员一边摆弄孩子，一边与我闲聊，问我孩子多大，我说十个多月，她说照这照片干吗？我说给她办护照，要回中国。她有几秒钟没反应过来，后来从鼻子里哼了一声，随后评论："这么小的孩子出国，有意思！"是不是在有些美国人的眼里，这世界上只有一个国家，没有任何疆界的，那就是美国。

为了配合即将到来的国际旅行，老大和下学期一门讲国际化的老师专门在周末的中午给大家开了一个讲座，算是个动员会。国际化老师也是位六十多岁的阿姨，无论穿衣打扮还是说话风格都与金融老太完全不同，不如金融老太时髦，说话也偏于正统。她的头发没有烫，花白的齐耳短发别到耳朵后面，一丝不乱，颇有些中国六七十年代中年妇女发型的风范，还戴了一副小巧的红耳坠，镜框也是红色的，呼应身上的衣服，总之是真没少下功夫，但是完全不如金融老太有范儿。老大为什么要专门请她呢？因为她要在那儿给我们上课，而且每年都去，所以对那儿比较熟悉。她说的很多东西对我和纳薇塔这样的老外来说早已算作常识，所以我们俩可以一边吃午饭一边小声聊天儿，有一搭无一搭地听。她说，英国很多地方都收不了带磁条的信用卡，只能收芯片信用卡，让我们赶快去办，加上我得去签证，这也是为什么要提前好几个月开动员会的原因。

下午是帅哥的课，他这回留的集体作业很简单，只有四个问题。虽然题目不多，也容易回答，却是为下午课上这重头戏而准备。他请来了八九位奥斯汀各行各业创业领域和商业领域的大咖以及我们学校孵化器的头儿，一起听听每个组的产品和计划，不但提出自己的问题，还帮助解答每个组可能有的问题，目的是让大家从多个角度认真思考，不断修改、完善思路，为写商业计划做准备。经过几次各种有关Powersole动能鞋的作业和演讲，我们手里的相关资料越来越多，此外还分头做了一些市场验证方面的工作。我辗转找到中国皮革和制鞋工业研究院的研究人员问了问，他们的回答是有可能，但是要考虑加了这么多东西以后鞋的重量，太重了估计不会受欢迎，但是追求重量轻又需要考虑成本，远不是我们当初想得那么简单。

根据帅哥的标准，市场验证至少得找一百个人聊，我们几个人东拼西凑，距离这个数字也还是相去甚远。其实还是没有真的从心里想做这个项目，只是应付作业而已。看看周围几个组，凡是想动真格的，都需要投入大量的时间和精力，要钻得很深，下大功夫才行。就我们这样儿的，周末酒吧开开会，平时上上课、写写作业，连作业有时候都还得申请重写的，怎么可能真的把一样产品带入市场？这与每个小组内所有成员的目标和期待有关。跟我们组的几个人统一了一下，我们都没有那个能耐和精力玩儿真的，平时认真上课、写作业，拿到学位就是目标，就算胜利，大家也都是这个意思。更何况光愿意下功夫也不够，还得找到志同道合的队友以及一种前途光明的产品或技术，比如欧狄斯他们组，不但几个核心成员都非常努力，他们的产品也很给力，天时地利人和，得都碰上了才有胜利的可能。

就在我们对于Powersole鞋子的感觉渐入佳境，准备踏踏实实从一而终的时候，凯文再一次为我们送来了令人沮丧的消息——发明人自己也成立了个团队，他们怕人多手杂。当然，担心我们抢夺胜利果实这样的话是不好说出口的。他们通知凯文不需要我们帮他们做商业计划了，而且最好也不要再继续研究这样东西。凯文说，他们的态度还不错，比上回橄榄球运动员专用脖套发明人的态度好得多。

其实我完全能够理解他们的顾虑，本来就是，人家好不容易发明这么一双鞋，你们谁啊就跑来要给我们写商业计划，又不认识你们。凯文的信虽然没有晴天霹雳那么严重，却也着实让我们突然有些乱了阵脚，没缘分这种事儿真是无孔不入。随之而来的问题就是，又没有产品了，我们又得重新找产品了。我赶快给全组发了封信，让大家赶快分头想办法。纳薇塔回了一封，她的发言有建设性意义的时候还真是不多，这回总算说了点儿有用的，她建议联系一下上学期教技术转化为财富这门课的老师，他不是在得州农工的商学院吗？路子又宽，没准儿有什么辙呢！我赶快给那个老师发了封信，问问他知道不知道什么我们能用得上的东西。都这会儿了，只能多试，谁知道哪块云彩下雨呢？所以，跟这个事儿比起来，紧接着第二天被阿曼达和博士乙约谈已经完全不能让我有任何小鹿撞怀的心动感觉了，唯一值得转述阿曼达的一句话就是，其实学生处的这些调查和决定都是次要的，最主要还是得尊重任课老师的意见。得，俩月白忙，您倒是早说啊，我这儿还傻呵呵地等待奇迹发生呢！

## 08 我们组的新搭档：你，会聊天吗？

高鹏那位丢车的同事逐渐从悲痛中恢复过来，他好不容易弄完保险公司烦琐的手续，已经想好并且看好新的车子，在艰苦的杀价中终于达成一致的价格，并且把心情调整到迎接新车的状态。警察非常合时宜地出现了，通知他车子找到，就在圣安东尼奥的一个加油站，说会尽快给他拖回来，不过拖车费得由他来出。此外，警察还透露，这次偷车贼的路子并不是当初说的卸成零件，否则也不会隔了这么多天还是全乎的，而是走的另外一个也是很常见的路子——用偷来的车把人或者货非法地在美国和墨西哥之间运来运去。这回也不知道运了什么，驾驶室内被搞得乱七八糟，有股很难闻的气味，还特别脏，且得好好收拾收拾。对于这位倒霉的同事来说，这样的结果好像要比车子干脆找不回来感觉还要差。

他们家最近也不知是怎么了，虽说祸不单行，这也太多太严重了点儿。接二连三遭遇各种意外不说，连闺女的午睡也不正常了。他闺女跟我们家闺女在同一个班，比我们家闺女小七个月。老师说，他家孩子最近一直死活不肯睡午觉，但是年龄又不足以支撑到晚上睡觉，所以每天妈妈下午接走以后都会在回家的路上睡着，又会影响晚上睡觉，这一连串的事情搅和在一起，让这两口子非常抓狂。算上次新车的玻璃在幼儿园停车场被砸，新账老账全都记在了学校头上。两口子气不过，觉得一定得采取点儿什么行动才能充分表达并且宣泄自己的愤怒和不满，于是立刻给闺女换了个还有点儿绕道儿的幼儿园，却没有冷静地好好想一想，这么小的孩子在全新的环境里，难道就会立刻乖乖地睡午觉了吗？

教技术转化为财富课的老师很配合，我第二天就收到了他的回信，说手头儿正好有一个项目，而且还是我们同专业的前辈，刚好也在向他打听谁能帮他们手里的产品写个商业计划并且进行市场化的相关工作。这真是一个绝对的利好消息，我连忙按照老师给的联络信息把信发出去。同专业可是让我省去了很大的口舌和麻烦，完全不用那么小心翼翼地介绍自己以及来意。几个月来，经过各种不测，我心里都有阴影了，现在虽然看起来已有些眉目，可是我已经不敢高兴得太早，谁知道半道儿还会出点儿什么幺蛾子呢。而且越是看起来顺利就越要小心，之前好多回一开始的时候不都特顺吗？结果呢？！对方回信比我想象的要快，态度很好，感觉他们需要我们的程度与我们需要他们的程度相当，就像两个已经寻觅了很久、经历过各种坎坷的人，至此终于相遇了一样。我们已经没有时间在网上你来我去地"谈恋爱"了，直接约见，马上！立刻！他们俩人，我们四个半人，凯文要打比赛来不了，那半个是马文，他说第二天早上要去达拉斯开会，尽量下午赶回来，不过不能完全确定。我让对方定地方，回了市中心的一家酒吧，我从来没听说过的名字。不过所有酒吧我都没听说过，这种事儿得问阿尔多和纳薇塔。菲莉兹竟然也知道，说那是一个很酷的地方，怎么全世界的人都知道，就我不知道呢？！

晚上赶快把对方发来的几个介绍文件转给大家，叮嘱他们一定仔细看看，要不然明天没得聊。以我对这几位的了解，能把附件打开仔细通读一遍的估计没有，而且很有可能他们连我这句嘱咐的话都看不见。不过他们比我看得快，临开会前随便溜一眼可能就知道个大概了，我不行，阅读很慢，而且还有好多词不认识，只能笨鸟先飞。所以发完信，我把这三篇文章从头到尾看了一遍，不认识的词全都查好，写在页面空白处，并且弄清楚发音。明天约会就算对方说，咱总得知道人家是想卖什么东西吧，总得准备几个问题吧，要不然两眼一抹黑，只有听的份儿，也显得咱太没有诚意了。

与我一直发信联系的是位女士，名叫南希，她的搭档是她的老同学，叫德瑞克。南希转来的三个文件中，有一篇是《世界过敏组织针对过敏性休克的评估和管理指南》，一个是由发明人提交的临时专利申请，发明名称为"信用卡尺寸注射器的针刺方法和器具"，最后一篇是德瑞克自己写的一篇产品和背景介绍。早在第一学期刚刚开始找项目的时候，我们就尽量避免跟学医沾边儿，因为医用产品比一般产品麻烦得多，手续烦琐且时间拖得很长。不过，一个是现在我们也顾不了那么多，另外一个是我们已经达成一致意见，只上学，不谈其他，所以只要把我们分内的事做好就行了，这样想来是什么领域的产品其实也都没多大区别，现在能找到这么一个已经很不容易了，我们没有时间也没有资本再挑三拣四。

仅仅在美国，就有大约600万人可能遭遇过敏性休克。过敏性休克是最严重的全身型过敏性反应，来得很快，严重时甚至危及生命。这部分人最常见的过敏原包括坚果、花粉、树粉以及其他食物或者药物。发生过敏时，必须立刻按照成人5毫升、儿童3毫升的标准通过肌肉注射1‰的肾上腺素，那种危急时刻通常就是隔着裤子直接往大腿上来一针，才能救命。为了以防万一，这部分人必须全天候携带肾上腺素，现在最常见的可以随身携带的肾上腺素针剂叫作Epipen（一种注射型的肾上腺素）。美国每年肾上腺素的给药设备约有7亿美元的市场，而Epipen则占据整个市场的90%。不过，Epipen也有它的缺点，一个是价格高，保险只能负责很少一部分；另一个是体积比较大，虽然装在一个小包里，但是对于24小时都不能离身的人来说还是不太方便。比如青少年，总觉得自己是个病人，不愿意让小伙伴知道，不愿意与别人不一样。在这样的背景下，比Epipen便宜而且更加方便携带的肾上腺素注射器先后出炉，其中包括赛诺菲先一步做好的Auvi-Q，虽然比起Epipen，小口香糖盒子大小的Auvi-Q在外形上已经小了很多，却还是不如我面前这个信用卡尺寸的注射器听起来吸引人。

约会定在下午六点半，我让纳薇塔五点半到我楼下。这时间正是下班高峰，第一次约会就迟到可不好。纳薇塔今天穿了条白色和藏蓝色相间的无袖连衣裙，裸色高跟鞋，手拿着包，我从来没见过她这么正式。停车比想象的容易，路边全都是车位。我们到早了，看来高峰主要是从城里往外走，这么反着走的并不太多。酒吧位于一个路口，灰色的小平房，外面看起来旧旧的，灰砖垒砌的台阶又窄又陡又破，几乎没有全乎的，非常考验穿高跟鞋的功力。难道这就是菲莉兹所说的"酷"？！外面看着不怎么样，没准儿里面别有洞天也说不定。钻进斑驳的木门框，进到房间里，我突然意识到这么多年我对于"酷"的理解可能是错了。非常普通的房间，谈不上一点儿设计和装潢，只能理解为这种朴素本身就是它的特色吧。到奥斯汀六年多，进酒吧的次数一只手就能数出来，而且每次都是夜里来，昏暗的灯光、激荡的旋律、瓶子和杯子清脆的撞击声加上无尽的夜色将街道和酒吧包裹起来，全方位地渲染着"酒吧"应该表现出的气质。原来，脱去了这些酒色外衣的酒吧是这个样子的，是绚烂多彩的雄孔雀和灰乎乎的雌孔雀的区别。

刚坐下，阿尔多和詹姆斯一起走进来。我问阿尔多，又回到曾经战斗过的地方有何感想？正在说笑时，看到年纪都在六十岁以上的一男一女从门外进来，四下张望，估计应该就是南希和德瑞克了。我站起身来走过去问他们是不是前辈，他们点头，叫出我的名字，这就算接上了。我把他们领到桌前，入座后把每位同学都介绍给他们，他们也简单介绍了一下自己。南希的正职是IBM战略顾问，德瑞克之前是个律师，已经退休，现在主要住在圣安东尼奥，女儿在西岸，所以他和老伴儿大概是得州和加州各待一半时间。他说这回来奥斯汀也是带着老伴来的，刚把她送到Domain逛街，然后才赶过来。我一听，Domain就在我们办公室隔壁，IBM也距离我的办公室不远，剩下的人除了阿尔多的医院在奥斯汀南边，其他人都在我们办公室那一堆。敢情我们大老远地跑过来，就是为了给阿尔多方便的。

一起聊了聊现在的课程，对了对哪些老师是跟他们相同的，还提到了即将到来的国际旅行。南希和德瑞克于2004年毕业，那时还没有国际旅行这一项内容，他们对于我们能赶上更好的课程安排而感到高兴和羡慕。对于即将到来的合作，我们组里的人都觉得应该把话说在开始，讲在明处，以免之后因为误会而产生不愉快。这部分是由詹姆斯来说的，因为可以充分发挥他的特长。说好听点儿，就是他讲话可以特别委婉，说白了就是他特别能侃，一件简单得能用一句话说清楚的事儿，他能喷上二十分钟，这就是在大公司工作久了很容易长出的本事，也是在大公司生存的基本功。总而言之，我们告诉南希和德瑞克，我们会尽全力帮助他们做一个商业计划，而且这学期和下学期的所有课程，凡是需要用这个产品做的作业，也都会与他们分享，但是我们恐怕不会真的去跟他们一起把这件产品推向市场，起码现在是这样想。当两位前辈终于听明白詹姆斯的这个意思，连我都替他们喘了口气。他们说好的，已经很感谢，他们也是在尝试着做一做这个产品，想看看到底有没有市场潜力，当然也得看设计本身到底可不可行，毕竟现在连原型还没有做出来。能做成当然最好，如果不行也没关系，毕竟即使一样普通的产品从发明出来到走进市场都很不容易，何况医疗用品。这样开诚布公地在一开始就达成一致意见让我们双方都觉得心里比较舒服和踏实，否则一开始就有所保留或者心存芥蒂，就算作业都能写完也没什么意思。快聊完的时候，马文终于出现了。他今天的头发格外一丝不苟，穿了件极淡的粉色衬衣，一看就是刚见完客户。我很喜欢男士穿这种淡极了的粉色衬衣，只要颜色穿对了，跟气质搭界了，就会有能让人透出丝丝侠骨柔情的魔力，帅哥也有这么一件。

走出酒吧的时候，门口的街道比来时繁忙。过马路时，左边一串红色的尾灯沿着崎岖不平的街道弯弯扭扭地伸向远方，我们也很快融入这股红色的细流之中。纳薇塔手握方向盘，脸庞被映得鲜亮鲜亮的，煞是好看。她盯着前方，突然说，本来是打算去跟那个伊朗医学院学生的妈妈吃顿饭的，时间都订好了，约在Oasis。那是一个位于小山之上，可以眺望开阔水面和葱郁树林的绝佳之地，尤以欣赏晚霞和落日而闻名，是奥斯汀为数不多的聚会必去之一。结果她思来想去，还是在最后一分钟决定不去，给那个阿姨打了电话道了歉。我说那小伙子肯定又特别失望了吧，恐怕不亚于上回求婚被拒，纳薇塔说不知道。也不知道她的这个"不知道"到底是不知道小伙子是不是特别失望，还是不知道自己到底应该怎样选择。她轻轻地叹了口气，然后半天都没有再说话。

我经常会想，到底是什么原因让我喜欢跟一个人聊天？比如纳薇塔，比如菲莉兹，比如杨娜和易多多，除了彼此之间的化学元素和真诚相待，还有很重要的一点，那就是不在听对方说话的时候把自己身上的事儿给扯进去。倾听就是一门心思地听对方想说什么，有什么看法和打算，只在对方要求听听自己什么想法和意见的时候才说话，并且就事论事，不因为开始说自己的事儿而把整个话题和重心转移到自己身上。随便闲聊还好，如果对方有什么困难或者烦心事，在对方没说两句的情况下就开始说自己类似的事，然后就这么说下去了，恐怕结果会让对方更加郁闷。还有比这个更过分的，就是踩着对方显摆，总之你跟他无论说什么事儿，最后都会演变成为对方赞美自己。这一点我是在曾经跟我一个楼上班的姐们儿身上发现的。那是十多年前，我第一次突然意识到我为什么那么喜欢跟她聊天呢？仔细分析，又观察了自己和周围很多人聊天之后才意识到的，而且这样代入感超强、动辄爱把自己的事儿插进去接着说的人好像并不止一二。

提起这个姑娘，我还真有点儿想她，要说与她的交往，还有那么点儿戏剧化。毕业后我们俩一起分到外交人员服务局，然后每天一起在办公室等待分配工作，眼看着周围的人一个个都上岗了，最后几乎就剩下我们俩。终于，她先我一步去了新西兰大使馆，过了几天我去了马来西亚大使馆，只在局里业务培训或者政治学习的时候才能碰上。后来她去英国留学，我们之间就断了联系。几年后，我在办公室旁边一家贵州菜馆吃午饭时又遇到了她，那种偶遇的欣喜难以形容。她说已经从英国回来，在家待了一年多，刚找到工作，也是联合国机构，就在我楼上。与她无意间的重逢，加上自己经历过的各种各样有些离奇的事，让我相信影视作品中的那些巧合是真的会在现实生活中发生的。算算我俩又是好几年没有联系了，不过我相信，当我们再次相遇的时候，那种默契会依然如初。有一种朋友，并不会因为时间和距离而疏远，那是一种心灵上的相交和契合。

## 09 詹姆斯的小算盘；玫瑰小姐分活儿

今天下班早，进儿子班的时候屋里还有好几个孩子，突然看到老喜欢跟儿子一起玩儿的一个满头金黄色小卷毛儿的小男孩右眼眶青了一大块，我问他怎么弄的，他很热情地跑过来告诉我是早上一不小心撞在教室的门把手上了。看来撞得可真是不轻，还没等我反应过来，他怕解释得不够清楚，主动给我把当时的场景再现了一遍，冲到门把手那儿又撞了一下，拦都拦不住，哎哟！这傻孩子！

回家路上，儿子突然问我，妈妈你知道天上有一个人管全世界吗？我说有的人相信，但是咱们不信。他还是不依不饶并且非常认真地对我说，有，真的有！可能我当时的反应也是有些过激，说了他几句。就像前面曾经说过的，我非常尊重各种宗教的看法和认识，但是既然我选择的是一家非教会学校，我觉得就不应该在学校里让孩子接触到任何与宗教有关的话题。对于孩子的嘟囔，我不再理睬，他根本就不明白自己说的到底是什么意思。可是小孩儿不懂，老师和校长不能不明白。回到家，也顾不上做饭，先给校长写了封信，把上面这个意思大概说了一下。校长是韩国人，在美国的很多韩国人都信教，不过不管她本人是否信教，都与学校里的事情是两码事。

九点钟，我把孩子分别赶上各自的床，关上房间的灯，打开楼道的灯，然后终于可以踏踏实实地坐在桌前。每天只有到这个点儿，自己的时间才刚刚正式开始。新产品终于找好，材料也比较齐全，德瑞克写的那篇东西基本都能用得上，申请临时专利的材料也应该是个加分项，起码看上去正式了很多。从之前的各种作业和考试中吸取教训，我觉得应该尽早开始动手商业计划，不要什么都放在最后，免得让自己那么被动。12月5日交卷，还有一个多月的时间，说长不长，说短不短，关键取决于想怎么写这个东西，写到什么程度，背后做多少功课。与市场营销计划规定好的每部分标题不同，帅哥对此没有任何限制。找了几篇到目前为止看过的比较好的商业计划，结合我们自己的产品，起草了一个提纲，然后放在Google+上，分享给组里的几个人，让大家自己认领，谁想写哪一部分就把自己的名字写在相应部分的标题下，平均每人挑两个大标题，如果最后有什么需要补充的再议。按照帅哥的要求，每个组的商业计划都要以公司的名义提交，也就是要有一个公司名称，还得有首席执行官、首席财务官、首席运营官等等，反正每个人都得有个头衔，然后再加一个四五行的个人简介，要是能有个证件照就更像那么回事儿了。我刚把提纲给大家发出去，电话亮了，不用看，肯定是詹姆斯。我知道，他这个时候打来电话是想跟我说什么。接起来，一如既往，扯东扯西，好像扯得比平常还要更长、更远一些。终于，开始正题，果不其然。

其实那天课上听帅哥讲到有关每个组攒一个公司并且给每个人编排一个头衔的时候，我就在想我们组到底谁来当这个首席执行官比较合适。因为其他头衔都差不多，只有这个首席执行官在理论上比其他职位都高一些。想来想去，无论从年龄、身高、块头还是劲头儿，绝对是非詹姆斯莫属。不说别的，光是他那能说的劲头儿，就有首席执行官的范儿啊！所以，当电话中的詹姆斯终于进入主题，开始问我怎么编排每个人的头衔的时候，我心说您也别每个人了，其实您就是想知道您一个人的而已。我直接问他愿不愿意当头儿，电话那边爆发出爽朗的笑声，就跟我逗你玩儿似的。其实，我还真是在逗你玩儿。大哥，在咱这儿，别说首席执行官了，您就是想当总统我们也同意，真跟那么回事儿似的。真逗，哪儿都有官迷，连虚拟世界也不放过，那我们就陪您过这个家家。

终于，玫瑰小姐在怀孕进入35周的时候，给全办公室发了封信，正式把自己的姓从前夫那儿改回到她爸爸的姓，也不知道她男朋友什么时候会娶她。要是结婚的话，还得再发一封改姓的信。作为办公室跟玫瑰小姐关系最好的闺密，伊琳上星期就开始帮玫瑰小姐张罗Baby Shower了。我跟杨娜和易多多商量了一下，每人出了10美元凑份子。终于有机会见到玫瑰小姐的男朋友，我有时候会想，能爱上玫瑰小姐的男的得是多么有气势！那天他好像状态不佳，不知道是因为还没有准备好当爸爸，还是重新走进这曾经战斗过的地方而百感交集。总之，他那天来也匆匆，去也匆匆，好像也没跟老同事和老上司叙叙旧，挨到活动结束就赶快走了。吃蛋糕的时候，菲莉兹一边盯着白板上的名字，一边皱着眉头悄悄跟我说，他们怎么给闺女起了这么个名儿呀？怎么听怎么往miserable（凄惨的）那儿联想，不吉利！她说是个法语名儿，按照法语念没问题，但是按照英语念感觉就完全变了。可是他俩不是生活在美国吗？玫瑰小姐虽说祖上是德国人，可是早就没什么关系了，她应该算是个正经美国人，以后还不够跟这个名字的发音较劲的。

我们俩把蛋糕盘子扔进厨房的垃圾箱，前后脚钻进电梯，趁着大家都还在聊天，我们可以在楼下多坐一会儿。头儿同意了菲莉兹从加拿大远程上班三个月的申请，虽然说是三个月，但是只有菲莉兹、伊琳和我知道，这只是为了得到头儿的批准而不得已的托辞。她真正想要的是彻底离开，也不是为了离开奥斯汀，也不是为了离开办公室，而是为了离开一个男人。头上的绿荫依然被阳光晒得灿烂如初，从初春到初秋，我跟菲莉兹在这里经历着季节的变化，也经历着菲莉兹和乔之间感情的变化。她说打算11月底走，还有一个来月的时间，正好提前通知物业，而且能住满一个月，也不会有多大的损失，只是手头儿会很紧，又要付房租，又要买机票，她又一直存不下钱来。我跟她说，如果需要帮忙就告诉我，另外走之前尽量一起多出去吃几顿饭吧。

幼儿园校长回信了，首先道歉说本来应该立刻回信的，结果因为最近她的两家学校在县里例行检查中有些地方不合格，要求尽快整改，并且限定了再次检查的时间，搞得她有点儿焦头烂额，所以拖了这么多天。她说问过儿子的老师安娜是怎么回事了，安娜并没有在课堂上主动提到过宗教的话题，只是有一次大家在一起聊天时，一个孩子说起这个，她才让大家讨论了一下。她说，这么大的孩子已经开始有宗教信仰的概念，索性拿出来讨论一下。可不是吗？家里有人信教或者定期去教堂做礼拜的，孩子肯定也会受影响。看过信，加上事情已经过去了好多天，我也不像那天那样激动，反倒觉得有点儿不好意思，给她回了封信，谢谢她的解释。可能是我自己的问题，把这件事情夸大了，一个生长在无神论家庭的孩子，就算听一听不同的声音，应该也不至于影响到主旋律吧。而且生活在这个大环境里，以后免不了还是会接触到的，他不可能活在真空里，这种事情，捂是捂不住的，多了解一些也好。

刚办完Baby Shower没两天，全办公室都收到了玫瑰小姐的一封信。她在信中又嘱咐了一下大家平日里的各种规章制度和注意事项，并且让大家主动报名，负责接电话、接待访客或其他行政事宜。总之，她把能分给大家的事儿都分了，不能分的活儿就由一个客户经理小胖妞儿来接管。接电话这个事儿不算复杂，而且现在全办公室一整天所有电话加起来可能也只会响上三四次。最后，一个名叫米歇尔的姑娘主动担当起来。

米歇尔就是前面曾经提到过的那个"既没脸蛋儿也没身材但是看上去比实际年龄要小上好几岁"的姑娘。如果在我、菲莉兹和米歇尔三个人的座位间画一个三角形，会是一个等腰三角形，我坐在差不多是30度的那个角，她俩分别坐在75度的那俩角。米歇尔不爱说话，总是很安静，如果不是她的座位靠近走廊，根本意识不到那儿竟然还坐着一个人。她不仅不爱说话，跟别人说话的时候还很紧张。有几次我问她工作上的事儿，她看上去很害羞、很不自然的样子，而且眼神恍惚，不能直视，搞得我也不由自主地不自然起来，说话直结巴。她是这个办公室为数不多的美国人之一，曾经做过俩星期的项目主管，但是因为事情太过琐碎繁杂而退下阵来，转而去做跟技术相关的工作，这样就不太需要总是与人打交道。自从土耳其语组一个大项目突然停工之后，没活儿干的菲莉兹也被弄去跟米歇尔一个组，她俩之间说话倒是挺自然的。米歇尔来这个公司前，在县里的图书馆工作，按说那应该是个铁饭碗，虽然工资不高，但是非常清闲，最主要的是可以享受政府的福利。不过，据她说还是不满意，要不然也不会辞了职来这儿。米歇尔四十岁，但是看上去也就三十岁出头儿的样子，从来没有结过婚，也没有男朋友，跟她妈妈两个人住在一套公寓里，相依为命。早上上班时，我经常看到她从一辆翠绿色的小车上下来，然后车子开走，那是她妈妈在送她上班。老实巴交、不声不响、心眼儿又挺好的米歇尔绝对是一个很好的帮手，特别是此时此刻，办公室需要志愿者的时候。

玫瑰小姐的小公主很懂事，也很配合，就在把所有事情都交代出去之后，玫瑰小姐突然破了水，住进了医院。

## 10 办公室的新气象；招聘大会演砸了

　　按照旅行公司的安排，我不用去休斯敦的英国领事馆去办签证，奥斯汀就有一个代办点，可以接收材料并且进行初步筛查。上网一查，还真走运，这全奥斯汀唯一的一家代办点就在我们家旁边，开车只要五分钟。那是个小商业广场，聚集着家得宝、科尔士百货以及一些饭馆和小店，我几乎每个星期都要去那儿晃悠一下，却从来没注意过还有这么个地方。按照网上约好的时间到那儿，门口有个身穿黑袍、戴着面纱、只露出两只眼睛的妇女正在看着一个蹲在地上玩儿的小男孩儿，这样的打扮在奥斯汀还真是不多见，有一种久违的亲切。走进去是个大厅，角落里是个咨询台，没有人，另外一边是几张带挡板的办公桌，中间是一排排折叠椅子，整个大厅看上去简单空旷。看到等候的人们，我突然觉得被机器猫的时光机带到了十年前的北京，回到了难民署的办公室，怎么都是中东和巴基斯坦一带人的打扮？！以前在安置难民时，只知道达拉斯有个比较大的难民安置接收中心，没想到奥斯汀也有这么多被接收的难民。这么说，这里是美国国土安全部下面的一个办事机构，专门负责核实特殊外国人身份的地方，不知道是不是与英国政府有什么协议，所以有外国人办理英国签证的，也可以顺便在这里收了。

　　自从玫瑰小姐休了产假，每天进出办公室就再也看不到她了，感觉还真有点儿不习惯。兼任办公室经理的小胖妞儿虽说正职是个客户经理，但即使是兼任，也要烧上几把火。她首先把全办公室来了个大扫除，重点就是玫瑰小姐那一亩三分地，里里外外、上上下下、前前后后，我就从来没见过她那么利索过。紧接着是厨房，咖啡机和咖啡以及与咖啡相关的物件终于被挪到一起，更加方便大家使用。冰箱里的东西整齐了很多，连两个大垃圾桶都干净了不少。小胖妞儿还从好市多超市买来一大袋有机糖，拉开抽屉，锃光瓦亮的崭新餐具码放整齐，心中不禁升腾起一种说不出的喜悦。

只可惜，还没喜悦几天，那些漂亮的新餐具就明显见少，瞧这些人这点儿出息，真没素质！

小胖妞儿这第一把火烧得大快人心，因为她治理的都是跟大家每天生活息息相关的东西，非常讨喜。首战告捷之后，万圣节来临。提前好几天，小胖妞儿就开始准备了。她让每个语种的翻译给她写上一个"万圣节快乐"，然后穿成一串儿，挂在餐厅里。万圣节当天，又好好地把餐桌布置了一下，很多诱人的小玩意儿、糖果和点心堆了满满一桌子，很有气氛。每年万圣节当天，办公室所有人都使劲儿把自己往缺心眼儿了打扮，今年却有所不同。小胖妞儿说会评选扮相最好的头三名，奖品是亚马逊礼品卡。总之，大家都说今年的万圣节活动是史上最好的一次。加上她从来不群发让人发抖的邮件，我们大家都觉得整个办公室的气氛都与从前大不相同了。

据易多多说，今年办公室的万圣节活动超过以往任何一年，这肯定与设置了礼品卡的奖项是分不开的。最卖力气打扮也最引人注目的刚好有三位，成为无可争议的大奖得主，分别是法国小伙子陆浩、爱上小骍儿男迷人双眼的法国姑娘安德莉亚和一个平时蔫蔫儿的伊拉克大叔。陆浩满头满脸缠上了白色的纱布，只隐约露出两只眼睛，看样子缠得还挺紧，以至于早上过来跟我说话都费劲。他头戴一顶黑色礼帽，身穿米黄色风衣，领子竖起来，与平时风格大相径庭，好几个人都没认出他是谁来。顺便说一句，这是我们办公室最具正能量的小伙子。他二十七八岁，一直在法国生活，去年辞职跑到中美洲，在那一溜儿岛国穷游，一边打打零工，一边悠闲地走走停停，路上遇到一个也是自己跑去玩儿的美国姑娘，异国他乡可能比较容易擦出火花，然后小伙子就"嫁"到了美国，找到了现在的工作。他是以法语翻译的职位招进来的，刚来没多久，正好有一个项目经理的位置空缺，他申请后立刻如鱼得水。人聪明，加上非常勤奋，性格又阳光，多次得到客户的表扬，因此深得头儿们的赏识。陆浩几乎每天都自己带饭，他在离办公室不远的公寓里租了一套一室一厅，月租800多。他的妻子兼职老师，又在上着学，俩人经济上并不算很宽裕。他俩合开一辆二手的小皮卡。后来，陆浩买了一辆自行车，每天骑车上下班。每当看到斜挎着一个布书包的陆浩锁好车，一边往楼门口走，一边摘下自行车帽，晃晃脑袋，一头金黄色的鬈发在阳光照射下熠熠发光的时候，我都能感觉到他的洒脱、自信和热情，这是一种我很欣赏的生活态度。

即将成为单身妈妈的安德莉亚丝毫没有因为特殊时期而放松对自己的要求。她去外面租了一套女巫的袍子和很夸张的尖帽子，化上很浓很冷很邪恶的妆容，手里还拿着一根长长的魔法棒，往那儿一坐，冷艳无比，满满的女巫范儿。谁能想到，这样冷酷、坚硬的外表下，却是一颗无论如何也拿小辫儿男没辙的心呢？女人啊，有时候需要的其实很简单。看来，法国姑娘走的是华丽外表的路线。至于伊拉克大叔，走的应该算是应景儿路线吧。他没有任何特殊的服饰，头发也没弄，脸上也没抹得乱七八糟，只是在额头上斜着刺入了一把锥子，锥子最下面一段钢针和木头露在外面，脑门上刺入锥子的皮肤周围血肉模糊，以至于很多女同事冷不丁一看见他都惊呼起来，大婶儿更是不敢再看他第二眼。

没等活动结束，菲莉兹就迫不及待地拉我下楼。电梯里我们互相端详，我俩没做任何打扮，反倒看上去是异类，仿佛完全不入流。我俩都对这个节日完全没兴趣，总觉得有些荒诞无聊，可能因为这并不属于我们童年回忆的一部分，也不属于我们的文化。我们都是一把岁数了才开始接触，所以怎么也喜欢不起来。在我们看来，这与一场闹剧没有什么区别，丝毫不能像其他节日一样让我们感受到任何期盼，也不能产生一种发自心底的喜悦。这种文化差异是根本没有办法弥补的，不过我们也都并不需要弥补。菲莉兹说已经买好机票，没钱付下个月的房租，让乔去想办法。乔回家管他母亲要钱，他妈给了他1200美元，交了房租还能找回点儿来当饭钱。

这星期，帅哥发的两个商业计划都是前几届我们学校的学生做的。我发现商业计划很有意思，不过我只喜欢看讲故事的那部分，对于那些涉及数字的表格，我是一看就晕。幸好我们组有凯文，这个小伙子非常擅长做财务表格和财务分析，难怪丹尼尔当初想挖墙脚，打算把自己那个子虚乌有的公司股份给他时，把股权比例从最初的5%涨到了最后的10%。所以，渐渐地，只要集体作业有涉及财务方面的，都由凯文来做，谁都没他清楚。可是这样的分工也有不好的一面，那就是这一部分他学得越来越好，别人是越来越不懂。

经过一段时间的揣摩和练习，我已经基本了解了帅哥到底希望看到什么样的商业计划分析，所以自从第一次作业得了一个1分之后，以后基本每次都是满分。他依

然会给我改语法、词汇甚至标点，但是肯定的评语也比开始多了。这次的两个商业
计划都很对胃口，所以我也看得非常仔细，尤其其中一个名叫uShip的公司，我觉得
有点儿意思。

最初让创始人感到不爽的，是在几年前，他妈妈需要把自己的一个衣柜从俄亥俄
州运到得克萨斯州，问了很多运输公司，报价都是好几百美金。这个作为他们家传家
宝的古旧柜子从价值上来说并不值几个钱，但是对他妈妈有着不能拿金钱衡量的特殊
意义。即使是这样，他们也不愿意花上几百来运这个旧柜子。让创始人开始产生解决
这个问题的想法是在一次长途旅行时，他和当时的未婚妻需要租一辆9英尺（约2.7米）
的类似于金杯的中型面包车从西雅图搬家到奥斯汀，结果取车的时候被告知这种车租
完了，租赁公司就给了他们一辆20英尺（约6米）的卡车。他们开着这辆空了一多半的
卡车开始了长达2500英里（约4023千米）的旅途。路上他突然冒出一个念头，自己的
车反正空着也是空着，反正也要跑这趟长途。万一有谁想把什么单独运会很贵的东西
从西雅图捎到奥斯汀，就像自己的娘曾经想运的那个衣柜，这不就正好是个捎带脚的
事儿吗？而且自己还能稍微挣点儿钱，肯定比运输公司专门跑一趟收的钱便宜很多，
大家不都合适吗？！

美国是一个以公路运输为主的国家，跑在路上的空车有很多，完全可以充分利用
起来，互联网发展到今天又足够建立起这样一个平台，把有需要的一方和可以提供运
输的一方通过网络连接起来。就这样，当他开始在商学院上学以后，便着手和另外两
个同学一起琢磨这件事儿，也就有了我面前的这个商业计划和后来的企业。uShip正式
成立于2003年，2004年创建了在线交易平台，他们起初只想服务于得州，后来发现这
个问题存在于全世界的各个角落。短短几年间，uShip扩展到全球19个国家，他们不仅
帮助越来越多的人实现了绿色、经济、高效的运输，还创建了一种全新的商业模式。

那天课上，关于uShip的发言也得到了帅哥的好评，我谦虚地说了一句："因为这
次我看得比较认真。"帅哥回答："我知道，你每次都看得特别认真！"我当时也突
然冒出了一个念头，帅哥这么好的一本介绍市场验证的书，如果能够翻译成中文，让
更多的人看到岂不是更好？

课间，让纳薇塔自己先去放风，我说要跟帅哥说个事儿。她问我什么事儿，我说

想把他的书翻译成中文，纳薇塔做吃惊状，问我，是真的吗？！那太好了。几乎所有课的课间，每位老师都是被聊天的，今天还没有人去找他，正好我去。我问帅哥，这本书有没有中文版，他说没有。我又问，那我可以把它翻成中文的吗？完全出乎我的意料，帅哥回答得很干脆："你可以。"他这么痛快竟然让我一时间都不知道该怎么接，因为我刚才准备了很多，以便应对他可能提出的各种问题，此刻却一句都用不上了。既然这样，我请他帮我问问他的出版社具体要怎么操作，他答应了。

最近几周，课间的话题都是英国旅行，有两个同学去不了，一个是自己要生孩子，一个是老婆要生孩子。老大发话了，让凯瑟琳正式给全班同学发了一封信，明确说明英国课程必须亲自参加，没法远程。去不了的都不能按时毕业，只能推迟一年，等跟着下一届的师弟师妹一起补上这一趟才行。因为英国这俩星期的课安排得很紧，几乎占了第三学期课程内容的三分之一，每天早上八点开始上课，晚上五点半下课，午饭也在酒店解决，活活一天都憋在酒店里，因此也遭到很多同学的质疑，既然都是关在屋子里上课，何必要花那么多钱，跑那么远呢？

那天放学的时候，我又找帅哥说了一下书的事儿，我总觉得他答应得太痛快，让我感觉不踏实。一般一开始就过于顺利的事我都会心里犯嘀咕，总觉得不怎么真实。我跟他说那我就先开始翻译了，他稍微犹豫了一下，跟我说要不然等到毕业再开始吧，先问问出版社那边，不过他们可能反馈会比较慢。

晚上我接到马文的电话，他说遇到了难题，想征求我的意见。原来一月初在拉斯维加斯有一个展会，他的头儿让他陪一个客户的副总去参加，这趟差并不光是陪同那么简单，而是个升职的好机会，一旦错过会很可惜。我说这是好事儿啊，那就去呗。他说问题就是这趟差跟英国旅行是冲突的，虽然展会只需要他陪两三天时间，但是算上路上的时间来回一折腾就不止两三天。他刚刚问过凯瑟琳了，凯瑟琳说一共俩星期的课，缺三四天太多了，而且每节课都是要记考勤的，建议他推迟一年毕业，所以他想问一下我的意见。其实，这种事情，答案明摆在那儿，这个学对他来说充其量是锦上添花，而非必不可少。他之所以要征求我的意见，是因为如果他这次选择去出差，那就意味着直接退学了，根本不会推迟一年再跟着下一届跑一趟。本身这个学期我感觉他就上得有些勉强，坚持到现在完全是因为出了金融考试那档子事儿之后答应了我。我觉得他现在问我的意见只是想听到我尊重他的选择，让自己心里不会那么不安而已，那我还能有什么意见呢？

还有半年毕业，找工作即将拉开序幕。虽说我现在有工作，可是也想看看能不能换一个，只是找新工作的压力不算大。我们专业找工作压力最大的要数日本姑娘，她很想毕业以后留在这儿工作，可是不光找到一个雇主难度大，还想找个帮她办工作签证的雇主，难度就更大。现在，很多公司都学精了，没有工作许可的一律免谈，反正总能招到人。很多早几年资助工作签证的大公司也越来越抠门儿，因为公司为雇员办理工作签证要花不少钱。总之，外国人在美国，在拿到绿卡或国籍之前，身份都会是个挺大的问题。拿学生签证的毕业前可以申请OPT，一般称为"实习签证"，毕业后可以在美国多待一阵子。如果在实习签证有效期内顺利找到一个愿意帮助自己办身份的工作就算留下了，找不到的就回家。就在这个节骨眼儿上，商学院不失时机地安排了一位专门负责学生求职的专员，是个性格非常外向的小伙子，曾经给我们讲过一次有关校园网的讲座。看来他这个新工作换得挺满意的，刚刚走马上任，就让商学院所有学生切实感到了他的存在。他非常积极地为各专业联系并安排各种招聘会和小规模的社交活动，利用奥斯汀高科技和新金融中心的这一优势，招来猎头和各种有规模的公司的人力资源。最大的一次要数在学校体育馆为商学院的所有专业举办招聘大会。

虽说奥斯汀夏天太热，但是秋冬相对好过。这不，已经是11月份，却还与盛夏无异。那天纳薇塔有事，没法跟我拼车，我们就约好直接在体育馆见。工作十来年，按照国内的说法，我也是一直混在外事口的，什么马哈蒂尔国事访问和难民署高专访华也是掺和过的，从来都没觉得着装是个问题。所以，对于招聘专员事先发的注意事项，我只是粗粗看了一眼，对于那些属于常识范畴的碎碎念，一点儿也没往心里去。今天的车根本停不到学校里面去，我绕了两圈又转出来，扔在高速辅路的路边，然后在烈日下跋涉到体育馆。一进门，有点儿傻眼，队已经快排到大门口了。往前看，人群竟一直顺着楼梯延伸到二楼。不过真正让我傻眼的并不是因为队太长，而是因为这么长的队伍，这么多人，却只有一种着装：黑色西服套装。上午楼下放风的时候，菲莉兹还端详了我半天，问我今天这是要干吗去，穿这么正式。虽然我也穿了一件西装，但是是藏蓝色的，而我的裙子是白色的，在这样一个仿佛要去参加葬礼的队伍中，我看起来就是一个外星人。不过既然来了，那就排队吧，还真能因为我的衣服不让我进去？结果，还真能！那时候纳薇塔还没到，我站在门口给她打电话，她说刚停好车，这就上来。我问她穿的什么，她好像觉得我这个问题问得很奇怪，就说穿了衣服啊……纳薇塔倒是穿了条黑色正装长裤，但是因为衬衣上有暗花，另外也没有穿西装而被拦在门外。我俩这正正经经奔进城、参加招聘会的，却因为没穿黑色西装而被生生拒绝入内。后来，每当想起那天的一幕，我跟纳薇塔都要笑上半天，感觉特别欢乐。

最后一次收到阿曼达的信距离上一次与她和博士乙谈话有点儿长，信中告诉我最后的决定已经出来了，让我跟她约好时间去她那儿领。是什么决定根本就用不着问，自从上次阿曼达漏出"其实决定都是尊重任课老师的意见"那么一句话，就已经没有任何悬念了。在我最后一次去学生处领回那张纸之后没几天，马文正式决定退学，并且通知了老大和凯瑟琳，然后又给组里群发了一封信，除了遗憾、无奈和感慨，还表示如果有需要，还会继续帮我们弄商业计划以及其他课程的作业。对于这样的客套话，我们也客气地表示感谢。看着他这封信，我想起两个多月以来的种种以及刚从阿曼达那儿拿回来的这张纸，也说不上是什么感觉。总之，事已至此，好在终于暂时结束了。

## 11 商业计划演讲始末；菲莉兹即将启程

就在各种提醒、各种催促和各种紧赶慢赶之后，我们的商业计划在截止日期前的一个星期被大家填满。我让凯文帮着从头到尾再过两遍，统一一下用语，再改改语法和词汇。按下"提交"按钮时，我也算是暂时轻松了不少，把商业计划给南希和德瑞克也发去一份之后，紧接着又开始做演讲用的幻灯片。帅哥一再提醒，要想正式演讲时不出差错，没别的窍门，只有在台下一遍又一遍地练习。重要的是，这是个团队行为，互相交接也是需要商量和排练的，练没练过，台上一张嘴便知晓。

我们周末小组会的地点已经由NXNW换到了旁边广场的Panera Bread（帕尼罗面包店），原因是NXNW太吵，不是客人吵，而是房顶上挂着的电视里播放的各种比赛吵。Panera Bread是家氛围轻松的连锁店，卖面包、甜点、咖啡、饮料和各种简餐，提供免费无线网，没有电视。那天是我们第一次排练，占据了餐厅的一角，五个人都到齐了，这也是马文离开我们组之后的第一次小组会。中间闲聊时，詹姆斯问大家都在网上填了那个房间的表没，截止日期快到了，就阿尔多说他还没填。我们的学费里包括英国旅行期间的住宿、每天两顿饭费、两次茶歇费、集体外出活动及交通费。住宿是按照两人一个房间的标准算的，如果想自己单住还得另加钱。我跟纳薇塔一间，早已填好表，凯文和詹姆斯都表示自己这块头，加上伦敦的酒店房间大都比较小，所以必须自己一间。说到这儿，凯文和阿尔多诡异地笑，我问他们怎么了，凯文让我们猜丹尼尔跟谁一个房间？还没等我猜，他便迫不及待地公布了答案——艾米。

在小时候的概念里，美国是一个极度自由的地方，就是一个今儿跟这个好、明儿跟那个好都习以为常的地方。待上一阵子才发现，并非如此。当然，自由是自由，哪里都有自由，跟美国也没什么关系，只是美国的自由没有我们概念里那么夸张。在一些方面，美国甚至比中国更加保守，环境也更加简单，尤其是南方的几个州。比如，儿子三岁时看过一本书，熊爸爸嘴里叼着一个烟斗，他问我，妈妈，他在吃什么？我突然意识到，他还从来没见过谁抽烟。比如，儿子四岁左右的时候走在北京西单大街上，盯着一个巨幅广告上的姑娘看了半天，都走过了还一直回着头看。我突然意识到，这是他第一次在街上看到这么大、穿这么少的美女照片。在奥斯汀几乎看不到这样的广告，商场里也大都没有什么橱窗，即使有，内容也非常简单。有意思的是，活人穿低胸上衣的倒是司空见惯，即使工作场合也不例外。所以我经常有点儿搞不懂，是不是因为双方对于"保守"的定义有所不同？所以，当大家知道丹尼尔和艾米一个房间的时候，还是会诡异地笑，觉得这是一件挺不正常的事，一件令人充满遐想和有八卦潜力的事，艾米可是有男朋友的。凯文问阿尔多："你会让你的女朋友跟别的男生一个房间吗？"阿尔多说肯定不会，凯文也一边摇头一边说："我也不会。"

玫瑰小姐在家休了六个星期的产假，又出现在办公室里。她看上去与离开的时候没有什么区别，包括身材，只是脸色红润了不少。她的再次出现让每个人都突然意识到，其实在过去一个多月没有她的日子里，大家好像都过得很不错，并没有觉得哪怕有一丁点儿不方便，甚至比她在的时候感觉更好。要命的是，不光普通员工，几个头儿好像也都这样认为。让大家，尤其是头儿们产生这样的想法对玫瑰小姐来说非常不利，再多想一步，小胖姐儿兼着职都可以把这份差事做得这样好，更加说明这个职位本身的工作量和难易程度。不过，正赶上办公室申请质量认证进入关键阶段，所以暂时也没人搭理她。圣诞节临近，公司今年肯定效益不错，大老板发话了，年会就定在旁边全奥斯汀最高大上的带酒吧的电影院举办，正好玫瑰小姐回来了，就由她来操办。

帅哥在考试前的最后一次课上，用了大概一节课的时间感慨了人生，成功与金钱、家人与健康、勤奋与机遇，发自肺腑，毫不做作，令人感动。我觉得这是迄今为止所有课里最具价值的五十分钟。学到的知识很容易忘记，但是他人对于生活的有些感悟可以让自己受益一生。下课以后，我又问了一次帅哥那本书的事情，他说还没有收到出版社的什么消息。我自己感觉他对于这件事也不是特别上心，就此作罢。想做的事，自己努力争取过了就已经足够，不用强求，也不用遗憾。

商业计划的演讲是帅哥这门课期末考试重要的一部分，也是第二年全球商业计划大赛最初的选拔。我们组并没有那么大的野心，只求考试顺利通过即可。正式上台前，我们一共练习了三次。从小到大，无论台上演出还是主持节目，每次我都必须一字不差地把所有词儿都背下来才行，完全没有现场发挥的能力，也完全做不到看着幻灯片上的要点随意展开说明。其实，我根本就是害怕在众人面前讲话。好在虽然一把年纪，记性尚可，只需要先把所有要说的话都写下来，然后照着背下来，这是我能做到的。我挑的都是最实在的部分，比如介绍信用卡大小的注射器的外观、组成部分、工艺技术和使用方法以及与竞争产品的比较等等，相对其他部分比较容易理解，纳薇塔的情况跟我差不多。至于商业模式、财务、市场以及市场验证等话题，都得交给其他人来。詹姆斯就用不着死记硬背了，别说看着要点，就是没有要点，他也是个站在那儿就能开始讲的主儿，所以彩排的时候他每次说的都不完全一样。阿尔多是第一个开讲的，他直到上台前一天还脱不了稿，我都替他捏把汗。水平最高、最靠谱的还是凯文，真难想象，我们组要是没有他可怎么办。

演讲那天，南希也来了。她说德瑞克临时有事，需要回圣安东尼奥，所以不能来，有些遗憾，祝我们一切顺利。现场比我想象的要好，只有五六个评委，没有同学，面对一堆不认识的人我觉得轻松很多，反正说好说坏对方也不认识我。两个教室同时进行，帅哥在这两个教室之间轮流串，他给的成绩加上其他评委的成绩平均后就是每组的成绩。

终于轮到我们组，阿尔多顺利讲完第一部分，让我松了口气，他是典型的拖延症患者，而且还有点儿严重。我和纳薇塔说的时候，碰巧帅哥转到我们组，坐在下面听，好在这紧张的神经绷得久了，也就有点儿疲了，便不会那么紧张，终于熬过了这一关。凯文最后一个发言，又清楚又利索，是一个漂亮的结尾。讲完以后是问答环节，评委提问，谁能回答谁来说，这是我们之前练习的时候没有商量过的，我也根本没想到这儿会出什么乱子。詹姆斯是好意，他可能不想冷场，所以在评委提问的第一时间就争取回答每一个问题，但是他说话很慢，还得想着说，难免就会给人不太熟悉的感觉，而且有些地方根本不是他的强项。他站在最前面，面对评委，看不到我们任何人的脸。我发现站在另外一侧的凯文几次都想把话接过来，但是詹姆斯一直没完没了地说，也根本不回头看看别人是不是想发言。加上凯文出于礼貌，大庭广众之下也不好插话，所以自始至终没能开口，真把我给急坏了。每个组的发言都是有时间限制的，就这样，明白的没能说上话，一直在说话的又说得不是那么完美。这时，台下专门记时的工作人员说："你们的时间到了。"

虽然被詹姆斯抢话这件事搞得有些不爽，不过终归完成任务，还是很高兴的，终于又熬过了一学期。这是这学期三门课的最后一节，其他两门都是大的集体作业，已经交了上去。五个人走出考场，到后院放风，虽然就算下课了，不过还不能回家，晚上有个酒会，老大和帅哥招待全班以及今天所有评委，并且要当场宣布演讲最后得分最高的两组，代表我们专业参加下一轮的比赛。几个人激动地闲聊，大家都对今天的演讲自我感觉良好，凯文并没有表现出一丝不快，詹姆斯看上去也对刚才的问答环节毫无意识。他问大家去伦敦的票都订了没有，我们说订好了，然后互相对了对日期和来回的路线。

阿尔多待的时间最长，他要和另外一个墨西哥的同学在课程结束后坐火车去令他们神往的阿姆斯特丹玩儿几天。提起阿姆斯特丹，我们都开始起哄，是不是这个城市在很多小伙子的心目中都占据着比较特殊的地位？不时有刚刚考完的同学从后门出来，看到我们互相打个招呼，问问说得怎么样，然后互相祝贺过了这一关。这时，"中国制造"出来了，他的脸本来就很白，今天在阳光的照射下愈发显得白了。他问我们怎么样，我说还好，管他怎么样呢，结束就是万岁。他笑了，问我们是不是临时换一个新的产品。我说是，原来那个发明人不让我们继续做了。他就问新的技术是什么，我说是一个对付过敏性休克的便携式注射器。他一下子表现出很感兴趣的样子，说自己18个月大的女儿就需要24小时随身携带Epipen，她对麦麸过敏，一旦沾上，便可能致命。听到这儿，我之前对他所有的意见瞬间灰飞烟灭。

他说，他的女儿不仅不能吃任何含有麦麸的食物，其他食物中能吃的也非常有限，所以身高一直比同龄孩子矮很多，体重也轻很多。其实小倒没关系，因为他就又小又瘦，他说他老婆也不高，只是刚生完孩子不久比较胖，所以孩子小是正常的。但是吃东西这么有限，而且搞不好还有生命危险，这真是一件非常痛苦的事情。不要说不能享受各种美食带来的乐趣，平时还总得特别小心翼翼。以前从来没有注意过敏这件事，自从开始接触这个产品，便开始注意身边各种与过敏有关的信息。商店里很多食品会标注"Gluten Free"（不含麦麸），很多食品的包装上还会注明生产这种食品的工厂还会加工含有花生、牛奶以及其他坚果类的食品。接孩子的时候，幼儿园的教室和大体育馆墙上都贴着很大的字：某某孩子牛奶过敏或者花生过敏，所以幼儿园严格禁止所有小朋友从家里带任何含有花生成分的午饭。我从来没跟他聊过天，今天突然发现他其实是个很随和友善的人，他对于"中国制造"的看法应该也不能完全怪他，而是因为不了解。

　　酒会在我们第一学期第一周集中的那个酒店一层的酒吧举行，那是商学院的酒店，毗邻钟楼，占据奥斯汀市中心，也是校园中心的绝佳位置。除了商学院自己的各种活动和课程，还对外营业，每年的全球商业计划大赛也是在这个酒店举办。老大精神状态很好，带来一瓶绑了缎带蝴蝶结的香槟，说一会儿奖励给演讲的分数最高的那一组。最后，另外一个班的一个组把香槟领走了。那个组一共五个人，全部都是男生，其中包括那个曾经邀请全班去他家大房子做客、房子里有一个疑似女朋友的单身爸爸。他们组第二学期没有任何人员上的变化，个个能力强，努力又心齐，做的项目也很有前途，天时地利人和都占全了，大家没有任何话说，由衷地祝贺他们。排名第二的是欧荻斯他们组，分数极其接近第一组。对于他们花费的时间、投入的精力、下的功夫，得到这个成绩属于天道酬勤，所有人都心服口服。

　　回家的路上，我问纳薇塔，有没有注意到下午演讲结束后评委提问时詹姆斯回答所有问题，不让别人说话，凯文几次想回答问题，根本插不进去。纳薇塔说没注意。也是，她当时站在讲台后面，凯文侧对着她。她说自己一直很紧张，所以老看我放在讲台上用来播放幻灯片的电脑。加上她本来也不打算回答问题，所以尽量避免抬头乱看，省得跟评委的眼神儿撞上。纳薇塔说，虽然没注意凯文想说话，但是她也觉得詹姆斯说的太多了，而且明摆着有些东西他并不是特别了解，他起码应该看看别人，哪怕是装装样子、客气客气呢。她说依她对詹姆斯的了解，能这样做一点儿都不奇怪。

　　从下午开始，这件事就一直在我脑子里转悠，越想越觉得有些不吐不快。要是没看见也就罢了，问题是一切我都看在眼里，觉得如果什么都不说的话，对凯文有些不公平。下午一起聊天时，我看凯文的反应，他是绝对不会主动说这件事的，而且事情都过去了，但凡稍微懂点儿事的就不会自己重新提意见，所以我更觉得有必要帮他把这件事说出来，提醒一下詹姆斯，要不然他恐怕永远都意识不到。我们还有第三学期呢，还会有类似的练习或者考试，就算没有，难道知道一下这是起码的尊重不应该吗？晚上，我给詹姆斯写了一封信，抄送组里所有人，简单叙述了一下我下午看到的、我心里想到的以及我所建议的。一封短短的信，写了一个多钟头，翻来覆去改了半天，生怕不够礼貌、不够委婉而让詹姆斯觉得我是在埋怨他。信发出去没多久，就收到凯文的信。他对我表示感谢，说没关系，只是对于几个本来可以回答得更好的问题感到有些遗憾，除此之外倒是也没什么别的。我说应该的，詹姆斯可能只是没有意识到，大家也都是为了咱们组能更好。一直到睡觉，我都没有收到詹姆斯的回信，这种情况稍微有些反常，不过我也没有特别在意，我想应该是好容易考完，他要么跑出去玩儿，要么奔去看他女朋友。而且我信里的意思很明确，只是善意的提醒。

自从玫瑰小姐回来上班，我们的信箱里又开始出现她的名字，仿佛一下子又把我们拉回到那些心惊胆战的日子。不知道是不是跟做了母亲有关系，加上信的主题是节日的，比较喜庆，所以这次并不太吓人，看了几句，竟然还读出了丝丝喜悦。她通知大家年会的日期、时间和具体安排，请大家事先该请假的请假，该安排的安排，该推的都给推了。年会定在圣诞节前那个周一的晚上，下班以后，大家自行前往位于旁边高级商业区的高级电影院，每个人可以点两杯酒。那里有台球，可以边喝边玩儿，然后抽奖，最后看电影《林肯》，一边看电影一边吃饭，晚餐包括饮料、正餐和甜品。虽然这个电影名字无法让人激动，也与圣诞节的气氛有些风马牛不相及，不过看在公司埋单的分儿上，我还是决定参加，大不了吃完饭就悄悄溜走好了，反正黑咕隆咚的谁也看不见我。看电影这件事，早已消失在我的生活中，上次看电影是五年多前怀老大的时候，好在我对电影几乎没有什么兴趣，又不是周星驰的电影。末了，玫瑰小姐的特色又出来了，她特别强调，因为这次年会是公司全包，所以规定不能带家属，即使带也得自己花钱，而且还不一定能坐在一起，因为她定座位的时候得把办公室自己的人放在一起。因为要抽奖，奖品人人有份，所以答应去的必须去，说好不去的到那天也不能临时改主意又去了。总之，第二天下班前要把自己的决定告诉她，然后就再也不许改了。这才是玫瑰小姐写的信。

直到给詹姆斯的信发出去的第三天，我才收到他的回信。内容让我非常意外，也让组里每个人都很意外。信中劈头盖脸的一通话，我也不知道应该叫作怒吼还是爆粗口，总之字里行间都能读出詹姆斯的愤怒，难道我的一封信能有这么大的能量？有些话已经超出了我的理解范畴，总之大家都看到了詹姆斯从来没有袒露过的一面。屏幕右下角Google聊天的小标在闪，纳薇塔整天攥着手机仿佛攥着她的命一样，詹姆斯总是讽刺她，说哪天纳薇塔要是把手机丢了肯定魂儿也就一起丢了。这样分分秒秒关注脸书更新就有这么一点好，总会在第一时间看到信。点开对话窗口，纳薇塔问我詹姆斯是不是疯了，见过糙的，没见过这么糙的，这还是一个组的亲同学吗？纳薇塔说，你那封信也没说什么呀，他至于这么大反应吗？我正在想着怎么回詹姆斯这封信的时候，凯文的信进来了，他的愤怒程度并不亚于詹姆斯，他说完全不能接受詹姆斯的这封信以及他的态度，必须向我以及全组道歉，要不然绝对不答应。我以为马上就会看到的是阿尔多的信，可是一直到吃完晚饭都没有，这孩子，估计这会儿，他的心已经飞到阿姆斯特丹了。

晚上，在看到凯文发给詹姆斯要求道歉的信以后，我也给詹姆斯回了一封信，还是抄送给大家。他可以跟我吵架，但是我觉得我不应该跟他吵架，因为根本就没什么好吵的，我觉得他的反应过激了，有些莫名其妙，吵都吵不起来。我再次对他独当一面的做法表示感谢，因为冷场总是不好的，并且又解释了一下我的想法：谁都可以发言，但是，是不是应该在发言前或者告一段落时看看其他同学什么反应，有没有谁也想发言或者还有什么补充，仅此而已。而且我完全没有责备他的意思，只是善意地提个醒，希望在第三学期合作能够更加愉快。写完信，我想，如果看完这封信以后他还继续跟我发飙，那我也不会再理他了，根本不值得。

菲莉兹的机票刚好在年会前的那个星期六，赶不上看《林肯》了。星期五，跟菲莉兹的最后一顿午饭，请她去Domain一家名叫Gloria's的餐厅吃饭，萨尔瓦多和墨西哥风味。虽然我觉得与味道相比，餐厅的环境完全不重要，但是第一次来这里吃饭时，还是一下子爱上了这个精致考究、优雅浪漫的地方。在得州待得久了，处处自然风光，满眼的水泥和植物，饭馆也多是粗犷的牛仔风格，猛地走进这么一个地儿，仿佛迎面吹来一屡来自北京或者上海的清风，让我觉得久违和怀念。第一次来这里也是跟菲莉兹一起，可这是与她的最后一顿饭。曾经听说过，你不知道跟谁的哪一顿饭就是一生中的最后一次。并为此唏嘘，这回倒是知道了，敢情也好不到哪儿去。想起一起度过的时光，虽然不算长，但是聊得很深，所以此时的心情有些复杂。我问她行李都收拾好了吗。她说就算收拾好了吧，俩箱子，承载着她在美国十几年沉淀下来的所有物件以及回忆。来的时候是一个人，离开的时候依然是一个人。今天没怎么聊乔，这是我替菲莉兹感到高兴的地方，其实这么一个人，该聊的早都聊完了。结账的时候她说听伊琳说，在自己远程三个月这件事儿上，大婶儿还给使了不少劲儿，因为她的情况跟别人还不太一样，别人都是回自己国家才允许远程上班的，而她是去另外一个国家，办公室从来没有过先例的，这让我对索菲娅大婶儿的看法有所转变，按我妈的话说，大婶儿挺"仁义"。

把菲莉兹送回家，再回到办公室已经快三点，刚坐下就看到詹姆斯的信，第一句就是如果因为自己那天的表现而影响到全组分数的话，他感到抱歉，也对之前的那封信道歉。詹姆斯说不是冲我，而是因为他得知那天晚上的酒会上，阿尔多在与帅哥聊天时告了詹姆斯的状，说是因为詹姆斯话太多而影响了我们全组的成绩。詹姆斯的信中称阿尔多为"Maverick Hero Rock Star"（特立独行的英雄摇滚明星）。看到这儿，我突然有点儿晕，这是怎么个意思，好像出现了新情况。

对于詹姆斯的这封信，第一个有反应的是凯文。作为一个二十岁出头的小伙子，凯文热情、阳光，容易激动而又稍微有些多愁善感。无论什么样的感情，他都会在适当的时间以恰如其分的程度表现出来，却又发自内心，毫不做作。詹姆斯在这时候发这么一封信，除了之前我与凯文的信，还因为帅哥那门课的考试成绩以及每位评委的评语都出来了，我们组商业计划和演讲的分数不高不低，反正是过了。因为这个集体作业占的比重比较大，因此确实在一定程度上影响到了每个人最后的分数。所以，詹姆斯上来第一句话就是他觉得因为自己的表现而影响了全组的得分。

虽然詹姆斯之前的那封信彻底激怒了凯文，面对詹姆斯的道歉，凯文的回应是：我们的成绩不甚理想是因为我们对于注射器这个产品所做的市场验证远远够不上帅哥要求的水平，而他这门课最主要讲的就是市场验证。我们之所以没有下那么大的功夫是因为我们都仅仅把它当作一个作业来完成，远非一项工作，再说大点儿——一项事业。所以，光是市场验证不充分这一条就已经足够拖了整个商业计划的后腿，因为市场验证是基础，你的东西再好，吹得再天花乱坠，如果没有人需要，没有人会买，一切都是白搭。我们的商业计划市场验证这部分是阿尔多负责的，也不能说一点儿没做，幻灯片一打出来，猛地一看也挺漂亮的，问题帅哥是谁啊，那些评委又是谁，就我们这点儿小儿科的市场验证完全糊弄不了这些大仙儿。除了解释分数不高与詹姆斯无关以外，凯文还提到了问答环节。他说问答环节是我们在之前彩排中没法练习的，因此也不能怪詹姆斯。他承认，我们对于有些问题确实回答得过多了，但是总比没人说话强，这也暴露了我们之间在台上合作的一些问题，只要今后注意就好。最后，凯文感慨了一下，就在两三个星期前，我们的商业计划还看不出什么模样，但是经过大家的努力，我们五个人终于站到了讲台上，起码在走出考场的那一刻，我们是深深地为自己而骄傲的，这就足够了。凯文的最后一句话我记得最清楚，"We win and lose as a team."颇有些成也萧何、败也萧何的意味，我从这个年轻人的身上感到了一种宽容和力量。

就在我以为这件事已经以好莱坞式的结尾圆满结束的时候，沉寂了好几天的阿尔多终于浮出水面。他在信中承认确实在酒会上跟帅哥说过詹姆斯应该学会如何闭嘴、保持安静，但是他的这句话并不是针对问答环节詹姆斯抢话，而是因为詹姆斯当着帅哥的面儿管他叫"Rico Suave"。阿尔多还说，他完全同意凯文所说的，我们的分数不高不是因为詹姆斯，而是因为我们下的功夫不够。一个评委私底下对他说，他儿子就要随时随身携带Epipen，他们想看到的是，到底有多少人会丢下Epipen转而使用我们的注射器。阿尔多的最后一句是：每个人都是好样的，对于詹姆斯的误解，他感到抱歉。

看完阿尔多的信，转回去查"Rico Suave"到底是什么意思。字典上说，这是一名厄瓜多尔的歌手，集英俊、强壮、名利、好运于一身，引申义为所有好事儿都占全了的帅哥，特别有女人缘，一辈子都走桃花运。其实可能换一个时间和场合，阿尔多就会享受这个名号了，至少会一笑而过，偏偏是在那时那地，偏偏是帅哥面前，偏偏是我们的问答环节刚刚被詹姆斯一个人给包圆儿了。当所有这些碰到一起，误会便产生了，即使表面都互相道了歉，这二位的梁子也由此结下了。这样看来，那天晚上詹姆斯在看到我发的那封信之前，便已经知道了大家对他话太多而有意见，只不过我的那封信再次激怒了他，所以反应才会那样强烈，也难怪阿尔多一直都没回信。

# Chapter D

## 热舞在伦敦清冷的夜

## 01 公司年会：飞向伦敦

工作十来年，印象里这好像是我第一次参加单位组织的年会，虽然这也不是通常意义上那种场面宏大、每个人都打扮得端庄正式的年会。以前在使馆和难民署上班的时候，办公室人少，哪儿搞得起来什么年会，顶多是跟同事一起出去吃顿饭。突然意识到我一直都在很小的单位上班，每天接触的人也非常有限，现在这样同几十个人在一个大办公室已经是空前了。

电影院位于整个商业区的边缘，靠近我们办公楼。虽然中间只隔一条铁路和一小片荒地，还是没办法直接走过去，眼看着就在眼前，也得开车绕上一会儿。跟杨娜和易多多一起下楼，分头开车过去。要不是抬头看了好几眼名字，确定没找错地儿，真是觉得自己走错了，无论是外观还是大门，都是餐厅的样子，完全想不到里面还有一个电影院。走进去，发现大厅差不多已经被我们办公室的同事占领了。奥尔加在众多人里格外显眼，一条经典的小黑裙把她包裹得玲珑有致，她本来就高，还穿了一双带防水台的高跟鞋，成为所有人中个子最高，也是最耀眼的一个，我这才突然想起来她上星期刚刚问过我年会时要不要打扮。

刚点了一杯鸡尾酒，杨娜和易多多也进来了，我们几个坐在一桌。杨娜环顾四周，突然让我往一个角落看，只见玫瑰小姐正与她的男朋友卿卿我我，不是说不许带家属吗？而且就算谁不遵守纪律，玫瑰小姐也不能不遵守纪律，规矩不是她定的吗？！不过，这种事儿也就玫瑰小姐能干得出来，必须是她的风格。我倒要看看，一会儿看电影的时候她男朋友会坐在哪儿。

我觉得在所有酒中，鸡尾酒是一种隐藏最深的酒。它晶莹剔透、颜色诱人，饱含各种水果美妙的芳香，酒的味道只占其中比较小的一部分，正因为这样，才比较容易放松警惕。事实证明，可别把豆包不当干粮，尤其是在晚饭时间却又没吃晚饭的时候，即使果味再甜美，酒味再轻盈，怎么说它也是烈性酒，两杯下去，足够让我感觉到晕乎乎了。我喜欢各种鸡尾酒，唯独一样，辣的"血腥玛丽"，那重口味，真是不敢恭维。就是那个上着学突然找到得州农工商学院的工作而退学的同学，他的最后一节课后，叫大家去附近一家名叫"墙上的洞"（The Hole in the Wall）的酒吧喝上一杯。这家酒吧虽然不在著名的六街，却也小有名气，算是近年来的后起之秀。我跟调酒师说要一杯血腥玛丽，不知道加了西红柿汁的伏特加算不算是一种健康饮料。调酒师问我要不要辣的，嘿，这个没尝过，也想象不出来，肯定跟二锅头不是一种辣，那就尝尝呗！结果就是，我觉得自己真嘴欠。这也可以叫鸡尾酒吗？明明端着一盆儿混杂着各种菜味儿的咸西红柿汤。我真想问，帅哥，咱这儿有烙饼吗？

等到大老板和二老板到场，玫瑰小姐宣布抽奖开始，人人有份。头奖是亚马逊200美元购物卡，其他奖项包括各种面值的购物卡，最低一档是25美元，此外还有几个奖是一天的带薪假。头奖被安德莉亚领走，这个既幸福又满怀遗憾和怨念的准妈妈已经决定再过俩月就辞职回法国，跟自己爸妈一起等待小生命的降临。我觉得小锛儿男的心理非常强大，这种情况下一直可以非常淡定地每天上班下班，中午在楼下餐厅与同事愉快地共进午餐，在楼道或者厨房遇到还能开玩笑。总之，生活在继续，并且波澜不惊地继续着。他明确告诉安德莉亚，虽然自己不会娶她，但是会承认这个孩子，并且许诺会在孩子出生后去法国看望孩子。等孩子稍微大些，他还会邀请安德莉亚带着孩子去休斯敦，他有很多家人在那儿，会让他们见见自己的孩子。

直到抽奖盒子里的纸签全部被打开，我也没听到自己的名字，玫瑰小姐宣布抽奖结束，接下来请大家进入电影院，电影马上开始。我赶紧走过去问她怎么回事儿，她说有俩同事本来说不来的，结果今天突然又来了，让我上班以后去找她，肯定会给我补上。

要说全奥斯汀最高大上的电影院，走进放映厅以后才能明白是什么意思。放映厅很小，可能只有几十个座位，全部是可以放平的沙发。沙发两两一组，每个沙发旁边都带一张小桌子，每张小桌子上都有一张印刷精美的菜单，打着我们公司的名字，一共六种主菜和饭后甜品，主要是美国和墨西哥风味。得州因为靠近墨西哥，不仅有很多合法和非法移民在这里从事各种体力工作，比如建筑、家政服务、园林绿化以及餐厅服务，在饮食上受墨西哥的影响也比较深，还专门有一种风味叫作"Tex-Mex"，得克萨斯和墨西哥俩词儿各取一半，这是一种融合了得州和墨西哥风味的菜系，包括各种烤肉、卷饼、米饭、豆类以蘸西红柿汁或牛油果汁为基础调料的玉米片。服务员告诉我们哪个区域是我们的，找了个稍微偏点儿的沙发坐下，杨娜和易多多坐在我后面，刚跟她俩一起研究完菜单，便看到玫瑰小姐挽着她的男朋友大大方方地坐在了我右边的两张沙发上。孩子都有了，还可以做热恋中的情侣，真恩爱。

圣诞节前夕放《林肯》，这绝对不是贺岁片的路子。无论题材、画面还是对话都很沉重，所以我只能专心吃饭了，好在这儿的饭菜还是非常美味的，完全超乎我的预期，因为通常这种地方的饭菜都不怎么好吃。我点了一个鸡肉Quesadilla，这是一种墨西哥馅儿饼，上下两层薄饼，中间是混在奶酪里的鸡肉，切成三角形，三面不封口。趁热吃，滋味浓厚，还挺香。正吃着，服务员给我送来一杯饮料，还没等我说我没点饮料他就跑了，那我就凑合喝两口吧，省得浪费了怪可惜。馅饼吃了一半，剩下的明天中午刚好够一顿午饭，让服务员帮我打包。没过一会儿，另一个女服务员又给我端来一块奶酪蛋糕，这我也没点呀，哦，可能是今天晚饭的标配吧，那就吃呗。酒足饭饱，我开始琢磨开溜的问题。直到好多天以后，一次闲聊时偶然提起那天看电影，我才知道那块蛋糕是易多多点的，这么说饮料也是别人点的。易多多说她还纳闷呢，怎么一直等到电影结束她的蛋糕都没来，都快成千古之谜了。看来那个电影院服务员的工作环境挺恶劣的，整天在那么黑咕隆咚的地方猫着腰走来走去的，也是够难为他们的了。

圣诞节休了几天假，去奥兰多的迪斯尼玩儿了几天。第一次到这儿是七八年前，那会儿我还是单身，可能也过了爱上迪斯尼的年龄。好看是好看，可是一点儿都不能全身心地融入这片处处繁华的童话世界中，完全没有想象中的开心。那次在迪斯尼，我突然意识到，当心中的童话已经不复存在的时候，即使身在其中，心境也回不去了。就好比在看一场热闹，无论眼前打得多么热火朝天，也丝毫跟自己没有关系。没有孩子的时候一直不明白什么叫作"孩子会改变你的生活"，也想象不出来能怎么改变，现在终于明白了。那就是，无论什么事，你再也不能像从前那样随意按照自己的意愿主动选择。比如此时此刻，我带着一个三岁的孩子和一个五岁的孩子，能去玩儿的地方好像也并不太多。

新年的第三天，我和纳薇塔在机场碰头，一起踏上英国之旅。虽然之前的准备工作烦琐，我们也都觉得飞那么老远憋在屋里上课是件非常不能理解而且劳民伤财的事情，可是对于久违了的单飞和从来没去过的地方，我还是感到非常激动和兴奋。在达拉斯转机时，纳薇塔把她那件浅米色的棉衣绑在箱子上，然后拉着箱子一边跟我聊天一边晃晃悠悠往前走，到登机口前坐下时，突然发现一只袖子一直耷拉在地上拖着走，已经变成黑色。一只袖子也可以让我俩笑上半天，我觉得比在迪斯尼玩儿要开心多了。

我这次的机票是用里程换的，联航的网站可能出了错，从达拉斯到伦敦，经济舱比商务舱还多花500英里，要真是这样，谁那么缺心眼儿会订经济舱呢？路上赶了赶两门课的作业，一门是曾经给我们科普过伦敦吃住行的老太太，她这学期教的是国际化和技术转化，另一门是技术和商业风险管理，其中很大篇幅介绍了专利。我坐飞机从来都把自己的包放在地上，这回空间大了，更得放在手边，就立在靠窗的地上。作业包括几个丰田汽车的专利文件，每一个篇幅都很长，法律条文又非常枯燥，还没看完第一页就困了，好好享受了一把几乎可以放平的椅子。也不知道因为做梦还是怎么了，当我突然惊醒时，赶快把椅子复原，去摸包里的电脑。这个椅子放倒的时候幅度大，劲儿也很大，刚才放倒的时候我还嫌包碍事儿，使劲儿塞了塞，可别把我包里的电脑给挤坏了，没电脑，这一趟的麻烦就大了。可能因为正好顺在椅子和机舱壁中间的缝里，电脑完好无损，终于松了口气。

下飞机时，商务舱这边下得快，我就站在机舱门那里等纳薇塔，一个又高又壮的美国妞儿突然从通道往回走，想再回到飞机上，被地勤挡在外面，说离开飞机的旅客一律不许再返回机舱，并且问那个女士有什么事。她说自己的iPad忘了拿，必须得进去，态度非常蛮横，并且强调了好几次自己坐的是商务舱。地勤是个中东一带的女士，告诉她什么舱都不行，这是规定。两边正在伨伨着，机舱里的空姐问美国妞儿她的iPad放在哪里，可以帮她找，美国妞儿极不情愿地从牙缝里挤出自己的座位号。过了好一会儿，空姐把一个金属壳弯曲，屏幕已经粉碎的iPad递到美国妞儿面前，说肯定是你放倒椅子的时候给挤坏的。美国妞儿一脸铁青，几乎是从空姐手里夺过机器，狠狠转身，气哼哼地跺着脚走了，这火实在是跟谁也没法发。这时，纳薇塔也拉着她捆着黑袖子棉衣的小箱子走了出来。

根据国际化老师的建议，我和纳薇塔在机场一个小卖部里一人买了一张公交卡，押金五英镑，又往卡里充了二十英镑。都走出小卖部了，纳薇塔突然想起来什么，又拉着我回去，买了一小瓶威士忌和一听红牛。她说一会儿忙着找酒店，估计没工夫买酒了，并且告诉我这两种兑在一起又好喝又给力。

我俩拖着箱子，按照机场的指示牌找到轻轨。进站刷卡的地方跟北京一样，只不过从电梯到各种设施都已经很旧了，与北京远不在一个时代。就在列车缓缓停在面前的时候，我和纳薇塔都有点儿愣，刚才什么车站、电梯和设施就全都不算什么了，这列车也不知道是什么年代的，比我小学时候的北京地铁还要古老，而且很矮。靠近车厢末尾的门只有半扇，窄窄的，小小的，只够一个人通过，纳薇塔的大箱子得对准了才能拖进去。车厢里很空，跟纳薇塔并排坐下，开始一边有一搭没一搭地聊天，一边感受这盼望已久的英伦风情。

没有太阳，天有些阴阴的，天空也是灰蒙蒙的，窗外闪过光秃秃的枝丫和杂乱的厂房，要不是间歇出现的具有明显欧式风格的尖顶小房子，还以为穿越回到儿时冬日的北京。听纳薇塔讲述她一个中学同学，现在在伦敦，两个人自从毕业后就再也没见过面，后来通过脸书联系上，所以这次十几年后的相会让纳薇塔更加兴奋。不仅如此，她这位同学还准备给她介绍一个男朋友——一个在伦敦行医的伊朗人，刚离婚不久。我从纳薇塔那儿听来的所有在美国和英国的伊朗人不是医生就是商人，不知道到底是在这两地的伊朗人确实多数干这两件事，还是只有干这两件事的伊朗人才能达到纳薇塔的要求。不一会儿，来了一男一女，坐在我俩对面，大概四十岁多，也可能更年轻一些。两个人都穿牛仔上衣和牛仔裤，淡黄色的头发都有些蓬乱，女的把头发随便在后面一扎。他们俩的脸都是红扑扑的，就像小学歌咏比赛时脸上一边抹一块胭脂的效果，加上有些青涩的表情，煞是可爱。他们俩一直手拉着手，攥得很紧，小声说话，时而相视一笑，很单纯的笑容。纳薇塔也在观察对面的一对儿，她用胳膊肘捅了我一下，然后不怀好意地笑。可不是，这个从小长在富裕人家的姑娘，从来没有去过任何地方的农村，对美国国家公园的自然风光也丝毫没有兴趣，只喜欢迪拜、洛杉矶这样现代化的城市，对面这二位的形象已经完全超出纳薇塔心目中标准的模样。

终于到了我们要下车的一站，我俩拖着箱子走在拥挤的人群中，最后一段到地面的台阶没有电梯，我只有一个大包，虽然沉，但是比较好抓，跟跟跄跄自己拖到地面。纳薇塔可惨了，她有一大一小两个箱子，正在发愁，后面走上来的一个小伙子问她要不要帮忙。等她的空儿，看到一位推着婴儿车的女士也在楼梯那儿四处张望，好在马上就有一个过路人帮她把婴儿车一起抬了上来。看来这老牌帝国主义的基础设施亟待加强。

虽说已经在地图上看好酒店的位置，可是随着拥挤的人群出站也不知道出对口没有，上到地面，发现身处一个小商业广场的正中间，一圈都是商店，一圈都有马路，一圈看着都差不多，拖着箱子绕了两圈，还是没看懂应该往哪个方向走。刚刚四点多，天色已经开始有些发暗。在奥斯汀待得久了，冬天虽然偶尔也会有零下的时候，但大都非常短暂，因此对于北京冬天那样的凛冽感觉已经有些久远。可能来之前对于伦敦的冬天已经做好充分的思想准备，以至于准备得有些过了，所以此时此刻倒觉得比我想象的要暖和不少。问了两次路，终于拐上一条大马路，远远看到酒店的名字。

酒店不大，也不是连锁酒店，而且我猜它的年头也不短了，没有斜坡，得接着扛箱子。所以，到伦敦逛，建议提前进行体能训练。今天应该是同学中到得最集中的一天，明天早上开始上课。今天晚上有一个招待会，所以要求所有人在七点前到达。大堂很小，几乎被我们班同学以及箱子占满，很多是刚到的，也有上午或者前几天就到的，现在正要出门或者刚从外面回来的。异国他乡又见到熟悉的面孔，虽然同样时隔两周，感觉却格外亲切。跟纳薇塔办好入住手续，看到史蒂夫和他们组长着蜡笔小新眉毛的搭档里奥从外面进来，看到我们，很高兴地打招呼。可能因为特别兴奋的缘故，里奥的眉毛愈发像蜡笔小新的了。他兴致勃勃地问我们来时路上是否一切顺利，然后一边从裤兜里掏出公交卡，一边向我介绍："你知道这张卡吗？！神奇极了！简直不敢相信，太不可思议了！坐地铁的时候，只需要一边走一边轻轻地在那儿一晃，门就开了，你就可以进去了，都不用把卡塞到机器里，也不用站住刷卡，太神了，伦敦真是太高大上了！"我觉得美国人有时候确实挺可爱的，比如此时此刻的里奥。我微笑着听完里奥介绍完神奇的公交卡，对他说："是的，很神奇，北京已经用了很多年了，而且不光能坐公共汽车和地铁，还可以干很多别的事儿。""蜡笔小新"有些尴尬，解释在圣安东尼奥和很多其他城市从来都没见过。我也突然意识到自己是不是太刻薄了，可是这事儿我实在是假装不出来呀，真的想不到一张公交卡都能让他兴奋成这样。

跟纳薇塔把东西扔到房间，换了件衣服就冲出酒店，我们想趁晚饭前这一个多钟头赶紧看看街景。刚才从地铁站往酒店走的时候，满大街大红色的电话亭和大红色的双层公共汽车已经吊足我们的胃口，那简直就是伦敦的标志之一。不仅如此，刚才还路过一座博物馆，就在酒店斜对面，维多利亚和阿尔伯特博物馆，看介绍，自然博物馆也在附近，现在时间不多，就先逛逛这个吧。

维多利亚和阿尔伯特博物馆建于1852年，之后在维多利亚女王为博物馆一个侧厅举行奠基典礼时改成现在的名字，以纪念自己的丈夫阿尔伯特。馆藏品主要是艺术品，多数来自欧洲，也有中国、日本、印度以及部分伊斯兰国家的藏品。对中国人和伊朗人来说，博物馆、文物和历史恐怕都不是什么陌生的、特别需要膜拜的事物，这个念头是在希腊厅偶然看到艾米的时候突然冒出来的。人群中的艾米格外显眼，不光是因为我认识她，还因为她张着嘴、仰着头、充满笑意和神往的表情，看这架势已经被四周墙壁上充满裂缝的石刻给惊呆了，以至于我以为还有同学跟她一起来的，要不然谁好好地逛个博物馆还咧着嘴呢。艾米也发现了我和纳薇塔，热情地打招呼，睁大眼睛一边不停地摇着头一边说这简直太不可思议了！

　　我发现很多美国人使用形容词时从来都毫不吝惜，反正全都往大里整，往满里说，时间长了，已经习惯在听到他们夸奖什么东西的时候自动降几档，才大致相当于中国人的感觉，要不然很有可能会失望。在这个环境中待得久了，连自己的标准都降低了。比如饭馆儿里吃饭吃到一半的时候，服务员走过来问味道怎么样，回答"Great（非常好）"就是还行，能吃。话说我觉得服务员单独询问这个环节真是特别多余，表面看是关心你，其实谁能说"一般"或者"难吃"呢？！楼上楼下转了转，感觉也没有什么特别，跟纳薇塔出来，还有半个小时时间，沿着大街随便走走。这恐怕应该是伦敦最宽的马路之一，地处闹市，熙来攘往的人群，时停时走的车流，满大街一边走路一边抽烟的行人以及满地的烟头让我感觉到终于又重返人挤人的大城市，哪怕只是在大街上这样漫无目的地溜达溜达也是幸福的。这让我觉得特别亲切，让我想起梦中的北京。

## 02 相聚在英伦：一个人的美妙时光

　　与整个酒店的规模相比，这个餐厅倒是不小，已经被我们包了场。准时走进餐厅遇到很多平时远程的同学，包括在美国其他州以及韩国和保加利亚的同学。这些每次课上都被挂在幕布上的面孔终于走了下来，活灵活现。老大发表了简短的发言后开始上菜，标准的三道菜。我坐在阿尔多旁边，他提前两天来的，已经把伦敦市内必看的差不多都看完了。阿尔多看上去很兴奋，侃侃而谈，我特别注意了一下詹姆斯，他和老大坐在一桌，与我们相隔几张桌子。自从发生那次不愉快之后，这是我们第一次见面，又不自觉地聊到了那件事。阿尔多提起酒会当天的场景，说其实开始都是开玩笑，只不过话赶话给说急了。仔细回想，酒会那天我们大家同在一个房间，我怎么一点儿都没注意到边儿上火星四溅的对话和紧张的气氛呢？难道是因为自己盘子里的食物和坐在对面的一个女评委的丝袜都很诱人，让我对周围的环境全然无感吗？阿尔多向我投来鄙视的目光，然后冲我挤眉弄眼，因为丹尼尔和艾米就坐在我们邻桌。

　　丹尼尔比四个月前稍微恢复了点儿，不再瘦得皮包骨，看他聊天时谈笑风生的样子，也与正常人无异，不知道他的抑郁症是不是完全好了。纳薇塔说，她的同学已经在路上了，要过来接上她再去找地儿吃饭，以尽地主之谊，顺便会会那个伊朗医生。这不就是相亲嘛。我也跟她一起起身，同阿尔多告别。我问阿尔多晚上还有什么节目，他很夸张地冲我们挤眼睛。

　　走下小小的电梯，穿过狭长的走廊，发现酒店房间确实很小。按照詹姆斯说的，伦敦的酒店房间大多比较小，这个房间面积可能跟日本酒店一个级别。两张单人床分别靠墙，中间就只有一个床头柜的宽度，另外一边还有一个衣柜和一张很窄的写字台，这些就几乎把整个房间占满了，不过洗手间稍微大一些。我们都把大衣和外套从箱子里拿出来，衣柜一人一半，挂整齐。纳薇塔从箱子里拽出一件又一件各种风格和季节的衣服，一会儿一件浑身亮片儿的背心儿，一会儿一条装饰烦琐的裤子，仿佛到了盛夏时节。找完衣服又找鞋，她就像变魔术一样变出各种鞋子，光是带着厚厚防水台的高跟鞋就带了两双。

终于把这位姑娘送走，我把第二天课上要用的东西准备好，然后下楼去。晚饭前太匆忙，我想一个人踏踏实实地随便走走。丹尼尔站在酒店门口抽烟，跟他打了个招呼，我就往灯火通明的那边走去。夜晚十点来钟的街上已经没有刚才的熙熙攘攘，多数店铺都已经打烊，只剩下零星的几家饭馆和便利店还在营业。点点灯光将哈罗德百货公司的外形勾勒出来，也照亮了周围的街道和夜空。这家被称为伦敦最负盛名的奢侈品百货店位于一幢经典的英伦建筑内，临街的一面全部是玻璃窗，已经暗下来的灯光丝毫不能掩盖店内那些美轮美奂的装潢以及精美的物件。不时有轰鸣的车子从身旁掠过，打破这安静的夜晚，也正是这样的轰鸣，才会在车子消失在远方之后让人意识到身边的寂静。曾几何时，我便开始享受这样的夜晚，这样独自一人走在异乡路上的夜晚，漫无目的，不用着急，不用看表，也没人等着我。这样无拘无束的自由时刻对我来说特别稀少，尤其是最近几年，因此愈发迷恋。

我是有多少年没跟家人以外的人同住一个房间了！尽管房间门被推开的时候除了那"咔嗒"一声之外，几乎没有其他响声。我还是醒了，看看表已经快夜里一点了。纳薇塔为吵醒我而道歉，我说没关系，反正也全醒了，索性跟她说说话。看得出来，纳薇塔还沉浸在刚才的聚会中，很兴奋。她说她的同学和先生带她去了一家伊朗饭馆，好吃极了，见到了那个伊朗医生，一边说一边在手机上翻出那个小伙子脸书上的照片给我看。一件简单的白衬衣，头发有些卷，抹过啫喱膏，全部向后梳，一绺一绺的，面庞稍微黝黑，有点儿壮，总之就是典型伊朗人的样子，无论个头还是长相都是中等。伊朗医生三十一岁，一年前结婚，现在刚离婚不久，前妻也是伊朗姑娘。纳薇塔说那个小伙子对她表现出一见如故的殷勤，不仅仅是他乡遇老乡的那种亲切，她觉得他很喜欢自己。吃完饭，小伙子还带他们一起去了一家夜总会，跳了会儿舞，喝了点儿酒，聊了会儿天。我问纳薇塔，那你喜欢他吗？她咯咯地笑，说还行，不讨厌。话说相亲这种事儿，如果第一次见面双方感觉都还行，就已经很不容易了。

第二天早上八点整准时上课，八十来个人把酒店两间可以打通的多功能厅占得满满当当。我跟纳薇塔坐在比较靠后的位置，无论是走神儿还是传字条，这里都比较安全。上午的课是国际化，老太太讲的很多东西我觉得对"外国人"来说都属于常识范畴，可能对很多美国同学来说属于"知识"。我当然不否认课程的重要性，但是单就这门课来说，好像经历和文化有关系，经历的多了，自然而然也就知道了。不过听听被提炼到一定高度的常识也没什么不好，权当看看热闹。窄窄的桌子上，每两个人之间放着一小钵薄荷糖和两瓶玻璃瓶装的水，一瓶是普通水，一瓶是加了气儿的水。看来，这家酒店的四颗星并不体现在酒店和房间的新旧大小上，而是包含在所处位置和这些细节里的。

午饭是在前一天晚上包场的那个餐厅里吃自助，而且直到课程结束，几乎每天的午饭都是在这里。排队时站在国际化老太后面，她的头顶差不多到我鼻子，所以我正好看到她的头发。上午离得远，这会儿才突然发现她所有头发都是紫色的，茄子紫的那种，再往下看，她穿了一件紫色带暗花的夹克，深紫色的裤子，难道她把头发染成紫色是为了配这身行头？这也太敬业了，比我们的大婶儿还投入。老太太行，够前卫的！别说我只在十多年前染过几次头发，就是染发，也生怕太明显而选择接近黑色的颜色，这种距离原发色比较远的颜色更是想都没敢想过。我一边随着队伍慢慢往前挪，一边看着老太太的紫头发胡思乱想。她突然转过身看了我一眼，然后望着案板上的火腿说，这个看起来好像很不错！我竟然一下子有点儿没回过神儿来。她让师傅切了一片儿，伸手去接，然后接着对我说，她想在网上开一个话题，作为下次作业的主题，谈谈对世贸组织以及其他国际组织的认识，说我以前在联合国工作过，希望我能多说一点儿。我有点儿冒冷汗，全班八十多个人，只听过她一次大讲座，此外我还从来没跟她说过一句话。这老太太，情况够熟的，她该不会也知道我刚才站在她后面偷偷想什么吧？！

在接下来的几天里，每天从早到晚，我们都这样在酒店里度过，只有在中午快速吃完饭后才能走出大门，呼吸一下或夹杂着水滴、或被寒风搅动的新鲜空气。当然，傍晚下课到睡觉这期间还有六七个钟头，又几乎是一整天的时间，每个人都充分地闲不着，比如沉浸在无限喜悦中的纳薇塔。

纳薇塔的好姐们儿几乎每天都来找她，反正她也不用上班，在家踏踏实实地做阔太太。有一天来早了，纳薇塔溜出教室，为了不引起身兼考勤员的凯瑟琳的注意，她只拿了电话和房卡，让我下课以后帮她收拾书包带回房间。下课时经过大堂咖啡厅时，我看到她俩正坐在那儿说话，便走过去打招呼。这姑娘一头黄色的长发，应该是染过的，属于那种看好多眼都记不住长相的，总之哪里都淡淡的，跟纳薇塔完全是两种范儿。她们俩算闺密吗？应该算，可又十多年没联系，所以趁着这十多天的相处可劲儿恶补。如果不是这趟伦敦之行，不知道她们俩这辈子还见得着见不着。看来这次纳薇塔的收获应该是最大的。这位闺密同学每天带纳薇塔出去吃晚饭，然后每天去一家不同的夜总会，据说都是伦敦最有名的高档夜店。当然，那个相亲的小伙子也每场必到，所以纳薇塔夜里回来的时间也以每天比前一天晚半小时的节奏继续着。我呢，也很快适应了这个规律，对于她回来的动静，我的反应也越来越不明显。到了第四天和第五天，我已经可以做到完全不知道她什么时候回来的，只在每天早上醒来时突然发现对面床上有个人。

对此，纳薇塔觉得有些过意不去，因为之前一直说要跟我一起玩儿的。我说没关系，你难得来一趟，难得跟你的同学见面，总共就这么几天，必须抓紧每一分钟，何况还有一小伙子。其实，最重要的是，好不容易从连续多年每天被柴米油盐和孩子包围的生活中跳了出来，我急需喘口气儿，自己一个人，在一个没有任何人认识我的地方，这种独处对我来说弥足珍贵，而且转瞬即逝。纳薇塔还没结婚，也没有孩子，对我所说的，她虽然嘴上说明白，但是我严重怀疑她到底能理解多少。她说过两天一定一起出去玩儿一次，并要叫上詹姆斯。

除了国际化，我们在伦敦期间还要上另外一门课，技术和商业风险管理，是一位六十多岁的秃顶男老师授课。不过，虽然他的头发不怎么好，花白胡子却浓密茂盛。他讲的课我总觉得听不太懂，总好像是隔着一层，又说不清楚到底隔在哪儿了。恐怕跟说话方式、习惯用语以及思维方式都有关系。最主要的可能还是因为我对他的课没什么兴趣。他给我留下最深的印象是第一次课间休息时，他把幻灯片最小化，大屏幕上出现了他的电脑桌面，一幢已经超出普通住宅范畴的白色房子矗立在薄薄的雪中，当时我的脑子里出现的是"公馆"这个词，房子前面斜着停着一辆老爷车。当时就有人问，这是你的房子吗？老头儿说是，然后自然而然地，讲台下就是一片对这幢房子的恭维之声，老头儿听着很是受用。无独有偶，第一学期那位特别牛的会计老师的桌面也是房子，只不过是航拍的远景，碧蓝的水边，一小片白色的公寓掩映在绿色之中。会计老师说那是他在密歇根湖畔的公寓，奥斯汀太热，他每年去那里过夏天。当时，他就是在他的"夏宫"里给我们判的考试卷子。

## 03　嫁给那个不会浪费自己的人：独自逛伦敦

就在到达伦敦后不到一个星期的时间里，凯文病倒了。据他说，离开奥斯汀之前，他去北方参加了一次短训，每天强度极高的训练加上连续不断或长或短的旅行，折腾感冒了，没想到愈演愈烈，终于在到达伦敦后没几天就倒在床上，发烧39℃。酒店服务生告诉他附近有一个小诊所，他攥着地图晕晕乎乎地终于找到了，结果发现诊所已经停业。无奈，只好晕晕乎乎地回来，又找了另外一家医院，要坐三站地铁。凯文说好不容易挣扎到了那家医院，等了好几个小时不说，大夫态度还非常恶劣，两分钟就把他给打发了，理由是"你病得不够严重"，处方是"回去待着"。

几天来，纳薇塔有空就给我讲伦敦的各种美好，包括免费医疗。不用说，肯定都是那个伊朗小伙子给她灌输的。纳薇塔自己被洗了脑，又试图来给我洗脑，看来这几天以来，伊朗小伙子的功夫没白下。免费医疗是个看上去很美好的词，但是免费的东西肯定也有需要将就的地方，比如医院环境、医生态度、服务质量都有可能会打折扣。几年前，曾经有一张在网上流传很广的预约单子，一个中国人在加拿大约胃镜，一下给他排到了两年以后。对于加拿大的医疗系统，我的样本可能确实小了点儿。在儿子快一岁时，我们去加拿大东部几个城市度假，就在距离打疫苗还有两个星期的时候，他开始出水痘，把度假变成了加拿大医院体验之旅。在那一个多星期的时间里，我们去过小诊所，也去过正规的儿童医院，当时的经历至今历历在目，一个字儿——等。而且因为我们是外国人，不能享受当地的免费医疗，只好献上595"刀"。免费的不完美，收费的也不一定就好。美国医疗倒是不免费，还是一个字儿——等。急诊？那又怎么样？！很多时候，只要病人还有一口气儿，就请耐心等候吧。除了门诊，其他服务中出现的各种事故我暂且就先不吐槽了，总之都是自己的亲身经历，而且还是全美名列前茅的著名儿童医院。所以，我经常很怀念北京的医院，每当看到各种抹黑我们国家的医院、医生和护士而对国外医疗系统盲目崇拜的文章时，我都觉得很悲哀。哪里都有弊端，最好亲身体验一下再评价。而且，全世界有那么多国家，各国间的差别也大了去了，有些人说起"外国"来，就好像这个世界上只有两个国家，一个叫中国，一个叫外国。虽然同是免费医疗的伦敦医院对加拿大人凯文来说应该并不陌生，但这艰辛的求医路还是激怒了小伙子，从他叙述整个过程的语气中就能感受到他的愤慨。光是我就听他叙述过不下三四回，当然是在不同场合，面对不同的前来关心他的人，而且每回都是越说越火。加上被感冒所折磨，他不能再像平时那样依靠每天惊人的饭量维持一名橄榄球运动员的体重了，短短三天就瘦了十二三斤。

凯文的病倒对我们组来说简直就是重大的损失，虽然我早就意识到了这个问题，但是发生在现在感觉尤其明显。因为不像平时每两个星期上一次课，中间有相对较长的时间准备作业和课上练习，现在每天都有"公馆"老师的课，他的那些专利条文、与专利相关的作业以及三天两头的课上演讲让我觉得有点儿招架不住。虽然凯文说他会尽量参加，但是看着蔫蔫儿的凯文，我也不好意思让他多干活儿。这会儿，我们组倒是需要詹姆斯大包大揽了。阿尔多和詹姆斯已经基本不说话，只在必须一起的时候才勉强坐在一起，我夹在他俩中间有时候很难受。纳薇塔？根本想都不要想，她实在太忙。

几天以来，我几乎每天晚上都坐着地铁出去闲逛，有时候是商业区，有时候是去看大本钟，有时候就是随便去一条大马路上。有一天，我没有任何目标地瞎走，走进了唐人街，处处灯火，人流如织。我很喜欢街边不时出现的各种教堂，经常是一排台阶上去，高高在上的样子，需要仰视。无论大小，都有种幽幽的寂静和深邃。虽然我不信教，但是我挺喜欢看教堂。我所看过的欧洲教堂，无论从建筑还是从气势上，都比美国很多教堂有看头得多，饱含历史的沉淀，古老、精致、繁复、华美、富有气质。以至于到美国前，我还以为全世界的教堂都应该是那种样子。一天逛完回酒店，我出地铁站时经过一个小卖部，突然想到也不知道凯文怎么样了，好像应该去慰问他一下。我便在小卖部里买了几大瓶牛奶和一袋面包，给他买吃的不太容易，不是不知道买什么，而是不知道买多少合适。少了怕他不够吃，多了怕房间里温度高，吃不了会坏掉。毕竟，酒店里那个小小的冰箱根本塞不进去大瓶的牛奶。回到酒店，我在前台那儿问到凯文的房间号，把塑料袋放在他的门口，然后回房间给他打电话，让他开门拿。我想，无论他在睡觉还是衣冠不整，直接敲门可能都会让他觉得尴尬吧。我还顺便问了问他感觉是否好一些，星期三的议会参观是否能去。他说已经见好，到时候再看情况，总之会尽量去。

打开电脑，我从手机里翻出史蒂夫给我留的一个网址。中午吃饭的时候跟史蒂夫坐在一桌，得知我们俩都是在课程结束之后再在伦敦多待一天，而且返回奥斯汀的航班起飞时间也差不多，可以一起去机场，然后又聊了聊这几天都去哪儿了。同学中有很多提前来的已经去过的巨石阵，那里距离伦敦120多公里。史蒂夫说在网上找了一个评价还不错的一日游，不光去巨石阵，还有温莎城堡和巴斯浴场，这恐怕是在同一天内看到最多景点又不用开左舵车的唯一途径。他问我想不想一起去，我说好，找到了史蒂夫说的同一天的同一条线路，报名交了钱。


几乎每天都有各种规模的约会。大到凯瑟琳给全班发信，时间地点定好，谁想去就去，老大、各种老师和家属也经常会去；小到临时即兴招呼一拨，要么是在课间端着咖啡碰上了，要么是电梯里有一搭没一搭闲聊突然冒出来的一个想法；或者干脆就在大堂等，问问其他正在等人的同学去哪儿，然后随便加入一拨儿。我自己逛了几天，觉得暂时恶补过来了，今天可以换换样儿，就跟一伙子人去见识了历史悠久的英国名菜：炸鱼和薯条。足够高级吧？！尽管我觉得甭管什么鱼都用炸的，不免有些暴殄天物，但这就是人家觉得最香最好吃的法子。饭馆儿离酒店不远，溜达几步就到，九点多就回来了。打开房门时，看到纳薇塔坐在地上，靠着墙看手机，着实把我吓了一跳，我已经习惯每天晚上回来屋里没人了。

纳薇塔说今天闺密没来，不知道是碰巧，还是小伙子的意思，总之她是只跟小伙子一个人吃的饭。听到这儿，我问纳薇塔想出去坐会儿吗？我觉得这种话题必须得找一个合适的背景来搭配，房间里未免太过乏味。纳薇塔问我去哪儿，我说就在酒店门口，有一个公共汽车站，那儿有个玻璃亭和长条凳子，还可以看景儿。我随便裹了件羽绒服，纳薇塔已经换上了睡裤，粉色底的卡通小熊。管他呢，反正天黑了，谁也不认识我们。

车站没有人，路灯在几米开外的地方，照不到车站，不晃眼，也不暗淡。我们俩在铁凳子上并排坐下，都冲着大马路，谁也不需要看着谁。纳薇塔说，可能眼看着她离开的时间一天天临近，小伙子觉得时间不多了，所以需要跟她正式谈一次，有关他们俩。他向纳薇塔表白，说自己很喜欢她，并且很想结婚，而且是尽快，希望纳薇塔考虑。即使不能立刻答应嫁给他，也希望继续接触，他可以在接下来的几个月里去奥斯汀看她，也邀请纳薇塔考虑毕业以后到伦敦生活。这样的话题与之前每天极尽繁华的热闹场面完全不同，所以纳薇塔才会那么早地结束晚饭回到房间。寒冷的夜让街道愈发显得冷清，光秃秃的树枝在稍显昏黄的路灯下看上去有些单薄，也有些孤独。我问纳薇塔，他离婚多久了？她说好像几个月，反正时间不长，听她同学说，也没有什么特别的原因，就是合不来。几个月？可能还没有完全平静下来吧，也有不少人需要几年的时间。这种时刻，这样迫切地想要开始下一段，很难说就是理智的决定。我问纳薇塔，你觉得他是喜欢你，非你不可，还是仅仅需要一个女的，只要是一个看着顺眼、各方面条件都还行的姑娘，就随便是谁都行？纳薇塔不说话了，过了一会儿，她说知道该怎么跟他说了。我半开玩笑地对她说，眼前的这个人到底能不能嫁，要看看你在他的心目中是个女人还是个奇迹，省得把自己给浪费了，怪可惜的。纳薇塔笑了。虽然被冻得瑟瑟发抖，我俩却都很享受这样的时光。

在酒店里圈着连续上了好几天的课，终于等到这一天。激动的不是参观议会，而是参观完议会听完一个小讲座然后就结束了，我们便有几乎一整天的时间自由活动。凯瑟琳已经给全班发了一个表，通知每个组坐地铁出发的时间，相互差了五分钟，可能是怕一窝蜂地一起到，等安检的时间太长。詹姆斯说他自己先走，提前先去周围逛逛，然后去议会门口跟我们碰头，应该是不想跟阿尔多一起。

尽管凯文说病情已经见好，但今天还是没来，可能想尽量巩固一下。也是，这么冷的天，课都上不了，这参观其实也没那么重要。我跟纳薇塔和阿尔多一路，从地铁上到地面时，可爱的大本钟便近在眼前了。这还是我第一次在白天看到这座钟，前几天闲逛时总是欣赏它灯光下的样子，感觉还是挺不一样的。天空有些阴郁，被深浅不同的灰白色云厚厚地包裹着，阵阵凛冽的寒风吹过，连空气都是冷峻的味道，这恐怕就是伦敦典型的不下雨的冬日吧。

　　大本钟建于1859年，是英国议会大厦建筑的一部分，俯瞰泰晤士河。排队时，正好我们组前面是史蒂夫组，就赶紧揪着他给我和纳薇塔照了几张相，结果全都是大黑脸，看来这位飞行员叔叔的照相技术还有很大的提升空间。随着人群走进议会大楼，走过或宽或窄但总体都比较窄的走廊，看过大小不一但总体都比较小的房间，最后在一间很小的会议室里听了一个小讲座，八十来个人恨不得擦着坐在长条椅子上。一位负责经济事务方面的议员介绍了一下英国近些年来创业企业的状况，期间还特别问了一下有没有中国人。我心想，难道有和没有，您讲话的内容还不一样吗？！这个讲座听得我有点儿如坐针毡，我完全没听进去他在说什么，满脑子都在想一会儿结束以后上哪儿逛。

　　好不容易从议会大楼出来，天空竟然放晴了，这是我们到达伦敦一个多星期以来第一次看到蓝天。之前就算有我们也看不见，看来老天爷还真给面子。在地铁站跟纳薇塔告别，她今天又有节目，闺密要陪她逛伦敦，继续尽地主之谊。我的第一站是伦敦塔桥，这座出现在所有伦敦风光图片上的带俩塔楼样的大吊桥是泰晤士河十五座桥中最为著名的一座，经常被误认为名叫"伦敦桥"，而小朋友歌曲里唱到的"London Bridge is falling down，falling down"（伦敦桥倒下了，倒下了）配的图也都是塔桥的照片。虽然寒冷，但是宝贵的冬日阳光和突然破晴的湛蓝天空吸引着众人在草地上享受片刻悠闲，他们或坐或躺，为河岸的青草增添了些许生动。沿着泰晤士河随意行走，身边突然出现了林立的高楼，周围的楼里冒出来一股一股上班的人，涌向各种饭馆和超市。看看表，午饭时间到了，我也随着人群钻到一家超市，买了点儿吃的坐在楼群中间的台阶上吃。

　　等到吃饱饭，我也有点儿冻透了，从楼群中重新回到泰晤士河边，继续沿着河往前走，身边出现了一座没有任何特点的桥。桥的侧面写着"London Bridge"（伦敦桥）。啊，原来这才是著名的"伦敦桥"。

　　在我来之前，无意在微博上看了一篇关于伦敦备受推崇的市场，其中一个叫作Borough Market的市场，找地铁的时候竟然在路边发现了这个市场，在里面遛了一圈，卖花、卖菜、卖奶酪的，冷冷清清，完全没有我们那里的农贸市场的火热场面。我觉得无论是商场还是农贸市场，必须得好多人一起逛，要不然就觉得索然无味，逛着都不自在。我很怀念儿时每年春节都要逛的地坛庙会，乱糟糟、脏兮兮，但是感觉特别自由。挤得特别尽兴，吃得特别不健康但是特别痛快，完全用不着装。

大英博物馆稍微有点儿难找，这样如雷贯耳的地方我还以为从地铁上到地面走走就会跃然眼前的，然而事实完全不是这样。我在一堆非常相似的小胡同、小路口和低层建筑中像没头苍蝇似地狂走了半天也毫无结果。刚才在地铁口保安给指的路早就让我转晕了，只好开始问路。终于，在走出一条小胡同后，看到了那一溜儿熟悉的白柱子和尖屋顶，好像联合国教科文组织的标志。

说实话，大英博物馆的外观并不如想象中那般宏伟壮观，总感觉好像小了好几号。进门去，一片洁净透亮、宽敞高耸的白色却颇有些惊艳，视觉上感觉要比外面看起来大很多。阳光从屋顶透进来，明亮却不耀眼，温暖却不炎热，很有让人安静地在里面走一走的欲望。这个敞亮的大厅名叫大中庭，是目前欧洲最大的有顶广场，顶部由2000多块三角形的玻璃组成。这座1759年就开始对外开放的综合性博物馆拥有800多万件藏品，是与纽约大都会博物馆和巴黎卢浮宫齐名的世界三大博物馆之一。我偷偷地想，难道这样的博物馆，拥有的藏品越多、越价值连城，形象就会越高大、越光荣吗？年轻的时候逛这些博物馆，我只是看个名头，最近几年却总会有些异样的感觉，这么多物件，那么远的路，怎么就端坐在这三个地方的博物馆里了呢？

今天这个博物馆里也不知道有多少我们班的同学，没逛一会儿，遇上好几拨，最后一拨是欧荻斯和他们组的两个人。欧荻斯的光头在人群中格外显眼，但是更加显眼的是他的表情和气势，完全没有通常逛博物馆游客的那种艳羡和欣喜。比如第一天在维多利亚和阿尔伯特博物馆遇到的艾米，老远就看见欧荻斯一脸仇恨地一边指指点点，一边跟另外俩人骂骂咧咧的，直到看见我，他终于找到一个对口的、可以完全痛快发泄出来的对象。也是，旁边那俩美国人怎么会懂得当这个希腊人在英国看到这么多希腊宝贝时升腾起的复杂情感？欧荻斯气愤地说，希腊政府和民间团体一直要求英国政府归还大英博物馆内部分希腊馆藏品，不看不知道，一看吓一跳！怎么有这么多！中国也应该要求他们把中国的东西归还，太过分了！欧荻斯一边骂一边看展品，自顾自地就走了，看来他依然沉浸在强烈的悲愤之中，留下另外俩同学跟我说再见。

从博物馆出来，湛蓝的天空重新被阴郁的云朵遮得严严实实，才下午四点多钟，就已经有些灰暗。倒了两回地铁，又问了两回路，终于摸到位于伦敦郊区的Burberry（博柏利）工厂店，这几乎是所有来伦敦的中国人必到的景点之一。进门先存包，然后拿着钱包和钥匙牌走进商店，嚯！瞬间回到了中国。除了售货员，全部都是咱自己人。难怪刚才问路的俩老外都不知道有这么个地儿呢，其中一个还在遛狗，敢情是问错人了，这种事儿必须得问咱中国人！走了一圈儿，我只买了一个钱包和一个钥匙链，其他东西太贵，还得在那些个价签上再乘以1.6才是美元。还是咱中国人有气魄，收款台前每个人都大包小包的，我都不好意思跟他们打招呼！

207

## 04 参观劳合社；喧闹的酒吧

伊朗小伙子向纳薇塔的表白算是被自己给搞砸了，自从那晚，纳薇塔便有意减少与他的接触。不过，她的闺密依旧经常在我们下课以后过来，接她出去吃饭。纳薇塔这几天上课都比最开始的几天认真多了，晚上回来的时间也大都比较早，竟然还有几天跟我一起活动。有一天下课稍微早些，我又陪她去了趟大英博物馆，也不知道那些天她的闺密带她逛伦敦都逛哪儿去了。我们依然需要像没头苍蝇似地问路，因为地铁线路不一样，出口也跟上次不一样。这伦敦的小马路真让我抓狂，完全不是正南正北的。博物馆里，我觉得我算看得够不认真了，绝对的走马观花，附庸风雅，结果纳薇塔走得更快，胡乱在里面转了转，拍了几张照片，然后跟我说："咱们走吧，反正别人问起时我可以说'来过了'。"

这几天除了关在屋子里上课外，有两个节目可圈可点，一个是《经济学人》总编来酒店做的一个讲座，另一个是到伦敦的金融区参观劳合社。《经济学人》总编的讲座是迄今为止我听到过的最简练、最好懂，也最精彩的演讲。幻灯片更是令人叫绝，充满智慧的幽默和传神夸张的卡通形象，把他们招牌杂志封面的性格传达得淋漓尽致，所有幻灯片没有一个正经的字，却以最快、最直接、最清楚的方式向观众传达了演讲者的意图和思想，这沓幻灯片的技术含量，简直了！其中多次提到中国，并预测八年后中国将成为全世界最大的经济体。

劳合社又名劳埃德保险社，这座12层高的玻璃建筑是英国最大的保险组织和交易市场，不仅规模庞大，由管道和玻璃交相辉映的"浪漫高科技风格"建筑也独具特色，由巴黎蓬皮杜艺术中心和香港汇丰银行的设计师担纲，已成为伦敦金融区的地标性建筑物之一。我们到达时，天已经完全黑下来，工作人员大都下班，留下灯火通明的大楼和处处好奇的我们。经过严格的安检后，我们先上到顶层，在一间名叫"Adam

Room"（亚当厅）的饰有精致壁画的会议室内听介绍，这里是劳合社委员会开会的地方，然后下到交易区。60米高的中庭宽阔异常，四处通透，可以看到窗外远远近近闪烁晶莹的灯火。劳合社的前身是泰晤士河畔的一家咖啡馆，主人名叫爱德华·劳埃德。那时常有伦敦商人在他的咖啡馆里聊航运和贸易，渐渐地，这里便演变成为众多船东、经纪人、商人和保险商的聚集地。再后来，这些人联合起来为出海的船只投保，形成最初的海上保险业。劳埃德为了招揽更多顾客，将各种相关信息汇集到一起，把他的咖啡馆发展成了一个有关航运方面的消息集散地。世界上第一张盗窃保单便是由劳合社设计的，这里还曾为世界上第一辆汽车和第一架飞机出立保单，近年来更是石油能源和卫星保险的先驱。现在，劳合社共有三万多名成员，英国人最多，美国人其次，并且一直经历着不断变革，对全世界的保险业影响深远。

　　下电梯的时候，我跟亨利并排走。几天来，亨利、里奥和史蒂夫三人形影不离，已然成为全班为数不多最和谐的小组之一。亨利今天打了一条淡粉色缎面、绣有中国古代仕女和花草图案的领带，无论颜色还是花色都非常少见，与他又高又壮、齐耳发的形象更是不配。我夸了夸他这条领带，小伙子特别高兴，赶快用手捋了捋，燃起很浓的兴致，说自己跟女朋友都很热衷时尚，尤其喜欢这种具有异域特色又不常见的物件。站在后面的里奥也凑了过来，问我们在聊什么。每次看到他，我都很想笑，他那蜡笔小新似的眉毛真是长绝了。自从来伦敦第一天时里奥向我眉飞色舞地介绍了交通神器——公交卡，然后被我当头浇了一盆冰水后，我总觉得有点儿对不住他，好在他是那种转眼就忘的性格，完全没往心里去。

　　从劳合社出来，全班同学分别登上两辆大巴，准备到酒店附近的一家酒吧联络联络感情。美国的酒吧通常叫Bar，英国的酒吧叫Pub的多。为了弄清楚只是不同地域用词不同还是有些什么具体含义上的不同，我特意学术了一回，结果如下：Bar供应各种烈酒、鸡尾酒、红酒和啤酒，Pub主攻啤酒和红酒；Bar的开胃菜和小吃远不如Pub丰富，并且通常不允许不到法定年龄的孩子进入。但是，Pub因为卖饭，一般允许孩子在有大人陪伴的条件下进入。总之，Bar是个仅供成年人消遣的夜店，而Pub无论是服务、餐饮内容、氛围还是音乐都要温和许多。

　　等到在大巴上坐好，发现丹尼尔和阿尔多坐在我后面，隔着过道的是凯文，他的感冒终于好了。他们大声聊着天，让我不听都不行。阿尔多貌似没事儿似的跟丹尼尔闲聊，又貌似突然想起了什么，然后随便问了问丹尼尔和艾米每天早上起来以后都干吗。丹尼尔的反应倒是很镇定，也丝毫没觉得阿尔多的问题有什么问题，说艾米每天早上起得很早，五点多就醒了，然后就去洗澡、吹头发、收拾东西、化妆，有时候会叫上他一起下楼，在门口抽根烟，回去看会儿书，上上网，下楼吃饭。我一直都觉得只有女的才爱八卦，自打我开始在这里上学，才发现完全不是这样，这二十多岁小伙子的八卦精神同样也正值壮年，一点儿不弱。

老大最后一个上来，问他可不可以坐在我旁边，我往靠窗户的座位挪了挪。在伦敦开大巴也是个技术活，因为很多马路又窄拐弯儿又急，有时候拐弯儿时感觉都快冲到便道上去了。老大问我文章写得怎么样了，我心里又是一惊，心慌程度完全不亚于国际化老师排队时突然回过头来跟我说话的那一幕。如果说那回可能是老师大致翻过每个人的简历，知道的都是明面上的事儿的话，我自己随便记点儿上学的流水账，可是跟谁都没说过啊。这些老师，一个个都挺神的，而且还都是在不经意间跟你说上两句，就能让你一激灵，一下子一脑门儿冷汗，我都不知道他们到底还知道多少事儿。他们根本不是问问题，而是十拿九稳地直接聊，一点儿不给我们反应的机会。

如果大巴和饭桌上都是非常适合八卦的场所的话，那么酒吧里，三两杯下肚，一圈已经熟识的人乱哄哄地挤在一起，好像除了闲聊也就没什么别的事儿好干了。当然，还是有人在谈创业、谈理想的，但绝对是少数，在这种环境里，完全形成不了主流。我知道自己为什么会下"男的比女的更热衷八卦"这个结论了，因为我们班男生所占的比例差不多有90%。写到这儿，我突然发现这是一道不错的GRE写作辩论题。大家三三两两，笑着，喝着，吃着，热闹着，几个人在聊英国的烟好贵，本来美国的烟就够贵了，英国更夸张。一包万宝路，奥斯汀大约卖五美元，到了伦敦竟然卖八九英镑，也就是十三四美元。也有便宜的，只有原价一半，高兴吗？十根！走两步，另外几个大男人在聊国际化老师的头发，都表示不能理解为什么她会染个紫头发，而且就这么几天，眼看着已经从深紫变成了浅紫，这帮人还有得聊吗？虽说颜色是有点儿怪，但是不至于有这么高的兴致吧？我拿了点儿吃的回来，被里奥抓住，问我詹姆斯怎么样了。这个问题一下子让我一头雾水。原来，阿尔多和凯文已经把帅哥的那门课期末考试课堂演讲的事儿以新闻发布会的劲头儿传播出去了，弄得全班没有一个人不知道的。

　　詹姆斯本来就是个大嘴巴，而且一贯在课堂上非常活跃，不是为了拿到每节课上所有发言的机会，而是他本身就是这种性格。可是，只有招人喜欢的人适当表现表现、撒撒娇才会更招人喜欢。如果本来的做派和谈吐就不是天生的万人迷，那么过于表现自己的结果只能是招人非议，詹姆斯便属于后者。所以，当阿尔多把这件事情扩散出去的时候，舆论就很容易一边倒。里奥跟我说起这事儿的时候，颇有些唯恐天下不乱的兴奋，只嫌这热闹怎么那么快就平息了。平心而论，我对詹姆斯绝对说不上喜欢，尤其是他那封莫名其妙的信。但是我觉得这件事怎么说也都是属于我们组的内部矛盾，组里发生，组里解决，完全没有必要搞得这样沸沸扬扬，成为别人端着酒杯等着看的热闹，不仅无聊，最主要的是对事情本身起不到任何积极的作用。本来我觉得这件事已经翻篇儿了，现在看来好像还没有，起码还没让大家消遣够。我以找水喝为借口，把纳薇塔留给里奥，转身看到克里斯和他的娇妻。娇妻从台湾过来，与克里斯在伦敦相会，过上几个星期的二人世界，再回台湾继续带孩子。他的娇妻看上去与中学生无异，文弱瘦小，说话也娇滴滴的，完全想象不到还有个儿子，因为我总觉得有了儿子的女人都得跟河东狮差不多。她静静地坐在克里斯身旁，成为这个房间里非常罕见的举止温柔、少言寡语的一位。

　　不过，在这个酒吧里，还有一个比克里斯的娇妻更加安静的人，面无表情、一言不发地坐在一个角落，看起来与这个环境完全格格不入，他就是国际化老师的老伴儿。遇上这样的场景，我都替他觉得煎熬，可是我使劲儿想了半天，也想不出到底能跟他没话找话说点儿什么。老爷子好像根本不想说话，直到老大过去，我才觉得不那么纠结了，回头看到正跟欧荻斯聊得如火如荼的国际化老师时，我突然觉得自己怎么那么多余呢，真是皇上不急太监急。


　　自从那天跟纳薇塔在酒店门口的公共汽车站聊过天，我们几乎每晚都要跑出来在这儿坐一坐，望着空旷的马路和月朗星稀的墨色天空，感受着清冷的夜，直到冻得受不了了才回去。每到这时，我总会想起曾经在一本小说里看到的一句话：冬季需要寒冷，生命需要忍耐。我们聊的最多的是感情，也有各种家长里短，她的，我的，周围人的。总结起来一共有四点：第一，应该嫁给一个有能力欣赏你的人，这种能力与钱无关，而是他能够也愿意欣赏你所感兴趣并引以为豪；第二，护肤品、婚礼和坐月子，无论是自己还是你的另一半，只要相信或者有某种情结，就一定要完全做足做到位，尽量满足，要不然会给后半辈子留下遗憾和怨念，没必要，也受不了；第三，有关各种钱和礼物，人家不提，你就不要惦记，人家给了，你就拿着；第四，有一个强大的娘家对女人来说很重要。

马路斜对面有两家水烟店，是这里每天深夜唯一还营业的地方，每次走过都为飘出来的阵阵水果的芳香所迷醉。纳薇塔问我试过这个没有，我说没有，她说在迪拜和伊朗都抽过，各种水果味道，特别香，哪天带我去。

从酒吧回到房间，把东西放下，我俩又到汽车站坐了会儿。回酒店等电梯的时候，正好詹姆斯从一楼的酒吧出来。我说，你刚才没喝好啊？他说喝好了，刚回来，这是每次回来时都要履行的"例行检查"。酒店一楼的咖啡厅兼酒吧里从来都可以找到或写作业或聊天的同学，詹姆斯每次回酒店都要先进去溜达一圈儿，慰问一下大家。电梯门开了，我们仨走进去，转过身，我按下3，詹姆斯按下6。门开的时候，我先走出电梯，詹姆斯突然说"不许下去"，一把将纳薇塔抱住，还没等我反应过来，电梯门关上了。詹姆斯这个人一贯喜欢开玩笑，跟纳薇塔又很熟，但是今天这个玩笑好像有点儿过了，我重新按门外的按钮，但是纳薇塔的叫声渐渐上升。我觉得有点儿害怕，也不知道该怎么办，只能在原地等，直到电梯门重新打开，纳薇塔有些惊慌失措地跑出来，我才稍微踏实了点儿。可是，同时从电梯上下来的还有詹姆斯！纳薇塔拉上我拔腿就往房间跑，詹姆斯在后面一座山似地就过来了。深夜，酒店的走廊里，俩女的被一个身高一米九的魁梧黑人追，情节貌似太狗血。眼看快跑到房间了，詹姆斯在后面推开走廊上的安全门，从楼梯走了。我跟纳薇塔站在房间门口，依然惊魂未定，真弄不清这家伙到底喝醉到了什么程度。我俩不敢进屋，怕他突然又从哪儿冒出来，于是重新跑出酒店，又在公共汽车站坐了会儿才往回走。在大堂又遇上了阿尔多，我当时情绪确实有点儿激动，一时间忽视了阿尔多和詹姆斯之间的过节，把刚才的一幕告诉了阿尔多。结果，这件事儿在第二天又成为尽人皆知的头条，本来就不喜欢詹姆斯的同学这会儿就更不喜欢他了，本来没什么感觉的也对他有了点儿看法，尤其是里奥。

**05　阴郁中的剑桥；集体逛夜店**

伦敦之行接近尾声，压轴好戏终于登场。清晨，登上大巴的一个多小时后，我们到达小城剑桥，处处凝重、安静，阴郁的天气加上零下几摄氏度的温度让这座历史之城更加深沉而富有味道，远比蓝天白云搭得多。跳下车，眼前是一扇非常不起眼的铁门，上面的名字却有点儿震撼：Judge Business School（嘉治商学院）。走过修剪整齐却非常简单的院落，进入商学院教学楼。虽然教学楼的外观非常普通，没有任何圈点之处，走进门却豁然开朗，有种突然被电到了的感觉。不是说有多么豪华，也说不上有多么漂亮，只是有从未见识过的与众不同。各种色彩和形状相互交错、碰撞，在宏大的中庭内不期而遇，又告别转身，继续自己的旅程。房顶的图案和颜色饱含浓厚的异域风格，貌似完全与下面的一切无关，孤傲地耸立在众人之上，我觉得如果来这么条裙子效果应该不错。设计师约翰·乌特勒姆的这件作品被称为"一桩彩色画派的暴力行为""五颜六色的街头剧场"和"极端的娱乐建筑"。总之，商学院的内部装潢设计别具一格，外面又朴素到极致，这算不算是一种发挥到极致的特色？

阶梯教室里，剑桥大学附属的剑桥企业有限公司市场营销主管介绍了一下剑桥大学的历史，以及近些年来如何将全校各学院的新技术成功推向市场的经验，服务包括技术转化、咨询以及提供种子资金，为大学和产业搭建起一座桥梁。午饭自己解决。我跟纳薇塔和阿尔多找到一家日本小馆子，虽然已是中午，气温却丝毫没有上升，好像比早上更冷。午饭过后，我们又听了剑桥大学商学院的两名学生介绍了各自参与的技术转化和市场化项目，其中一个是位非常清秀的亚裔小伙子，在香港出生，后随家人定居法国。

终于到了自由活动的时间，纳薇塔又被另一位中学同学接走，正好我想一个人安静地走一走。今天出奇地冷，没有风，就是那种从四面八方千丝万缕地渗到骨子里的阴冷。小街很窄，有些湿湿的，才四点，天色便有些暗淡，也不知道是沿街的各种古旧建筑烘托了阴郁的天空，还是阴郁的天空让这些古董建筑显得更加古旧。这座始建于1209年的学府至今依然保留着众多屹立了数百年的建筑，很多各种各样的铁栅栏门，或者干脆是厚重的石墙，处处森严，萧瑟寂静。那一扇扇厚厚的门，仿佛轻轻推开就可以走进历史，加上这冬日里四点多便黑下来的天，在这么个地方，不做学问还能干什么呢？我转进一条小胡同，昏黄的灯光洒下束束寒气，与三两扇窗户透出的光芒交融在一起，为孤独的骑行人送上一程。剑桥旧称康桥，徐志摩笔下《再别康桥》写的就是康河上若干桥中的叹息桥。问过几个路人，顺着他们指的方向走进一个四面都有小楼的门洞，穿过去却是一团漆黑。别说桥了，伸手不见五指，看这架势得掉到水里才知道自己已经摸到了河，只能作罢。回去接着闲逛，怪不得这儿的自行车前面都得挂个车灯呢！好在这大学城里还是有条稍微热闹些的街道的，我在一家礼品店里给孩子买了俩剑桥特色的背心，然后就去找集合的酒吧。终于，这俩钟头的寂静和寒冷在推开酒吧门的一刹那烟消云散，我又穿越回人类的城市。阿尔多正举着一杯啤酒，问我都去哪儿逛了，说自己找了半天牛顿坐的那棵苹果树，结果跟我一样，漆黑一片，根本分不清是苹果树还是鸭梨树，令我甚感欣慰。

剑桥归来，到酒店已经快八点。经过前台的时候，一位亚裔服务员把我叫住，说我托他寄的书已经寄出去了，一边说一边给我找收据。前几天，我自己已经趁中午休息的时候去过两次邮局了，那个队排的，半天都不挪一下。眼看上课时间马上到了，我只好回到酒店想问问前台有没有代发邮件的服务。排队的时候，里奥三人行从电梯门出来，问我要干吗，我说想请酒店帮我寄本书，里奥问什么书，我拿给他看。里奥真是一位非常出色的啦啦队长，一张公交卡都可以让他兴奋成那样，看到书上印着我的照片时更是激动万分。服务员说酒店没有这项服务，但是他自己可以在下班以后帮我去邮局寄走。听他这样说，我真是感激不尽。

说来话长，差不多在2002年，我开始在水木清华发帖，一有出游或者出差就零零星星地把自己的文章贴在版上，并且在那儿开了一个博客，也就交了很多四面八方的朋友。一些成为时至今日的挚友，还有更多则从来未曾谋面。我们交往的方式一直停留在网上，每每发了新文章，就会在跟帖或留言板中交流一下，可以算是以文会友。

其中有一位，一直还是水木笑话版等经典版面的"名媛"，他那"人在添牙，与食巨近"的昵称更是让人过目不忘。其实，中间有很长时间都没有联系，只是过个一两年、两三年在网上打个招呼，随便聊上几句。这次到英国之前，我突然想起来他好像就在英国。我在网上问他在哪个城市，得知他不在伦敦。他问我还有没有书，正好手头还有最后一本，我也没什么能送给他的，可能这本泡在水木时积攒下来的集子就是送给这位从未谋面的水木朋友最合适的礼物吧。那些年，对我来说算一个时代，虽然早就不发帖了，但是留下了很多可爱的朋友以及美好难忘的回忆。

纳薇塔今天回来肯定是早不了了，我一个人去公共汽车站发呆。回酒店的时候，看到里奥三人行和詹姆斯从另外一个方向走来。这是什么情况？我们一起进门，里奥故意走在最后，看詹姆斯进了一楼酒吧，便眉飞色舞地说他们仨本来想再出去逛逛，喝杯酒之类的，结果在门口遇上詹姆斯。这个詹姆斯，根本问也没问问人家去哪儿，也丝毫没体会这仨人是不是想带他一起去，就直接跟人家一起走了，结果搞得里奥很不爽。虽然里奥说的是他们仨都不爽，但是我感觉史蒂夫和亨利并没有他那么愤怒。总之，这件事确实是詹姆斯比较欠考虑，扫了人家的兴，可是里奥跟我说这个，我还能怎么办呢？这种全凭自觉自律、考验情商的事儿，教是教不来的，只能自己慢慢悟。不过我看詹姆斯，这辈子恐怕是悟不出来了。

自从离开奥斯汀，除了下飞机和在酒店住下后在网上告诉高鹏我一切顺利，就是隔三岔五地在网上互相报个平安，此外我没有给他打过一个电话，也没通过视频看孩子。一是好像我也根本就没有这种需求，二是怕给高鹏增加不必要的麻烦，因为我知道电话或者视频会对小孩子产生什么样的影响，万一捅了娄子只会给别人添乱，自己完全帮不上忙，所以索性就不要说话，也不要看。就像一个家在圣安东尼奥的男同学，来的第一天晚上就跟老婆视频，想看孩子，结果两岁的闺女看到他就开始号啕大哭，为什么爸爸被关进那么小、那么平的机器里？怎么哄都没用，结果话没说上几句，只能匆匆告别，烂摊子还得他老婆一个人收拾。所以啊，很多充满温情的想法和举措，都只是大人想起来很美的画面，只有自己与孩子长期共处过，才能明白个中的滋味和含义。因为，结果通常会很奇葩、很严重。

这虽然不是我第一次离开孩子（其实是第二次），却是第一次离开他们这么远。说实话，我不怎么想孩子，虽然这样说可能会让人感觉很冷血，可这就是我真实的感觉。因为这么多年来，我从来都没有任何想孩子的机会，我跟他们在一起的时间太久，接触的也太多，暂时的分离只能让我抓紧一切时间贪婪地、大口大口地呼吸属于一个人的分分秒秒和点点滴滴。直到前两天晚上，我在网上跟高鹏重复了一下回程的航班，顺便问了一句孩子没事儿吧，他说老大今天早上还问妈妈什么时候回来。就这样，完全没有任何煽情色彩的一句话，却毫无征兆地瞬间激起我心底最深处全部的触感。纳薇塔当时正在洗手间鼓捣她的瓶瓶罐罐，画了一个特别夸张的烟熏妆，然后突然跳出来嘻嘻哈哈地给我看，发现我的表情不太对，她脸上的笑意顿时凝固，问我怎么了。我说没事，只是突然有点儿想孩子。她扔下手里的盒子，走过来抱了抱我，这一抱不要紧，我的眼泪顷刻完全失控，鼻子也酸酸的，完全不能自已。

在伦敦的最后一天，课程平静地结束，一个半小时，我们在后门口集合，一起去吃饭。泰晤士河畔有一家很传统的西餐厅。那顿晚餐所有人都很高兴。很尽兴，以至于我完全想不起都吃了些什么，留在脑海里的只有各种面庞和笑脸。纳薇塔坐在我左边，我的右边是欧荻斯的搭档、摩门教徒考斯特。貌似这是我第一次正经地跟考斯特说话，之前只停留在"你好""再见"的范畴，他显得有点儿羞涩。摩门教一直以来都被我们人为地赋予了过于浓厚的神秘色彩，最大的亮点无疑是他们可以娶好几个老婆。事实并非如此，这项福利已经被废除很多年了。摩门教徒非常保守而虔诚，不要说烟酒，就算咖啡和茶等稍微带点儿刺激性的饮料也是禁忌。此外，因为不许避孕，也不许堕胎，所以考斯特一共有四个孩子。他是我们班最用功的学生，也是最正统的学生，闹腾的夜店从来不去，安静的酒吧可以作陪，但是绝对滴酒不沾，这就是宗教的力量，有时会大得无边无涯，令人心生敬意。

伦敦这最后一顿晚餐，在某种意义上，可以说是一顿散伙饭。因为6月份的毕业典礼并不要求人人必须出席，虽然这中间的绝大多数人还要共度第三学期的四个多月。还是会有几个恐怕是今生的最后一次相聚，比如韩国和保加利亚的同学，他们已经明确表示不会再去奥斯汀参加毕业典礼。所以，晚饭过后如果没有第二场岂不是太失落了？纳薇塔说刚来时跟闺密和伊朗小伙子一起去过一个夜总会，超棒，建议晚上大家一起去。大家回到酒店稍微收拾了一下，就浩浩荡荡地出发了。纳薇塔说离酒店不远，步行十五分钟就到，结果走着走着就傻眼了，根本不是那么回事儿，也根本闹不清楚从哪儿开始就走错了。她给闺密打电话，两人叽里咕噜说了半天，跟一个哪儿都不认识的外国人解释路线，简直就是不可能完成的任务。后来左问右问，终于找到了一家位于街角的酒吧，纳薇塔有点儿蒙圈，名字是这个，但是根本不是她去过的那家。

纳薇塔悄悄问我要不要重新去找那家，我说别了，这么多人，大夜里挪一下地儿不容易。再说，就是为了一起聚聚，在哪儿其实无所谓，反正大家哪个都没去过，没有对比，所以这个就算差谁也不会有感觉。看门的小伙子是个南美样子的小胖儿，没我高，有些黑社会的气质。说男的每人十块，女的免费，有几个男生嫌贵，不过嘟囔两句也交了钱。跟着"黑社会"进去，酒吧在地下，一条又窄又陡的台阶，要是两人在这儿相遇，得都侧下身才能通过。一边下我一边想，这地儿符合防火安全规范吗？要是来个紧急情况，这就是一屋子人都得闷在地底下等死的节奏啊！地下空间倒是挺大的，十点左右还没有什么客人，看来我们是第一拨来撑场面的。纳薇塔悄悄对我说，幸亏没找到那家，那家门票二十多，估计好多人就不会进去了。她对钱一点儿概念都没有，加上这种钱也从来用不着自己掏，结果这会儿突然搞得我有点儿冒冷汗。阿尔多在这种环境里很有点儿如鱼得水的架势，可不是，这不但是他曾经战斗过的环境，更是因为明儿一早他就要奔向梦中的阿姆斯特丹了，连我都替他激动。他叫了一瓶灰鹅伏特加、一扎果汁、一兜冰块儿，然后殷勤地招待大家。他首先给我来了一杯，以此对一直霸占我连自己都还没用过的全新鼠标并且还要继续霸占一阵子而表示感谢。

人渐渐多了起来，起初还是人挨人，最后到了人挤人的地步。音乐嘈杂，人声鼎沸，我的心脏扑通扑通，按都按不住。这种让人沸腾的环境不要说考斯特，就连詹姆斯这种整天咋咋呼呼、无乱不欢的主儿也不太能招架得住，没待一会儿就跑了。欧狄斯倒是觉得很对胃口，非得跟我说他若干年前在南京做生意的时候，在当地某银行开了一账户，结果若干年后那个银行说他欠他们年费，并且越积越多，问我怎么办。日本姑娘一如既往地醉了，闭着眼睛靠着墙。欧狄斯见到这个景象，也顾不上什么欠费了，一边摇头一边从沙发上抓起那姑娘的衣服拽着她就走了。这堪比小时候上学时挤的公共汽车，虽然步履艰难，有一个地方也是必须去的，那就是洗手间。我跟纳薇塔一起跋涉到洗手间，里面照样很窄，俩姑娘在洗手台前补妆，更是没地方站，所以我试图跟纳薇塔一起进去，结果看门的黑人阿姨胳膊一抬，把我拦在外面，让我看门上贴的告示：每次只能进一个人！咳，想哪儿去了？！我跟阿姨说，我们俩在酒店都住一个房间，话一出口，才意识到好像越描越黑。

## 06 最后的英伦

　　伦敦的最后一天，说好跟史蒂夫一起郊区一日游。旅行社发信让早上6：00在酒店门口等车来接，5：50下到大堂，坐在沙发上等。直到6：10，我是既没等到史蒂夫，也没等到旅行社的大巴，这都什么情况啊，就算旅行社可以不准时，史蒂夫不应该啊，他是个军人！开飞机的军人！！该等的没等来，倒是等来了不少同学，他们都是今天的飞机，要么拼车到有机场快线的车站，要么直接去坐地铁，总之没有一个人自己直接打车去机场的。直到6：20，一辆旅行车才停在门口。导游下车，然后在手中的名单上找我的名字。我跟他说还有一个叫史蒂夫的，他来来回回找了半天，说这个团里没有这么个名字，车上已经坐了很多人，只得作罢，自己上车，第一站温莎堡。

　　伦敦这十几天，每天尽量找机会在外面溜达溜达，给我最深的一个印象就是无论男女老少，衣着都很讲究，不是说必须得多贵，但是大都非常得体，无论质地还是色彩，看起来就感觉很舒服，让阴郁的冬天不会那么压抑和无趣。这还真不光是个臭美的问题，而是从小到大一种耳濡目染、由内而外的气质，需要一直对自己有所要求，比如身材，比如审美，比如修养，比如教育，再比如性情，所有这些融合在一起，经过沉淀，就是一个人站在人前的样子。相比之下，美国的很多地方就不会给人这样的印象。

　　温莎堡是全世界最大、最古老并且至今依然有人居住的城堡，至今已有900多年的历史。坚固威严的城堡包括一座宫殿、一座教堂以及各种居住和工作的场所，也是女王的居所之一。天气阴沉而寒冷，城堡门口两位身穿黑色红边制服的士兵不时交换位置，这活儿还真不太好干。今天国事套房不对外开放，只能看看玛丽女王的玩偶之家和画廊的展览。玩偶之家汇集了众多生动有趣的小娃娃、小房子和各种设施及器具，服饰华丽、做工考究，均由技艺精湛的工匠悉心制作，简单说其实就是一屋子高大上的过家家。要说这屋子里的展览还真不是我的菜，转了两圈就跑到院子里。城堡地势很高，凭栏远眺，苍茫大地在阴云之下透着一股厚重之感，与这座朴实的古堡相互映衬。院子里转了两圈，离开城堡，到街上看景儿。

街上很热闹，像是一个小小的镇子中心。刚在一个公共汽车站旁站定，正在想着这个车站可比酒店门口的那个车站人多多了，可不是，现在是大白天，那个是每天夜里才去的。一挺帅的老外用很流利的普通话跟我打招呼，问我是不是中国人。没说两句，他从包里掏出一个小册子，封面上是一场大火，正在毁坏人类的家园，上面几个大字：世界末日之后。不用问，一定是传教的。看看表，距离集合还有一会儿，反正闲着也是闲着，那就聊聊呗。结果，这位帅哥不但没能发展新力量，倒是被我查了一通户口。他家在伦敦，每周末作为志愿者坐着火车到伦敦周围的景区传教，因为中文的优势，所以专门找那些来旅游的中国人。他说只在台湾待过俩月，中文主要是在英国学的，发音着实有点儿令人惊艳。后来还得知他老婆是美国人，住在康涅狄格，有个小舅子在那儿，所以他们有时候也会去探亲。两人结婚十二年都一直没有孩子，希望自己的虔诚最终感动上帝。

虽然很多人痛恨旅行团，但是我对跟团走情有独钟，上车睡觉，下车拍照，什么都不用操心，完全满足我这种懒人走马观花、到此一游、在最短的时间内办最多事儿的需求。第二站是巨石阵，车里暖烘烘的，晃悠两下就睡着了，一觉醒来，发现玻璃上被雨滴画满斜线，朦朦胧胧，窗外一片阴郁的灰色调，让人感到寡淡而压抑。虽然已经听很多来过的同学说，巨石阵其实就是一片光秃秃的草地上摞着的几块大石头，完全没有什么好看的，应该是名气远远超过了观赏性，但是不来一趟好像总有那么点儿不甘心似的。下车的时候，不光是下雨，还刮大风，接近零摄氏度的灰暗之下哆哆嗦嗦地欣赏这些光秃秃的或立或躺的大石头，旅游的轻松感完全转换成了磨炼意志，需要咬牙，需要坚持。此时此刻，"玩儿"并不是件惬意的事儿，伞被吹成花盆儿，赶快哆哆嗦嗦走了一遭，照了两张照片就逃回车里，冷得简直太丧心病狂了！

直到重新回到车里，我才能仔细端详这世界奇迹。巨石阵始建于公元前2300年左右，迄今已有4000多年的历史，多块重达几十吨的长方形巨石"站立"在广阔的草原上，围成一个圈，有的直立的石头上还搭有躺着的石头。之所以被称为奇迹，主要是运输和搭建方法在当时的条件下不可思议。另外，古人当初修建巨石阵的用途也是个谜，后来有人推断可能是祭祀场所、王室墓地，甚至观象台。总之，神秘莫测。同是奇迹，长城可比这巨石阵有看头得多，那种雄伟、巍峨的气势也是巨石阵完全没有的。团里的人也几乎都是逃着回来，等他们的时候，我往巨石阵另外一边的草地望去，突然发现远处有一粒粒白点，想起若千年前海飞丝的广告。我盯着看了一会儿，想起出发前刚在微博上看到一篇内蒙古某草原放置假羊的消息，要不是马上就要出发了，我非得下车去看看那些羊到底是不是真的。这个想法让我惦记了一路，留下了深深的遗憾，魅力完胜巨石阵。敢情今天的第二站是真假羊群之谜，然后一不小心发现旁边还有世界奇迹。

　　雨时缓时急，到达巴斯浴场的时候，已是下午三点多钟。这种天气，也分不清是因为阴雨还是本来天就快黑了，总之哪里都是灰灰的。可能是职业病，The Roman Bath这个名字翻译成巴斯浴场好像有些奇怪，更加准确的名称应该是罗马浴场。这座建于罗马帝国时期的大型皇家浴场一共两层，全部由大理石砌成，壁画、雕像、喷泉一应俱全，可同时容纳一千多人洗浴。当时，浴场的作用不光是洗澡，很多人在这里谈事儿。池子像个小游泳池，绿色的水面上漂浮着一层白雾，池子边上坐着俩古装女，正在骄傲地聊着天。除了这个大池子，边上还有比较小的房间，分别是温水厅、冷水厅等等。总之，这个浴场在当时就是特别高端的地方，加上当时沐浴风气盛行，因此成为红极一时的公共场所。

　　从浴场出来，今天的任务圆满完成，六点来钟就回到酒店，进门时在前台问了一下史蒂夫的房间号，打算回屋给他打个电话。史蒂夫在房间，上来就道歉，说早上起晚了，没赶上，问我去没去。我说刚回来，他说如果还没吃饭就请我吃晚饭，觉得很对不住我。我们去了地铁站附近的一家黎巴嫩饭店，因为是地铁和酒店之间的必经之路，每次经过时都看到人声鼎沸、红红火火，想必一定不错。排了会儿队，位子很窄，桌子也很小，得挤着坐进去，桌和桌之间也很近，近得好像大家都在一张桌子上吃饭一样。我比较喜欢这样稍微有些嘈杂的环境，比安安静静、正正经经的餐厅吃起饭来轻松得多，一点儿用不着装。这应该是我第一次吃黎巴嫩菜，每当遇到这种菜名基本看不懂，只能看下面一行解释的小字，所以根本不知道怎么个异国风味的菜时，我总是爱要个Sampler，一般都是这家店的各种招牌菜，一样一点儿，省事、安全，还可以多尝几种味道。在饭店里，史蒂夫再次道歉，说这样的错误发生在自己身上简直难以相信，邪门儿了。我告诉他我们团里的名单没有他的名字，后来我俩分析的结果是，因为我们是在不同的时间分别在网上报名并交钱的，所以没有被放到同一个团里。这样看来，即使他早上起来了，我们今天的一日游也都是各玩儿各的。没去成一日游，史蒂夫只在伦敦市内转了转，给闺女买了一个老虎样的帽子和手套，这玩意儿网上到处都是。我们聊了今天各自的所见所闻，聊了他们组的里奥和亨利，聊了我们组的阿尔多、詹姆斯、凯文、纳薇塔，以及马文的退出，聊了他们那支神奇的彩笔，以及我们信用卡样式的注射器，还有他自己的工作。空军还在整编，他有可能会转业。大多数转业的空军飞行员都会去民航继续开飞机，这也有可能是他今后的方向。我问他，飞行员都得胆子特别大吧？他说胆子大肯定是必要的，但是同时也需要心细，并且绝对不能爱嘚瑟、爱显摆。他曾经有一个战友，就是因为觉得自己牛，结果在天上耍酷，把飞机和自己都耍挂了，酿成一场大祸。结账的时候，我没有跟他抢，对他表示感谢，他也谢谢我能让他有机会弥补一下，现在感觉好多了。回到酒店，他在一楼叫了一杯啤酒，又坐了一会儿。我们说好第二天早上一起坐地铁去机场，虽然不是同一班飞机，但是起飞的时间差不多，临下电梯时，我说，你明天该不会再起晚了吧？！

今天是最后一次跟纳薇塔去酒店门口的公共汽车站，有一位年迈的阿姨在等车，所以我们也没有立刻过去，直到车来了，阿姨上了车我们才走过去坐下。时间过得真快，两个星期转瞬即逝，没想到这中间还发生了这么多事。纳薇塔刚刚最后一次见了伊朗医生，说回去保持联系，顺其自然。那个小伙子虽然还是表示让纳薇塔认真考虑，但是据说态度已经明显不像头几天那般火热，真是来得快，去得也快，给她留下这么句话也就相当于有枣没枣打一竿子，万一这女孩突然头脑一热地缺心眼儿呢！这也再次证明，他只是需要一个女人，一个愿意跟他结婚的女人，而并非一定得是纳薇塔这个姑娘。纳薇塔比我晚走一天，第二天一早，她的闺密就来接她去他们家住一晚，然后送她去机场，我们在奥斯汀再会。直到走，我们也没能去趟街对面的水烟店，只有那依旧甜蜜的芬芳肆意飘荡在伦敦寒冬的夜里。

## 07　玫瑰小姐的一脑门儿官司：新学期的新收获

回到奥斯汀，终于从阴郁的严寒一脚踏进明媚的日子。虽然奥斯汀的冬天也会冷几天，但是一般不会持续那么久，也通常都有灿烂的阳光。只是，虽然伦敦的天气不好，依然挡不住她散发出的动人魅力，那种充满历史感的大都会富有韵味，让人难以忘怀。

我在希思罗机场买的一大袋子吉百利巧克力受到同事的赞扬，就算再普通的欧洲巧克力，也比美国巧克力好吃。分别两周，我还真有点儿想念大家。有时候，我会想自己到底为什么非得上班？结论如下。首先，可以每天打扮得光鲜靓丽地去上班；其次，可以八卦；最后，从头到尾做完一件又一件的事情可以给自己带来极大的心理满足感。这其中，第一点最重要。

十点多钟，下楼放风的时间到了。我习惯性地望了望菲莉兹的座位，发现她的座位空着，才意识到她已经走了。因为她走以后我就没怎么正经上过班，所以意识还停留在她走之前的状态。Skype的标在闪，是菲莉兹，她怎么知道我正在想什么的？真是心有灵犀。她说，你终于回来了，之前Skype的头像一直都是灰的。她问我伦敦之行怎么样。我说好极了，很喜欢，也问了问她那边的情况。她说一切都好，跟妹妹一家和妈妈住在一套公寓里，每天白天在家里上班。因为妹妹的孩子还小，家里人又多，所以有时候她也会去外面的咖啡店上班。跟菲莉兹暂时告别，我一个人下楼去放风，坐在我们俩经常坐的那张桌子旁，眼前的一切依旧，只是我不用再说话了。回去的时候，连坐在一楼前台的老大爷都问我，怎么今天缺了一位。我说她走了，去了加拿大。

据说我不在的时候，玫瑰小姐又发过一次飙，原因是发现多人不遵守"离开座位就要把电脑锁上"这一规定，并且通知大家还会继续进行不定期抽查，要是再发现谁的座位空着但是电脑没上锁，就会有惩罚！这让我有点儿冷汗，因为我一般都不会上锁，幸好她检查的时候我不在，要不然肯定就是重点监控对象。进办公室的时候，想跟玫瑰小姐打个招呼，毕竟很多天不见，也好让她知道我已经回来了，我照例问了一句，你好吗？没想到这一句寒暄引出一大碗苦水。她说孩子出生前，男朋友的姐姐同意帮他们带孩子，当时正好自己的公寓马上到期，所以就特意把新的公寓租在了姐姐家旁边。结果刚搬了家，安顿下来，自己也上班了，按说姐姐可以正式开始带孩子了，结果没带两天，她突然提出每天要50美金的工钱。玫瑰小姐回家跟娃爹一合计，这价钱太贵，送托儿所都够了，所以决定不让姐姐带，自己想办法。既然不让姐姐带孩子了，那就完全没必要继续住在那儿了，因为房租又贵，又在城南，每天上下班都很远，太不划算。所以她需要赶快重新找新的公寓，这没必要掏的钱，玫瑰小姐和她男朋友是多一分都不愿意掏的。所有这些加在一起，让玫瑰小姐整个人都蔫儿了。我还从来没见她这样过，要不然怎么也不至于随便逮着一个人就能说这么多。安慰了她几句，回到座位上，算了，圣诞节年会上还欠我的那个抽奖也甭管她要了。

屋漏偏逢连夜雨，正在玫瑰小姐马上面临着带着几个月的小宝宝搬到大街上住的这个节骨眼儿上，二老板突然找她谈了话。鉴于她不在的这段时间里办公室运转一切正常，由此证明她在与不在其实也没什么大区别，那为什么还要花几千块钱一个月雇她呢？所以，她请便吧。看，给资本家卖命，就像每天走在钢丝上，就得时刻准备着卷铺盖走人。所以从一开始来这儿上班，我就没怎么往这儿放东西，平时也非常注意及时清理，省得哪天突然一封解雇信"啪"地拍来，箱子太大太重搬不下楼，也影响姐的优雅转身。我的标准就是：一个杯子和一件毛衣。此时此刻，这个消息对玫瑰小姐来说无疑是雪上加霜，就算之前气焰再嚣张，这会儿也都烟消云散。我去向她表示慰问时，她索性也想开了，苦笑着说："没事儿，反正也不会再差了，干脆都一起来吧，来个彻底的。"就这样，玫瑰小姐再一次离开了办公室，离开了我们。而这次与上次不同的是，她再也不会回来了。

从伦敦回来时隔两周，大家又在熟悉的教室里相聚，感觉有些特别，带了那么点儿时空大挪移的恍惚劲儿。就像学生时代的军训能够对人与人之间的关系起到快速催化作用那样，一趟异国之旅让大家更加紧密了。当然，个别情况也会更加别扭，比如阿尔多、凯文和詹姆斯。虽然我跟纳薇塔也觉得詹姆斯有时候的确不太识趣，开的那些个玩笑也经常演砸，但是还没到不理睬的地步。况且客观来说，也不能全盘否定他。他的缺点虽然不少，但优点也不少。特别是现在，阿尔多和凯文已经明确表示第三学期一般都会远程，所以在教室的只有我们仨，这要是再少了詹姆斯，这小组活动还怎么进行？！詹姆斯大大咧咧、浑不吝的性格也有好的一面。对于过去的事，仿佛一切都不曾发生，起码他表现出来的是不曾发生，我跟纳薇塔也都属于没心没肺的那种，过去的事情很快也就忘了。而且不管怎么说也就是上个学，至于搞得那么上纲上线嘛！

　　一个学位十门课，已经上完六门，这学期还有四门，其中两门各上半个学期，就像第一学期的会计和金融。除了伦敦开始的国际化和技术转化，还有新企业的设计和实施、创新型管理以及技术和业务风险管理。风险管理是一门统计课，也是十门中最可怕的一门，比会计还可怕。因为最后考试是课堂闭卷，会计当时就算再难，也有一个星期的时间可以做上好几遍呢。加上我一点儿统计的基础都没有，数学是文科高中水平，虽然大致相当于美国大学数学水平，可是除了考GRE，也是好几十年没碰过，不禁忐忑。后来，发现多数人也都半斤八两，跟我差不多，才稍微放了点儿心。

　　和第二学期开始一样，两个班的组又被打乱。丹尼尔和艾米他们组被分到了另外一个班，所以就有了这样的遗憾，我们看不到他们又鼓捣什么奇葩的新技术或者新产品了。星期五晚上，我在洗手间遇到艾米，问她教创新型管理的老师这第一节课怎么样，她翻了下白眼儿，毫无表情，然后非常激动地说：Amazing! Best ever！！！（非常吃惊！史上最好！！！）这老师何许人也，真有那么神？课讲得再好，还能好得过帅哥吗？！这有点儿超出我的想象范围，不过又一想，这美国人夸人就是往死里夸，其实也就是那么回事儿，而且审美差异也很大，所以艾米的话也不能全信。回家路上，我跟纳薇塔说了艾米的评价，她也感到很好奇。同时，我们俩又都对第二天早上的这门课充满了好奇和期待。


　　虽说奥斯汀的冬天很好过，但是也会时不时来个大风降温和寒流，偶尔还会下冻雨。刚来的那年冬天，我见识过一次冻雨，整个城市变成一个大滑冰场。打开电视，新闻里全是在高速路上东扭西扭的车子。那时候我住公寓，车停在露天停车场，整个车子被透明的冰包裹住，厚厚的，晶莹剔透，仿佛被爱莎公主施了魔法。树叶被冻上了，灌木被冻上了，整个奥斯汀都被冻上了。几乎所有的政府机构、公司学校都关门三天，所有人都在幸福地享受着这老天爷赐予的福利，真是意外的惊喜。因为很少出现这种极端的天气，救援措施也不太灵光，好在那会儿还没有孩子，存粮也比较充足，要不然一时半会儿还真是没办法。我每天的工作就是在水木"潜水"、在MSN上跟我妈和各种朋友聊天、看《武林外传》和《蜡笔小新》，轻松而又无聊。不过这真应了一句话，出来混都是要还的。所以，我后来的生活充实得有点儿过了，一直到现在。

早上开车在路上的时候，窗外妖风肆虐，尤其是经过苹果店门前的桥上时，当时速度大概每小时110公里，我甚至感觉到车都被风吹动了。我在办公楼停车场等来纳薇塔的时候，她钻下车，然后艰难地跑过来，浑身上下裹得像个粽子。我说，你看起来特像正打算去执行点儿什么舍生取义的任务，她一边把大围脖摘下来一边笑。今天学校也不知有什么活动，大清早的就车位紧张，我们只能停到很远的地方，然后与大风搏斗了一路。走进楼门的时候，我突然觉得满身疲惫，好像根本就不是一天刚刚开始，倒像是漫长的一天终于结束，跟北京严寒时节的大风天儿很有一拼。

走进教室，我赶快忙着拿早饭，刚刚坐定，纳薇塔就凑过来，让我看那个传说中史上讲课最好的老师。她说前一晚上跟另一个班的同学网上聊天，也说这老头儿特神。他悠闲地靠在讲台一侧，一手插着兜儿，头发几乎全白，面庞棱角分明，满面红光，精神矍铄，正端着一大杯爱因斯坦兄弟（Einstein Bros Bagels）家的饮料喝，杯子透出深色，应该是可乐。刚把最后一口饭塞到嘴里，老头儿微笑着开始了，声音稍微有些嘶哑。他没有做任何自我介绍，上来首先说这门课的教材——他的大作 Advocacy（《倡导与主张》），然后介绍了一下整个学期的安排和期中、期末考试。他说每节课都不用做笔记，一个字都不用写，只要踏踏实实地靠在椅子背上听他讲就齐活儿了。期中和期末虽然是课堂上考，但是开卷，可以带任何参考资料，只是不许交头接耳。不过估计到时候也没时间交头接耳，平时再做几个集体的大作业就差不多了，只要不是特别过分，这门课应该都能过，请大家放心。这老头儿，真会收买人心。我还没反应过来，老人家瞬间进入正题，一旦开讲，就仿佛一座超级大坝开了闸，滔滔江水，汹涌澎湃，一时间让我感觉喘不过气来。等到中午吃饭的时候，我感到一种如大病初愈般的轻松。早上大风，上午大喷子，合着干了一上午体力活儿。竟然还有这么能说的人，照他自己的话说，他可以毫无间断地讲上四五个钟头，不看笔记、流利演说，而且内容丰富，博古通今，不光是企业中的事情，还有政府、公司、学校里的事情；不光是美国的事儿，还有世界各地的事儿。一个案例接着一个案例，而且都有具体的时间、地点、人物、事，跟听评书似的。我很好奇，并且一直到现在依然很好奇，他怎么能够记得住那么多细节？总之，早已超越了"创新型管理"这个题目本身，我觉得他讲的东西范畴太大。归根结底，我想，他讲的其实是一种情商。

中午在楼道碰上克里斯，他穿着跟他太太一起在伦敦买的高级皮鞋。俗话说，脚底无鞋穷半截，我说怎么从来都没觉得克里斯像今天这样神采奕奕过呢！在伦敦上课课间的时候，他说下课以后要跟他太太一起去一个特小众、特高级、特贵的专卖店买鞋，这也是他太太去伦敦的重要任务之一。我问他叫啥名儿啊，克里斯以非常膜拜的神情说了俩词儿。名字有点儿长，不过就算不长我也记不住，总之就是不让你记住，而且你们也不可能听说过的那么一名儿，要不然怎么能叫小众呢？！据说这鞋老牛了，全部手工，一点儿胶水不用，一双鞋得做上好些日子，无论是用料还是工艺，都非常讲究。保养得好的话，可以穿上一辈子，就算鞋底磨薄了，还可以换个底儿接着穿，完全是按照传家宝的标准来构建的。第二天，我又看到克里斯时，我问他鞋买了吗？他说买了，在店里花了好长时间。我又问那个牌子叫啥来着，克里斯的回答超级经典："很贵！"我半天都没回过神儿来，别看就这么俩字儿，禁琢磨！

从英国归来，突然发现课间聚集在后院儿抽烟的同学全都不见了，也没有了艾米那熟悉的笑声，院子里安静了很多。我开始以为是因为冬天，天气冷，后来无意中发现灯杆比较高的地方新挂了一块很不起眼的小牌子，上面写着：这个校园已经成为真正的无烟校园，任何地方都不能抽烟。这才几个星期？还真是有点儿翻天覆地了。看这架势，真是要把烟民赶尽杀绝。美国处处禁烟，把这些 烟民赶得没处躲没处藏的，成功营造了一种"烟民处处受到鄙视"的阵势，不过还是有一个地方经常可以看到吞云吐雾的场景，那就是：车里！学校总该管不着了吧！

下午是新企业的设计和实施，讲台上一下站了俩老师，他俩还是两口子，我说怎么长那么像呢。这还不算什么，他俩还都是麻省理工学院毕业的，男的是博士，女的是硕士。男老师非常配合"聪明的脑袋不长毛"这句古话，呢子西装的边儿上已经有些磨破了，跟裤子也完全不搭，非常成功地表现出他的学究气质。女老师倒是衣着光鲜得体，虽然有些不成比例的丰满，谈吐和神态都挺正常的，所以她就只能是个硕士。也不知道是因为现在特别时髦开夫妻店，还是老大特别偏爱这种组合，第一学期刚开学时，特别正经八百地做过一个在我看来超级不靠谱、也没任何用处的性格分析，当时俩班的辅导老师就是两口子。上学期，听过的一个职业咨询讲座，主讲人也是两口子，这门课又是两口子。

这门课的教材是所有教材中最有设计感的一本，别的教材是竖着的，这本却横着；别的教材是白纸黑字，它五颜六色、排版多样，纸也要比别人厚不少。这不怎么像一本介绍商业模式的书，更像是与艺术和设计沾边儿的书。上网一查，已经有中文版——《商业模式新生代》。一个商业模式画布就折腾半天，而且为什么我丝毫感觉不到这传说中的画布有多么神奇呢？本来知道的还是知道，本来不知道的还是不知道，完全不因为把书中的画布填满就对自己的产品和商业模式有什么突破性的全新认识。这本花里胡哨的书在设计排版上还真没少下功夫，与老头儿那本从书名到内容全部千篇一律。白纸黑字连插图也少之又少的书形成了鲜明对比，完全不是一个路子。看两本书属于阅读时的感受与看下来以后的收获也是不可同日而语的。这本书看着热闹，过于闹腾的形式稀释了它的内容，而老头儿那本书没有任何哗众取宠的排版，也没有分散注意力的外表，精彩蕴含在字里行间，只是需要静下心来花时间仔细阅读。要说这麻省理工的工程博士还真不是盖的！因为一堂课下来，我基本搞不清他都讲了些什么。

一上课，他就从包里掏出一个装着半袋子糖的塑料袋，说每节课都会带这个来，谁发言精彩，他就给谁发一块糖，而且必须是用扔的。看得出来，这位老师很是詹姆斯的菜，因为没一会儿，他的桌面上就摆上了好几块糖，而对于詹姆斯都发表了些什么精彩的言论，我也领会不了精神。虽然我一块糖都没有得到，也备感欣慰，因为这就说明全组讨论然后派代表发言时，詹姆斯完全指望得上的全权代表，而这也正是詹姆斯所需要的，大家都开心。觉得对这节课有兴趣的还有欧荻斯和考斯特，相比之下，我觉得他的硕士太太讲的课还比较容易听明白。

离下课还有十分钟，凯瑟琳蹑手蹑脚地溜进来，等老师把课结束，走到讲台让大家当堂花上几分钟的时间上网给伦敦之行做一个调查问卷。题目不多，多数是选择题，最后有一栏可以写自己的意见或建议。问题包括对于此次旅行各方面的满意度以及建议的改进方法，都是不记名的。虽然留恋伦敦，但与这次学校的国际旅行没什么关系，就像之前说的，我更希望目的地是个"真正的外国"，才能更加深刻地体会到"国际化"这个概念，比如以色列。这个自然资源匮乏、国土面积和人口数量都非常有限的国家，却在科技创新和技术转化方面走在世界的前列。不光是我，在伦敦课间课后跟同学聊天的时候，很多人对活动的设置也各有不满，觉得与当地政府、高校以及相关机构的交流还很不够，而关起门来上课占用了过多的时间。不过，在这个问题上，老大也的确有自己的难处。一个学位读下来，多少门课，多少学分，一共要上满多少课时，全都是有数的，如果伦敦不上课，全撒出去了，那肯定不能按期毕业。

我发现老大非常重视来自学生的反馈。从第一学期开始，每门课、每节课课后都要去网上填写反馈，包括对课程本身以及老师的满意度。每门课结束时，还要填写一个有关这门课总体的评价。几乎每次期终反馈时，老大都要强调这个问卷非常重要，他自己、有关行政人员以及每门课的老师都会仔细阅读每份问卷。照老大的话说，正是来自不同人发出的声音才会使这个专业不断进步，反过来也是身在其中的每个人的荣誉。

# Chapter E

左手梦想，右手自由

## 01 图书馆时间：春节到

没有孩子的时候没发现，这图书馆真是宝贵的资源，应该充分利用。虽然我们家地址上写的是奥斯汀，但是几乎已经到了市界，平时活动的地方经常是奥斯汀的几个卫星城，包括西德帕克以及戴尔的总部所在地朗德罗克。因为狭义的奥斯汀本身也不算大，与这些周边的卫星城又紧密地连成一片，所以统称为大奥斯汀地区。不光是奥斯汀，在美国，几乎每个大城市的情况都是如此。按说，奥斯汀的居民只能在奥斯汀市所辖的图书馆内借书，但是奥斯汀的图书馆与周边城市的图书馆也有协议，只要说明自己想去哪个卫星城的图书馆借书，再办张卡就可以了。

美国人口流动频繁，这个卡也需要每年一续，需要本人亲自去图书馆办理，以证明自己依然是这里的居民。一次偶然的机会，我发现西德帕克有家图书馆又新又大，比之前经常去的图书馆要好很多，距离也差不多，除了没有中文书籍，平时的故事会和每周六的家庭日活动都比其他图书馆精彩许多。虽说参加活动不要卡，但是免不了顺便借书，就也去办了一张。无论新旧，几乎所有图书馆都有专供青少年和儿童使用的区域。西德帕克这家尤其突出，不仅借阅区的挑高和面积都很可观，采光也好，还有一个专门的房间供幼儿活动使用，里里外外都充满了童话气息。最可爱的是普通的门旁边还有一扇小小的门，专供小朋友进出。平时，每天早上9：45开始，先是半小时的"Lap sit story time"（坐大腿时间），专门面向0～15个月的小宝宝，其中包括15分钟的讲故事和唱歌时间以及15分钟的自由活动时间，图书馆把这项活动称为"小宝宝社交时间"。老师会把一张超级大的棉褥子铺在地上，然后撒上两箱子玩具。这个时候，妈妈们就可以把小宝宝们放出来了。

此时，这些小宝宝便会以各种姿势和各种速度爬到或走到玩具那里，扒到一个物件儿，矜持点儿的变成坐姿才开始啃，急性子的就地便把玩具往嘴里塞，总之这就是他们最热爱的活动。而从这一时刻开始，妈妈们终于可以暂时休息一会儿，左左右右、三三两两地开聊。所以，这一环节其实是小宝宝的各种啃物件的时间，真正在进行社交的是周围一圈大人。接下来，进入幼儿故事会时间，面向15～36个月的孩子，没有了棉褥子，也没有了都不知道留下多少孩子口水的玩具，换成一张面向大家的小板凳。老师坐在这张小板凳上给所有坐在地上的大小观众讲三个故事，也就是念三本书，每翻一页都要把书环绕半圈，以便让房间里的所有人都看到。只是，这些故事主要是给坐在下面的大人念的，因为只有大人在仔细听，而小朋友们干吗的都有，东张西望的、各种鼓捣的，就是没什么听讲的。最后，小朋友起立，老师带领大家唱两三首儿歌，都是带动作的，直到这时，孩子们才能比较配合，大都可以坚持下来。11：00开始是3～5岁组，程序与之前的差不多，不同的是稍微大点儿的孩子可以好好坐着认真听一会儿了。不过，总的来说，还是干私活儿的多。而每周六上午被称为"家庭故事会"的活动除了念三本书、唱几首歌，还多了一个几分钟的动画片和手工环节，最后还可以吹几分钟泡泡。除了这些，图书馆在下午和晚上还经常有各种大人和孩子的兴趣班，包括电影、缝纫和编织等等，都是免费的。图书馆是全职妈妈和周边居民进行社交、发展兴趣、打发时间的好去处。运气好的话，还可以交到好朋友。

孩子的歌曲翻来覆去就那么几首，应该是文化差异，很多我们通常不会写进孩子歌词的事物都出现在他们流传久远的歌曲里，比如"蜘蛛爬上水管儿""伦敦桥正在塌呀正在塌""头、肩膀、膝盖和脚指头啊，膝盖和脚指头"和"公共汽车上的雨刷器刷呀刷"。其中给我印象最深刻的是一首划船歌：Row row row your boat, gently down the stream, merrily merrily merrily merrily, life is but a dream!（划呀划，划小船，缓缓沿着小溪行，开心开心开心呀，人生不过一场梦！）我觉得这是所有儿童歌曲里最富哲理的一句话。儿子一直都把"Merrily merrily merrily merrily"唱成"咩咩咩咩"，也不知道他得到什么时候才能领略这首歌中最亮的那一句。

春节马上就要到了。从小到大，每年都要看的春晚在离开家以后更是变得必不可少。虽然我早上不到六点就得爬起来看直播，但还是年年不落，因为如果再不看一场春晚，那真的就没有任何过年的感觉了。春晚年年被吐槽，但是我觉得总体上都挺好，感受气氛为主，要是非得挑刺儿就没意思了，审美是没有一定之规的，各取所需、自得其乐就好。不可能有谁会每个节目都喜欢，但是我觉得起码要尊重台前幕后许多人的长期努力和劳动成果，不知道这个看不上、那个也看不上是不是可以凸显自己超凡脱俗的品味。仔细想想，我喜爱春晚应该是儿时的一种习惯。久而久之，这种习惯产生了一种远远超过春晚本身节目内容的情感。就像只有在北京长大的孩子才会喜欢肉龙，才会觉得麻酱蘸白糖是人间美味，因为每次吃的时候，这些登不了大雅之堂的食物会把你带回到若千年前，让你感受到吃这些东西时的童年。要是换一个从来没尝过的人，便会觉得不能理解，吃肉龙干吗？包子多好！麻酱蘸白糖就更不用提了，可能听都没听说过。就像一碗热干面，在从小吃到大的人眼中，那是贴心美味，而在我看来，不过是一碗麻酱拌的面条而已。其实，肉龙也好，热干面也罢，我们吃的食物都是对于儿时美好的记忆。带着几十年的感情品到的滋味与成年以后才初次接触，结果能一样吗？！

　　我有几本书就要到期了，把两个娃塞到后座安顿好，打算先去图书馆还书，在那儿玩儿一会儿，然后再去中国店买点儿吃的。要过年了，怎么也得意思意思。平时，这大马路上是很难见到一个警察的，今天运气怎么这么好，就在离图书馆还差一个路口的时候，我看到马路中间有俩跨在摩托上的警察，好像正在说笑，我当时看着旁边高大气派的全新警察局还在想，呦嗬，家门口值班儿啊，够近的。然后，就拐弯儿进了图书馆的停车场。我根本就没注意警察是什么时候跟上来的，就在我打算绕个圈儿把车停下来的时候，突然在后视镜里发现了一名戴头盔的警察。

　　到美国六年半，这还是第一次与警察打交道，就连十几年前在加州傻大胆儿地超速驾驶都从来没被摁住过，可是今天竟然在图书馆门口、在两个孩子的注视下，被摁了。摇下车窗，一个留着小胡子、皮肤黝黑的墨西哥裔警察毫无表情地问我要驾照。我交给他之后，他一边在手上的机器上写字一边对我说，年检过期了。我往玻璃上一看，一个大大的"8"，现在已经是 2 月了，这个也确实是有点儿过期太久了。等他写完，打出一长条纸，我的信息和我犯错的信息一应俱全，还有何时之前去何地伏法，之后的一行字引起了我的注意：如果是初犯，有可能从宽，不过需要当面争取。看这意思，得根据认罪态度来做决定。

　　自从开始上这十门课中最恐怖的一门——统计之后，我就一直在为结业考试担惊受怕。本来一个决策树就够伤脑筋的了，别看看起来不难，也都有可以自动计算的软件，但是如果一开始的项目没填对，后面就全是白搭。后来，老先生又教了一个名叫蒙特卡罗的模拟方法，用一个专门的软件算概率，辅助进行投资决策。反正每次上课都是云里雾里，老先生说一是一，说二是二，而完全不明白为什么。正是因为对结业考试的恐惧，就更加重视平时的每次作业，起码能挣分数，有一分是一分。第一学期快结束时，我才知道，写作业不会时是可以找助教的，有几个同学的会计和金融作业每次都是找助教帮着一起做的。这么重要的福利，那次没赶上，这回可得好好利用。纳薇塔自告奋勇联系助教，约好第一次我们俩一起去。

那是个星期五的下午，四点有课，我们约在三点出发，这样就不用跑两次学校，省时省钱。助教是个又瘦又小的小眼镜儿，头发稀疏，面相老成，热情健谈，正在读博士第三年。初次见面，免不了互相介绍、互相打听，当我得知他是一个捷克人的时候，激动的心情溢于言表。不过，当我告诉他我大学读的是捷克语专业时，他的吃惊程度瞬间远超我好几条街。他当时眼睛都瞪圆了，咧着嘴有好几秒钟都没说出话来。可不是，在美国遇到一个会说捷克语的中国人，这种组合好像也并不是遍地都有的。有了这层关系，作业就更加顺利了，尽管所有作业做下来依旧云里雾里，但起码可以凑合交差了。

年检更新完毕，那张罚单在我钱包里装了几天，也在我心里惦记了几天，我决定还是尽早去把这件事结了，省得老得想着，太累。那天下着毛毛雨，这种天气在奥斯汀还真是有点儿罕见，处理罚单的地方就在图书馆斜对面那个高大气派的新警察局。走进办公大厅，特像中国的银行，四处都是乳白色的大方石头。我前面只有一个人，心里正在默默想着怎样才能表现出自己认罪态度良好而免去罚款，就轮到我了。里面是一个长得还挺好看的姑娘，没有穿警服。还没等我把事先准备好的台词送出，那个姑娘就转身去后面了，回来又是在电脑上一通敲，然后就抬头跟我说没事了。没想到，不费吹灰之力就被宽大处理了，真是个意外的惊喜。

虽然春节不放假，但是作为办公室里为数不多的中国人之一，我觉得还是应该稍微表示一下，也别让大婶儿给全办公室发的祝贺中国新年的邮件显得太过孤单。如果连对自己来说最重要的节日都不主动一下，只是关起门来自己庆祝，未免有些不合群的感觉，而这种不闻不问也好像有些冷漠。下班路上，我去超市买了烘焙用的羊皮纸，在隔壁商店找到最大号的翻盖白纸盒子。像这样专卖与手工、编织和缝纫相关用品的商店不止这一个品牌，来美国之前，我的概念中只有这个国家有多先进、多现代，没想到这里的女性对于手工那么热爱，也没想到会有专门出售手工用品的大型连锁店。本来以为这里的女性完全用不着做针线活，也没有人会织毛衣、做衣服，扣子掉了、皮筋儿没松紧了必须直接扔，要不然怎么是美国呢？！结果发现商店里眼花缭乱，各种与缝纫有关的物品能让人看上半天。

回到家，我先用高压锅做上一锅豆馅儿，等到晚上把孩子们轰上床，从网上翻出个方子，烤箱预热，开始做我的红豆年糕。说起这红豆年糕，在中国的时候从来没吃过，反倒是到了美国以后才听说。最早是对门的特瑞萨隔三岔五送来一点儿，朋友聚会时也偶尔吃到。自从买了厨师机，我也开始自己做。事实证明，这个东西看上去很高端，其实很容易操作，完全不会失败，比一般的烘焙成功率高很多。最初迷上烘焙，是因为隔壁的露西奶奶送给我她自己写的那本菜谱，刚拿到时我每天抱着看，遇到想做的就用贴纸做个记号。不久，那本书的三个边儿都布满了五颜六色的贴纸。接下来，我就去商店把模子、筛子、刮刀、量杯以及一串一串的小勺，还有各种原材料全都抱了回来，然后兴致勃勃地照着书操练开来。"失败是成功之母"这句话我只是不停地看到前半截，而烘焙这件事情是这样的，当你把从烤箱里端出来的不明物体连着模子直接送进垃圾桶，并且连续有过这么几次之后，是很难再有勇气继续不断尝试的。不过，幸好咱是中国人，烘焙拿不出手也不算什么特别丢人的事儿，总不能每天指望着各种蛋糕和点心活吧，咱的馒头、包子、花卷儿、肉龙、糖三角、肉饼、窝窝头，做得多好哇！凡是在美国待上一阵儿的人，只要不是成心抗拒做饭或者永远都有人伺候，烹饪水平一般都会有长足进展，冷不丁还有可能开发出一项重大爱好。

我的嘴也确实是有点儿馋了，刚来的时候，有一阵儿我突然想吃老北京的炸灌肠，竟然到了夜里想得睡不着的程度。我从网上查到方子，出去买来淀粉，连搅和带蒸，凉凉后切成片儿，再下锅煎，然后放在加了蒜泥和盐的水里蘸一蘸，还真是那么个味儿。不过，换成土豆片可能味道也差不多。味道是次要的，关键是生命在于折腾，这也是我刚到美国时琢磨的最离谱的一种食物。好在那会儿没有那么馋拉面，要不然我的职业生涯会不会从那时开始转型也未可知。

美国真是一个挺能锻炼人的地方，很多在国内天经地义有人做的事情，在这儿都得自己搞定，比如修鞋。当我拎着一双需要换后跟的鞋子走进一家干洗店，听到换一副总面积大约2平方厘米的鞋跟收费25美金还得等俩星期的时候，我对柜台后的姑娘说，对不起，我不修了。我从网上花27元人民币买了30副各种规格的鞋跟，戴上手套，两只手攥着钳子，一只脚踩着扣在地上的鞋，15分钟后，当我把那片胶皮拽下来的时候，成就感可以比得上香肠进嘴的时刻。不过，比起其他需要自己来的家务事，换副鞋跟绝对是小儿科。在这里生活，什么修窗户、修马桶、安水管儿、钉篱笆、爬阁楼诊断空调压缩机等都属于一般难度，最高级别当属自己整地、盖房子、装修房子和整理后院儿，这些也都属于真正美国生活的一部分。

这个红豆年糕的终结版与之前版本的最大区别，就在于年糕烤好后，稍微放凉些，要在上面铺上一层保鲜膜，密封一夜。第二天早上，完全凉透以后，用刀切成块，年糕就会特别软糯。一定要等到不是特别热了才能铺保鲜膜，否则保鲜膜遇热会卷在一起，搞不好还会释放点儿有毒物质。我在纸盒子里铺好羊皮纸，把小块的年糕摆好，再铺上一层羊皮纸，然后再放一层年糕，这样既不会粘在一起，也不至于因为装在自家的饭盒里让人有所顾虑。况且，还不用拿回家洗，直接扔进回收箱就行了。大清早端着我的大盒子走进电梯，怎么就那么巧，平常越是不想遇到谁就偏偏总会遇到谁。这个总是笑眯眯的美国人在我楼下上班，我们经常在电梯里遇见，他总是表现出过分的热情，笑得有点儿让人毛骨悚然。他的搭讪其实经常是自说自话，要么评价周末的球赛，要么主动告诉你他手中盘子里的炒鸡蛋加点儿肉桂粉是他的最爱。他好像也并不太需要别人对他的话有什么回应，很多话我也不知道该怎么接，微笑即可，以不变应万变。幸好他在6楼上班，而不是16楼或者26楼。后来闲聊时，菲莉兹也曾说起过这个人。我们总结他应该就是这么个性格，可能生活太闷了，好像也并不是坏人。他一边挤眼睛一边问我这盒子里装的是什么，我说是年糕，中国新年时吃的。他表示出非常浓厚的兴趣，让我不得不问他一句，想尝尝吗？然后他捏着一块年糕高兴地走出电梯，临走还回头满脸堆笑地用中文说了声"谢谢"。

自从在伦敦连续上了一段时间国际化和技术转化课，回来以后暂时先不上这门课。等到统计结业以后再接着上，不过还是会留一些作业，包括网上讨论和集体作业。这次的集体作业是每个小组分配一个国家，要求了解这个国家的经济发展概况和近些年来在技术转化方面的发展，然后写一篇文章，我们组是土耳其。自从阿尔多、凯文与詹姆斯的关系恶化，平时的小组会也开得别别扭扭。我们依然每周末去Panera Bread开会，不过通常就是詹姆斯、我和纳薇塔三个人。阿尔多和凯文有时候Google视频，也有有事缺席的时候。让我们商量好分工，然后直接把任务通知他们就行了。我看这学上到第三学期，大家上得都有点儿麻木。不过这样也好，简单明了，反正大家的目标都一样：能毕业就行。与往常一样，我们商量好一个提纲，我把提纲放在网上，让大家认领，最后让凯文修改润色。早上，刚给全办公室发了封邮件，让他们去吃年糕，就收到凯文的信。

凯文上来就是劈头盖脸一通发火，说刚开始看了第一段就看不下去了，土耳其的概况，完全是从维基百科上照搬过来的，认为这完全就是剽窃，表示绝对不能忍受这样的行为，也不会把自己的名字放在这篇文章上，并且建议我也不要署名。每个人认领的时候，都会把自己的名字写在标题后面。这事儿是纳薇塔干的，可是凯文在信中只字未提纳薇塔的名字，还是给纳薇塔留足了面子。不是说不可以参考其他资料，但像国家概况这种信息，谁也不能瞎编呀。问题是，要是就这样抄过来的话，确实好像说不过去。第一学期的市场营销，几乎每次作业，老太太都要反复强调，可以参考其他资料，但是一定要用自己的话说，不要直接粘贴过去。而且即使用自己的话说了，也千万不要忘记结尾注明参考资料的来源。而且不光是老太太，几乎每门课的老师都要不断强调这个问题，可见这件事情有多重要。给凯文回了封信，告诉他我会解决这个问题，请他不要生气，先往下看着。在Google Talk上找到纳薇塔，她在线，我就跟她说了这件事，本来不想让她看到信，可是她坚持要看，我只好把信转给她。我其实有点儿担心这封信会把纳薇塔也给惹火了，本来就这么两个半人，已经这个不理那个的，要是再多一个，就更热闹了，那不是激化矛盾，越来越乱嘛。结果有点儿出乎意料，纳薇塔一个字都没说，然后就看到那篇文章的右上角显示有三个人正在看，凯文、纳薇塔和我，三个颜色的光标在文章上默默地跳跃着。虽然谁都没有再说话，但是那种突然升起的心意相通让我感到一种默契。我觉得纳薇塔真是个很聪明的姑娘。

## 02　夜店里的招聘会：暖房爬梯

奥斯汀的 2 月，乍暖还寒，早晚和中午的温差很大。我心爱的大衣们还没有穿够，竟然就又得收起来了。中国人喜欢说"二八月乱穿衣"，虽然说的是农历，这儿的人乱穿衣的时间也不仅仅限于这俩月。我发现中国人一般是按季节穿衣，这儿的很多人却是按阳光明暗程度穿衣，只要外面阳光明媚，便默认暖和。他们从来不讲究什么"春捂秋冻"，完全按照自己的喜好来。也可能与饮食结构有关系，所以即使是零摄氏度左右的严冬，大街上也随处可见或是短裤、短袖、光脚穿人字拖的人。大人这样也就罢了，孩子也这样，而且经常看到大人裹得严严实实的，孩子却冻着，这种景象完全不符合咱中国人养孩子的理念。我感觉自己带孩子已经够糙的了，可还是不到这种程度。

距离毕业还有三四个月，不短也不长，但是对于那些拿着学生签证、指望着通过工作而留下的同学来说，已经进入了最后的背水一战，他们对于工作的需求程度以及难度都比其他人高很多。外国人就是有这个问题，生存的一个重要条件就是身份，没有多少人有黑下来在饭馆儿打工、过着不见天日的生活只求赶上一次大赦而合法的偷渡客那种心理素质的。各种与求职相关的活动紧锣密鼓，不过再也没有像上学期那样因为衣服没穿对而没能入场的情况了。新上任不久的招聘专员开拓思路，针对不同专业组织各种小规模的招聘活动，也就是现在最时髦的"定制"。这天晚上，只有我们一个专业，地点在5街附近一家刚开业不久的酒吧。

我又走进一家被我们包场的酒吧，人挤人。想起伦敦的日日夜夜，很多当时觉得难熬或者平淡的时刻，过后便都化成美好的回忆。酒吧的主色调是黑色，夹杂着少量的紫罗兰。一进门就看见老大正端着个酒杯跟两位打扮妖艳的女士有说有笑，难道现在都流行在夜店里开招聘会了？！老大看见我，招呼我过去，把我介绍给这二位，也把她俩介绍给我，其中一位是一个名叫"Napkin"（餐巾纸）的新创企业的头儿。开始没反应过来，还以为他们家是做餐巾纸生意的，后来才明白跟餐巾纸八竿子打不着，人家的主业是咨询。幸好，我没马上问他们家是做哪种纸巾这种问题。不过呢，就算问了也没事儿，在美国待了这么几年，再加上上了这么个学，最大的收获之一就是没有什么问题和观点是不好意思的，完全不用在乎别人会不会觉得我的问题或者看法可笑，也不会在意别人会怎么看我，在这儿的生活中好像就没有"露怯"这个词儿。这位五十岁上下的女士手里拿着一摞印有淡蓝色"Napkin"字样的白色餐巾纸，她向我解释，很多新创公司的新点子、新想法最初都是随手记在餐巾纸上的，你不知道哪张餐巾纸上随意记下的哪个点子会发芽、壮大，或者长成一棵参天大树，所以也就有了他们公司的这个名字——Napkin Venture。

　　酒吧里，熟悉和陌生的面孔大概各占一半，这招聘专员也不知道跑哪儿找来这么多人。有各种规模公司的人力资源和业务部门经理，大到戴尔、苹果、惠普，小到只有俩人的新创企业，此外还有猎头以及打酱油的。两杯酒下去，可以开聊了。听了两个毛头小伙子介绍他们的二人公司，跟戴尔一个产品经理打探了点儿情况，听他喷了半天化石燃料，向奥斯汀商会一个分管亚太地区的人介绍了我的历史和现在，并且表达了我十分想去他们那儿上班的意愿。这种场合，随便逮到一个人就可以开门见山，如果觉得有意思、有可能，就多说几句，要是觉得没什么戏，或者话不投机，对付几句，然后找辙离开也特别正常。欧荻斯老远跟我打招呼，人群中，他那光头闪着灯泡儿一样的光芒。他从人群中挤过来，问我跟那个猎头聊了没有，据说"卖人"水平很高。我说没有，哪儿的？长什么样儿？他环顾四周，没找着，告诉我是个短头发的女的，穿灰白色切格外套，并且嘱咐我一定要去找她聊。

　　在人声鼎沸的嘈杂声中，眼前的各种面孔、表情和话语让我觉得有点儿头大，这不是一般酒吧里的应酬和对话，得在有点儿眩晕的状态下提事先准备好的问题，注意听对方说了些什么，还要考虑怎样相应对，并且时刻注意自己的形象。最后还得记得要名片，并且马上在背后简单注明这个人或者这个人所说的话的特征，省得回到家掏出一把名片，哪个是哪个完全对不上号。我拉上纳薇塔和阿尔多，出去乘凉。酒吧旁边是一个公共停车场，坑坑洼洼的地面，四处都是涂鸦，这样破旧和颓废，无论浓墨还是淡彩，都是周围高耸林立的现代大厦饶有趣致的点缀。就像走在冬日上海的弄堂里，向上望，两侧低矮凌乱的住宅中间夹着一条灰白的天空，透过晾在竹竿上各种形态的内衣，这条灰白色的天空被时尚的深灰色高楼占去一个角落。无论是奥斯汀还是上海，正是这些看似不和谐的音符，才成就了一座城市耐人琢磨的味道，禁得住品味和悉心体会。

真是"众里寻他千百度，暮然回首，那人却在，灯火阑珊处"，再回到酒吧，一下就看到正与日本姑娘聊得火热的那位"著名猎头"。我走过去跟她俩打了个招呼，站在一边听，她俩聊得也差不多了。日本姑娘说去找点儿东西吃，把猎头留给我。她留着不能再短的短发，很直，戴一副金边眼镜，身材瘦小，浑身上下没有任何女性化的点缀和颜色，手里拿着一个深棕色的皮质文件夹。她的态度很热情，听我介绍完自己，马上跟我交换了名片，并且说这一两天就会与我联系。对于这种话，不能全信，也不能用自己的标准来理解别人。有些人说过两天跟你联系，你就在那儿傻等，他却完全忘记了有这么一回事，其实这句话对这些人来说就是一种客套，就是"好吧，再见"的意思。所以我说，对这样的客套，需要认真学习、努力分辨、必须适应。正事儿说完，开始聊些家常，她非常自然地说了一句"我的搭档"在家如何如何，然后在描述她的搭档的时候用的是"她"。英语就有这点好，可以不动声色地说出点儿自己的小秘密，也可以不动声色地发现点儿对方的小秘密，然后继续不动声色地交谈。我偷偷地感慨，"男女搭配干活不累"虽然没错，但是现在已然进入性别不是问题的年代。

周末应邀去参加朋友的暖房"爬梯"，顺便庆贺春节。虽然除夕已经过去好多天了，不过还没到正月十五，所以还来得及。这个朋友就是我全职在家带孩子的时候在图书馆听故事时认识的，当时我只有一个儿子，她有一个女儿，年龄相仿，后来我女儿出生，她儿子出生，又是前后脚。她出来得早，在这儿上的大学，是个平时闲不住、很会生活的人，也是我在图书馆认识的唯一一个能把这种朋友关系延续下来的人，更多的则是见过一次或者几次，虽然当时聊得也不错，但是过后就不了了之，这辈子可能再也不会遇见。朋友，起码是需要一方主动维系的。当然，另外一方也得配合，要不然便不容易长久。上班之前，我俩每周都为孩子安排一次playdate，一周去她家，一周来我家，当时两个老大都已经上幼儿园，只有两个小的一起玩儿。其实，那么小的孩子根本就不怎么会一起玩儿，基本上是凑在一起然后各玩儿各的，主要是俩妈可以聊会儿天，所以其实是大人的playdate，而这也是全职主妇生活的一部分。他们家原来住在我们经常去的图书馆那个区，学区一般，房子早就买了，没有孩子的时候谁对学区有概念呢？新买的房子位于一片最能代表奥斯汀地形地貌的丘陵地带，蜿蜒起伏、绿树成荫。这里是一片很大的居民区，房子大多是八九十年代建成的，与现在新盖的房子相比无论从外观还是内部差别都不大，最重要的是学区好，也是全奥斯汀最好的学区之一。通常，只要是好学区，都是中国人和印度人的聚居地。这个世界上，在从"起跑线"开始抓孩子教育这方面，难道还会有比亚洲人紧迫感更强的地方吗？所以，即使是80年代的房子，也可以比学区一般、条件相当的新房子贵上1/2甚至2/3。不过，在众多中国人的概念里，学区房就是压倒一切的存在，才贵2/3，还不到一倍呢，多吗？

我这个朋友很会做饭，不仅仅是精深，面儿还广，辣炒蛏子这道菜我恐怕一辈子都不会想起来做一回。这两口子真勇敢，也不知道请了多少人，整个一层站得满满当当，后院露台还有不少。我发现组织这种聚会，请一家人其实是最辛苦的，因为不但要忙着做饭招待大家，还得陪客人说话，总怕会照顾不周。如果请两家人的话就会好很多，因为这两家客人之间会互相聊天，如果是更多客人的话就更不用发愁聊天的事儿了，闷头做饭即可。这儿的聚会通常是每家带一两个菜，然后大家一起吃，主人只要稍微再准备一点儿就行了。我今天的主要角色是帮厨、擀皮儿、包饺子、煮饺子，比起看孩子，能自己安安静静干点儿活简直就是享受。这次"爬梯"最大的收获是竟然遇到一个校友，只不过我俩没有交集，我上高中的时候他已经上大学了。尽管如此，还是很激动，无论是他还是我，都是第一次在美国遇到校友。闲聊中得知他每周末教孩子打网球，自己还有个发球机，就在他们这一个社区网球场。他说每周五会用邮件通知大家，确认当周的具体时间，大人也可以一起来，一共有两块场地，时间尽量赶早，因为免费，晚了就会被别人占了。

创新型管理的期中大作业布置下来了，是助教发的邮件，她跟捷克助教一样，也是个博士生。她是我见过的最漂亮的一个女博士，不苟言笑，有些冷艳。她几乎每节课都会来，坐在教室最后听一会儿就走，从来都是一件黑色高领毛衣、一条炭灰色或者黑色阔腿长裤，一双黑色平底芭蕾舞鞋，偏棕的金色头发是浑身上下唯一带点儿颜色的地方，中长的直发，末梢微卷，柔顺而整齐。此外，全身没有任何点缀，整体感觉舒适而沉静。这样的姑娘完全不需要什么款式、颜色和名牌的烘托，加上这些东西反倒会觉得多余，会夺去她自身散发出的光彩。这姑娘写的信很有特点，无论多长，从来都是一段，而且最爱写复杂长句，看着会有喘不过气的感觉，很好地继承了她博导说话的风格。作业要求根据书中的倡导策略采访几个人，然后将策略与他们自身的经历和经验结合起来写一篇论文。老规矩，Times New Roman字体，12号字，这回要求双倍行距，不超过12页。通常说不超过多少页的意思我理解就是最好写到那么多，5页也是不超过12页，但是我怀疑结果应该是自己找不痛快。

其实开学前，这本书就应该看得差不多，我却一直无暇顾及。不过说"无暇"只是一个借口，我觉得无论什么事，只要好好安排，就都可以变得"有暇"，关键是看你到底有多想做这件事。头两学期发的书我也没有全都看完，课堂和作业对书上的内容要求的多些，这本书就看的多，总之都是成正比。

三斯老师的课当时发过一本书，名为Money Ball: The Art of Winning an Unfair Game（《魔球——逆境中致胜的智慧》），后来还改编成了电影，名叫《点石成金》。其实只有薄薄的一本，我当时被金融考试的事搞得完全没有心情，一眼都没翻。后来三斯老师留了一个有关这本书的作业，并且告诉大家如果没有时间看书，看看电影也可以，结果，我连电影也没看。只是在网上看了看剧情介绍，道理就是那些，倒是也够写作业的了。但是老头儿这本书，白纸黑字，根本没有其他捷径可走，而且作业全部是有关这本书的，现在看来是躲不过了，要是连书里讲了什么都不知道的话，怎么结合起来采访人家呢？翻开目录，一共14章，标题看起来倒是还简单。一句话，这300多页的纯文字也是仅仅围绕着一个目的——如何让对方接受你的想法，买你的账。大致翻了翻，又找出老头儿课上的幻灯片，看了看讲得比较具体的内容，然后给组里发信，大概说了一下安排，定好小组会。这次比较顺利，大家一致同意，每个人自己去找人采访，写完采访记录全都给我。我看完每个人的记录，看看有没有什么内容能套用书上和课上介绍的相关策略；理想情况下，每种策略最好有两三个实例，这样看起来会比较丰满。如果只有一个实例，相对应的策略若是比较重要，实例又很具体、有吸引力的也可以。这个事儿赶早不赶晚，需要每个人分头约人，还得整理出来给我，我得把所有内容全部打乱再重新写出一篇，最后让凯文帮着看看，所以三个星期并不宽裕。我让詹姆斯在他们公司帮我找个人采访一下，这绝对是他的长项并且爱好的事。不出所料，詹姆斯欣然应允，并且第二天就有了回应。

拖了好几天，今天到办公室的第一件事必须是把猎头的信给回了。酒吧招聘活动的第二天，按照不成文的规矩，给头天晚上留了名片并且感兴趣的人一个一个发了信，不需要长，只表示很高兴与对方认识，有关对方组织某某方面的职位我很感兴趣，希望有机会能进一步了解。信发出去，因为都已经说过话，就算认识，所以基本上都收到了回复，不过基本上都是礼节性的，唯独短发猎头的回信有干货，这有点儿出乎我的意料。她说手上有一个商务拓展的位子，在拉斯维加斯，如果我愿意考虑再把细节发给我。当时马上回信表示感谢，并且告诉她我需要几天时间考虑，然后再给她回复。这几天想了想，也跟高鹏商量了一下，觉得那个地方度假虽好，却也好像只适合度假，对孩子的成长来说并不是首选，不值得折腾这么一趟，所以还是不考虑。照实写给猎头，感谢她的推荐，并且告诉她如果有奥斯汀本地的工作最好，这样可以把对其他人的影响减至最低，她回信表示理解。

有了孩子，很多方面就会多了很多考虑，受到很多限制，又何止工作这一样？到美国这么多年，找工作碰壁是家常便饭，碰得头破血流，不过也习惯了，也可能是因为血流光了。谁说在这儿找工作不靠关系，完全公平？你按照网上的招聘启事把简历投过去，是有几个理你的，这几个里面也有零星儿能继续往下进行的，但是很多位子都是靠内推、靠关系的。人情这件事，在哪儿都一样。更不要说有些公司的招聘启事其实是为了给公司里的外国员工办签证用的，并不是真的想雇人。有时候，我很怀念在北京工作的那些年。我经常会问自己，如果让我再选择一次，是否还会像当初那样义无反顾。八年前的春天，我在武夷山出差，曾经写过一段话：动荡刺激，或者平淡无奇。家在哪里？你又究竟想要怎样的一生？我想，就算知道前方路途坎坷，我依然还是会选择离开，去经历五味杂陈的生活，只为拥有心灵的自由。

## 03 都是汤圆惹的祸？又到考试季

儿子快五岁半了，进入换牙时节。今天放学回家时，他手里拿着一个小塑料袋，里面装着一颗比米粒大不了多少的牙齿，歪歪扭扭，有些怪模怪样。这是儿子掉的第二颗牙，掉第一颗的时候我在伦敦，他爸爸给他买了一个牙齿仙女（Tooth Fairy）的小枕头和一本关于牙齿仙女的书。这是欧美乳牙脱落时的传统，小朋友每次掉牙的时候，睡觉前把牙齿放在自己的枕头下面，美丽的牙齿仙女夜里就会来把牙齿拿走，留下一点儿钱，以庆祝小朋友又长大一些。这个新枕头一面儿白、一面儿绿，绣有卡通图案，还有一个带盖子的小口袋，就是放牙齿的地方。儿子第一次掉牙时，第二天醒来，睁开眼的第一件事就是翻小枕头，并且真的在口袋里发现了仙女留下的一块钱，立刻奔走相告。看来，今天夜里我钱包里又得少一块钱。转眼，儿子都开始换牙了，在产床上第一次见到他时的情景还历历在目。五年半一下子就过去了，要是没有这么个小人儿作为参照物，我还真对那逝去的时光没有什么具体的概念。这些年，孩子每一个阶段性的进步都是我的一次解放。会爬了，可以自己吃饭了，断奶了，可以自己睡觉了，会走路了，可以跟大人吃一样的饭了，上幼儿园了，摘尿布了，可以坐在浴缸里洗澡了……时间在日复一日的琐碎中过去，看似相似，可是突然有那么一天，我就发现他们长大了。

有一阵子没跟菲莉兹聊天，我觉得她应该过得还不错。她生活充实、心情愉快时，就不太容易想起我来，我们俩之间的话题，苦难的占了一多半。快吃午饭的时候她突然叫我，问我最近怎么样，还没等我回，她就说自己要回来了，3月底上班。这真是一个有点儿爆炸性的消息，菲莉兹当时完全是按照搬家的标准走的，绝对不是度假探亲或者体验生活，我们俩连散伙饭都吃了好几顿，难不成全都白吃了？！我脑子里蹦出来的第一个念头就是乔，我连招呼都没跟她打，上来就直接问："你们俩要结婚了吗？！"我喜欢这样的桥段，分开后才发现对方的好，才有勇气迈出这一步。有的男的啊，就需要这样狠狠地抽一下。菲莉兹只回给我："You are crazy！"（你疯了）就跑消失了。虽然看不见她的脸，我还是能想象得到她此时此刻的面容，肯定在笑。

星期五下午，我按期收到之前在朋友家偶遇的校友群发的信，通知周日早上八点准时去打网球。现上轿现扎耳朵眼儿，我就去商店买了俩儿童网球拍，一个粉色的，一个黑白的。想起刚上大学的时候，我曾经跟风买了一个网球拍，结果只打过一次，因为每打一下就要满场捡球，最后捡得我要疯掉，这哪里是打网球，明明是跑步和做下蹲运动。可惜了那些精心武装到牙齿的装备，只用过那唯一的一次。当时，我连缠拍子把儿的胶条都纠结了半天，到底是紫色好看还是绿色更搭呢？也不知道年轻的时候在这种既缺心眼儿又无聊的问题上浪费了多少时间和心思。就像个别老美的厨房，各种现代精美的设备和厨具锃光瓦亮、一应俱全，光是各种型号的酷彩炒锅就溜溜儿码了一排，只是从来都不做饭。

每到正月十五，我就会想起原来在北京时吃的三全凌汤圆，最爱他们家巧克力馅儿的，个儿大馅儿足不说，里面还夹杂着碎花生，热热的一口下去，那滋味一直让我非常挂念。可惜奥斯汀只能买到味全和思念以及其他杂牌的汤圆，馅儿也没什么新鲜的，无非是黑芝麻、花生、红豆之类的。早上孩子们打球的时候，我一边帮他们捡球一边琢磨巧克力汤圆这件事儿，然后越琢磨越馋，越琢磨越难以忍受，一回到家就开始和面，从柜子里翻出一盒费列罗巧克力。正好，圆圆的，也有碎花生。带着美好的愿望，我做了十来个巧克力馅儿汤圆，煮熟后捞出来，迫不及待地尝了一个，虽然我对羊肉比较敏感吧，可这明明是巧克力啊，为什么竟然被我吃出了一丝膻味儿？这感觉仿佛被泼了一盆冷水，瞬时让我没了心情。高鹏倒是很捧场，吃了四个，作为给我的安慰奖，看来想搞点儿创新还真不容易。晚上快睡觉的时候，高鹏突然说他肚子疼，而且疼得有些难以忍受，回想白天吃过的东西，我觉得很内疚。

组里的四个人都在规定的时间内把采访记录发给了我，区别就是有的是主动交的，有的是被催了好几次才交的，其实这主动交的就那么一个人——阿尔多。几个人写得都不算长，好在多数都能用，只有詹姆斯那份让我有些摸不着头脑，严重怀疑他们俩是不是以吃饭聚会为主，顺便聊聊作业。也不知道他当时都问了些什么，或者说就算知道他都问了些什么，但是与书上的内容没什么关系。谁看书了，谁没看书，此时便一目了然，当老师的应该就是这么个感觉吧？我能做的只是多看几遍他写的东西，使劲儿领会精神，然后尽量往有用的方向靠一靠，琢磨半天，也就能用上一个例子。虽然我们事先都没有对采访对象的行业和其他条件提任何要求，而且当时也没法要求，能找到一个合适的人问问就已经不错了，但是碰巧出来的结果还比较多样。五个被采访人分别来自高科技、法律和医疗行业，组织规模也各不相同，有像思科、戴尔这样的大型企业，也有中等规模和小型的新创企业。被采访人包括项目经理、市场营销经理、协调员和技术专业人员。连拼带凑，终于在夜里以及随时插空的上班时间写出一篇来，一共提到八种让别人接受自己想法的具体策略，正好12页。我又改了几遍，然后发给了凯文。

因为准备这份作业以及这门课的期中考试，我最近主要的任务就是看这本书。其实我开始只是想把大标题和二级标题整理出来，以免在考场上找都没地儿找去，但是看着看着，突然发现里面讲的故事也挺有意思，就像老头儿课上讲的内容，可谓包罗万象。说它是本教科书其实过于刻板和严肃了，*Advocacy*这个书名看起来也着实既枯燥又吓人，没想到里面别有洞天，完全可以在闲时随便翻翻。通过书中的例子，可以从很多侧面了解美国不同时期、不用行业的历史和逸事，还有不少历届总统的故事。我在几个月前有过的念头此时又冒了出来，并且一发不可收，就像惦记巧克力汤圆那般，在心底种下了一棵大草。

说到汤圆，高鹏的肚子在那天吃完我做的汤圆后疼了一宿。第二天一大早，他觉得有点儿撑不住了，到公司后先去医务室看病，这一看不要紧，还真看出点儿毛病来。单位医务室的大夫也有好大夫，他一听症状，首先想到的就是肾结石，发到大医院一看，思路完全正确，顺便给约超声波。虽然是综合性的大医院，也做不了这手术，护士给开了各项身体检查。全奥斯汀能做超声波碎石的就那么几家，最早也是一周后，在城南的一个诊所。看来，汤圆虽然不那么好吃，但却无辜，只是碰巧赶上那一天。这个消息让我感到一丝前所未有的生活压力，家人全都不在身边，也没有任何帮手，出了什么事儿只能自己扛。只是，这感觉来得有点儿突然，我心里还全无准备。

虽然米歇尔平日里不声不响的，但是她的位子在一连空了好几天之后，我还是注意到了。中午跟奥尔加闲聊时，我问她米歇尔是不是在休假，奥尔加虽然是按照俄语翻译招进来的，但是平时俄语的活儿不多，就把她安排到米歇尔和菲莉兹他们组帮忙，搞计算机辅助翻译，其实就是做 CAT 的！与 CAD（计算机辅助设计）异曲同工。她说，你不知道啊？米歇尔的妈妈上周末去世了，很突然，之前一直好好的。她妈妈我见过，早上经常开车送米歇尔上班，看起来还很年轻。这个消息让我感到很难过，不仅仅因为亲人过世，更因为这有些特殊的家庭。娘儿俩一直相依为命，听菲莉兹说过，除了妈妈，米歇尔没有任何一起生活或者关系比较近的亲人，而妈妈就这样走了，留下米歇尔一个人，能想象得到妈妈撒手的时候是有多么放心不下。人到中年，就这样悄无声息地来到了，疾病和死亡，这些从来都觉得与自己毫无关系、远在天边的事情也渐渐降临在身边。无论生理、心理还是穿衣打扮，一直感觉好像离 20 多岁的时代并不是很久远，可是坐稳了仔细一琢磨才突然意识到，离 40 岁竟然已经很近了。

期中临近，各科的大小作业、即将到来的课堂考试、从来没完全明白过的什么蒙特卡罗还是卡斯特罗模拟法、高鹏生病以及两个孩子的琐事让我觉得近来有些吃不消。体力上倒是没什么感觉，主要是精神上的疲惫。每天早上闹钟响的时候大脑就会自动进入紧张模式，唰唰唰地思考，早上给孩子做什么早饭？带什么午饭？昨天英特尔一个文件其中一段太长，老死机，今天就得交了，技术那边弄好没有？三门课集体作业马上到期，写完了没有？闺女班上同学周末生日会的礼物还没有准备，是买个发卡好还是买个玩具好……脑子里仿佛有一根弦，虽然有弹性，但是这弹性总是有限的，最近好像有点儿抻到头儿了，并且一直停留在这种抻紧的状态，也不知道还能再抻长多少，也不知道还要再继续抻多长时间。所以，我一直觉得做家务是件很享受的事，因为做完就完了，不用惦记，也不用动什么脑子。

三岁半和五岁半的孩子已然成为"老幼儿园"，一个不到两岁上的幼儿园，一个两岁多一点儿上的幼儿园，都是正在学说话的年龄。对于中文，从老大还在肚子里的时候我就觉得是一件天大的事，当然也有更多在这里的中国人不觉得是什么事儿，起码不是一件多么严重的事，因为自己都是中文和英语混着说，所以孩子的中文好不好也无所谓。曾经跟大学时代的好友聊过很多次这个问题，她比我早来很多年，两个孩子也已经长大，我们讨论后得出的结论是：孩子的中文能学到什么水平，关键取决于大人有多坚持。那时我就非常固执地想，我的孩子中文必须好，一个最简单的原因，我完全不能接受跟自己的孩子还得说外国话，说话还得想着说。

几年过去了，孩子开始上学，有了自己的朋友和环境，我才意识到在没有语言大环境的地方学外语的确是件很不容易的事，就像我们从小学英语，学了那么多年，考过那么多试，英语又学到什么水平？他们从早到晚都在非中文的环境里生活，只有早晚和周末才会说上几句中文，而且说的话翻来覆去就是那么几句，范围和内容都非常有限。我曾试图让两个孩子在家互相说话时说中文，但是发现完全徒劳，只看到家里有个蛮横可怕的"巫婆"整天大呼小叫、唠唠叨叨，说的最多的一句话就是"说中文"，唠叨得她自己都讨厌自己的样子，唠叨得她自己都很崩溃。后来这"巫婆"想明白了，两个孩子在幼儿园也经常一起玩儿，和其他小朋友一起玩儿，所以思维中早已形成了一种模式，英语就是他们俩之间的语言。最后我只能后退一步，把自己的标准放宽，底线是跟我说话时必须说中文。所以，凡是家里有不说英语的老人的，孩子通常中文都比较好。这些小东西，有一个算一个，都太知道跟什么人要说什么话了。

老头儿的课听了半学期，早已习惯他讲话的速度和习惯，也再没有喘不过气的感觉。他的语速虽然很快，但是语言简练不乏生动，也很容易懂，真想不通为什么有些人说话那么容易懂，而有些人的话却那么不容易懂。比如拿自家宫殿当电脑桌面的老师以及麻省理工那位具有深深学究气质的老师，表达能力与自身的专业水平关系不大，他们可以在专业或学术上很牛，只是超出了我的欣赏能力范围。原来在难民署的时候，每年都会给中国的政府官员组织培训，向他们介绍难民事务以及紧急情况下的应急反应，每次都请一位与难民署有合作关系的非政府组织的美国老师去讲课。那应该是我听到过的最清楚、最有条理、最容易懂的培训课程，应该也是一位培训老师的最高境界。我觉得一位老师最根本也最重要的素质之一就是，你说的话学生能听懂。课上到这会儿，十门课的所有老师已经全部亮相，谁什么水平、什么脾气，已经表露无遗。所有人公认课讲得最好的前三名分别是第一学期的市场营销老太、第二学期的帅哥和第三学期的管理学老头儿。这三个人讲课有个共性，那就是好懂。这样看来，我是外国人，英语不是母语这个因素就不是那么重要，能让母语是英语的学生和母语不是英语的外国人同时都觉得容易懂并且很有趣，真得有两把刷子。看来，同是上个学，遇到什么样的老师，还真是一件可遇而不可求的事情。

课间，老头儿悠闲地靠在讲台上喝他的可乐，偶尔跟下面的学生开一两句玩笑。我往他那儿走的时候就想起了不久前同样这样走到讲台前与帅哥说话的情景，不知道今天会发生什么。我问老头儿，您这本书有中文版吗？他说，没有。然后，还没等我说下一句，他就紧接着说，不过你可以来做这件事。这样的对话大大超出我的预料，甚至比上次跟帅哥说的时候更加顺利。可上次当时顺利，接下来却了不了之，这次不知道会不会是同样的结果。老头儿非常热情，说他头几年经常去中国讲课，清华也有，摩托罗拉等企业也有。怪不得，我说他课上举例子的时候为什么经常会说些中国的事儿呢，还知道"和谐"这个词儿。我有些喜出望外，最近几年我有两个愿望，一个是自己出一本书，一个是翻译一本自己喜欢的书，现在第一个愿望已经实现，但愿这第二个梦想也可以变成现实。大学学的是语言，工作以后也多多少少做着与语言相关的事情，做翻译就是我那个时代的理想。在使馆工作时曾经听过外交部翻译室朱彤的一次讲座，她曾为多位国家领导人做过翻译，一度被称为"第一翻译"。她当时讲到很多在北外联合国译员班学习期间的细节，至今历历在目。只是自己的英语并非科班出身，基本靠毕业后在工作中自学，即使最终可以开始翻译这本书了，对自己也是个不小的考验，更何况还得先找到一个愿意出这本书的出版社，太多门槛儿，需要一个一个过。

周末一晃而过，第二天要陪高鹏去做手术。虽然只是个不用动刀子的小手术，但是孩子睡觉以后，他还是把我叫到他的电脑旁，一一交代各种家底。这个细节很煽情，我生平头一回遇到，那种感觉，很难形容，总之是难过。

　　3月中旬的一周是学校的春假，我们因为本来就是周末上课，所以并不受影响。而且春假结束的这个周末就是两门课的期中考试、统计的期末考试。美国各州学校的假期除了圣诞节和感恩节之外都不尽相同，同是春假，有的地方3月放，有的地方4月放，而且即使都在同一个月，具体到哪个星期也都不一样。这样错开了放假有一个好处，那就是全国各个旅游区不至于那样拥挤不堪，即便是这样，像迪斯尼这样的地方也是人满为患。奥斯汀学校的暑假大都很长，一口气能放上差不多三个月，然后就是春假一周、感恩节连上周末，一共四天，加上圣诞节的两周，这些是比较长的假期，平时还有各种一天的公假，老师也经常要占用一天来进修。虽然现在两个娃上的幼儿园和学前班都是私立，不分什么暑假，反正照常交钱就是了，但是3月和12月的学费里是不含春假和圣诞节的。也就是说，春假和圣诞节学校可以给你看孩子，但是还得额外交钱。一个孩子五天二三百美元，所以大家能休假的尽量休假，自己在家看孩子，不能或者不想带孩子的可以送到外面各种课外班，价格也都差不多。高鹏今年的年假还没休过，早就请好假，本来打算在家看孩子，没想到半路杀出一个手术来。那天的手术进行得很顺利，我在医院的餐厅一边等他一边干活，饭还没吃完，护士就跑来找我，说手术已经做完了，一切顺利。观察了一会儿之后换衣服出院，其实他已经可以自己走路，但是一个护工坚持让他坐上轮椅，把他推到停车场，送上车才离开。做完手术还不算完，还得把打碎的石头排出来，这个过程比较痛苦，需要靠医生给开的强效止疼药。正因为强效，所以需要尽量控制少吃，而且也不知道什么时候就会突然疼起来。有一天，他带着孩子出门，回家路上突然疼了起来，但还是坚持把车开回家，想起来真有些后怕。

　　眼看到了星期五，这最难熬的一周终于即将结束。下午是统计的期末考试，我与纳薇塔约好三点一刻在楼下见。早上上班时，我特意检查了一下要带的东西，电脑必须得带上，因为决策树和蒙特卡罗模拟法必须在电脑上才能做。还有各种材料和作业，可能没什么用，但还是都带上心里踏实点儿。中午从包里拿东西的时候突然发现笔记本的电源没带，回想早上明明是把电源从墙上拔下来，卷好放在饭桌上，这时闺女把一杯牛奶弄洒了，我就赶快去擦桌子擦地，擦完就赶快跑了，应该就是那会儿给忘了。我记得统计老师曾经说过一句，考试大概会进行两三个小时，打开笔记本，看看右下角的电池，还可以坚持四个半小时，应该是足够了。要是在平时，尤其是知道高鹏还在家，我肯定会让他帮我把电源送过来，可是现在明明知道他那么痛苦，还得一个人看俩孩子，实在不忍心再让他帮我送电源。自己回去取呢？四个半小时的电量已经有富余了……

　　结果，一共七道题，我刚做到第三道时就蹦出一个窗口，说电量只剩下 10%。这下我可是慌了神儿，班里多数人都是苹果电脑，没有一个人跟我的笔记本一样。到讲台上跟老师说，他表示也爱莫能助，说手算也是可以的。大叔啊，如果只是计算 1 + 1，谁还需要用软件呢？！就是因为那背后蕴含着大量的复杂计算，才需要用这些专业软件的啊！我连软件都还用不利索，怎么可能纯用手算呢？！又去找小秘，她倒是挺好的，说可以把公家的老电脑借给我用，就是巨慢，可是因为她不上这门课，电脑里根本没有蒙特卡罗那个软件。最后，实在无奈，只能凭感觉，用小秘的电脑在剩下四道题每道下面直接写了几句话，作为我的答案。走出教室的时候，我有些万念俱灰的感觉，尤其是回到家，看到桌子上那个已经卷好的电源时，回想最近的种种，突然感到身心疲惫。高鹏说，有些软件运行的时候特别费电，可不是，轻轻一按，就让人家一下算上个五千或者一万次，我还老爱多试几次。今天这事儿怨不得别人，只能怪自己的心理侥幸和手欠。

## 04 再见菲莉兹；统计成绩出来了

　　小区一共有三四处信箱，每处二三十个，除了上面摞在一起的小铁箱子，下面还有四个体积大些的箱子，这几个大箱子是公用的，平时打开着，门上挂着钥匙，如果谁家有大包裹装不到自家信箱的，邮递员就把包裹放在下面的大箱子里锁好，然后把钥匙放在收件人自己的信箱里。我们这小片的邮箱在院子的一个角落，后面是一片经常有鹿出没的荒地，旁边是一个高尔夫球场，视野开阔，吃家门口小树的鹿应该就是从这里跑过去的。平时，高鹏下班时会在那儿停一下把信拿了，这周他休假在家，就在他感觉尚好的晚饭后在院子里遛弯时顺便拿信。偌大的一个院子，走一大圈儿下来却很少看到人，偶尔遇到人的时候，即使不认识也都会互相打个招呼。不但没人走路，车子也很少，所以不时会有孩子在家门口的马路上玩儿滑板、骑自行车或者打球。美国的很多行业至今都非常依赖邮政，这点是我刚来的时候没想到的，总觉得全世界都进入了发达的信息时代，这样传统的通信方式早该被更加快捷经济的方式所代替，可邮箱里每天还是会出现各种信件。当然，广告占多数，有用的通常是水电费单子、银行对账单、各种账单和杂志。今天照例又是一摞花花绿绿的广告，离复活节还有几个星期，促销信息便已铺天盖地。回到家，我把广告直接扔进回收箱，每次这样连家门都进不了就直接扔掉的信件感觉很浪费，更过分的是直接扔整本整本的杂志和电话黄页。黄页这种东西，可能马上就要完全退出历史舞台了吧。广告扔完，手里只剩下一个小白信封，硬硬的，应该是张卡片，打开一看，是那天参加孩子同学生日会小寿星的妈妈发来的感谢卡。

　　在这里生活，难免就会遇到这样那样的各种"会"，最常见的是孩子同学的生日会、同事和朋友的Baby Shower送礼会。生日会为了省事儿，很多人都会在外面找一个孩子玩儿的地方办，比如翻斗乐、儿童科技馆、体操馆、画室或者手工坊，这些地方都为孩子举办生日会，价格根据规模和内容而定，大多三五百美元。开始都会为所有小客人提供一些具有自己特色的活动，也是一个对自己进行宣传和广而告之的极好途径。活动完毕就会把所有小客人安排到一个房间里，根据家长的要求提供食品和饮料，食品通常包括比萨、水果以及各种零食。接下来的环节就是拆礼物，不过很多人会把这个环节略去，直接唱歌、吹蜡烛、吃蛋糕，吃得差不多该散的时候，主人会把为每个小客人准备的礼品袋亲手交给每个孩子，里面大都是一些天意批来的那种小玩意儿，充分表现出"礼尚往来"。全部生日会办完还不算完，按照标准的程序还有最后一步，那就是为每个送礼物的家庭写一张卡片然后邮寄出去，所以拆礼物的环节有时还会设一个专人拿着纸笔登记礼物，省得漏掉或者搞混。这个卡片要用手写，以表示自己的诚挚恳切，而且卡片上一定要写明每个人送的礼物的具体名字，而不能所有卡片都一样，那样会显得非常敷衍。等到把这些感谢卡片全都送进邮筒，一次生日会才算真正完整地办完。同样的，Baby Shower 过后，主人也应该按照每样礼物亲手为每个送礼的人写一张卡片，以示谢意。不过这最后一步也不是非有不可，很多中国人的聚会大都会免了当场拆礼物和最后寄卡这一项，也不会觉得有什么不妥，毕竟咱们从小受到的教育是不可以当着人家的面就拆礼物的，那样显得既猴儿急又不矜持，这一点倒是保留得比较完整，只会在老外的聚会中当场拆一下，算是入乡随俗。

菲莉兹回来了，正好赶上奥斯汀的年度盛事 South by Southwest 音乐/电影/创业节，机票飙升，不过没得选，也只能忍。再见菲莉兹，无论气色还是精神状态都要比三个月前好很多。看来，有的时候，跟自己的妈妈和妹妹过，要比跟那不靠谱的男人过心情舒畅、滋润得多。早上都没怎么干活儿，就迫不及待地叫她下楼，我都快成"十万个为什么"了。

奥斯汀的春天和北京的春天很像，转瞬即逝。才3月，这日头倒是敬业得很，完全照着盛夏的标准来晒的。自从菲莉兹走以后，正好赶上冬天，我便很少下来坐，转而每天下午和杨娜一起在院子里散散步。这是什么时间点啊？小花园所有的桌子都有人，我俩只能坐在一旁假山的大石头上。石头有一半儿已经暴露在阳光下，还好，只是被晒得很暖和，还没有到烫的程度。还是那个带把儿的保温杯，装着千年不变的只加牛奶不加糖的咖啡。这个杯子跟着菲莉兹跑去加拿大转悠了一圈，又回来了。杯子看来还是那个杯子，那么人呢？菲莉兹穿了一条牛仔裤，深棕色的翻毛踝靴，纯白背心儿，外面一件胳膊肘带补丁的米色猎装，很帅气。我说，你这双鞋不错。她说，圣诞节的时候跟妈妈和妹妹去逛街正好赶上大减价，一口气买了三双，特便宜。一边说一边把脚左晃右晃地给我看，坡跟儿。其实我很想上来就直接问你跟乔怎么样，我最关心的就是到底是什么让她改变主意，重新回来，可是话到嘴边又咽了回去，万一不是一个令人愉快的话题呢？

菲莉兹仿佛读懂了我的心思，说刚到卡尔加里的时候很积极地找工作，也托妹夫帮她一起找，只是找工作这种事儿得碰运气，加上每天要远程上班，后来看没什么希望也就没有再继续找了。办公室的意思是最长给三个月的远程，要是三个月过了再不回来，只能离职，所以她就回来了。说到这儿，对乔依然只字不提。我问她，你还住在原来的公寓里吗？她说是，乔这几个月一直没离开，管他妈要的房租，自己出去给人做零工也稍微赚了点儿。说到这儿，她便不吭声了，脸上也看不出什么东西来，不过这就已经足够了，只要没有特别高兴，是什么结果还用问吗？！工作只是一方面，是一个体面的理由，但菲莉兹这次回来绝不仅仅是因为要保住工作，我猜，她是要再给乔最后一次机会。毕竟，一个马上 40 岁的女人，放弃一段爱情要比 20 岁或者 30 岁时难得多。

期中过后没两天，管理学助教——那位美丽冷艳的博士姑娘就发来了信，附件是我攒的那篇论文，文件的右边一溜儿加了不少她的评论和问题，最后是总结和分数。满分 80，我们得了 75，这将近 94% 的成绩对我来说已经很知足，尽管她评论里说还有一些地方写得不够具体，另外只有一个例子的情况就不用单列出来，合并到其他段落即可，还说应该仔细校对，有不少语法和错字。其实语法和错字属于语言本身的问题，英语水平摆在那儿，就算校对再多遍，该错还是会错的，也就并不是校对的问题，这个凯文，也不知道认真看了没有，就会糊弄我。虽然这门课的课堂考试成绩还没出来，我倒也并不太担心，尽管那天的考试也很紧张，紧赶慢赶，竟然差点儿没做完。不过有了头一天下午因为笔记本没电七道题只做了两道半这么奇葩的事情垫底，其他所有考试瞬间都变成了浮云，关键是做出来的那两道半也很有可能没做对。

自从那天交了准白卷，我就非常关注这门考试的判分进展以及成绩。写信给凯瑟琳，把事情的来龙去脉告诉她，想问问她有什么办法。她回信让我直接找任课老师。说明这些，问问有什么补救措施没有。纳薇塔也让我好好去求求老师，不管是重考一次还是过后补考，总之尽量争取一次机会。我想了想，求人这件事对我来说其实挺难的，当初金融考试出的那档子事儿，都以为要被开除了，也还是说不出求人的话。不是说最后看十门课的平均成绩吗？一门挂了可以用别的成绩来找补，所以赶快登到校园网查自己的分数。头两个学期六门课的分数已经全部登在上面，要是没这件事儿我到现在也想不起来去看，或者说，我对查分数有根深蒂固的阴影。从头到尾过了一遍，突然发现自己属于卖傻力气却不见成效的那类学生。我觉得自己一直也挺努力的，但是最后的成绩大都平平，只有两门 A⁻，剩下全是 B⁺ 和 B，B 比 B⁺ 多。左算右算，即使统计挂了，应该也差不多能找补上。想到自己从小到大学习成绩好像一直都算不上出色，所以眼前的景象也很客观，没话好说。下午刚跟菲莉兹从楼下上来，克里斯来电，问我统计考试怎么样。实话告诉他，然后问他怎么样，他说不好，也在密切观望和无限忐忑中。他说刚听他们组的大将军说这门考试的判分方式与其他考试有所不同，会把全班最高分判为满分，所以分数低的还能适当往上提一点儿。不过我听了这个消息以后也没觉得有多高兴，这种方式只对得 50 多分的同学是个福利，跟我却半毛钱关系都没有，再怎么着，全班最高分也不会是70分的。

挣扎了一个多星期，已经折磨高鹏多日的两颗被打碎的结石终于先后排出来。别的病可能是病去如抽丝，可结石这玩意儿是只要排出就立马好得跟从未发生过一样。高鹏的病好得很及时，因为县里每年一次的房屋估价寄来了，又给涨了点儿。按说自己的房子涨价是件好事，这种事儿在中国是个令人欢欣鼓舞的消息，在奥斯汀却没什么人愿意看到自己的房子年年涨。因为价格高了，就意味着房产税也会涨，房产税是按照房子估价的百分比来的。美国各州的房产税计算方法和百分比不尽相同，虽然得州的房子便宜，但是为了维持当地学校、警察、消防、公交、图书馆、道路和公园等公共开支，房产税在全美处在一个较高的水平，大概 3% 。地区不同，这个百分比也会上下浮动。比如加州和华盛顿州，虽然平均房价比得州高，但是房产税税率却低不少。每年县里都会根据具体情况重新评估土地价值和房屋价值以及房产税税率，从我们搬到这儿开始，每年都会比前一年涨几千块，有时候涨在地上，有时候涨在房子上，更多的时候都是连房子带地一起涨。这个决定如果不服是可以去抗议的，也就是接受讨价还价。县里有专门的地方接待抗议，当时给决定，如果当场被驳回，还可以申请一次复议，到一个类似小法庭的地方，面对更多的人抗议。自打搬到这儿，高鹏年年都要去抗议，得努力按住这个房价，坚决不许它涨。除了一年进了复议程序，其余每次在第一次去抗议的时候就有用，即使不能完全不涨，至少也能少涨一点儿，意思一下。能少点儿就是点儿，累计起来也不是个小数。每次抗议前，高鹏都需要做很多准备工作，比如收集周围邻居房屋当年评估的价格，算算每平方英尺的价格。每家每户房屋交割的所有历史信息和价格全都公开在网上，谁家都没法藏。如果邻居家的某项没涨，或者涨幅比我们小，对我们就是个极其有利的支持论据。可能也是因为我们年年去抗议，使劲儿按住房价不许涨，年复一年的就有些恶性循环。小样儿，我偏年年给你涨，万一哪年你一懒或一大意，把抗议这事儿给忘了呢？！

今天得早走，因为我约好带孩子去检查牙齿。下午拿着包跟菲莉兹在楼下坐了会儿，然后就直接去了停车场。第一次听孩子说喜欢看牙还是刚到美国那年在中文学校教中文的时候，课间有个小姑娘来找我聊天，给我看她手里的一个小橡皮球，说是牙医给的。我问她牙医还会给玩具哪？她说是，还说她最喜欢去看牙医了。这句话给我留下了很深的印象，因为自己小时候可是没少跟牙医打交道，想起来满满的都是泪，一想起那让人头皮发麻的声音我就不由得精神紧张，很难想象怎么可能还有孩子喜欢去看牙医。直到自己有了孩子，才明白这其中的原因。牙科保险每年提供两次免费洗牙，顺便检查，外加每年拍一两次片子。给这么小的孩子洗牙其实就是刮一刮、刷一刷、磨一磨，再用上一圈儿牙线，让大夫给看看片子，检查一下然后就可以去领礼物了，整个过程都可以躺着看动画片。尽管偶尔也会因为蛀牙去补牙，但是都会给打麻药，连麻药针扎进去的时候也不会有任何疼的感觉。所以去看牙医，对孩子来说，绝大多数时候是快乐而值得期待的。美国人对牙齿的重视还是值得我们学习的，包括从孩子几个月大的时候就坚持每天清洁牙齿、尽早断夜奶、晚上不一边喝奶一边入睡，稍微大些的孩子除了刷牙还要每天使用牙线，每年定期检查，把功夫下在预防和从小养成健康的习惯上，而不是只有等到有蛀牙了才想起来去看牙医。大人也一样，每天早晚刷牙并且使用牙线，定期洗牙和检查，坚持就会有成效，并且会让我们受益终身。

一大早，还没到办公室，车里的音乐突然没了。原来有电话进来，看了一眼手机，是纳薇塔。虽然我跟纳薇塔是无话不谈的好姐们儿，但很少用打电话的方式互相联系，要么见活的，要么网上发信息。今天竟然打电话了，还这么早，肯定是有什么特别的事儿。而且，我隐约感觉跟统计考试有关，因为她也知道我交的那张准白卷。虽然有点儿急，我还是没有接电话。虽然得州一边开车一边打电话并不算违法，我还是觉得这是件存在安全隐患的事儿，只要没有紧急到要命的地步，开车的时候就不应该打电话。相反，奥斯汀有相当一部分人，那劲头儿，就跟不开车就想不起来打电话似的，大马路上一边动嘴一边显示各种表情的司机比比皆是，而且都是举着电话打。路上经常遇到前面的车慢得真想撞它一下，不用问，肯定是在打电话。美国已经有不少州把开车打电话列为违法，并且罚款很高，迫切希望得州也早日执行，这绝对是件他好我也好的事情。

我把车停好，给纳薇塔拨回去，果不其然，她说统计考试的成绩已经登在网上了，刚出来的，她竟然得了 B，简直喜出望外，因为她也考得稀里糊涂的，完全没指望能过。看来，只要能做完，就差不多能过，老师已经非常仁慈。我上楼打开电脑，登到校园网，敲进学生账户名和密码，第一学期期末有那么一阵子，我只要一看到这个页面和账户密码栏就想吐，不过这种感觉就像孕吐一样，只是暂时性地持续了几个月。成绩是 C，不过即使是 C′ 也白搭，总之都是挂了。行了，尘埃落定，现在踏实了，又把那天拆东墙补西墙算了半天的那张纸找了出来，只要老头儿的管理、MIT 老师那门课和国际化都能得 B，不用其他课相救，这个统计的 C 应该还是可以被平均到 B 的，而那三门课只要不是运气太差，应该不会出什么意外。即便如此，我心里还是有些不高兴。给阿尔多和凯文发短信，告诉他俩统计成绩出来了，因为我知道他俩考得都不好，所以我才只告诉他们俩。像那天出考场时依然活蹦乱跳的詹姆斯，我才不要去告诉他，免得给自己添堵。过了一会儿，阿尔多回信，说自己挂了，问我怎么样。真是再次证明了曾经说过的那个真理：人在倒霉的时候，并不需要别人的同情和安慰，只需要有一个与自己同样遭遇的人做伴儿。比如此时此刻，我的感觉就比刚才好多了！

随便吃了几口午饭，下楼去放风，没叫菲莉兹，我想一个人待会儿。小花园里鸟语花香，生机盎然，各种吃饭时的闲聊和笑声，一片繁荣景象。怎么以前从来没觉得奥斯汀的午后可以如此美好？细细一想，因为头几年每天中午我都要雷打不动地看着孩子在家睡午觉，有点儿时间也要赶快自己歇会儿或玩会儿，哪儿有那份闲情逸致出门看什么花花草草？桌子都满了，还是找到那块大石头坐下来，就是菲莉兹重新回来上班第一天我们第一次一起下来坐的那块石头，现在正当午，勉强能借到点儿树荫。

虽然只分别了三个月，再回来的菲莉兹却让我觉得与从前有些不太一样，怎么说呢？是有些寡言吧。我突然发现，如果我们俩之间不聊乔，好像就没什么好聊的了，办公室的事儿能说几句呢？我还得尽量避免跟她说学校的事情。之前我们俩之所以总有的说，是因为多数时间她都在说她跟乔的事，甜蜜也好，悲伤也罢，总之全是故事，几乎每天都有新闻或新感想，而我的话也基本围绕着她和他们俩的关系。现在好了，对乔以及他俩之间的事，她干脆缄口不言。可想而知，菲莉兹离开的三个月并没能触动到乔的一丝一毫。她是按照离开一个男人走的，但结果只是去临时探望了一下家人，然后又重新回到了原来的生活中，甚至还不如原来的生活——原来总还抱有一丝希望和幻想，而现在……可能还是会有希望和幻想，但是却比一丝还要少。更多时候，坐在我旁边或者对面的是一个寂静的菲莉兹，想要戒烟却比以往任何时候抽得还要多。她的眼神缥缈，不知道是远望还是发呆，说不清是冷静还是绝望，搞得我也不知道该说点儿什么好，只有那样陪着她落寞地坐着。

数来数去，菲莉兹的生活中除了乔和我，身边再也没有什么关系密切的人了，平时好像也没有什么爱好，因为有不少爱好是需要花钱的。她的生活比较简单也比较宅，所以一旦生活中情感上最依靠的那个人有点儿什么闪失，变得不再可以让她依靠，对她的影响就是翻天覆地的。其实，人是最不靠谱的，过多地把自己的情感和希望寄托在某个具体的人身上都是有风险的。无论是伴侣、孩子还是其他人，一旦对方不愿意、不值得或者根本承受不起这样的寄托、这么重的厚望，双方便都会感到痛苦。我觉得独自生活并且还可以生活得有滋有味是一种很重要的能力，不是说把你扔到一个没人的地方自己待着，也不仅仅是说自己有能力把自己喂饱、穿暖，即使被家庭以及家庭琐事所困，也可以在这其中拥有精神上的独立，而这也远远比物质上的独立更加重要。我们当然可以寄托自己的情感，但是应该更多地托付于那些自己可控的事物上。比如，培养一种可以独自享受、能让自己心情愉悦的爱好。这样，即使有一天全世界都离开了你，你依然不会觉得孤独。

## 05 小城里的动物园；菲莉兹的小"艳遇"

无论结果好坏，统计终于结束。国际化重新登场。老师的紫色头发也终于全部恢复原状，或者也不是原状，只是用另外一种更接近正常发色的染发剂重新染过。看来国际化老师虽然年年去伦敦，也还是会把那两个多星期当作一场可以稍微放纵一下的假期。老外爱染头发，还在中国时就略知一二，听说天生就是金发的女郎非常罕见，多数都是染过的结果。头发的颜色好看与否很大程度上取决于肤色和人种，金黄色的头发通常情况下只有搭配白种人的面孔看起来才会和谐，如果是黄种人染个浅色头发，即使皮肤再白，感觉也总是有些怪怪的，不搭。有一次楼下放风时专门和菲莉兹探讨过这个问题，当时还有朱丽叶，那时菲莉兹和朱丽叶还没有闹僵，也还没有好得穿同一条裙子。菲莉兹一头中长的深棕色小卷儿头发，为她小麦色的肌肤和棱角清晰的面庞起到了恰到好处的烘托作用。朱丽叶是法国人，头发也是棕色的，不过要比菲莉兹的颜色浅一些，长发，大卷儿，很浪漫的感觉，两个人的头发全是天生的。我说很羡慕她们俩的头发，这一辈子得省多少烫头发的钱呢！而且洗完根本不用管，自然又美丽。她俩不同意我的话，说倒是羡慕天生的直发，因为她们总是卷发是会腻的，所以也要花不少钱去把头发拉直。这反倒是我从来没有想过的，我说，看，这就是女人，总是羡慕人家有而自己没有的东西。朱丽叶表示赞同，然后陷入了五秒钟的沉思。

趁天气还不是过于炎热，周末带孩子去了趟韦科的动物园。相比得州的四大城市——休斯敦、达拉斯、圣安东尼奥和奥斯汀，韦科只是个名不见经传的小城市，位于奥斯汀以北偏东 100 英里（约160 公里）处，再往前开这么多就到达拉斯了。韦科比较出名的是一所教会大学——贝勒大学，我姨曾在 80 年代公派到这所学校学习过两年，而我对于韦科的全部认识也仅仅限于这所学校。有一年我爸妈来时，我们还专门去看过那所学校，小巧而精致。之后，又顺路去看了看小布什那荒凉的农场。沿着一条乡村小路开半天车，接近时，路边出现了一块白色的牌子，上面写着前方不许停车、不许开慢、必须保持正常行驶速度，最后终于看到左侧偌大农场里那俩特别不起眼的小平房。

早就听说韦科有个高大上的动物园，一直不以为然。圣安东尼奥的动物园我已经觉得挺好了，精致、紧凑，远比首都华盛顿的动物园好逛得多，难道韦科这种小地方的动物园还能好过圣安东尼奥的？华盛顿那个动物园倒是够大，但是没有孩子的时候不知道，觉得动物园嘛，当然是越大越好，但是有了孩子才发现，紧凑精致才算好。要不然，每看一种动物，就得在烈日下扛着孩子在园子里绝望地暴走，就算不需要扛，推着车奔来走去的，也很容易累。圣安东尼奥的动物园虽然面积不大，但是设计井然有序，不需要走很多路就可以看到很多动物，既节省土地，又节省力气。对于韦科的动物园，每次听到去过的人说好也没太在意，老外嘛，评价什么都很好的，直到最近听办公室一个同事又说起，我才决定一定要去见识一下，不过已经做好了会失望的精神准备。

美国的城市中心通常很明显，一马平川中突然出现的一小片高楼大厦，这就是市中心，大多非常集中。除此以外，便鲜有高楼了，以低层建筑为主。除了高楼，市中心还有一个特点，那就是横平竖直用号码命名的街道，规划整齐，地图上就是一个小方块一个小方块的，每个小方块就是一个街区，各地城市大多如此。韦科的市中心应该属于比较小的，这里甚至没有密集的高楼，只是零星的几座楼房。市中心都是如此，我更想象不出这样一个人口只有 12 万的小城市还能有一个怎样令人惊艳的动物园。动物园离市中心不远，穿过一片安静的居民区，路上不要说人，车都没几辆，也不知道停车场上的这些车都是从哪儿冒出来的。大门很平常，甚至稍微有些土，上面写着 Cameron Park Zoo（卡梅伦公园动物园）。门票倒是也不贵，大人 9 块，儿童 6 块，60 岁以上 8 块，3 岁及以下孩子免费。美国收费的公园和博物馆一般都会有一定年龄以下的孩子免费，在外面吃自助餐也是如此，但是从来没有人查证件，全凭自觉，你说孩子几岁就是几岁。既然被相信，就不要滥用这种信任。

　　进去逛了一会儿才明白为什么这个动物园的口碑会那么好，很多方面确实要优于名声在外的圣安东尼奥动物园。这里的规划更加紧凑有序，但没有丝毫局促狭窄的感觉，视野开阔，令人心情愉悦。动物的居住环境似乎也更胜一筹，好像看不到太多铁笼子，各种植物和起伏有致的地形与大自然完美融合，而且动物活动的场所离游客很近，狮子和老虎近在咫尺，不像圣安东尼奥动物园离得比较远。此外，观看动物的位置大多也经过精心设计，尽量让游客眼前展现出一幅既丰富又有层次的画面。得州一年里有大半年都很炎热，动物也容易蔫儿，一般带孩子到圣安东尼奥动物园的时候动物们都在午睡，需要站在很远的地方凭栏远眺，找半天才能找到树丛中的一条尾巴，更多时候连个毛儿也看不见，只好再去找下一个动物。这里有很多树荫，今天看到的动物大都比较活跃，也不知道是因为运气好，还是得益于园林设计。除了动物，在园子里漫步，还经常会有些小惊喜，比如拐了个弯儿突然发现地面上有一片可以踩出音乐来的小铁片，或者几只形态各异的金属雕塑，充满细致的艺术气息。这里一共有300多种动物，以前从没见过的是一只非常魁梧的大猩猩，它正在奋力地沿着一面墙往上爬，橘红色的长毛像温带雨林中的树挂苔藓一样随风摆动，这个景象有些凄凉。说到动物园，我想起原来难民署一个同事讲的事，说小时候跟家人朋友去杭州动物园玩儿，那会儿都流行在公园门口合个影，然后洗出来的照片是这样的效果——几个站成一排面带微笑的人，头上几个大字：杭州动物，也不知找的哪个倒霉催的帮着照的相，可能光顾着照人了，没把"园"给照进来。

　　我从去年开始零星地看工作，到最近才进入大规模撒网找工作阶段，投出去的简历数不清，每份简历还要附上一封写给招聘经理的简介，结果一直不尽如人意。申请的工作主要与商业分析和商业拓展相关，在现在最流行的招聘网站上输入了筛选条件，然后这个网站每天就会把网罗到的所有符合条件的职位发到我邮箱。最后的战果是收到两封回信：苹果和 indeed。苹果第一次电话面试就失败了，他们想招一个有平面设计背景的人。indeed 通过笔试，电话面试两次，一次是招聘经理，第二次是这个职位的经理，听口音像个印度人。当时的感觉颇好，以至于我都在憧憬那公司里所有免费的饮料、零食和午饭了，然后，就再也没有结果了。我突然发现，是我现在的工作在很大程度上限制了我想转行，仅有的这两个有回音的公司也都是因为新职位与现在的工作有联系。也是，如果没有内推，就这么找，应该也就是这个结果了，谁愿意找一个没有相关工作经验的人重新培训呢？另外，还有几个猎头联系过我，他们看到我在各个招聘网站上留的简历，说手头有其他州的职位，问我愿不愿意考虑，我也不用多问了，省得遗憾，直接回复感谢。总之，各方面都限制得这么死，我又没有比如计算机这样实打实的技术优势，想找个更好的工作难度就更大。刚进这家公司的时候还以为只是暂时落脚的地方，现在看来是要打持久战了。

下午收到安的信，通知大家她要休几个星期的产假，这期间有什么事儿直接找凯瑟琳，字里行间流露着掩饰不住的幸福和兴奋。安负责我们专业的市场营销，主要职责是宣传和公关，也做一些其他的行政工作。刚上学不久时，有一次，我们在同一张桌子吃饭，一共四五个人，就听她前言不搭后语地说小宝宝的事，我就随口问了她一句孩子多大了，她说还没找好人。我有些吃惊，也不好意思问仔细，感觉像是代孕，可是这种事儿即使在美国也不是完全合法的吧？而且就算可以，也是很隐私的事情，这一桌子人根本都不怎么熟呢，看来她自己还真没把这当回事儿。在英国去剑桥那天，我晚上坐大巴回伦敦，她在车上把刚买的一件带有剑桥标志的婴儿服拿出来看，还没怎么着，自己先陶醉得不行了，可见她真的是一个爱孩子的人。看来，那会儿她就已经在准备迎接新生命的到来了。这事儿想起来怪怪的，不过怎么感觉我这是咸吃萝卜淡操心，只要人家两口子自己觉得可以就没问题。只是这种情况也可以休产假，是我从来没想到过的。不一会儿，信箱里就塞满了同学们群发的回信，祝贺她喜得贵子。

高鹏最近有些情况，经常感觉有些心神不宁。他离开中国也有十多年了，刚到美国时上学，整天脑子里想的都是顺利拿到学位，然后找到一个合适的工作。工作找到了，又因为各种原因转专业重新上学，整天脑子里想的继续是顺利拿到学位，然后找到一个比前一个工作更满意的工作。等到这些愿望都实现了，在公司里落了脚，身份的事情便顺理成章地成为下一件需要操心的事情。再然后，成家、买房子、生孩子，身份的问题也终于解决了。可是，一直以来，生活中总有个东西需要奔，现在这个东西突然没有了，就会有些不习惯，心里空落落的，就会开始琢磨再去奔点儿什么，考虑回国发展还是留下继续。然后是面对各种问题和否定，再继续循环，一直循环到自己困惑不已。而这并不是发生在高鹏一个人身上的事，2003年我出国度假，在回国飞机上，邻座一个中年男子也表达过类似的意思。他们两口子都在宝洁，俩儿子。总之就是奋斗了若干年，得到了所有当初想要的东西，但是突然觉得内心空虚，找不到新的奋斗方向。当时我还在北京工作，听到这样的陈述觉得挺矫情的，纯属没事儿找抽型，现在看来，的确如此。所以有时候，有个未尽的愿望或者理想，可能是件好事。

这两天下楼放风，菲莉兹一改往日虚无缥缈的眼神和一脸即将就义的神情，坐在我对面，一边悠闲地吞云吐雾，一边迅速来回来去划拉着屏幕，时不时还对着手机笑。有好几次，咖啡怎么端下来的又怎么端上去，不是忙得顾不上喝，而是心思根本就不在这儿了。这是个苹果的最新款，白色，没有乱七八糟的手机套，干净利落。这是她这回去加拿大妹夫送给她的礼物，不知道是不是因为在她找工作这件事上没有帮上忙，几百块美金的一个裸机对一个一人工作养活全家的家庭来说，并不是个小数，足够起到安慰奖的作用——既安慰了菲莉兹，也安慰了他自己。菲莉兹回到奥斯汀，在一家电器商店买了一张卡，每月 40 美元就可以可劲儿打电话、发短信，更有无限上网，比很多正经的计划都划算不少。

菲莉兹看到我在看她笑，便开始给我讲故事。故事发生在圣诞前夜的卡尔加里，一个土耳其人的聚会上。那天老老少少一共去了三十多人，在妹妹的一个朋友家，其实总共也没几家人，因为大多是大家庭，光菲莉兹他们家就是五口人。聚会上她遇到了一个同是去看望妹妹的哥哥，不同的是菲莉兹从美国过去，那个哥哥从土耳其过去。说到这儿，菲莉兹翻出那个人在脸书上的照片，凑过来给我看。有些秃顶，身材魁梧，几乎不笑，稍显羞涩。我问他多大了，她说四十出头。很多男的看不太出年龄，三十岁的时候也不显着年轻，到了四十多岁还是那个样。照片有的背景是一派大漠黄沙，有的背景是一片湛蓝海水，还有几张是在马背上的，后面是高远的天空。照片上的男人爱穿白色小立领衬衣，让我想起了纳微塔在伦敦那位昙花一现的大夫，照片也有好几张是白色立领衬衣。菲莉兹说两个人第一次说话是刚见面时互相打招呼，真正开始聊上是因为一把椅子。当时她正站在一个角落靠着墙看电影，然后这哥哥默默地给她端过去一把椅子，无论是出于什么想法，可能也根本就没有什么想法，只是举手之劳，可是这个简单的动作起到了让菲莉兹心里一荡的作用。接下来的电影，她就看得有些心猿意马，又看了一会儿就去跟他聊天。

晚上临走告别时，菲莉兹的妹妹还让那位哥哥临走前请她姐姐吃个饭、看个电影。家里有个尚未出嫁的姐姐，无论是妹妹还是妈，都是最着急的，那种着急程度甚至超过了当事人自己。不过，最后俩人只是互相加了脸书，因为那位哥哥只是圣诞节临时来度假，总共就待俩星期。当时假期即将结束，最后既没跟菲莉兹看电影，也没吃成饭。然后一个回了伊斯坦布尔，另一个在几个月后回了奥斯汀，中间并没有什么联系。他并不是经常更新脸书，一个四十来岁的男的不经常更新网上社交圈子的信息也很正常。菲莉兹也重新回到固有的生活。这段隐隐约约的小插曲也在重新扑面而来的绝望中迅速消失。直到最近，那个人突然在脸书上跟菲莉兹打了个招呼，其实这招呼本身没有什么特殊，关键在于看这招呼的人心里已经打上了什么样的基础，所以同样一句普通的话，不一样的人就有可能看出不一样的意思来。我看菲莉兹是有些动心了，要不然她也不会记得那么多细节。对方只是递了把椅子，也能分析出无数种可能来。我见外面正是春色无限，便打趣菲莉兹说，你的春天也要来了。

## 06　嘎嘎咩咩和呱呱；又见联合国

自从老头儿那天点了头，我就开始进行下一步——在北京找一家愿意出这本书的出版社，东打听西打听，甭管是直接还是托人，甚至是托人去托人找到了几家，对方都说需要一个关于图书和作者的简介，要不然怎么能了解得更多一点儿呢？趁上班不太忙的时候，我赶紧把书的目录和封底介绍翻译了一下，封底对作者介绍得有点儿少，我又登到校园网，搜出老头儿的简历，好长一页，捡了些重点的，又重新编辑了一下。别看就这么两页东西，来回来去也折腾了好一阵儿。想到如果真要开始翻了，也会是个不小的挑战。不知道是不是天意，到这家本地化公司当了一年多的职业翻译，敢情一切都是为了这本书做准备、打基础。我乐观地想，怪不得哪儿都面试不上呢？可能是因为我这半路出家的基础还不够牢靠，老天爷安排我还得继续在这儿巩固巩固。想到这儿，几个月以来找工作的阴霾突然散去，也许一切都是最好的安排。

以前从来没看过老头儿的简历，只知道他是个管理学和传播学的教授，现在才知道教授也是分级别的，有普通的教授，也有因为各种突出成就而被各种公司或组织授予特殊头衔的教授，更有一个叫作"摄政董事教授"的称号，是美国大学教授中的"战斗机"，一个学校也没几架，老头儿便是其中之一。此外，他还曾任美国传播学会主席，包括摩根士丹利、高盛、苹果、3M、辉瑞、大通以及英国石油公司在内的顾问，并为多个政府部门、军队和行业协会出谋划策。克林顿担任总统期间，他曾在管理方面为其行政办公室提供策划和执行顾问等服务，怪不得他脑子里存了那么多各行各业五花八门的故事。我突然冒出了一个想法，要不然毕业以后申请老头儿的博士念念吧，还着实沉浸其中憧憬了一会儿。不过想到念出来都得四十多了，没准儿还打不住，还真把自己吓了一跳，还真以为自己是块读书的料呢？就这么一个一年的学都能上成这样，想想还是放弃了。

看来这春天的力量的确不容忽视，这边菲莉兹的心思刚刚开始萌动，那边纳薇塔本就斑斓的日子也锦上添花。班上有个名叫泰德的小伙子突然频繁地出现在了纳薇塔的左右，也是个光头的美国人。头两个学期，我跟泰德一直不太熟，他不太爱说话，看起来甚至稍微有那么点儿冷漠，直到最近，从来都是我与纳薇塔的二人组合突然变成了三个人，而且我的角色开始有从主角变成电灯泡的趋势。我发现这小伙子其实挺可爱的，说话还特别逗，完全可以弥补外观上的其貌不扬。纳薇塔告诉我，前两周的周末，她跟一大家子人在外面一个公园野餐，泰德知道以后立马就奔过去了，见到了她所有当时在奥斯汀的家人。这个举动我喜欢，够痛快，够男人。比那个求婚被拒然后，自己妈妈大老远跑来一趟想见纳薇塔，可是到最后也没见着的大夫利索多了。印象中，我老觉得那个大夫有那么点儿磨磨唧唧的。对于泰德的追求，纳薇塔表现得非常受用，并且享受到极致，无论聚会还是有什么活动，一律出双入对。我问纳薇塔，你会嫁给他吗？她说不知道，可能不会吧。如果是结婚，可能还是会嫁给一个伊朗人的。纳薇塔能这样理智地面对爱情，其实，主要原因也不是国籍，只是因为还不够爱。虽然 4 月的奥斯汀已经有些热，可街边一派桃红柳绿还是渲染着无尽的春色，我们走在这温柔到极致的春光里，享受着这不可多得的人间四月天。

这星期六中午的讲座请的是 Wayport 的一个创始人。这是一家 1996 年诞生于奥斯汀的无线宽带网络提供商，你可能会觉得名字很陌生，可是如果我说麦当劳和星巴克，肯定就熟悉多了。有这个想法只是因为有一年他和家人在外面度假，路上需要查一下信，却找不到一个可以只上几分钟网的地方。首先让他想到的就是麦当劳，这家遍及全美的快餐店，标准、经济、快捷，如果再能有免费网络，岂不是更会受到正在旅途中的人们的欢迎？终于，这个想法变成了现实，而通过他们提供无线宽带接入的也并不仅仅限于麦当劳，更有众多的星巴克、机场、酒店、运动场所和零售店。截至 2010 年 10 月，全美使用 Wayport 提供无线宽带服务的场所超过 28000 家。现在，所有 Wayport 在美国的业务已被 AT&T 收购，更名为 AT&T 无线服务，是 AT&T 旗下一家全资子公司。虽然 Wayport 这个名字已经不复存在，但是对于一个创业公司而言，即使没能让名字一直流传下去，也算是找到了一个很好的出口和归宿。

　　讲座很短，一点就散了。出了教室，发现楼道里刚才放午饭的桌子上还有半盘子巧克力蛋糕，跟纳薇塔一人抓了一块回到教室。泰德走在后面，也拿了一块。刚在教室坐定，史蒂夫端着咖啡走过来，问我们最近怎么样，好像很久没看见阿尔多和凯文了，怎么你们组现在也变成仨人了。我说他们俩这学期忒忙，凯文想进一个职业队，最近练习和比赛很关键。阿尔多作为他们组里为数不多的单身年轻男性，总是被排夜班。对史蒂夫这种不爱背后嚼舌头的人，我也就别介绍来龙去脉了，而且他应该也多少会有所耳闻，守着蜡笔小新这样一位"八卦王子"，好多事情想不知道都难。我发现班上有那么一小撮人，总是会在网上闲聊，而且都是男生。纳薇塔跟我说过，班上一个八竿子打不着的 ABC 有一次在网上跟她说，听说第一学期会计考试她是找的枪手帮她考的，问她是不是真的。一个不到三十的大小伙子，还可不可以更爱闲聊一点儿呢？再说，背后议论就议论呗，还带当面验证的，真是闲。

　　我们四个有一搭没一搭地聊着天，后来也不知道什么原因，突然开始聊起动物的叫声。我说你们知道吗？同样一种动物的叫声，英语里的象声词和中文里的象声词差别很大，比如青蛙的叫声，中文是"呱呱呱"，而英语是"ribbet-ribbet"（瑞比—瑞比），听起来这完全是两种不同的动物在叫。史蒂夫和泰德是美国人，从来没有意识到这个问题。纳薇塔虽然不是美国人，也从来没注意过，因为她没有小孩，一个没有孩子的人如果不是幼教工作者，正常情况下与人日常交流一般不会出现"呱呱呱"的动静。他们仨觉得这个话题很有意思，尤其是在我学完中文里马的叫声之后，这三位都乐得前仰后合的，因为英语里马叫的声音只不过是"neigh-neigh"（内内）两声而已，既平常又平淡，远没有咱中国马昂首挺胸嘶鸣时那种动人心魄的气势。

　　几年前，当我意识到这件事的时候觉得很有意思，平常我们经常接触到的动物里，好像也就猫的叫声，英语跟中文比较接近，其他动物的叫声都很不一样。不知道是跟语言本身有关系，还是我们听到的感觉确实不一样呢？自打我发现这个问题，每次问孩子哪个动物怎么叫，前面都得加上一个国名，比如"美国羊怎么叫""中国牛怎么叫"。美国羊"baa-baa"（吧吧）地叫，中国羊"咩咩"地叫；美国牛"moo-moo"（木木）地叫，中国牛"哞哞"地叫；美国鸭子"quack-quack"（夸夸）地叫，中国鸭子"嘎嘎"地叫；美国猪叫起来有点儿复杂：

"o'ink-o'ink"（欧英克—欧英克），中文里好像没有固定的猪的叫声，只需做打呼噜状；美国兔子是"hop-hop"（号噗—号噗）的动静，这个明明是在说兔子跳，而在中国的文化里，兔子根本就不会叫。记得儿子小时候，我经常看一部电视剧——《戈壁母亲》，讲的是新疆生产建设兵团的事，虽然片子里有多处穿帮，终究还是瑕不掩瑜，我总是翻来覆去不停地看。片尾曲有一句抒情"母亲哪"，"母"字拖得稍微有点儿长，每次听这首歌的时候儿子也听得很认真。结果有一次在图书馆，老师带着唱《老麦当劳有个农场》，唱完以后问每种动物的叫声，问到牛的时候，众小朋友一起说"木"，然后就安静了，等着老师问下一个，这时我们家儿子大声接着唱"亲哪——"

聊个天也真是有点儿伤不起，这一中午聊下来，纳薇塔小姐的眼妆都有点儿花了。

4月底，对于大学校园来说是个繁忙的季节，也是即将收获的季节。虽然距离毕业典礼还有一个多月，凯瑟琳已经开始给大家发我们专业毕业典礼和全校各个研究生院集体毕业典礼的信息了。网上填表、学位服要求、各种需要确认的信息，加上剩下几门课，几乎所有人都忙碌并快乐着。对于金融重修，我心里一直有点儿犯嘀咕，爸妈马上就要驾到，专门来参加我的毕业典礼，我该不会参加不了吧？要是这样，可是要演砸的，怎么跟爹妈交代？我给凯瑟琳发了封信，她说所有上到现在的同学都一起参加毕业典礼，包括几个会计没过的，但是学位证书可能会比其他人晚收到几个星期，这才放下心。几个会计没过的，詹姆斯便是其中之一，看来他还是没纳薇塔精，会计考试他俩一起做的，互相对了一星期，结果一个过了，一个没过，这还能得出一个什么结论？下一届已经开始上课，我还算幸运，金融老太不像会计的新老师要求堂堂点名，她并不要求考勤，只要把作业交齐即可。第一次的作业与去年几乎一模一样，只是稍做改动，在规定时间内发到她的信箱，她也立刻回复表示收到和感谢，仿佛我们之间什么都未曾发生过。

4月，对于欧荻斯他们组来说更是繁忙和收获的季节。他们带着那个精心打磨了几乎一年的与石油有关的小玩意儿满世界参加创业大赛，所向披靡，凡是参加的比赛都进入了前三名，并且获得了丰厚的奖金，包括斯坦福以及欧荻斯本科的母校——伯克利。当然，也包括主场，这不光是他们组几个人自己努力的结果，背后还有老大、帅哥等各路神仙的辅导。这个专业。太对欧荻斯的胃口了，仿佛为他而生。也正是因为他们手里这个大家都非常看好的技术，直接导致他们组人员的各种变更。第一学期刚开始时，无论同学、组员、学习、能力还是项目，大家都还没什么感觉，多数都还处在混沌之中，比如耍心眼儿琢磨换组的那个谁以及因为别人耍心眼儿换组而抹眼泪的那个谁。

到了第一学期结束时，全班一半多的人都换了组，欧荻斯他们组剩下四个人，主力是他和考斯特，还有俩打酱油的。到了第二学期期末时，谁是什么样儿已经完全清晰了。欧荻斯明确跟那俩说，跟着一起做项目可以，因为主要还是得毕业的，不过日后要是参加比赛得了奖，奖金需要按照付出努力的比例来分，这个也是由他来定。这个欧荻斯，在生意场上绝对是个狠角色。他确实能干，但也什么话都说得出来，什么脸都撕得破，这也不是人人都能做到的。结果，两个打酱油的走了一个，是不是因为欧荻斯排挤或者受不了欧荻斯的霸道未知，但是又来了一个，这个小伙子在财务方面有特长，要不然欧荻斯也不能要他。到了第三学期的这会儿，之前的付出和努力开始有了回报，可是就在还差一个多月就毕业的时候，一个在加州上班、总是远程的印度姑娘突然提出要加入欧荻斯他们组。这目的性也忒强了一点儿。这姑娘在湾区一家高科技公司上班，典型的技术女，一口印度英语，平时很爱发言，估计所有课上发言分一分没漏，上学期间还忙里偷闲生了一闺女。现在看到人家赚钱了，也想上来分上一点儿，而且还离那么远。好像从来都没见她跟谁有多好，现在突然开始表衷心。话说群众的眼睛是雪亮的，这姑娘的英勇事迹在全班迅速传播开来。文化可以不同，基本的价值观还是相通的。看来，比起欧荻斯来，她更是个狠角色。


我们学校有个公共事务学院，以美国第36任总统林登·贝恩斯·约翰逊的名字命名，2013年研究生院全美排第16名，其中两个专业排第8名。林登·约翰逊是土生土长的得州人，老头儿的书中多次提到这个人，很多可能并不太广为人知的生活和从政逸事，刻画得十分生动，还是有点儿意思。前年申请学校时，这也是我报的四个专业之一，以为难民署的背景可以起点儿作用，最后还是被拒，可能因为GRE成绩不够高，写的个人陈述也远不够有深度。所以，当我看到班级群发的一封有关联合国官员要去公共事务学院演讲，欢迎大家积极参加的信时，还是多少有些怨念。

信是一位名叫琳达的师姐发的，比我们早六届，看信的落款，名字底下留的是联合国协会。在联合国工作六年，还是头一回听到这个名字，很山寨的感觉。上网查了一下，还真有这么个单位，是联合国下面的一个民间团体，宗旨是帮助扩大联合国在各种公共事务中的影响，几乎每个城市都有一个，这个就相当于奥斯汀分舵。看到信没一会儿，Google聊天的光标在闪，是纳薇塔。她问我看到信没有，是个联合国官员来做讲座，问我去不去。我说那个时间正是上班时间，也不是上课时间，我还得专门跑一趟。而且我应该大概知道她都会讲什么，无非是介绍联合国的使命与各个机构的具体职能，然后欢迎毕业生踊跃申请，这个我就不用听了。纳薇塔说很感兴趣，想去联合国上班，我说那你去听听吧，而且波斯语没准儿还会是个优势。

跟纳薇塔再见，赶紧给老大发了封信，请他帮我向这个琳达引荐一下，我想问问他们那儿招不招人。虽然难民署的工作经历在申请学校上没帮上忙，没准儿找这个工作能帮上忙呢。老大很快回信，抄送琳达，算是为我俩搭上了桥。我也赶紧趁热打铁，给琳达发了封信，介绍了一下我自己在难民署的工作经历以及今后的打算，再附上专门为这个单位改过的简历。这样见什么人说什么话的介绍信和有针对性的简历，最近几个月，我都数不清楚改了多少封，发了多少封，每一个都得按照是我梦寐以求的工作来写，真真假假，太过程序化，说到自己都觉得想要吐。琳达也很快回信了，言语热情，表示非常欢迎有联合国工作背景的人加入他们的团队中去，将会是一个有力的补充。我谨慎怀疑，他们中间可能还没有一个人曾经在没有"协会"这俩字的联合国工作过。可是，我突然有种不祥的预感，这么容易就得到应允，这动静好像不太妙，会不会根本就不是一个正经的全职工作啊？！

自从菲莉兹冷不丁被春天撞了一下腰，我们俩之间的话又间歇性地多了起来，具体多还是少，取决于那位土耳其哥哥是否在脸书上回她的留言，回了什么，以及回了几个字。因为据菲莉兹细心观察，他并不是经常登录，更不是每次登录都会马上回复菲莉兹的留言，甚至出现过虽然登录，却根本没有回她就又下了的情况。这种若即若离让菲莉兹有些闹心。所以，为了保持矜持，菲莉兹不会给对方留下上赶着的印象，她也会故意抻一抻，并不是一看到他的留言就会马上回，对什么时间回、回什么都要仔细思考。所以说，这种让人时而痒痒，时而抓耳挠腮，但一直都会让她心神不定却又蕴含着无限甜蜜的猜测和揣摩并不是青葱少年的专利。

她经常会举着电话看半天，然后把他的留言从土耳其语翻译成英语给我听，让我帮她一起分析这是什么意思、隐含着什么更深的意思以及更深层面还可能会是什么意思。偶尔多隔了几天没联系，或者乔又干了点儿什么让她更加绝望一点儿的事儿，她就会重新陷入沉默，或者跟我找点儿别扭解闷，时间便在这样的循环往复中悄悄溜走。其实她对我也不能说是找别扭，只是偶尔会给我纠正纠正发音，比如 usually。突然有一天，她发现我这个词的发音不对，问我一个没有"r"这个字母的单词你是怎么发出"r"这个音的，纠正半天最后才勉强合格。再比如墨西哥小饼 tortilla，她对我叫这饼时最后一个音节发出了"拉"的音而表示震惊，并且反问我，你在得州生活了这么多年，难道不知道这个"l"不发音，最后一个音节应该念"呀"吗？！曾经看过一个宋英杰和他老婆的访谈，是个胖乎乎的漂亮姑娘，讲述两个人之间的情感历程和婚后磨合的过程，其中一句话印象很深，就是两个人之间的交流尽量避免使用反问句，因为反问句很容易令人搓火，容易伤感情，而应该使用陈述句或者疑问句。

菲莉兹的反问句便让我深有体会，但是我每次被疑问或反问时都显得很白痴，什么都说不出来，一个是因为反应太慢、吵架能力很差。另外对菲莉兹，我觉得不应该跟她再争什么，她不顺心的事情已经很多，何况帮我指出错误我心里是感激她的，省得在别的地方露怯，只是这种方式有些让人感觉不太舒服。不过，如果以这种加强语气的反问指出并纠正我的发音能让她自己感觉好一点儿，也行。我猜，菲莉兹现在最想知道的其实就是这位哥哥晚回或者不回她的信息到底是真的没顾上，还是也跟她一样，都是考虑后的结果。

星期二，我下班以后又在办公室耗了一会儿，然后按照琳达信上的时间和地址找到一家叫Monkey Nest 的咖啡店，参加联合国协会奥斯汀分舵每月一次的例会。这确实是一个志愿者性质的业余工作，不过当我重新与另外五六位熟悉联合国事务的人坐在一起讨论即将到来的世界难民日庆祝活动时，还是感觉很亲切，有种回家的温暖。

以前每次美国从中国接收难民，多数都是送到达拉斯附近的一个难民安置中心，我还是头一回知道奥斯汀也有不少来自非洲和亚洲的难民。接过主席递给我的任命函——奥斯汀分舵委员会成员，仿佛一下子又回到了那些让人怀念的日子。这间咖啡店就是这个主席的，她五十岁左右，是一位保养得当、处处精致的伊朗女人。果然如我曾经从纳薇塔所说中得出的结论——在美国的伊朗人，除了医生，多数是生意人。

## 07　奥斯汀的中国生活；小女人，大女人

我是有多久没见过阿尔多和凯文了，上课都是远程。过去这几个星期的小组会也因为各种理由没参加，上次见阿尔多还是几个星期前的星期六，竟然会有惊喜的感觉。结果好不容易那天来上一次课，刚过第一次休息，电话有动静，他就跑出去接电话。回来悄悄跟我说了一声他弟被警察抓了，得赶紧走，然后出去时又跟小秘说了一声，情况看起来相当紧急。过了两天，我把商量好的集体作业发给大家，又单独给阿尔多发了一封信问他弟怎么样了。他说，这孩子这回可是闹大发了，酒驾被抓，正在走程序。

其实，在美国开车，路上一般情况下不太容易碰到警察。不过也不能掉以轻心，因为每到月底，或者还不到月底，只是在警察叔叔们手头儿紧、有心事或是有需要的时候，还是会在各种高速旁、大桥下的桥墩后或者树丛里猫着，举着一个像枪像炮筒又像望远镜的家伙对着远方瞄准，那是在测速。如果哪辆车撞枪口上，被他盯上了，就会安静地闪着警灯跟在肇事车辆后面走一会儿。等到被跟的车有感觉时，如果高速上一般就会靠边儿停车，如果快到出口或者在普通马路上，就会拐到加油站或者好停车的地方停下来接受处理。有关酒驾这个问题，通常的做法是只要自己觉得可以安全驾驶就可以开车，但是可别碰上警察。各州法律不同，有的是零容忍，有的是血液中酒精含量超过一个值才算犯事儿。所以比起北京，可能这里酒驾的比例会更高一些。在这儿吃饭通常不劝酒，普通聚会一般也就是一两瓶啤酒或者一点儿红酒，然后聊会儿天，各自开车回各家。加上路上也没什么临检，所以一般也不会犯事儿。酒吧是警察夜查的一个重点，有收获的概率会更大一些，阿尔多的弟弟就是这样被撮的。自打他从酒吧出来直接掏钥匙开车估计就被警察盯上了，再加上在路上画龙，那简直就是提醒警察撮你没商量。我问阿尔多可能会怎么处理，他说警察很有可能会在他的车上

安一个特殊的仪器，连着警察局的监控系统，每回只要一启动车子，就要先对着这个仪器吹一口，结果正常才可以开车上路。还可能每过一阵儿就要去警察局报到一次，高额罚款可能也躲不过去。

难道红红的5月主题是交通安全和被警察抓吗？那边阿尔多弟弟的事儿还没了，这边纳薇塔也落在了警察的手里。她在自家门口的小马路上因为超速被警察狠狠地开了一张罚单，具体金额不详，可能不到300美金，也可能是300多美金，具体多少庭上见，这在美国的日常生活中绝对是一笔"巨款"！她说那条小马路的限速是30英里，差不多48公里/小时，保证她当时肯定不超速，结果就有一警察蜘蛛侠般地从天而降了。她说，经常有个警车在那儿蹲点儿，因为那条马路上很少有车，很容易忽略限速牌，放松警惕，脚底下稍微重一点儿就超了，加上这位小姐开一小跑车，绝对的重点关注对象。那张通知单在纳薇塔手里攥了好多天，最后还是交给詹姆斯搞定，而不是泰德。看来，纳薇塔还真是没打算与泰德有什么其他的发展。欠詹姆斯的人情一顿饭或者哪怕一声谢谢便可搞定，这是朋友之情。欠了泰德的人情可不是这么简单就能够还得上的，即使泰德并不指望她还这个人情。泰德想要的，纳薇塔给不了，所以也就干脆不要去欠人家自己还不上的人情。

作为一个近些年来突然崛起的新兴城市，奥斯汀并没有纽约、华盛顿特区或者旧金山那样繁衍多年的唐人街。因此，位于我们家和市中心中间的这个以华人和越南人商铺和饭馆儿为主的小广场只能叫作"中国城"，而远远算不上"唐人街"。中国城里有全奥斯汀最大的一家中国超市，却是由越南人创办并且经营的，里面有各种从中国以及其他亚洲国家和地区飘洋过海而来的食品、调料和百货，蔬菜和水果基本是本地种植，种类与国内的农贸市场区别不大。山药、藕、红苋菜这些来美国之前没想到的种类也不算稀奇，至于韭菜、白菜、韭黄、苦瓜等等更是不在话下。不光是蔬菜，各种调料和零食也是种类丰富，基本上国内吃什么，这里也可以吃到什么。做饭的话，只需要一双勤劳的手和一颗善于模仿的心即可。这个超市虽然新而且大，但是购物环境却算不上赏心悦目，因为卖海产品，所以满世界充斥着一种不能算作舒适的大自然气息。不过这个散发着腥味的角落也不是一无是处，起码可以帮助带孩子的大人消磨一点儿时间。

　　玻璃缸里，数不清的鲶鱼密密麻麻地互相拥挤着，上三层下三层，里三层外三层，它们的胡须在水里肆意漂动着，毫无表情，嘴巴一张一张的。在孩子的眼中，恐怕已经足够震撼，以至于每次都能看到有小朋友直直地注视着鱼缸，嘴巴也随着鱼群一鼓一鼓的。中国城里有几家中餐馆，以潮粤风味为主，这也是最早占据美国中餐市场的形象。慢慢地，川菜遍地开花，价格实惠量又足，深受广大留学生以及各界中国同胞的欢迎，菜的风格和口味也越来越向国内靠齐，起码已经足够满足这些虽然离开中国多年但依然长着正宗中国胃的人。只是目前在奥斯汀，各家的菜虽然在口味上已经比较接近国内的中餐，但是还没有上升到饭馆儿的装潢和环境这个层次，也就是说，有得吃已经不错了。在更大、餐饮行业竞争更加激烈的大城市，已经进入不光拼味道，也要拼环境的阶段。现在国内的饭馆儿个个如花似玉，光是菜谱都高级得不像话，看来奥斯汀的中餐依然任重而道远。最近，中国城附近新开了一家台湾饭馆，装潢说不上有多高档，起码干净整齐，不会让人有瞬间走进机器猫的时光机，穿越到某个朝代的某个酒家的感觉。

　　"亚洲"是奥斯汀为数不多的中式餐馆之一，主打川菜，我刚来的时候只是一个从中国超市小角落里辟出来的一个小食堂。后来人满为患，火爆程度远远超过超市，就把隔壁一个比较大的店面也盘了下来，专门当作餐厅。这里的特色是便宜量大，味道可以，最主要的是不用给小费。自己排队点菜，拿一个号，每盘儿菜炒好以后，服务员满屋子叫号，自己去端，所以满饭馆儿上方回荡的都是叫号的声音。屋子里随时随地都有各种端着自己的菜七走八走的客人，属于比较随便的一类，家人朋友这么吃没问题，想正正经经请个客恐怕就不太合适。可别以为好这口儿的只有中国人，老外也能占一半儿，在经济实惠这件事上，所有人都不会拒绝。就像奥斯汀的招牌烤肉Rudy's一样，只要味道好、不用付小费，没有人会介意自己跑个腿儿拿个盘子碗。

　　课间，詹姆斯一边剥橙子，一边扭头问我"亚洲"除了水煮鱼还有什么中国人喜欢点的菜。詹姆斯不光喜欢泡在NXNW的酒吧，也是"亚洲"的忠实顾客，据说每月都得去上两三回，而且每次去都必点"水煮鱼"。"亚洲"的水煮鱼是美式川菜水煮鱼的做法，大白鱼块裹着面过油，然后走水煮牛肉的路子，虽然与咱们通常称作的"水煮鱼"大相径庭，味道却也不错。美国的中餐就是这样，很多菜，味道本身其实还过得去，只是不要完全拿国内饭馆儿里的菜当作标准。比如木樨肉，这里的标配是烤鸭饼。木樨肉的主要组成部分也不是黄瓜、木耳、肉片和黄花菜，各地解释均有不同。只要你不是非得一门心思钻牛角尖儿地较真为什么看不到黄花菜、为什么是黄瓜丝而不是黄瓜片，而只把它当作一盘稍微变异的春饼配什锦肉丝的话，满意度便会瞬间飙升。

几乎所有比较传统的中餐馆里都会有你在中国都看不到的几个菜，专供老外享用，比如左宗棠鸡、橘子鸡、陈皮牛、西蓝花牛或者芥蓝牛，你看，光是菜谱就充分体现了咱中国人节省的传统美德，刚来时怎么看怎么别扭，加一个"肉"字难道就那么困难吗？不过，这些菜也可以理解为本土化的中餐，就好比只能在中国和新加坡的肯德基里看到的众多食物。近些年来，美国出现了很多被称作"fusion"的风味餐厅，这个词是融合、聚变的意思，用在餐饮业即指结合了不同国家或地区特点和风味的烹饪元素，所谓采众家之长，推出的菜式四六不靠。当然，也可以叫作创意菜肴。比如之前提到过的融合了得州和墨西哥特色的菜系 Tex-Mex，还有亚洲 fusion，主要是亚洲各国比较具有代表性的风味，加州 fusion 也算一派，灵感源于意大利、法国和东亚，即使菜还是那道菜，也因为选材和调料注入了新意而为其赋予了全新的面貌和感觉。回到刚才的话题，即使是味道比较好的中餐馆里，通常也会分成两派：永远只会吃甜酸鸡和各种牛的老外，以及永远不会去碰这几个菜的中国人。当然也不乏詹姆斯这种比较"开明"的老外，愿意尝试中国人喜欢吃的中国菜，并且一吃就会觉得惊艳。

除了这些不会在中国的饭馆里看到的菜，还有一样东西也很奇葩，那就是每餐饭后结账时必上的签语饼（Fortune cookie）。在老外的眼中，这就是中餐的象征，以至于有人去中国出差，对饭后没人发这个东西表示震惊。据考证，签语饼源于纽约的一个"nobody"，这么多年以来一直在世界各地的中餐馆里生生不息，并且至今丝毫没有即将消失的意思，也可以算作是一大世界奇迹了吧。

儿子五岁半了，渐渐地，信息的传递方向不仅仅限于我向他，他向我的传递也变得越来越多，以至于现在遇到一些拿不准发音的词或者叫不上名字的动物或身体各部位器官或关节的生僻字，我还都得去问他，这全部得益于优雅美丽的安娜老师。在家里，除了念故事，我几乎没有单独教过他字母或者单词，因为我一直都觉得他还是个学什么都还太早的小宝宝。可是突然有一天，我发现该给他报名上小学了。当然，除了上课接触到的"主旋律"，与其他小朋友的接触也让他往家带回来不少类似于"太阳当空照，花儿对我笑，小鸟说'早早早'，你为什么背上炸药包"之类经过各种篡改的非主流信息以及方言俚语。比如最近经常挂在嘴边的"Are you nuts?"（你有病吗？）在课间与詹姆斯的闲聊中，我非常及时地活学活用了这一句，加上最近网上流行的"药不能停"，似乎很搭，也让会聊天的詹姆斯有点儿反应不过来，并且对我非常景仰。我说头一句是刚跟儿子学的，詹姆斯表示小家伙有前途，希望我能介绍他俩认识。

国际化最后的大作业正在如火如荼地进行之中，要求介绍一个企业跨国设立办事机构并且在外国进行经营的过程。我突然想到一个朋友在中国的公司前不久进军马来西亚市场的事情，好像整个过程很有得说，结果也不错，而且肯定不会写相同的作业，也是个让大家从一个侧面了解亚洲和中国的好机会。电话联系后，朋友表示可以让我们拿来一用。小组会征求大家的意见，所有人都对我把整个作业包圆儿没有任何意见，包括整篇论文和幻灯片，并且主动表示麻省理工老师课的作业就不用我操心了，这也正合我意。对于多写作业，尤其是自己相对比较有把握的作业，我觉得一点儿不吃亏，反倒是占了便宜，另外总觉得比交给别人写放心一些。相反，不太擅长的东西就总是会交给更加擅长的同学去做，这也是小组的意义所在，可是这样一来也会有弊端，那就是自己不擅长的东西算是永远也擅长不了了。

这段时间，高鹏一直在折腾儿子上学的事。儿子的生日是9月中旬，按照得州小学入学年龄的标准得卡到下一年，也就是快到七岁才能上小学。有说法，男孩儿晚上一点儿比较好，可是我们家这位从六个月就开始被四川朋友形容无论外观还是行事都"很老练"的娃，似乎智力和心理水平都已经完全够上一年级，这也是安娜老师在家长会上给我说的她感觉。按照规定，想早上学也可以，必须通过一个考试，这不，考试成绩头俩星期发下来，与标准差了10%，想提前一年上学的要求被拒。高鹏觉得有点儿不服，一共考五道题，90%才算过，这么算下来稍微哆嗦一下就过不了，这么点儿的孩子，本身就容易出错，而且多对一道题少对一道题有那么大区别吗？！高鹏找出之前他们全班参加其他综合水平测试的考卷和成绩，然后给负责考试的机构写了封信，主要列举了一下这一年来他们都学了些什么，无论内容的广度还是深度都要高于公立小学的学前班。而且仅仅拿这样一次考试成绩来做决定未免不够客观，综合几次考试的成绩，相信他完全有能力在今年 9 月份入学，而只为这区区 10% 就要多等一年实在有些没必要。信发出去没几天就有了回音，同意今年 9 月份入学。看来很多事情，即使是政府做出了决定，只要有充分的理由和证据，也还是有得商量的，就像之前说过的房产税，还是应该尽量争取一下。

看得出来，土耳其哥哥最近在脸书上尤其不活跃，因为阳光下、树影中的菲莉兹重新恢复了沉默，并且重新开始提起乔，不过无论是深度还是频率都要远远小于去年正是激动的时候。小别后再次重逢所带来的一切希望也好，幻想也罢，再次变为泡影，而这次的绝望比上一次更具有毁灭性。虽说一般情况下，情侣分手都得分上个几次才能最后断干净，但是像他俩这种分这么久，还得附带一次远程三个月的应该也算比较坎坷的了。可是菲莉兹与乔之间，恐怕也必须得经历这所有并且一步一步走到今天，才让她真正意识到是时候真的分开了。很多时候，道理都懂，其实不懂问题也不大，反正不自己碰个头破血流的是不会悟到那点儿早已被别人相传已久并且早已验证过的事儿的，必须亲身体会，必须亲自受伤才行。脸书那边儿，要是土耳其哥哥根本就没登录过也就罢了，就糟糕在他最近确实登录过，而且还不止一次，但是哪次都没回菲莉兹那最后一次留言。生活简单的菲莉兹被这两个完全提不起气来的男人搞得有些狼狈，有些心灰意冷。想，想不得；不想，那又想点儿什么呢？一直以来，感情生活就是她生活中最重要的一部分啊。菲莉兹开始琢磨对自己的生活进行一些富有意义的改变，她查到得州大学奥斯汀分校有一个培训班，经过几个月的强化培训并通过考试的人，便可以获得为英语是第二外语的学生教授英语的资格。这正是她所感兴趣并且擅长的，而且她不但可以在美国教书，还可以在加拿大或者土耳其教书，反正全世界到处都是需要学习英语的人。

我为菲莉兹终于能够把自己的视线从男人身上转移到自己身上而感到高兴。无论是感情还是工作，谁更依赖于他人，谁就更被动。女人的悲哀，往往是因为太过依赖感情，依赖、指望自己的另一半而忽略了自己。为他牺牲可以，退让也无可厚非，前提是他对得起你的牺牲，能让你感受到自己的退让有所回报。一句话，对于你的牺牲和退让，他感激你，说明他完全领了你的情。所以，我想说的是，男人和孩子，履行基本的责任和义务即可，没必要压上自己的一生甚至全部，最终自己好才是最重要的，而自己好了，反过来也会影响到家庭以及周围的人，这样才会形成一个健康的循环。

记得去年有一天，同样是在楼下，当时菲莉兹和乔的关系还不是太糟，菲莉兹问我到底怎样才会让一个男人想娶你。我说完全没必要为了一个男人而改变自己，他如果想娶你，无论你是什么样他都会想娶你的。如果不提结婚，其实也不是他不想结婚，也不是你不好，只不过他不想跟你结婚而已。亲爱的，我知道这话不好听，很伤人，但我还是得这么说。与其想尽办法投其所好，不如用这劲头儿好好爱自己，让自己变得更加强大。"女为悦己者容"的时代已经过去了，现在应该是"女为悦己而容"。反正姐就这样儿，你爱娶不娶，你想娶我，我还得掂量掂量，好好想想。


虽然校历上标着今天是倒数第二次课，但是因为下周三门里有两门是课堂考试或者课堂演讲，所以今天老头儿的课和国际化就是毕业前的最后一次课。最后一次上老头儿的课，竟然有些留恋，让我想起上学期帅哥的最后一节课，同样也是有些不舍。教书的极致不仅仅是传授知识，而是让学生体会到怎样做人，而这种传播并不是生硬的说教，不是告诉你应该怎么做，完全是将自身的人格魅力通过潜移默化的渗透直触到你的心底。这种存在于不知不觉，更高也是更深层次的影响要远远超过课堂和作业上那些狭义的"知识"。中午下课前，老头儿讲了一些感谢和祝福的话，最后一句是专门送给我的，他说："我期待着那一天。"

在凯瑟琳发的有关毕业典礼的若干封信中，有一封专门讲学位服的事儿，告诉大家去哪儿买，有什么要求。中午吃过饭，跟纳薇塔和泰德出门溜达，顺便去那叫作"Co-op"的商店逛，这是一家学校开的唯一能够买到学位服的商店。这事儿需要尽早准备，省得拖到最后手忙脚乱。我发现学位服这玩意儿真是个垄断加暴利的行业，就这么一大黑袍子，完全不需要讲究布料版型和做工，除了穿这么一回，可能再就是万圣节能发挥点儿余热了，居然敢卖五十多美元，简直就是抢钱。而且光是袍子还不够，还需要帽子和一个穗儿，这两样加一块儿也是好几十。最令人发指的是那个穗儿，每个系一个色儿，上面还有一个小东西印着系名和哪一届的，也就是说，我几乎不可能在 eBay、Craigslist 或者淘宝上找到这么个东西。反正他们知道你需要这个东西，而且是很高兴地需要，还没别的地儿买去，趁临走前能宰一刀是一刀。纳薇塔和泰德也表示这个价格匪夷所思，所以我们只是询了询价，然后原路回到教室。下午课间时，纳薇塔已经在Craigslist上找到俩二手的袍子，五美元一件，问我要不要。我说先回家看看再说，而且那是两个不同的卖主，让她先买自己的，不要管我。我记得以前收拾东西的时候曾经见过高鹏的学位服，晚上翻出来一看，果然差不多，反正都是黑乎乎的一片。短信纳薇塔，下星期一起去买帽子和穗儿就行了。

　　"算计"可以说是我在美国生活几年下来感受到为数不多的积极的受益方面之一，这是我在北京工作时完全没有的。在这里，"算计"与收入或者你有多少钱无关，而且所有人都不介意也不隐瞒自己的算计。可以说，在美国，"算计"是一种美德。可能正是因为这种"算计"，也可能还因为奢侈品和普通产品的差价远远小于中国，因此美国人以及在这里生活多年的外国人对于"名牌"的概念就不如国内那么强。即使刚来的时候比较强，也会随着在这里生活的时间变长而越来越淡化。如果夏利卖一万，奔驰卖五万，这样的差距还会让那么多人觉得开个奔驰那样拉风吗？其他东西也都大同小异。

## 08 最后一课：聊聊自信

　　爸妈驾到，专程来参加我的毕业典礼，这在美国可算是一件大事。既然之前的顾虑已经完全消除，加上想到即将结束的这难以形容的一年，我从心底里感受到久违的轻松和喜悦。其实，做铺垫的何止是这刚刚过去的一年呢？还有之前一年在家整天对着枯燥的书本和电脑准备考试，以及延续了几个月的非常痛苦的申请过程。即使加上这些也远远不够，还有再之前整整五年的全职主妇生活。所以，与其他同学相比，说这个学对我具有相当重大和深远的意义一点儿都不为过。如果能依靠它换一个更加满意的工作当然更好，即使不能，仅仅是完成学业本身对我来说也已经足够，从这个过程中，我已经收获颇丰。这就是我的一个心愿，自己七年前那样轻易地辞职并且离开中国，现在终于可以给自己一个交代。为了这个结果，我已经挣扎了太久。

　　家里多了两个人，最兴奋的就是孩子。为此，我专门把他们俩从幼儿园接回家一个月，相互陪伴为主，顺便也让孩子好好学学中文。周末对于儿时的我来说，就是回姥姥家，去姨和舅舅家串门儿，也是全家老老少少挤在并不宽敞的房间里热闹地聊天和吃饭，哪怕什么都不说，也是沉浸在浓浓的家庭氛围中，这些是我对于童年生活非常重要的一部分回忆。身在其中从来都不觉得，直到有了孩子，我突然意识到逢年过节，我们除了与非常有限的朋友一起吃吃饭、聊聊天，然后就只能回到自己的家。虽然房子大了不少，但翻来覆去还是这么几个人，电话和视频里的姥姥和姥爷永远也不能代替就在身边的感觉。这种距离感和孤独感随着年龄的增长愈发强烈。对孩子来说，我觉得缺乏感受大家庭的其乐融融是一种童年的缺失。随之而来的，便是想家，想念北京，想那些曾经身处其中的点点滴滴，无论好坏。可能因为过了三十岁才来到美国，虽然生活相对安逸，不少方面都要比国内更加简单和容易，但是我从来没有觉得这里是我的家，我只有一个家，那就是北京。在这里生活的这么多年，我完全没有任何归属感，并且这种感觉越来越清晰。可是，一系列非常实际的具体问题也让我感到非常纠结，现在有了两个孩子，我已经做不到七年前那样说走就走。

国际化论文和幻灯片基本完成，已经交给组里各位提意见，并且让大家各自认领，因为这门课最后考试论文和课堂演讲各占一半，每个人都得张嘴。另外确定了两次彩排的时间，大家把词儿准备好，聚在一起讲一遍，就这么最后一遍了，别到最后演砸了。詹姆斯给我打电话，说他恐怕只能参加一次，让我不用担心，他只要看两遍就能在台上讲出来。末了，还没等我开口，他主动说，问答环节让我和凯文主要负责，在我说不上来的时候他再补充。

自从2006年8月离开中国到现在，我回过四次国。父母到我们这儿一共来了三次，每次最长待三个月，从来没有像一般的父母那样待够过半年。待在这里对他们来说是一件需要坚持和忍耐的事情，所以我也不愿意让他们做自己不喜欢的事。唯独这一次，是我和妈妈关系最为融洽的一次，因为这次来是参加我的毕业典礼，而不是帮我临时带带孩子，也不用看着我整天在家当她心目中的"家庭妇女"。况且我已经上班一年多，这对她无疑也是一种安慰。头几年，我们俩的关系一直不太顺畅，MSN或者视频的时候，说话时需要思考，需要躲闪，需要避重就轻，需要报喜不报忧。但无论怎样遮掩，过去几年我的状态都不是她所希望看到的。当然，也是我自己不希望看到的。可是，不希望看到又能怎么办呢？自己的孩子自己带，难道不是天经地义的吗？家里如果能搭上把手的实属幸运，即使帮不上忙也是完全正常。有时候我会想，人到底是在为谁活着，理论上应该是为自己活，事实上能够纯粹为自己而活、完全不考虑周围人的时候和情况少之又少。回想过去的若干年，让我想起王朔在《顽主》里的那句话：人生就是跑来跑去，听别人叫好。我理解这个"别人"主要应该是指那些与你关系最为密切、对自己非常重要的人，除此之外，与自己关系不大的人给你叫不叫好其实也不是太有所谓。可是这句话也不完全对，自己跑来跑去，是为了亲身体会、亲眼看看这多样的世界，拥有尽可能丰富的人生体验。把自己折腾得五迷三道的，很多时候并不是为了被别人喝彩，而是想听自己为自己叫声好，如果碰巧也能被别人叫好当然也不错，但并不是初衷和目的。如果是这样，恐怕是最接近为自己而活。

　　学校的邮件列表不光包含我们专业的这一届，还包括同专业所有师兄师姐，因此经常会收到来自陌生人的邮件，他们通常会在落款处标明自己是哪一年毕业的。上星期收到一封群发的信是来自四年前毕业的一位师兄，他说正在做一种将手机上的游戏无线传输到电视上的技术，主要面对游戏爱好者，以使他们获得更好的游戏体验。现在想征求中国用户和印度用户的意见，问列表中有没有愿意回答问题的中国人和印度人。虽然自己对于手机游戏仅限于玩"愤怒的小鸟"的水平，但是对于同一个专业的校友，能帮上忙的尽量帮一把，本身我们这个专业的中国人就屈指可数，每届也就是一两个的样子。给他回信，介绍了我自己，告诉他虽然我不玩儿游戏，但是可以找到比较专业的游戏玩家，对方立刻回了信，列出了五六个问题，包括这项技术是不是游戏爱好者所需要的、如果在中国出售卖多少钱、会有多少人感兴趣等等。我找到了一个热爱游戏的同学，把这些问题转过去，又把同学的回答给对方传回去，然后就再也没有收到他的回信，哪怕连一声谢谢都没有，这什么素质啊？还师兄呢！就算我的答案让您不爽，您至少也应该吭一声儿吧！我不就是告诉你我这个同学以及游戏论坛里很多人都说这玩意儿前景并不好吗？人家之所以在手机上玩儿游戏，就是想利用那些等车、坐车或者等人时的零碎时间，如果真想在大屏幕上爽，干吗不直接在电视上玩儿呢，何必再从手机上转过去。可能让他不理我的原因还不只这个，因为我还告诉他，类似的游戏已经出了零售价，说明在地球的另一端，东西都已经做出来了，如果还把这当作一项全新技术刚刚开始最初阶段的市场验证，实在是为时晚矣！

　　星期六，最后一天课。头天下午，老头儿的期末考试已经随堂测试完毕，他没有出现，怪不得上次那样告别。还是那个美丽冷艳的女博士，题目类型与期中相仿，主要考的是那本书的下半本的内容。紧赶慢赶，险些写不完。今天上午，麻省理工博士老师的最后一节课，又是两口子一起来的，博士老师终于换了一件哪儿都完好无损的西装，照例又给詹姆斯等人扔了几块糖。这门课对我来说，到底应该怎么评价呢？总的来说，就算我是一看热闹的，也是站在最外围的那一拨。至于工厂里各种流程如何合理安排、怎样计算工期、具体需要考虑什么因素之类的事情，我恐怕这辈子都不会用得上。不过这样的课，回想从前十几年的学生生活，好像也并不是头一遭。不过每个人的体验各不相同，比如詹姆斯，可能感觉与我完全相反。下午是国际化的课堂演讲，我们组第二个出场。对于这种事情，我愿意被排得靠前一些，第一个最好，因为既然反正都要说，先说完就可以踏踏实实听其他人讲，哪怕就算要走神儿也可以走得专心一些，而不用满脑子台词儿，忐忑不安。

越是接近尾声，就越容易唤起大家对于校园时光和同学情谊的恋恋不舍，尤其是对这么一批离开校园零到三十多年不等的人来说，那种心情更加奇特。尽管这一年并不好过，尽管有着那么多出乎意料。中午没有讲座了，全班最大规模的散伙饭，约在稍微有点儿距离的 Clay Pit，那里不太好停车，需要走上大概二十分钟。泰德破天荒地没有与我们一道儿，只有我跟纳薇塔两个人。5月下旬的奥斯汀已是盛夏，要在平时，大中午的顶着烈日走二十分钟并不能算是一件令人喜悦的事。今天却不太一样，我们俩一边溜达，一边聊天，不用看表，也不用着急。能与好友这样一起度过悠闲的片刻，想想也并不多得。因此，酷暑已经可以完全忽略不计。我们聊到伦敦的水烟和那个每天夜里都要去坐一会儿的公共汽车站；聊到深夜里在楼道被詹姆斯追得乱跑；聊到去年一次暴雨刚刚结束的清晨开车往学校奔，我跟在一辆沃尔玛运货的集装箱卡车后面，挡风玻璃重新被雨水搞得一片汪洋，我一边跟纳薇塔说雨又下起来了，一边重新把雨刷速度调高。跟了一会儿，我突然发现两侧超过我的车根本就没开雨刷，掰到旁边的车道，发现天上连一个雨点都不掉了，雨已经完全停了，太阳已经闪耀在一片蔚蓝之处，敢情刚才那点儿雨全都是前面的车子溅起来的水，我还傻了吧叽的跟着接了半天……这也是我与纳薇塔后来时常会回忆起的画面，每次提起，都得笑上半天，仿佛刚刚发生过的那样。

Clay Pit 是一家位于奥斯汀市中心的印度菜饭店，说是自助餐，但是种类与我们概念中的宏大场面相去甚远，只有很小一溜儿，每个种类也只有三四样，但是干净、精致而有味道。我没去过印度，所以对于这里的菜是否正宗完全无法评价，我猜多少是经过改良的，就像在中国吃到的不少外国饭都觉得更好吃一样。这样看来，是不是正宗其实也没那么重要了，好吃就行。因此，什么左宗棠鸡、芥兰牛之类的，也都可以理解了。我们把餐厅唯一的包间给霸占了，那是一个很大的房间，一张很宽很长的木头桌子。即使这样，即使全班同学只来了一小半，也是挤得满满当当，有几位还被挤到了外面大堂。这样的坐法只能跟两旁的三四个人说说话，纳薇塔坐在我右边，我们俩的熟悉程度已经完全不需要总得找话说。左边是一个刚刚退役的姑娘，记忆中我从来就没跟她说过一句话，因为只有一个学期在一个班，而且总是坐得很远。直到一年的最后一天，我才知道她原来跟我住在同一条街上，就在对面的一个小区。她刚刚退役不久，也刚刚怀孕不久，部队给报销了所有的学费，走上一条规划工整、经济节约的路。对于退伍的军人，这应该算是比较好的出路，但并不是所有退伍的军人都可以这样幸运，前提是你得先考上，人家才给你掏钱。

水足饭饱，我跟纳薇塔赶快撤，因为我们得去把学位服的帽子和穗儿给买了，要不然下午下课就关门了。路过市中心一幢高大上的公寓楼，纳薇塔说伊朗圈子里一个特有钱的青年才俊上星期从这楼的三十多层跳下来了，当时房间里还有他的女朋友。这句话让我在几乎40摄氏度的天气里突然感觉浑身冷飕飕的，本来的好心情瞬间荡然无存。她说虽然跟那个人认识，但是并不太熟悉，只知道他三十岁出头，是从事金融业的，家境也很好，名校毕业，前途一片光明，但是一切的一切都随着他纵身一跃而灰飞烟灭。无论出于什么原因，恐怕多少都与心理承受能力有关。所以说，从小的教育说学习成绩重要，其实心智健全更加重要，一辈子没吃过什么苦的人其实也没有什么特别值得庆幸或羡慕的。另外就是对于金钱的驾驭能力，如果钱多钱少都不会改变一个人对于生活的追求和态度，依然可以精神充实地过好每一天，依然记得曾经的理想，这时的钱才是一样好东西，否则便是被钱所驾驭。

下午的演讲很顺利，虽然凯文没有到场，而是被挂在大屏幕上，因为他又去参加选拔赛了。我也完全不紧张，因为在座的各位好像只有老师以及欧荻斯、考斯特等有限的几个人认真听，剩下的不是在准备自己的演讲，就是已经完全不在状态，所以之后的问答环节也轻松而过。整个过程，詹姆斯只在自己发言的那部分说了话，剩下的时候一个字都没有说，并且是心态平和地没有说，这点很关键。至于詹姆斯和阿尔多，两个人终于在最后一节课下课告别时握手言和，当时一个在我左边，一个在我右边，两只手在我眼前，一黑一白，对比强烈。虽然两个人的表情都不太自然，至少也算没有留下什么别别扭扭的终身遗憾。

中午的散伙饭显然不尽兴，这最后一节课结束才真正需要出去庆祝，地点定在市中心稍微靠南的一家人气很高的纯得州特色饭馆。所谓纯得州特色就是环境装潢粗犷、自然、不讲究，食物主要以 Tex-Mex 风味为主，无论什么都是 "Texas size"（得克萨斯规格），量大得令人叹为观止。因为从来没去过，加上这好几十个人一下子过去也不好停车，大家各自拼车。泰德理所当然地承担起司机的任务，负责运送我和纳薇塔。这小伙子，开一辆用手摇窗户的本田，后座可能一年到头也没有几次会坐人，到处乱糟糟的，钻在那儿一条腿跪在后座上收拾了半天，才给我腾出一能坐的地儿。纳薇塔坐在副驾驶，突然不知从哪儿翻出一副墨镜来，惊呼，我说怎么最近都没看见了呢！这闺女，自己的东西从来都是这下场，因为她总是可以有很多。

两杯酒下去，正是最美妙的时刻。院落的一角都是亲切的面孔，无论是否真正熟悉，此时此刻都异常亲切。欧荻斯看到我，招呼我过去，兴高采烈地给我介绍他对面稍显腼腆的丰满女人——专门从希腊过来参加他毕业典礼的老婆。跟她寒暄几句，然后自然而然地想起了日本姑娘，我说怎么好像根本没看见她呢？！上星期跟菲莉兹去 Domain 吃饭，走出饭馆时突然听到有人叫我，回头一看，是日本姑娘，旁边还坐着一对中年夫妇。她高兴地把我介绍给他们，并且告诉我她爸妈头天刚到。日本姑娘应该是我们班所有拿学生签证中最高兴，也是最引以为豪的一位。四处碰壁后，一家位于加州圣芭芭拉海滩附近专门从事在线旅游的新创企业终于录用了她，而且这家公司近来上升势头颇为迅猛，最关键的是可以给她办工作签证，这对想毕业留在美国工作的学生来说无疑是最重要的一件事。这种热闹的场合日本姑娘却缺席，这完全不符合她一贯的作风，不知道是不是与欧荻斯老婆的出现有关。不过无论是否有关，现在也没那么重要了，搞定工作的兴奋应该可以填平所有的不悦。这样的一段叫不上名儿来的感情注定是昙花一现，结束只是早晚的事。

坐了一会儿，看大家谈兴正浓，并且还陆陆续续不断有人刚到，我觉得差不多该走了，纳薇塔一会儿还跟大家有两场。詹姆斯说他也想走，但是没车，便到处去问谁想走并且有车的。一位名叫索尼亚的同学完全满足这两个条件，然后我和詹姆斯就跟着索尼亚上了她刚买了一个月的黑色奥迪敞篷小跑车。鉴于我与詹姆斯的型号差异，我很自觉地钻到后座。索尼亚也是个黑人，黑人不太容易看出年龄，应该有四十出头，单身，在一家广告公司做市场营销，第一学期跟马文一组，我跟她不算熟，只是第三学期才说过几句话。客观来说，索尼亚不漂亮，不高，还很胖，但这一切丝毫不影响她的自信，从她课上的发言以及平时与人交往，我都能非常清晰地感受到她的热情、真诚、自信、幽默与乐观。她的性格特别大方，而且富有亲和力，让人觉得喜欢跟她在一起，并且跟她在一起的时候轻松愉快。时间长了，她长什么样儿就没有那么重要了，性格中的魅力会让人完全忽视其他外在的东西，并且比外在的东西更加持久，这需要经年的积累，是一种岁月的沉淀。

自信是我感觉到的美国人最为突出的一个优点，也是我们当中很多人所缺乏的，这可能源于所处的文化以及从小受到的教育。美国人强调的是个人，而我们突出的是集体；美国人鼓励充分地展示自己，相信自己就是最好的，并且毫不掩饰"觉得自己就是最好的"这个想法，而我们从小受到的教育是谦虚、谨慎、夹着尾巴做人，并且话不能说满，切忌在人群中突出自己。因为，枪会打出头的鸟儿。尽管美国人的这种教育有时候会导致没来由地过度自信，以至于变成可笑的自大，但从整体说来，那种普遍存在并且深入骨髓的自信心还是构成了民族精神中非常重要的一部分。这种自信带来的结果之一便是他们不太在乎别人怎样看自己以及自己所做的事，活得相对比较轻松，与我们相比，他们为自己而活的程度可能更高一些。因此，无论是打个球，开个会，还是做件什么事，他们只图自己爽，也不大考虑周围的人或者所谓的国际社会对于自己开的这个会、做的这件事和这个决定有什么反应以及什么社什么报纸如何评价自己办的这些事儿。相比之下，我们经常会想的有点儿多，顾虑也比较多。我们经常需要通过别人的肯定来肯定自己，别人，尤其是老外夸奖了、盛赞了，我们才放心，才确定这件事办得好、办得对。我们非常在乎别人的看法和评价，我们与老外的交往中缺乏起码的与大国地位成比例的自信与气势，我们甚至需要一点儿霸气，事实上，我们连怎样与外国人打交道也要有所建议。我最烦的一个词就是"不卑不亢"，我们与同胞打交道的时候需要注意"不卑不亢"吗？那为什么跟老外打交道的时候就得考虑了呢？不要说琢磨怎样才能做到不卑不亢，单单只要这个词在脑子里出现的时候，你就败了。

自信是不太容易拿捏的，因为咱们好像对于"正确"的定义非常严格，而对"错误"的容忍力却比较低一旦你自信却演砸了或者虽然自信，但却违背初衷地办错了一件事，那么舆论就要笑话你的自信。用各种你不想听到、害怕听到的词语来奚落你的自信。所以，自信是有点儿冒险的，需要承担风险，我们都不喜欢风险。自信的程度不太好掌握，相比之下，谦虚可就容易多了。虽说过分的谦虚就是骄傲，但人们说出这句话的时候通常都是有玩笑的成分在内。更何况，我们在达到"过分的谦虚"之前，还是有非常大的空间供我们充分表达、尽情展示不过分的谦虚的。总之，我们需要的是适度的自信和谦虚，这两种文化要是能匀乎匀乎恐怕正好。

现在，越来越多的人喜欢把孩子送到美国念书，而且年龄越来越小，以此躲开不想要的学习压力以及不喜欢的教育方式，我却觉得唯一值得送孩子出来上学的理由便是让他们更加自信。因为来美国上学并不能躲避学习压力，这是一个纯竞争的社会，而且拼的不光是考试成绩，还要拼各种成绩以外的东西，教育方式也不尽完美，并不是离开中国就万事大吉了。现在，美国也有人对于小学教育不满意，觉得需要向东方靠拢，无论向谁靠拢，他们的教育也是在不断改革的。所以，不要没想清楚就送孩子出国上学，他们在上大学以前更需要一个能在各方面给他们以精神、心理等支持的家庭，而不是在自己还很需要家庭温暖的时候一个人走在异乡的校园里和大马路上。

很多人觉得出国要趁早，这样更加容易融入当地文化和社会，我觉得很可笑，好端端的中国人，为什么要一味强调融入别人的圈子，并且以融入别人的圈子为荣？而且，你以为来得早就可以融入当地的文化以及社会吗？你希望有一个在各方面都很可能与你格格不入甚至可能连中国话都羞于启齿的孩子吗？这是你自己的骨肉呀！反正我是理解不了。

**09** **活到老，考到老；我们毕业了**

又是一个星期一，同样是上班，今天的感觉却不同以往。我的脑子里再也不用算计着今天得抽空看点儿什么、写点儿什么、计划点儿什么，再也不用琢磨小组会和组里的几个人了。想到这些，便有一种说不出的轻松。刚坐下没一会儿，索菲娅过来找我，问我现在有没有空，想跟我说点儿事儿。我就跟着她去会议室了，我猜应该是关于两个星期前质量经理考试的事。我们办公室从去年开始提交国际质量认证的申请，总部以及旗下全球范围内的多个办事处都已通过认证。为了跟上大家的步伐、提高自己的标准化程度，当然也是为了提高竞争力，办公室这一年间一直把这当成一件头等大事来抓。

质量经理的考核应该是申请认证的必要条件，需要进行本地化的文件不再满足于以往的图形以及格式转化、翻译、校对、抽查校对，最后再把这些图形以及文字转化回去的这个流程，而是去掉抽查校对环节，增加全办公室统一的质量控制以及每个语种的质量管理，差不多相当于我们的终审，就是把活儿交还给客户前的最后一道把关。质量管理这个新的职位需要经过行业内考试，每个语种需要一到三名质量经理。说是经理，其实更多的是指一种资格。易多多现在每个星期只上班三十个小时，并且预计马上就要辞职，开始全职主妇的生活，因此我跟杨娜一起参加考试。索菲娅有些不好意思地对我说，她刚收到总部判回来的卷子，其中一项考试的考题发错了，所以需要我把那一项重新考一次。

这都什么事儿啊？这种小概率事件竟然被我赶上了。索菲娅也觉得有点儿说不过去，但还是希望我能理解并且配合一下。工作一年多来，我对索菲娅的印象越来越好，尽管她的衣着打扮有些另类，不是一般人所能欣赏的，平时也不太会与人寒暄和搭讪，最初接触总会让人感觉有些冷冷的，甚至害怕跟她说话。但是随着时间的推移，我发现她为人处世非常公正，并且通情达理，愿意为下属着想，也会为他们争取利益，你并不需要与她套近乎，甚至都不用多说话，她也会照样在该对你好的时候对你好。这些都让我对她的印象越来越好。不光是我自己的感觉，有一次，我跟易多多和杨娜聊天，她们说若干年前，索菲娅其实是担任公司二把手里最有希望、最理所应当的人选，但就是因为她总是为手底下的人说话、谋福利，结果二把手这个位子被另外一个平时很会搞关系的人给抢了，这也是她为什么这么多年一直与大家一起坐在外面格子间的原因。我答应索菲娅重新考一次，因为我不想让她为难。

我觉得对一项工作的热爱程度，直接上司能够起到不小的作用。记得我刚进难民署时，我的头儿是个中国话说得极好、心机很重的瑞典人，总喜欢在人背后鼓捣点儿乱七八糟的事儿，也丝毫不考虑下属的职业发展。我有些害怕跟她说话，并且每次越想表现得好一点儿，说话就越结巴。那两年，我的日子不太好过，心思不能完全放在工作上，而是需要把很大精力放在处理与她的关系上，甚至想到跳槽。直到她的下一任——一个幽默风趣的小个子泰国华人上任，才完全扭转了我在工作中的局面。他对下属非常体谅并且信任，尽自己所能为下属提供一切对他们发展有利的机会，在他们成长的道路上助一臂之力，让他们心甘情愿地努力工作，从而建立起一种健康的良性循环。直到我离开办公室若干年后的今天，依然对他非常感激并且时常挂念。我觉得能遇到这样的上司，是我的幸运。

我发现Skype的标在闪，打开一看，是谭芳菲，她问我市场营销老太的作业。这个姑娘是我们专业今年新入学的学生，28岁，直接从中国过来的。她之前在一家世界知名石油服务企业中国公司工作，刚刚辞了职，想趁无牵无挂的时候看看外面的世界。两个星期前，在他们刚刚入学不久时，我们在市中心偏北的一家得州特色的餐厅包了场，叫了我们这一届和下一届的学生以及很多老师，把那家餐厅的后院挤得水泄不通。作为唯一的大陆学生，我的第一件事就是满世界找齐乐，因为我当时只知道有齐乐这么个人，并不知道除了齐乐之外还有另外一个中国学生。我满院子溜达，看到一个亚洲小伙子，就用中文问他是不是齐乐。他非常迷茫地看着我，用英语问我说的什么。终于，在他的带领下，我与这个通信长达几个月之久的小伙子胜利会师了。

还是今年年初，老大给我发信，说有个中国学生想多了解一下我们专业的情况，问我愿不愿意做他的联系人，我说没问题，很愿意。这个名叫齐乐的小伙子也是MBA没考上。老大觉得他条件不错，便给他发了封信，向他介绍商学院一个叫作技术市场化的专业，如果他愿意考虑，非常有可能被录取。看的出来，这个小伙子最初对这个专业有些疑虑，总觉得心里不太踏实，但是具体也说不出到底是哪儿不踏实，可能这种主动送上门来的东西总会容易让人怀疑吧。我也确实经常接到一些知名或者不知名的学校寄来的广告，如果不仔细看，还真是有些难以辨别。我是已经在这儿生活了几年，知道这个学校是怎么回事儿，对于一个从来没来过的年轻人来说，确实需要保持一点儿怀疑的态度。其实，他现在有的这些想法也是我一年前有过的，所以我可以站在他的角度，与他分享一些我当时的想法以及一年来的亲身经历和感受。他睡得很晚，因为我经常在中午和下午收到他的来信，问题也是五花八门，从学业到环境再到生活和就业，什么都有。信也发得很随意，经常是想起一件事来就问一句。对于他所有的问题，我一直力求知无不言，言无不尽。但我在分享自己想法的同时，尽量保持客观评价。就这样，前后两三个月的时间，他终于决定选择我们这个专业，我也能够清楚地感受到他态度的转变。

眼前的齐乐比我想象的要活泼健谈，他给我介绍了身边的中国姑娘谭芳菲。这一届照例80多个人，只有这么两个来自中国大陆的学生，不过数量上要比我们这拨翻了一番，成绩也是非常可观。他们俩都与纳薇塔的年龄相仿，都是纯正的"80后"。在中国人的概念中，已是俩娃儿娘的我在他们的眼中应该已经是不折不扣的中年人。从什么时候开始，突然发现身边比自己年龄小的人越来越多，就在自己感觉与20多岁时差别还不是太大的时候，已经正在悄悄地靠近40岁了。小时候，只嫌时间过得太慢，最喜欢的事就是过生日，当清楚地感觉到岁月正在从各种缝隙间溜走，甚至能听到那嗖嗖的声音时，才会懂得它的宝贵和易逝。

最近，菲莉兹除了琢磨着学点儿什么以及持续关注脸书上的动向，突然开始研究起将星座和血型相结合来判断性格。无论是星座还是血型，我都处于完全无知的阶段，星座数都数不全，更不要说每个星座的起止时间以及各自的特征。星座和血型相结合，让我联想到中西医相结合，总之听上去是个有点儿深奥的话题，不知道在占卜界算不算开创了一个全新的研究领域。我们真的可以通过血型和星座来认识自己以及其他人吗？我们真的需要吗？听菲莉兹讲得头头是道，看起来颇有点儿深入研究的意思。也好，有所投入总比整天心情烦闷好得多。现在再提起乔时，菲莉兹已经颇有些宠辱不惊的劲头儿了，远不像之前那样或者大喜大悲，或者手舞足蹈，或者义愤填膺，总之三句话不离自己的男人。在感情上，她投入了太多。我想起一句话，爱的反面不是恨，而是冷漠。当你可以平静地想起或提起一个曾经占据自己全部的人和一段经历，就好像在说一个与自己完全不相干的别人的事时，才是真的放下了。菲莉兹的脑子里终于把"我们"放下了，重新找回了那个"我"。

6月初，校园充满了浓厚的跃动氛围，从主楼前的小广场开始，数不清的折叠椅布满整个草地和两旁的便道，过了马路再继续，几乎一直延伸到下一条马路，这样场面宏大的"椅子阵营"我还是头一次见到，这是为今天下午全校所有研究生院的毕业典礼而准备。而今天上午，是我们专业82个人的毕业典礼，正式为这短暂而又漫长的一年画上一个句号，或者，是个感叹号。我们比集合时间提前一个多小时来到学校，因为都是亲朋好友，所以今天学校所有停车楼免费。先带爸妈和孩子参观了一下校园和我们的教学楼，轻轻推开阶梯教室的门，这极有可能是我这辈子最后一次站在这里。沿着洒满绿荫的便道走到喷泉前，以钟楼为背景各种组合，各种摆拍。现在看这喷泉和钟楼，与差不多八年前第一次到奥斯汀度假时看到的喷泉和钟楼感觉上完全不同，那时只是匆匆过客，现在终于成为这里的一员。照完相，往商学院酒店的毕业典礼会场走去，路上遇到了蜡笔小新同学，他的鼻尖和额头布满了细密的汗珠，还不到十点，已经有些酷热难耐。

毕业典礼很隆重，又不乏轻松的点滴。"中国制造"同学拿着一个塑料袋，在每个人的兜里揣了好多一拉就会喷到天上去的彩带，全部是中国制造的。身着一条优雅背心裙的凯瑟琳今天格外出众，她在后台组织大家排队，并且宣布了一些注意事项。还是按照姓氏字母顺序，就像开学第一天那样，欧荻斯站在第一个，我最后。梦想当上美国总统的小伙子站在我前面，马上就要各奔东西了，我从来都没有跟他说过像今天这么多的话。远远看到纳薇塔，她今天用了正红色的唇膏，鲜艳夺目，与黑色的袍子很搭，领口露出一个大大的香奈儿标志。跟着队伍走进会场，全场正中间最前面几排陆续被我们填满。前方，所有老师都打扮得很庄重，华丽而神气地坐在台上。市场营销老大英气十足，帅哥依然最帅。老大首先讲话，感谢在座各的位亲属，没有他们的支持，就不可能有我们的今天。然后叫起了所有的孩子，许诺从今天开始，把爸爸妈妈还给他们。索尼亚作为学生代表发言，她比以往更加自信、幽默而阳光。"最优秀学生"的称号授予了考斯特，这是全班同学和老师投票的结果，所有人都衷心地为他喝彩。我作为最后一个从院长手中接过深蓝色夹子的学生回到座位，这时，无数彩带伴随着噼里啪啦清脆的响声一股脑儿升腾到空中，这是迄今为止，我眼中最难见到也是最美妙的景致。

图书在版编目（CIP）数据

我站在一万个故事中间 / 张静著 .—北京：

北京联合出版公司，2016.8

ISBN 978-7-5502-8254-4

Ⅰ . ①我… Ⅱ . ①张… Ⅲ . ①故事—作品集—中国—

当代 Ⅳ . ① I247.8

中国版本图书馆 CIP 数据核字（2016）第 168228 号

## 我站在一万个故事中间

作　　者：张　静
责任编辑：崔保华
产品经理：夏　至
特约编辑：杨　旸

- - - - - - - - - - - - - - - - - - - - - - - - - - - - - - - - - - - - - -

北京联合出版公司出版
（北京市西城区德外大街 83 号楼 9 层　　100088 ）
北京旭丰源印刷技术有限公司印刷　　新华书店经销
字数：230 千字　　710mm×1000mm　1/16　印张：19
2016 年 9 月第 1 版　　2016 年 9 月第 1 次印刷
ISBN 978-7-5502-8254-4
定价：39.80 元

- - - - - - - - - - - - - - - - - - - - - - - - - - - - - - - - - - - - - -